Noite do banho...

Lady Maccon escancarou a porta do closet e observou o estado lastimável do cavalheiro à sua frente. Os zangões de Lorde Akeldama eram sujeitos de estilo e boa posição social. Ditavam as regras quanto ao uso das pontas de colarinho e polainas em toda a Londres. O jovem charmoso à frente dela representava o que havia de melhor na sociedade londrina — uma bela sobrecasaca cor de ameixa, um plastrom branco amarrado no alto, que fluía como uma cascata, os cabelos cacheados de forma impecável na altura das orelhas —, se não estivesse ensopado e coberto de espuma de sabão, com o plastrom se desfazendo e uma ponta de colarinho pendendo tristemente.

— Minha nossa, o que foi que ela aprontou agora?

— Demais para que eu explique, milady. Acho melhor que venha imediatamente.

Lady Maccon olhou para seu lindo traje novo.

— Mas eu adoro este vestido.

GAIL CARRIGER
Eternidade?

Um romance sobre vampiros, lobisomens e múmias

O PROTETORADO
5
DA SOMBRINHA

Tradução
Flávia Carneiro Anderson

Rio de Janeiro, 2018
1ª Edição

Copyright © 2012 *by* Tofa Borregaard
Publicado mediante contrato com Little, Brown and Company, Nova York.

TÍTULO ORIGINAL
Timeless

ADAPTAÇÃO DE CAPA
Diana Cordeiro

FOTO DE CAPA
Pixie Vision Productions

FOTO DA AUTORA
Vanessa Applegate

Foto da modelo gentilmente cedida por
DONNA RICCI, CLOCKWORK COUTURE

DIAGRAMAÇÃO
Kátia Regina Silva

Impresso no Brasil
Printed in Brazil
2018

CIP-BRASIL. CATALOGAÇÃO NA FONTE
SINDICATO NACIONAL DOS EDITORES DE LIVROS, RJ

C312e

Carriger, Gail
    Eternidade? / Gail Carriger; tradução de Flávia Carneiro Anderson. – 1. ed. – Rio de Janeiro: Valentina, 2018.
    336p.; 23 cm. (O protetorado da sombrinha; 5)

    Tradução de: Timeless
    Sequência de: Coração?
    ISBN 978-85-5889-060-1

    1. Ficção fantástica inglesa. I. Anderson, Flávia Carneiro. II. Título. III. Série.

CDD: 813
CDU: 821.111-3

17-46349

Todos os livros da Editora Valentina estão em conformidade com
o novo Acordo Ortográfico da Língua Portuguesa.

Todos os direitos desta edição reservados à

EDITORA VALENTINA
Rua Santa Clara 50/1107 – Copacabana
Rio de Janeiro – 22041-012
Tel/Fax: (21) 3208-8777
www.editoravalentina.com.br

Agradecimentos

Phrannish leu este último volume durante a produção. Rach o fez uma semana depois de dar à luz. Iz, quando estava doente, assim que voltou de Israel e enquanto procurava uma casa para comprar. Portanto, esta fera escrivinhadora é eternamente grata a todas as suas amigas íntimas, com vidas mais maduras que a sua, por terem deixado suas tarefas de lado... pela última vez. Obrigadíssima ao meu Protetorado da Sombrinha pessoal. Precisamos repetir a dose, um dia desses.

Eternidade?

Capítulo 1

Em que Quase se Consegue Dar Banho e com Certeza se Vai ao Teatro

— Eu não falei isso — resmungou Lorde Maccon, deixando, de má vontade, que lhe tolhessem os movimentos com um novo paletó de noite.

Ele ficou contorcendo a cabeça, incomodado com o colarinho alto e o nó apertado do plastrom. Floote aguardou pacientemente que o conde parasse de se remexer antes de acabar de vestir o paletó. Lobisomem ou não, Lorde Maccon estaria com sua melhor aparência ou o mordomo não se chamava Algernon — que, por sinal, era o seu nome.

— Falou sim, meu querido. — Lady Maccon era uma das únicas pessoas em Londres que ousavam contradizer o conde. Por ser sua esposa, era possível dizer que até se especializara nisso. Ela já se vestira, o corpo curvilíneo deslumbrante em um vestido de noite de seda castanho-avermelhada e renda preta, com mangas e colarinho alto, ao estilo chinês, que acabara de chegar de Paris. — Lembro-me perfeitamente. — A preternatural fingiu estar distraída ao passar seus itens essenciais para a bolsinha reticulada de contas negras. — Eu disse que deveríamos deixar claro o nosso patrocínio e apoio na noite de estreia, e você *soltou um resmungo* para mim.

— Então, está explicado. Foi um resmungo de insatisfação. — Lorde Maccon franziu o nariz como um garotinho petulante, enquanto Floote andava ao seu redor, retirando amassados inexistentes, usando o mais moderno desamassador com expelidor de ar a vapor.

— Não, querido, não. Foi sem sombra de dúvida um dos seus resmungos de anuência.

O marido fez uma pausa e olhou para a esposa, com expressão de espanto.

— Pelas barbas do profeta, mulher, como sabe a diferença?

— Três anos de casamento. Seja como for, já aceitei o convite e avisei que estaríamos no nosso camarote, no Adelphi, às nove em ponto. Estão aguardando a presença do *casal* Maccon. Não tem como escapar dessa.

Ele soltou um suspiro, cedendo. O que foi bom, pois Lady Maccon e Floote tinham conseguido metê-lo em um traje completo de gala, e não restava outra opção.

Demonstrando sua solidariedade, ele agarrou a esposa, puxando-a para perto de si, e cheirou seu pescoço. Ela ocultou um sorriso e, em respeito à presença austera do mordomo, fingiu não estar desfrutando imensamente do que ocorria.

— Lindo vestido, meu amor, e lhe cai muito bem.

Lady Maccon mordiscou a orelha do marido, em resposta ao elogio.

— Obrigada, querido. Mas acho que você gostaria de saber que o detalhe mais interessante deste vestido é que é fácil de pôr e de tirar.

Floote pigarreou para lembrar-lhes de sua presença.

— Esposa, pretendo testar a veracidade dessa afirmação quando nós voltarmos desse seu compromisso.

Ela se afastou dele, ajeitando o cabelo, constrangida.

— Muito obrigada, Floote, fez um ótimo trabalho, como sempre. Sinto muito tê-lo tirado de suas tarefas costumeiras.

O mordomo idoso simplesmente anuiu, sem expressão.

— Ao seu dispor, madame.

— Ainda mais porque, pelo visto, não há zangões por aqui. Onde eles estão?

O mordomo pensou por alguns instantes e, em seguida, informou:

— Creio que é a noite do banho, madame.

Lady Maccon empalideceu, horrorizada.

— Ah, minha nossa. É melhor irmos embora depressa, Conall, ou nunca vou conseguir sair a tempo de…

Batidas ressoaram à porta do terceiro closet de Lorde Akeldama, evocadas, claro, pelo receio dela de se atrasar.

Como o casal Maccon tinha ido morar naquela área da residência do vampiro era tema de debate entre os que sabiam desse detalhe. Alguns achavam que houvera uma negociação que envolvia troca de polainas e talvez promessas de tortas de melado diárias. Em todo caso, o acordo parecia estar dando muito certo para ambas as partes, para surpresa de todos, e, se as colmeias de vampiros não descobrissem, era bem provável que a situação continuasse assim. Lorde Akeldama agora tinha uma preternatural em seu closet e uma alcateia de lobisomens na casa ao lado, mas ele e seus zangões já haviam aguentado vizinhos muito piores e abrigado coisas bem mais chocantes em seu vestiário, a julgar pelos boatos.

Fazia quase dois anos que o casal Maccon vinha fingindo morar na casa ao lado, que Lorde Akeldama vinha fingindo usar todos os seus closets e que os zangões vinham fingindo não ter absoluto controle criativo sobre o vestuário de todo mundo. O que não haviam previsto ao fazer tal acordo fora o fato de ter ficado cada vez mais claro que a casa de uma metanatural requeria a presença de uma preternatural, ou ninguém estaria seguro — especialmente na noite do banho.

Lady Maccon escancarou a porta do closet e observou o estado lastimável do cavalheiro à sua frente. Os zangões de Lorde Akeldama eram sujeitos de estilo e boa posição social. Ditavam as regras quanto ao uso das pontas de colarinho e polainas em toda a Londres. O jovem charmoso à frente dela representava o que havia de melhor na sociedade — uma bela sobrecasaca cor de ameixa, um plastrom branco amarrado no alto, que fluía como uma cascata, os cabelos cacheados de forma impecável na altura das orelhas —, se não estivesse ensopado e coberto de espuma de sabão, com o plastrom se desfazendo e uma ponta de colarinho pendendo tristemente.

— Minha nossa, o que foi que ela aprontou agora?

— Demais para que eu explique, milady. Acho melhor que venha imediatamente.

Lady Maccon olhou para seu lindo traje novo.

— Mas eu adoro este vestido.

— Lorde Akeldama tocou nela sem querer.

— Ah, minha nossa! — Ela pegou a sombrinha e a bolsa reticulada, na qual estavam os lunóticos de ópera, Ethel, seu revólver Colt Paterson calibre .28 e um leque, e desceu correndo a escada, atrás do zangão. O pobre coitado chegava a chapinhar, com seus sapatos de brilho impecável.

Lorde Maccon os seguiu inutilmente, queixando-se:

— Nós não o avisamos que não era para fazer isso?

No andar de baixo, Lorde Akeldama transformara a saleta lateral em uma sala de banho para a filha adotiva. Desde o começo ficara claro que a lavagem do corpo seria um evento de proporções épicas e requereria um ambiente grande o bastante para acomodar diversos dos melhores e mais competentes zangões. Ainda assim, em se tratando daquele vampiro, até mesmo uma sala dedicada à limpeza de uma criancinha não podia ser sacrificada para o desguarnecido altar da praticidade.

Havia um tapete grosso no chão, da era georgiana, com estampas de inúmeras pastorinhas saltitantes, as paredes foram pintadas nos tons de azul-claro e branco, e o teto com afrescos de animais marinhos, em consideração à evidente relutância da menininha travessa em se relacionar com a água. Os peixinhos, os cefalópodes e as lontras alegres no alto estavam ali como uma forma de estímulo, mas era evidente que a filha os considerava ameaças repugnantes.

Bem no meio da sala havia uma banheira dourada, com patas de leão. Era grande demais para uma garotinha tão pequena, mas Lorde Akeldama nunca fazia nada pela metade, sobretudo se podia dobrar o tamanho e gastar três vezes mais. Havia também uma lareira, diante da qual estavam diversos varais portáteis dourados, com toalhinhas felpudas e ultra-absorventes, além de um diminuto roupão de seda em estilo chinês.

No local encontravam-se nada menos que oito zangões, além de Lorde Akeldama, um criado e uma babá. No entanto, ninguém conseguia conter Prudence Alessandra Maccon Akeldama quando chegava a hora do banho.

A banheira emborcara, deixando o belo tapete ensopado de água e sabão. Vários zangões estavam encharcados. Um deles cuidava do próprio joelho machucado, e outro, do lábio cortado. Por todo o corpo de Lorde Akeldama se viam diminutas impressões digitais de mãozinhas ensaboadas. Um dos varais portáteis caíra para o lado, e uma das toalhinhas chamuscara na lareira. O criado se encontrava parado, boquiaberto, com um sabonete em uma das mãos e uma fatia de queijo na outra. A babá se atirara no canapé, aos prantos.

Na verdade, a única pessoa que não estava nem machucada nem molhada era a própria Prudence. A garotinha se empoleirara de forma precária na cornija da lareira, totalmente nua, com uma expressão bastante combativa no rosto, gritando:

— Não, Dama. Molhar não. Ifo não! — Ela ceceava por causa das presas.

Lady Maccon ficou parada à entrada, petrificada.

Lorde Akeldama se endireitou, no ponto em que se encontrava.

— Meus *queridos*, tática número oito, acho: rodear e fechar o cerco. Então, preparem-se, *meus amores*. Eu vou me aproximar.

Todos os zangões se endireitaram e abriram braços e pernas, adotando posições similares a de lutadores, formando um círculo irregular em torno da cornija em questão. Todas as atenções se concentravam na menina, que mantinha a posição, inabalável.

O velho vampiro se lançou rumo à filha adotiva. Em geral se movia rápido, talvez mais do que qualquer outra criatura que Lady Maccon já vira, e ela já fora a infeliz vítima de mais de um ataque de hematófagos. No entanto, naquela situação específica, Lorde Akeldama não se moveu com mais agilidade do que um mortal comum. E era essa, claro, a dificuldade ali — ele *estava* na condição de mortal comum. O rosto já não mostrava a perfeição imortal, e sim um leve esgotamento, além de certo mau humor. Os movimentos continuavam efeminados, porém mortalmente elegantes e, por azar, mortalmente lentos.

Prudence saltou como uma espécie de sapo veloz, as pernas diminutas e rechonchudas dotadas de força sobrenatural, mas ainda instáveis, como as de uma criancinha. Ela caiu no chão, gritou ao sentir uma breve dor e, então, moveu-se a toda a velocidade, buscando uma brecha no círculo de zangões que se aproximavam.

— Não, Dama. Molhar não — gritou, atacando um dos zangões, as presinhas à mostra. Sem se dar conta da própria força sobrenatural, a menina conseguiu passar entre as pernas do pobre coitado e se dirigir para a passagem livre.

Acontece que a passagem não estava, de todo, livre. Ali se encontrava a única criatura que a pequena Prudence aprendera a temer e, claro, a amar mais do que tudo no mundo.

— Mamã! — Foi a exclamação animada, seguida de: — Papá! — quando a cabeça de cabelos desgrenhados de Lorde Maccon se assomou atrás da esposa.

Lady Maccon estendeu os braços, e Prudence se dirigiu a eles com toda a velocidade sobrenatural que uma criancinha vampiro poderia ter. A mãe deixou escapar um grunhido no impacto e caiu para trás, nos braços amplos e firmes do marido.

Assim que a menininha nua entrou em contato com os braços expostos da preternatural, já não era mais perigosa do que qualquer criancinha se contorcendo.

— Então, Prudence, que confusão é essa? — reclamou a mãe.

— Não, Dama. Molhar não! — contou ela, com bastante clareza, sem presas que dificultassem a fala.

— É a noite do banho. Você não tem escolha. Mocinhas de verdade são limpinhas — explicou a mãe, com muita sensatez, julgou.

Prudence não concordou.

— Nã-não.

Lorde Akeldama se aproximou. A palidez do rosto voltara, bem como os movimentos rápidos e ágeis.

— Sinto muito, *meu bolinho*. Ela conseguiu fugir de Boots ali e arremeteu para mim antes que eu pudesse me esquivar. — Ele levou a mão branca delicada a uma mecha de cabelo da filha adotiva, para tirá-la de seu rosto. Era seguro fazê-lo naquele momento, com Lady Maccon ali perto.

A garotinha estreitou os olhos, desconfiada.

— Molhar não, Dama — insistiu.

— Bom, acidentes acontecem, e todos sabemos como ela é. — A preternatural lançou um olhar severo para a filha. Prudence retribuiu o olhar, sem se deixar intimidar. Lady Maccon balançou a cabeça, exasperada. — Eu e Conall estamos indo ao teatro. Acha que pode lidar com esta noite do banho sem a minha presença? Ou deveríamos cancelar o passeio?

Lorde Akeldama ficou horrorizado ante a mera sugestão.

— Ó céus, não, *ranúnculo*, de jeito nenhum! *Deixar de* ir ao teatro? Nem pensar. Vamos nos virar perfeitamente bem aqui, sem você, agora que controlamos essa confusãozinha, não é mesmo, Prudence?

— Não — respondeu a garotinha.

O vampiro se afastou dela.

— Vou ficar bem longe daqui para frente, posso lhe garantir — continuou ele. — Um contato com a mortalidade por noite é mais do que suficiente para mim. É uma sensação *desconcertante* o toque da sua filha. Não é como o seu.

Lorde Maccon, que se vira na mesma posição em mais de uma ocasião no que dizia respeito às habilidades de Prudence, mostrou-se atipicamente solidário com o vampiro. Por isso, deixou escapar um enfático "É verdade". E também aproveitou que a filha estava no colo da mãe para afagar seus cabelos com afeto.

— Papá! Molhar não?

— Talvez seja melhor deixarmos o banho para amanhã à noite? — sugeriu ele, cedendo ao olhar suplicante da menininha.

Lorde Akeldama se animou.

— De jeito nenhum — sentenciou Lady Maccon, para ambos. — Coragem, cavalheiros. Temos que manter a rotina. Todos os médicos dizem que é fundamental tanto para o bem-estar da criança quanto para sua educação ética adequada.

Os dois imortais se entreolharam, como cavalheiros cientes da derrota que tinham sofrido.

Para não perder mais tempo, Alexia levou a relutante Prudence até a banheira, que, àquela altura, fora endireitada e reenchida com água quentinha. Em circunstâncias normais, ela mesma teria metido a filha ali, mas, preocupada com o vestido, passou-a para Boots e recuou, evitando se molhar.

Sob o olhar atento da mãe, a garotinha aceitou entrar, apenas franzindo um pouco o nariz de nojo.

A preternatural meneou a cabeça.

— Boa menina. Agora faça o favor de se comportar com o coitado do Dama. Ele já aguenta travessuras demais de sua parte!

— Dama! — repetiu a filha, apontando para Lorde Akeldama.

— Isso, muito bem. — Lady Maccon se virou para o marido e o vampiro, que estavam à porta. — Tome cuidado, milorde.

O vampiro anuiu.

— Pode deixar. Devo dizer que não *imaginei* que enfrentaria tamanho desafio, quando o professor Lyall sugeriu a adoção.

— É verdade, foi tolice nossa achar que Alexia teria uma filha obediente — concordou Lorde Maccon, dando a entender que todos os defeitos de Prudence eram culpa da esposa e que ele só poderia ter tido a criança mais comportada e dócil possível.

— Ou uma que pudesse ser controlada por um vampiro.

— Um vampiro e uma alcateia de lobisomens.

Lady Maccon *encarou-os.*

— Pois eu não creio que seja a única culpada. Está querendo dizer que Sidheag é uma aberração na linhagem Maccon?

O marido inclinou a cabeça, pensando na tataraneta, agora Alfa da Alcateia de Kingair, uma mulher que gostava de andar com rifles e de fumar charutos.

— Tem razão.

A conversa foi interrompida por uma forte chapinhada na água, que ocorreu quando Prudence conseguiu puxar parcialmente, mesmo sem força sobrenatural, um dos zangões até a banheira. Vários outros foram ajudá-lo depressa, sussurrando entre si, igualmente angustiados com o mergulho e o estado dos punhos de suas camisas.

Prudence Alessandra Maccon Akeldama já teria sido bem levada sem as habilidades metanaturais. Mas lidar com uma garotinha precoce, que conseguia se tornar imortal, era um desafio e tanto, até mesmo para

dois lares sobrenaturais. A menina parecia ter a capacidade, inclusive, de usurpar as habilidades sobrenaturais da vítima, fazendo com que se tornasse mortal por uma noite. Se Lady Maccon não tivesse interferido, Lorde Akeldama teria continuado mortal e Prudence teria mantido as presas até o crepúsculo. A mãe, ou supostamente qualquer outro preternatural, era o único antídoto aparente.

Lorde Maccon já se acostumara, depois de muito resmungar, a só tocar a filha quando ela estava em contato com a mãe ou à luz do dia. Como era um homem que gostava de aconchego, tal limitação o deixava frustrado. Mas o pobre coitado de Lorde Akeldama achava toda aquela situação desagradável. O vampiro adotara oficialmente a garotinha e, por isso, acabara tendo de se encarregar da maior parte de seus cuidados, embora nunca pudesse lhe demonstrar afeição fisicamente. Quando Prudence era bebê, ele conseguira, usando luvas de couro e cueiros grossos, mas, ainda assim, acidentes aconteciam. Agora que ela estava se movimentando mais, o risco aumentara. Qualquer contato na pele ativava de imediato seus poderes e, em algumas ocasiões, ela conseguia usurpá-los até através das roupas. Quando ficasse mais velha e sensata, a mãe pretendia submetê-la a alguns exames controlados, mas, àquela altura, todos na casa apenas tentavam sobreviver. A garotinha não estava nem aí para a importância das descobertas científicas, apesar de a mãe ter tentado explicá-las. O que era um defeito desconcertante, na opinião de Alexia.

Dando uma última olhada em Prudence para se certificar de que continuava praticamente submersa, a preternatural se retirou, levando Lorde Maccon. Ele conteve o riso até eles entrarem na carruagem e partirem para West End. Então, deixou escapar uma sonora gargalhada.

Lady Maccon não se conteve e começou a rir também.

— Coitado de Lorde Akeldama.

O marido enxugou os olhos.

— Ah, ele adora. Fazia pelo menos um século que não se divertia tanto.

— Tem certeza de que vão conseguir controlá-la sem a minha presença?

— Nós vamos voltar daqui a algumas horas. Será que a situação pode piorar tanto assim?

— Não provoque o destino, meu amor.

— Melhor nos preocuparmos com a nossa própria sobrevivência.

— Ora, mas por que está falando assim? — A esposa se empertigou e olhou desconfiada pela janela. Era verdade que fazia alguns anos que não tentavam matá-la em um veículo, mas, como isso ocorrera com incrível frequência por um bom tempo, ela nunca ficava tranquila em carruagens.

— Não, não, minha querida. Eu me referi à peça que estou sendo obrigado a ver.

— Ah, imagine só! Como se eu pudesse arrastá-lo para algum lugar. Você tem o dobro do meu tamanho.

Lorde Maccon lançou-lhe o olhar de um homem que sabe quando ficar quieto.

— Ivy me garantiu que é uma boa versão de uma história muito comovente, e que a companhia teatral está em ótima forma, depois da turnê pelo continente. *As Chuvas Fatais de Swansea*, acho que é esse o título. É uma das peças do Tunstell, muito artística e encenada no novo estilo de interpretação sentimental.

— Esposa, você está me levando à total perdição. — Ele pôs a mão na cabeça e se deixou cair para trás, no recosto acolchoado da cabine, em um gesto satisfatoriamente teatral.

— Ah, pare de falar besteira. Vai ser ótima.

A expressão do marido deixava claro que ele preferia a morte ou até uma batalha a enfrentar as próximas horas.

O casal Maccon chegou, exibindo o tipo de elegância que se espera de membros da alta sociedade. Lady Maccon estava deslumbrante, alguns talvez até tivessem dito bonita, com o novo vestido francês. Lorde Maccon parecia um conde, para variar um pouco, os cabelos *quase* controlados e o traje de noite *quase* impecável. Julgava-se que a mudança para Londres resultara na imensa melhoria da aparência e do comportamento da ex-Alcateia de Woolsey. Alguns indivíduos achavam que devia ser

por estarem morando tão perto de Lorde Akeldama, outros, pelo efeito domesticador do ambiente urbano, enquanto os críticos ferrenhos jogaram a culpa em Lady Maccon. Na verdade, embora os três fatores provavelmente tenham influenciado a mudança, fora a mão de ferro dos zangões de Lorde Akeldama que, de fato, pusera em prática a transformação — ou seria melhor dizer o ferro quente? Bastava um dos integrantes da alcateia do conde entrar em seu campo de atuação com um fiozinho fora do lugar, para os rapazes caírem em cima dele, gorgolejantes como patos silvestres sobre um infeliz pedaço de pão largado.

A preternatural conduziu o marido com firmeza rumo ao seu camarote particular. Os olhos arregalados dele deixavam claro seu receio.

As Chuvas Fatais de Swansea contava a história de um lobisomem perdidamente apaixonado por uma rainha vampiro e de um vilão cruel, que tentava afastá-los. Os atores que representavam vampiros foram retratados com presas postiças dignas de nota, além de uma espécie de tinta avermelhada lambuzando os queixos. Já os que atuavam como lobisomens estavam adequadamente vestidos, exceto pelas orelhas grandes e felpudas amarradas nas cabeças com fitas de tule cor-de-rosa — obra da sra. Tunstell, sem sombra de dúvida.

Ivy Tunstell, a amiga querida de Alexia, fazia o papel da rainha vampiro. E em sua atuação recorreu a diversas caminhadas arrebatadas pelo palco e desmaios, as próprias presas maiores do que as de todos os demais, o que lhe tolhia tanto a fala, que a maioria de seus diálogos ficaram reduzidos a meros sibilos cheios de cuspe. Usava um chapéu que era em parte uma touca, em parte uma coroa, em alusão à majestade da personagem, nos tons de amarelo, vermelho e dourado. O marido, que atuava como o lobisomem apaixonado, cabriolava de um lado para outro do palco em uma interpretação cômica dos saltos lupinos, latindo muito e metendo-se em diversas lutas espetaculares.

Para a preternatural, o momento mais estranho foi uma sequência onírica um pouco antes do intervalo, quando Tunstell pôs umas ceroulas listradas à semelhança de abelhão, com o respectivo colete, e começou a dançar um curto balé, diante de sua rainha vampiro. Esta usava um volumoso vestido de chiffon preto com gola alta, em estilo shakespeariano, e um colete verde por cima, com leque da mesma cor. Fizera dois coques, que pareciam orelhas de urso, em ambas as laterais da cabeça, e deixara os braços expostos. *Expostos!*

Lorde Maccon, àquela altura, passou a tremer incontrolavelmente.

— Acho que essa cena pretende simbolizar o absurdo de seu amor improvável — explicou Lady Maccon ao marido. — É profundamente filosófica. O abelhão representa a circularidade da vida e o eterno alvoroço da imortalidade. O vestido de Ivy, tão semelhante ao de uma cantora de ópera, sugere a frivolidade de se dançar pela existência sem amor.

O Alfa continuou a tiritar silenciosamente, como se tremesse de dor.

— Não sei o que pensar do leque e dos coques. — Ela deu umas batidinhas com o próprio leque na maçã do rosto.

Quando as cortinas baixaram no final do primeiro ato, o herói com traje de abelhão estava prostrado aos pés de sua rainha vampiro. O público aplaudiu com veemência. Lorde Maccon começou a dar sonoras gargalhadas, que ecoaram livremente pelo teatro. Várias pessoas se viraram para lhe lançar um olhar desaprovador.

Bom, pensou a preternatural, *pelo menos ele conseguiu se conter até o intervalo.*

Por fim, o marido controlou o riso.

— Incrível! Sinto muito, esposa, por não ter tido vontade de vir a esta peça. É divertidíssima.

— Bom, faça-me o favor de não falar nada para o coitado do Tunstell. Era para ser uma peça tocante, não divertida.

Uma batidinha tímida ecoou no camarote.

— Entre — cantarolou ao estilo tirolês Lorde Maccon, ainda dando risadinhas.

A cortina foi afastada, e uma pessoa que Lady Maccon jamais imaginaria ver no teatro entrou: Madame Genevieve Lefoux.

— Boa noite, Lorde Maccon, Alexia.

— Genevieve, que surpresa!

A francesa estava impecavelmente vestida. A convivência com a Colmeia de Woolsey não surtira um efeito nem ruim nem bom em sua

vestimenta. Se a Condessa Nadasdy havia tentado fazer com que seu mais novo zangão se vestisse da forma apropriada, não conseguira. Madame Lefoux usava roupas da última moda — masculina. Seu gosto continuava sutil e elegante, sem os exageros vampirescos, tais como nós elaborados de plastrons e abotoaduras. Era verdade que usava alfinetes de gravata e relógios de bolso, mas a preternatural podia apostar um bom dinheiro que nem um deles estava ali para enfeitar.

— Estão gostando da peça? — quis saber a francesa.

— É muito agradável. Conall não a está levando a sério.

Lorde Maccon deu uma bufada.

— E você? — perguntou Lady Maccon à velha amiga. Desde que ela atacara Londres de forma tão devastadora e se tornara, em seguida, zangão de vampiro, o clima entre as duas continuara bastante constrangedor. Apesar de isso ter ocorrido havia dois anos, elas não tinham voltado a gozar da proximidade que lhes fora tão cara no início de sua relação. A francesa a estragara com o uso de um octômato que provocara sérios estragos, e a preternatural a terminara ao sentenciar que Genevieve seria obrigada a atuar como zangão por uma década.

— É interessante — respondeu Madame Lefoux, com cautela. — E como está a pequena Prudence?

— Travessa, como sempre. E Quesnel?

— Do mesmo jeito.

As duas trocaram sorrisos prudentes. Apesar de tudo, a preternatural gostava da francesa. A inventora tinha carisma. E Lady Maccon, uma dívida para com ela, que exercera o papel de parteira na chegada totalmente intempestiva de Prudence ao mundo. Em todo caso, a preternatural não confiava nela. Madame Lefoux sempre cuidara primeiro dos próprios interesses, mesmo como zangão, e, depois, dos da Ordem do Polvo de Cobre. Qualquer resquício de lealdade e afeição por Lady Maccon que lhe restasse, portanto, devia ter baixíssima prioridade, àquela altura.

A preternatural tirou-as da conversa banal com uma lembrança direta:

— Como vai a condessa?

Madame Lefoux deu de ombros do jeito típico francês.

— A mesma de sempre, não mudou nada. É por causa dela que vim aqui. Ela me pediu que lhe transmitisse uma mensagem.

— Ah, sim, e como sabia onde me encontrar?

— O casal Tunstell está apresentando uma nova peça, patrocinada pelo casal Maccon. Mas sou obrigada a admitir que não imaginei que *estaria* aqui, milorde.

Ele deu uma risada lupina.

— Fui convencido.

— A mensagem? — A preternatural estendeu a mão.

— Ah, não, nós aprendemos a jamais fazer *isso* de novo. É um recado oral. A Condessa Nadasdy recebeu instruções e gostaria de vê-la, Alexia.

— Instruções? De quem?

— Não sei — respondeu a inventora.

Lady Maccon se virou para o marido.

— Quem diabos ousaria dar ordens à rainha da Colmeia de Woolsey?

— Não, não, Alexia, não me entendeu bem. As instruções foram enviadas para *ela*, mas são para *você*.

— Para mim? Para mim! Ora… — gaguejou, indignada.

— Receio não saber de mais nada. Pode visitá-la esta noite, depois da peça?

A preternatural, cuja curiosidade fora atiçada, anuiu.

— É a noite do banho, mas Lorde Akeldama e os zangões precisam aprender a se virar sozinhos.

— Noite do banho?

— Prudence é particularmente traquinas nessa ocasião.

— Ah, sim. Algumas crianças não gostam de tomar banho. Quesnel era assim também. E, como você deve ter notado, ele não melhorou. — O filho de Genevieve era conhecido por ser porquinho.

— E como ele anda agora, morando com os vampiros?

— Está adorando, o monstrinho.

— Como Prudence, então.

— Se assim diz. — A francesa inclinou a cabeça. — E a minha chapelaria?

— Biffy a tem mantido sob perfeito controle. Você deveria ir visitá-lo. Ele está lá, esta noite. Tenho certeza de que adoraria vê-la.

— Talvez faça isso. Venho a Londres pouquíssimas vezes, hoje em dia. — Madame Lefoux começou a se dirigir aos poucos à cortina, pondo a cartola cinza e se despedindo.

Deixou o casal Maccon num silêncio intrigado com aquele enigma que, verdade fosse dita, acabou levando ambos, juntamente com a ausência de novos rituais de cortejo por parte do abelhão, a desfrutar menos do segundo ato.

Capítulo 2

Em que a sra. Colindrikal-Bumbcruncher não Compra um Chapéu

— Não acha que este ficaria melhor na sua jovem filha? — Biffy era um homem de princípios. Recusava-se, por isso, a vender um imenso chapéu no estilo flautista, de feltro tricolor, decorado com uma cascata de cravos de jardim, groselhas pretas e contas partidas, também negras, para que a sra. Colindrikal-Bumbcruncher presenteasse a filha. A moça era sem graça, totalmente desprovida de atrativos, e aquele chapéu era mais um insulto do que uma decoração, em contraste. Embora esse chapéu estivesse no auge da moda, um de palha dourada lhe cairia melhor. Biffy *jamais errava na escolha de chapéus*. A dificuldade estava em convencer a cliente disso. — Está vendo, madame, a elegância refinada complementa a compleição delicada de sua filha.

A sra. Colindrikal-Bumbcruncher não via, nem queria saber.

— Não, meu jovem. O de feltro, por favor.

— Lamento não ser possível. É que esse chapéu já foi reservado para alguém.

— E é por isso que continua exposto?

— Um erro, madame. Minhas sinceras desculpas.

— Entendo. Bom, é claro que fomos nós que *erramos* ao frequentar o seu estabelecimento! Vou fazer compras em *outro*. Venha, Arabella. —

E, com isso, a matrona se retirou, arrastando a filha com ela. A jovem se virou e moveu os lábios, pedindo desculpas sem a mãe ver, lançando um olhar desejoso para o chapéu de palha dourada. *Coitadinha*, pensou Biffy, antes de pôr de volta ambos os chapéus no mostruário.

Os sinos de prata presos à porta da frente da loja tilintaram quando uma nova cliente entrou. Havia noites em que pareciam nunca parar de tocar. A chapelaria estava cada vez mais popular, apesar das ocasionais recusas de Biffy em vender chapéus, o que já começava a lhe granjear a reputação de excêntrico. Talvez não tanto quanto a ex-dona, mas algumas damas viajavam quilômetros para que um lobisomem jovem e bem-apessoado se recusasse a lhes vender um chapéu.

Ao erguer os olhos, Biffy viu Madame Lefoux, que trazia consigo o cheiro levemente putrefato de Londres e a própria mescla especial de baunilha e óleo de máquina. Mas ela estava com ótima aparência, pensou o lobisomem. A vida no campo lhe fizera bem. Não se via mais tão ajanotada na forma de vestir e agir, tal como Biffy e os zangões, mas sabia como tirar o máximo proveito dos tons sóbrios de azul e cinza. Ele ficou imaginando, não pela primeira vez, como ela ficaria com o vestido adequado. Não conseguia evitar a ideia, pois adorava a moda feminina e não conseguia entender por que uma mulher, com tantas opções deslumbrantes, escolheria se vestir e viver como um homem.

— Outra cliente satisfeita, sr. Biffy?

— O gosto da sra. Colindrikal-Bumbcruncher está no mesmo nível que o de uma ignorante mal-educada.

— Mulherzinha repulsiva — concordou a francesa amigavelmente —, e os seus vestidos são sempre tão bem-feitos. O que a torna ainda mais irritante. Sabia que a filha dela está noiva do capitão Featherstonehaugh?

Biffy arqueou uma sobrancelha.

— E ele não é o primeiro, pelo que soube.

— Ora, sr. Biffy, que comentário mais escandaloso!

— Está enganada, Madame Lefoux. Eu nunca faço fofoca. Apenas observo. E, então, repasso as minhas observações para quase todo mundo.

A inventora sorriu, mostrando as covinhas.

— Em que posso ajudá-la esta noite? — Ele passou a exercer o papel de atendente. — Um novo *chapeau* ou talvez queira ver outros adornos?

— Ah, bom, talvez. — Ela respondeu de forma vaga, enquanto observava a sua ex-loja.

Biffy tentou visualizá-la sob o ponto de vista dela. A chapelaria continuava igual. Ainda havia chapéus pendurados em longas correntes fixadas no teto, para que as clientes tivessem que abrir caminho em meio à vegetação oscilante, mas agora a porta secreta estava bem mais escondida, atrás da área dos fundos separada por uma cortina. O lobisomem expandira os negócios havia pouco, abrindo uma seção com acessórios e chapéus masculinos.

A francesa passou a examinar uma adorável cartola de veludo azul--escuro.

— Essa combinaria perfeitamente com a sua tez — comentou Biffy, quando ela passou o dedo pelo contorno da aba.

— Tenho certeza de que sim, mas não esta noite. Só vim visitar minha antiga loja. Tem cuidado dela muito bem.

Ele fez uma leve reverência.

— Sou apenas um guardião do que a senhora idealizou.

Madame Lefoux bufou, divertida.

— Lisonjeador.

Biffy nunca soube como lidar com a francesa. Ela era tão diferente de tudo com que estava acostumado — inventora, cientista, classe-média, com notória preferência pela companhia de moças e um jeito de vestir excêntrico que era sóbrio demais para ser espontâneo. Ele não gostava de enigmas — estavam fora de moda.

— Eu me encontrei com Lorde e Lady Maccon no teatro, há pouco.

O lobisomem se mostrou interessado.

— Ah, sim? Pensei que fosse a noite do banho.

— Pelo visto, Lorde Akeldama teve que se virar sozinho.

— Minha nossa!

— Acabei de me dar conta de que trocamos de lugar, eu e o senhor.

Essa francesa, pensou Biffy, *pode ser muito filosófica.*

— Perdão?

— Eu me tornei um zangão dos vampiros a contragosto, e o senhor se aninha no seio do lar dos Maccon.

— Ah, quer dizer que a senhora já esteve nesse seio antes? Pensei que nunca tinha chegado a entrar de todo nele. Não por falta de tentativas, claro.

Madame Lefoux riu.

— *Touché*.

Os sinos tornaram a tilintar à porta. *Noite movimentada, para a lua nova.* Biffy ergueu os olhos, já sorrindo, ciente de sua aparência atraente. Usava seu melhor terno marrom. Era verdade que o nó do plastrom era bem mais simples do que gostaria — seu novo zelador precisava praticar um pouco mais — e seus cabelos estavam um tanto assanhados, o que vinha *sempre* acontecendo, naqueles dias, apesar da aplicação generosa do melhor gel de Bond Street. Ao que tudo indica, era preciso aguentar tais percalços, quando se era lobisomem.

Felicity Loontwill entrou na chapelaria e caminhou até ele em um alvoroço de tafetá cor de framboesa e cordialidade. Exalava demasiada água de rosas e pouquíssimo sono. Usava um vestido tipicamente francês, os cabelos, em estilo alemão, e o sapato, sem sombra de dúvida, italiano. Biffy sentiu o cheiro de óleo de peixe.

— Sr. Rabiffano, eu esperava mesmo que estivesse aqui. E Madame Lefoux, que prazer inesperado em vê-la!

— Ora, srta. Loontwill, já voltou de sua excursão pela Europa? — Biffy não gostava da irmã de Lady Maccon. Era o tipo de mulher que mostraria o pescoço a um vampiro em um momento e o tornozelo a um limpador de chaminés em outro.

— Já. E foi um desperdício! Dois anos fora, e nada para mostrar ao voltar.

— Nenhum marquês francês ou conde italiano maluco se apaixonou pela senhorita? Revoltante! — Os olhos verdes de Madame Lefoux brilharam.

Os sinos à entrada ressoaram outra vez, e a sra. Loontwill e Lady Evelyn Mongtwee entraram na loja. Lady Evelyn andou no mesmo instante até um toque espetacular, fabricado nos tons carmesim e verde-amarelado, enquanto a sra. Loontwill foi até a outra filha, diante do balcão.

— Ah, mamãe, lembra-se do sr. Rabiffano? Ele pertence à casa da nossa querida Alexia.

A sra. Loontwill olhou desconfiada para o dândi.

— É mesmo? Um prazer conhecê-lo, tenho certeza. Venha, Felicity.

A matrona nem mesmo olhou de esguelha para Madame Lefoux.

As três damas, então, concentraram as atenções apenas nos chapéus, enquanto Biffy tentava entender o que de fato queriam.

Madame Lefoux acabou expressando o que ele estava pensando.

— Acha que vieram aqui para fazer compras mesmo?

— Eu acho que, como Lady Maccon não as está recebendo no momento, podem estar querendo mais informações. — O lobisomem olhou desconfiado para a francesa. — Agora que Felicity voltou, será que vai voltar a fazer parte da Colmeia de Woolsey?

A francesa deu de ombros.

— Não sei, mas creio que não. Imagino que ela não a considere uma boa opção, agora que a colmeia está fora de Londres. Sabe como são essas mocinhas atrevidas da alta sociedade: só se interessam pelo lado glamoroso da imortalidade. Pode ser que encontre outra colmeia. Ou um marido, claro.

Naquele momento, Felicity foi até eles, desafiando ostensivamente a vontade da mãe.

— Sr. Rabiffano, como está a minha *querida* irmã? Mal posso acreditar que faz tanto tempo que não a vejo.

— Ela está bem — respondeu ele, impassível.

— E aquela filha dela? A minha querida sobrinha?

Biffy notou que o rosto de Ivy se avivava quando estava sendo abelhuda, como o de uma bruxa inquiridora.

— Também está ótima.

— E Lorde Maccon? Continua se derretendo pelas duas?

— Continua, como você diz, se derretendo.

— Nossa, sr. Rabiffano, como o senhor ficou lúgubre e lacônico desde o seu acidente.

Com um brilho nos olhos, o dândi fez um gesto indicando um chapeuzinho de amarrar de palha dourada.

— O que acha deste, srta. Loontwill? É muito discreto e sofisticado.

Felicity recusou a sugestão de imediato.

— Oh, não, minha beleza é por demais ousada para que eu use algo tão... simplório. — Ela se virou. — Mamãe, Evy, viram alguma coisa interessante?

— Hoje não, minha querida.

— Não, irmã, embora aquele toque carmesim e verde-amarelado seja bem diferente!

Naquele momento, Felicity olhou para Madame Lefoux.

— Uma pena a senhora não estar mais aqui na loja. Na minha opinião, a qualidade caiu muito.

A francesa não disse nada, e Biffy aceitou a desfeita sem pestanejar.

— Diga, por favor, a minha irmã e ao marido dela que mando lembranças. Espero que continuem perdidamente apaixonados, embora seja bastante constrangedor. — Ela se virou para Madame Lefoux. — E diga à condessa que mando lembranças, claro.

Depois dessa, a loura com perfume de rosas conduziu a mãe e a irmã noite afora, sem nem olhar para trás.

Biffy e a francesa se entreolharam.

— O que foi *isso*, hein? — perguntou a inventora.

— Algum tipo de aviso.

— Ou uma oferta? Eu acho que tenho que voltar ao Castelo de Woolsey.

— Está se tornando um ótimo zangão, não é mesmo, Madame Lefoux?

Ao sair, ela lhe lançou um olhar que sugeria que era o que gostaria que todos pensassem. Biffy guardou essa informação. Ele precisava contar a Lady Maccon quando a visse.

Os Maccon chegaram tarde a casa depois do teatro, dispostos a ir visitar de imediato a Colmeia de Woolsey. Não se ignorava um convite da Condessa Nadasdy, mesmo quando se fazia parte da nobreza. Lady Maccon desceu às pressas de sua carruagem dourada, o vestido esvoaçando, e se dirigiu à residência com passadas tão largas, que as anquinhas do vestido moviam-se assustadoramente de um lado para outro. Lorde Maccon observou a cena com satisfação. A parte justa, à cintura da esposa, era especialmente atraente e enfatizava a área que se adequava com perfeição à mão masculina, sobretudo se ela fosse enorme como a dele. A esposa se virou à entrada e olhou para ele.

— Ah, vamos, ande logo! — Como eles continuavam a fingir que moravam na própria casa, tinham que subir depressa a escada e passar pela ponte levadiça secreta até a residência de Lorde Akeldama, para poder trocar de roupa.

A cabeça elegante de Floote surgiu da sala dos fundos, quando eles chegaram.

— Madame?

— Não podemos parar, Floote. Fomos *convocados*.

— Rainha Vitória?

— Não, pior: uma rainha.

— Vão de trem ou devo mandar o cavalariço trocar os cavalos?

A preternatural fez uma pausa na metade da escada grandiosa.

— De trem, por favor.

— É para já, madame.

Prudence, para alegria de todos, já dormia com a cabeça acomodada sobre a gata de Lorde Akeldama e os pezinhos metidos debaixo da calça de cetim cor de limão-siciliano do Visconde Trizdale. Este parecia estar tenso, evidentemente por ter recebido ordens de não se mover, para não acordar a menina. A filha de Lady Maccon usava um vestido axadrezado nos tons creme e alfazema, com uma quantidade excessiva de babados. Lorde Akeldama colocara uma roupa cor de champanhe e lilás para complementá-lo e estava sentado ali perto, olhando com carinho para o zangão e a filha adotiva. Parecia ler um romance suspeitosamente gravado em alto-relevo, porém, a preternatural não podia imaginar que o vampiro de fato estivesse lendo. Até onde sabia, ele nunca lia nada, exceto talvez algumas colunas de fofocas da alta sociedade. Não ficou surpresa, portanto, quando ele pôs o

livro na mesa com entusiasmo e correu na sua direção, assim que os viu no corredor.

Os três observaram o zangão cor de limão-siciliano, a gatinha malhada e a menina formando uma pilha axadrezada.

— Não é uma bela imagem? — Lorde Akeldama estava à deriva em um mar multicolorido de felicidade doméstica.

— Está tudo bem? — perguntou baixinho Lady Maccon.

O vampiro prendeu uma mecha louro-prateada dos cabelos atrás da orelha, em um gesto estranhamente delicado.

— *Até demais!* A mestiça se comportou depois que vocês saíram, e, como podem ver, não tivemos mais incidentes dignos de nota.

— Tomara que ela pare logo de odiar espuma de sabão!

Lorde Akeldama lançou uma espécie de olhar significativo para Lorde Maccon, que estava atrás da esposa, no corredor.

— Meu *caro botão de camomila*, só podemos torcer!

O conde se sentiu levemente ofendido e franziu o nariz com discrição.

— Fomos convocados para ir ao Castelo de Woolsey. Vocês vão conseguir se virar sem a nossa presença durante o resto da noite?

— Acho que *talvez* consigamos sobreviver, minha *pequena congorsa*.

Lady Maccon sorriu, e estava prestes a subir para trocar de vestido, quando alguém puxou o cordão da campainha. Por já estar no corredor, e na esperança de evitar que Prudence acordasse, Lorde Maccon correu para atender, apesar de tal atitude ser totalmente inapropriada para um lobisomem de sua posição social, ainda mais na casa de outra pessoa.

— Ah, francamente, Conall. Tente *não* se comportar como um criado — queixou-se a esposa.

Ignorando-a, ele abriu a porta com um floreio e uma leve reverência, como cabe a um serviçal.

A preternatural ergueu as mãos, exasperada.

Felizmente era apenas o professor Lyall que estava à entrada. Se havia alguém acostumado com a forma como Lorde Maccon ignorava todas as regras de civilidade e hierarquia, era o Beta.

— Ah, que bom, milorde. Eu esperava mesmo encontrá-lo aqui.

— Randolph.

— Dolly *querido*! — exclamou Lorde Akeldama.

A pálpebra do professor Lyall nem tremulou ante o abominável apelido.

— Alguém o procurou, milorde — avisou o Beta ao Alfa, em seu estilo elegante.

Lady Maccon confiava o bastante em sua análise da personalidade do professor Lyall para detectar certa tensão. Ele costumava agir com eficiência e rapidez na maioria das vezes. Uma calma forçada como aquela indicava a necessidade de cautela.

O marido também sabia disso. Ou talvez tivesse farejado algo. Ele relaxou o corpo, preparado para lutar.

— Assunto da alcateia ou do DAS?

— Da alcateia.

— Ah, mas logo agora? É importantíssimo? Temos que sair da cidade.

A esposa interrompeu-o:

— Somente eu fui convocada. Pelo que sei, você só iria comigo por curiosidade.

Lorde Maccon franziu o cenho. A esposa sabia perfeitamente que o verdadeiro motivo de sua disposição de acompanhá-la era a segurança. O Alfa detestava a ideia de mandá-la a uma colmeia sozinha. Ela balançou a bolsa reticulada para ele. Até aquele momento, não havia uma sombrinha nova em sua vida, mas ela continuava a levar Ethel, e a arma contra notívagos era boa o bastante quando apontada para uma rainha vampiro.

— Receio que seja importante — observou alguém atrás do professor Lyall, na rua.

O Beta torceu ligeiramente os lábios.

— Pensei que tinha lhe dito que esperasse.

— Eu não me esqueci disso, mas sou Alfa. Você não pode me dar ordens, como faz com todo mundo.

Lady Maccon achou o comentário um tanto injusto. O professor Lyall era muitas coisas, menos despótico. Esse podia ser considerado mais o estilo de Lorde Maccon. Uma afirmação bem mais adequada seria dizer que o Beta *organizava* tudo e todos ao seu redor com muito cuidado.

A preternatural não se importava nem um pouco com isso; muito pelo contrário, sabia apreciar uma boa organização.

Uma mulher saiu da penumbra do jardim frontal, ficando sob a forte iluminação dos candeeiros a gás do corredor do vampiro. O professor Lyall, educado como era, deu um passo para o lado, permitindo que a visitante inesperada assumisse a posição central.

Sidheag Maccon, Lady Kingair, estava com a mesma aparência de três anos antes, quando Lady Maccon a vira pela última vez. A imortalidade lhe conferira certa palidez, mas o rosto continuava sério, com rugas em torno da boca e pés de galinha, e ela ainda prendia os cabelos grisalhos em uma trança grossa, como uma menina. Trajava um manto de veludo gasto, que não a protegia nem um pouco do frio noturno. A preternatural observou os pés descalços da recém-chegada. Pelo visto, o manto não estava mesmo sendo usado por causa do frio, mas para vesti-la.

— Boa noite, vô! — disse Lady Kingair a Lorde Maccon e, em seguida: — Vó — para Alexia. Considerando que parecia mais velha que ambos, quem não estivesse a par das relações de parentesco dos Maccon estranharia a saudação.

— Tataraneta! — exclamou o Alfa, laconicamente. — A que se deve essa honra?

— Nós temos um problema.

— Ah, *nós* temos?

— Sim. Posso entrar?

Lorde Maccon mudou de lugar e fez um gesto com a mão aberta na direção de Lorde Akeldama, por estar na casa dele. Os vampiros eram esquisitos no que dizia respeito a convidar pessoas para entrarem em sua residência. Certa vez, o pai adotivo de Prudence resmungara algo sobre um desequilíbrio no raio de extensão da corrente, depois que a preternatural passara tempo demais com a sra. Tunstell na sala de visitas. Ao que tudo indicava, ele se adaptara razoavelmente bem a Prudence e aos pais dela morando sob seu teto, porém, após o incidente relacionado ao chá com Ivy, Lady Maccon sempre se certificava de receber os seus convidados na casa ao lado, em sua própria sala.

Lorde Akeldama ficou na ponta dos pés, para espiar por sobre o ombro da preternatural.

— Não creio que nos tenham apresentado, minha jovem. — Seu tom de voz revelava muito sobre o que pensava de uma mulher obscurecendo a entrada de sua casa com uma trança, um sotaque escocês e um velho manto de veludo.

Lady Maccon se virou um pouco e, depois de refletir por alguns momentos, supôs que Lady Kingair era exatamente o tipo de dama a permitir tal consideração e disse:

— Lady Kingair, posso lhe apresentar o nosso anfitrião, Lorde Akeldama? Lorde Akeldama, esta é Sidheag Maccon, Alfa da Alcateia de Kingair.

Todos aguardaram um instante.

— Foi o que pensei. — O vampiro fez uma leve reverência. — Encantado.

A fêmea lobisomem anuiu.

Os dois imortais se analisaram. A preternatural perguntou-se se os dois viam além da aparência ultrajante um do outro. Os olhos de Lorde Akeldama reluziram, e Lady Kingair farejou o ar.

Por fim, o vampiro convidou:

— Talvez seja melhor entrarem.

Lady Maccon sentiu-se vitoriosa por conseguir que trocassem palavras amáveis naquelas circunstâncias sociais tão inadequadas. Conseguira apresentá-los formalmente!

No entanto, sua satisfação foi interrompida por uma pergunta em tom agudo, feita atrás deles:

— Dama?

— Ah, vejo que *alguém* acordou. Boa noite, minha *querida mestiça*. — Lorde Akeldama desviou a atenção da recém-chegada para fitar com carinho o final do corredor.

A cabecinha de Prudence aparecia da sala. Tizzy estava em pé atrás dela, com expressão pesarosa.

— Eu *sinto* muito, milorde. Ela escutou as suas vozes.

— Não se preocupe, meu *caro tesouro*. Eu sei como ela é.

Pelo visto, Prudence interpretara o comentário como um convite e percorrera o corredor em silêncio, com as perninhas gorduchas.

— Mamã! Papá!

Lady Kingair, que fora momentaneamente esquecida, ficou intrigada.

— Esta deve ser minha nova tia-tataravó?

Lady Maccon franziu o cenho.

— Seria isso mesmo? Não seria sua tatara-meia-irmã? — Ela olhou para o marido, em busca de apoio. — A imortalidade acaba criando genealogias bastante peculiares, devo dizer. — *Não é à toa que os vampiros se recusam a metamorfosear os que têm filhos. Muito metódico de sua parte.* Os vampiros gostavam de ver tudo bem organizado no universo. Sob esse aspecto, a preternatural simpatizava com seus esforços.

Lorde Maccon fez uma careta.

— Não, acho que seria algo como...

Mas não terminou a frase. Prudence, notando que havia uma estranha entre seus adultos favoritos e supondo que todos os que ficavam diante dela a adorariam de imediato, correu para Lady Kingair.

— Ei, não, *espere*! — gritou Tizzy.

Tarde demais: Lady Maccon se abaixou para pegar a filha.

Prudence passou entre as pernas dos adultos e agarrou a da visitante, que se encontrava nua sob o manto de veludo. Em um piscar de olhos, a menina se transformou num filhotinho de lobo, rasgando o vestido de musselina nesse ínterim. Em seguida, muito mais rápido do que qualquer criança humana, correu em disparada até a rua, sacudindo o rabo freneticamente.

— Então é isso que *esfoladora* significa — comentou Lady Kingair, fazendo um beicinho e erguendo as sobrancelhas. Sua palidez anormal sumira e as rugas da face estavam mais pronunciadas: voltara à forma humana.

Sem fazer nem mesmo uma pausa, Lorde Maccon tirou com facilidade o traje de gala, de um jeito que sugeria que andara praticando nos últimos tempos. A esposa enrubesceu.

— Bem-vinda a Londres, então! — disse Lorde Akeldama, abrindo um enorme leque de plumas e agitando-o com vigor diante do rosto.

— Ah, Conall, na frente de todo mundo! — Foi o comentário de Lady Maccon, mas o marido foi logo se transformando em lobisomem. E o fez com destreza, mesmo se expondo a quem quisesse ver. Às vezes ser casada com um lobisomem era quase intolerável para uma dama da alta sociedade. Ela pensou em tomar o leque do amigo; sua própria face estava pegando fogo, e *ele* já não podia ficar rubro. Como se tivesse lido sua mente, Lorde Akeldama virou o leque de forma a abanar os dois.

— Bonito leque — elogiou baixinho Lady Maccon.

— Não é divino? De uma lojinha que descobri em Bond Street. Posso encomendar um para você também?

— Azul-petróleo?

— Claro, minha *abóbora corada*.

— Sinto muito pelo comportamento de Conall.

— Lobisomens são assim, meu *pepininho em conserva*. Só nos resta manter o controle.

— Meu caro lorde, você sempre o mantém.

— Ela não sente dor na transformação? — Lady Kingair perguntou em tom melancólico a Lady Maccon, enquanto a preternatural descia o degrau para ficar ao seu lado, observando o enorme lobisomem perseguir o filhotinho.

— Ao que tudo indica, não.

— E quanto tempo isso vai durar? — Sidheag Maccon fez um gesto de alto a baixo para o próprio corpo, indicando seu estado alterado.

— Até o pôr do sol. A menos que eu interfira.

A visitante levantou o braço exposto para ela, esperançosa.

— Ah, não, não no seu caso. O toque preternatural não surtirá efeito em você. Já está na forma humana. Não, eu teria que tocar a minha filha. Então a imortalidade, hum, bom, reverberaria de volta para você. É difícil de explicar. Bem que eu gostaria de entender mais.

O professor Lyall estava parado a um lado, sorrisinho no rosto, observando o caos na rua.

Prudence tentou se esconder atrás de uma série de caixas de transporte, empilhadas num canto da rua. Lorde Maccon foi atrás dela, lançando as caixas no chão, provocando grande estrépito. A menininha foi até a

monorroda movida a vapor apoiada no muro de pedra do jardim frontal dos Colindrikal-Bumbcruncher. O patriarca apreciava muito o veículo. Tinha mandado fabricá-lo na Alemanha, a um custo bastante alto.

A garotinha se meteu atrás dos raios da roda, na parte central. O pai nem quis saber. Meteu a pata poderosa por entre eles, para pegá-la. Os raios curvaram ligeiramente, Lorde Maccon ficou preso ali, e Prudence escapou, correndo a toda a velocidade pela rua. O rabinho balançava com mais entusiasmo ainda, por causa da satisfação que sentia com a gostosa brincadeira.

O lobisomem conseguiu se libertar da monorroda, sacudindo-se para se soltar e levando o belo veículo a se estraçalhar ruidosamente. Lady Maccon pensou que teria de mandar um pedido de desculpas aos vizinhos o quanto antes. Os desafortunados Colindrikal-Bumbcruncher tinham enfrentado grandes dificuldades nos últimos dois anos. A casa urbana pertencia à sua família havia gerações. Sua proximidade com a de um vampiro errante era bem conhecida e tolerada, embora não exatamente aceita. Assim como os melhores castelos possuíam abantesmas, os melhores bairros possuíam vampiros. Mas a inclusão de lobisomens em seu recanto tranquilo de Londres *ultrapassara os limites.* A sra. Colindrikal-Bumbcruncher olhara a preternatural com desprezo havia pouco, no parque, e, na verdade, Alexia não a culpava.

Lady Maccon semicerrou os olhos na direção da residência daquela família, tentando ver se algum morador curioso observara, à janela, a metamorfose de seu marido no corredor de Lorde Akeldama. Isso requereria um pedido de desculpas ainda mais enfático e um presente. *Um bolo de frutas, talvez.* Mas também era possível que a visão das nádegas de Lorde Maccon evitasse a necessidade de tal pedido, dependendo das preferências da sra. Colindrikal-Bumbcruncher. Uma exclamação divertida do professor Lyall a tirou daquela linha de pensamento.

— Pelos grandes fantasmas, está vendo só aquilo?

A preternatural não se lembrava de ter visto o Beta erguer a voz. Deu a volta e observou.

Prudence percorrera uma boa distância, chegando quase ao final da rua, cuja esquina estava fracamente iluminada por um lampião de vidro alaranjado. Ali, ela se transformou subitamente em uma garotinha nua e chorona. Algo bastante constrangedor para todos os envolvidos, principalmente ela própria, a julgar por seus berros de raiva.

— Nossa — murmurou Lady Maccon. — Isso nunca aconteceu antes.

O Beta assumiu a atitude professoral.

— Ela já havia se afastado tanto de uma de suas vítimas antes?

A preternatural se ofendeu um pouco.

— Nós precisamos usar essa palavra? *Vítima?*

O professor Lyall lhe lançou um olhar significativo.

Ela anuiu.

— Está bem, infelizmente *é* apropriada, sim. Que eu saiba, ela não tinha se afastado tanto. — Lady Maccon se virou para fitar Lorde Akeldama. — Milorde?

— Minha querida *ervilha*, se eu soubesse que caso deixássemos Prudence correr por um tempo ela se cansaria, já teria permitido que ela *saracoteasse* à vontade.

Lorde Maccon, ainda na forma de lobo, trotou para ir pegar a filha humana. Provavelmente, pelo cangote.

— Ah, Conall, espere! — pediu a esposa.

Assim que ele tocou a menininha, ela se transformou de novo em filhotinho de lobo, dessa vez tirando os pelos do pai e deixando-o parado no meio da rua, nu. Em seguida, voltou em disparada para casa. Lorde Maccon a seguiu, em sua versão humana, que se movia pesadamente.

A preternatural, esquecendo-se de não ferir as suscetibilidades dos Colindrikal-Bumbcruncher, sentiu a curiosidade científica tomar conta.

— Não, Conall, fique aí!

O Alfa poderia ter ignorado a esposa, sobretudo se levasse em conta sua própria nudez ou a dignidade do bairro, porém, não era aquele tipo de marido. Já conhecia todas as entonações de voz da preternatural, e aquela significava que ela *se dera conta de algo importante.* Melhor fazer o que mandava. Então, ficou onde estava, observando com interesse, enquanto Prudence retornava correndo por onde viera e passava a casa, indo na direção oposta.

Tal como antes, a certa distância da vítima, ela voltara à forma humana. Então, Lady Maccon foi buscá-la. O que será que os moradores do bairro pensarão de nós? *Uma garotinha gritando, um filhote de lobo, lobisomens.* Francamente, nem mesmo ela aguentaria aquilo, se não tivesse se casado e se metido naquela loucura por escolha própria. Quando levantou Prudence, ergueu os olhos e viu o casal Colindrikal-Bumbcruncher e o mordomo deles fuzilando-a com os olhos da porta aberta de sua casa.

Lorde Maccon, com um leve sobressalto, metamorfoseou-se antes que as cabeças se virassem na sua direção e alguém fosse obrigado a desmaiar. Conhecendo aqueles vizinhos, esse alguém certamente seria o mordomo.

Sidheag Maccon começou a rir. Lorde Akeldama conduziu-a depressa para dentro, abanando-se com o leque de plumas.

O Alfa, mais uma vez na forma de lobisomem, foi o próximo a entrar. Lady Maccon e a filhinha travessa o seguiram, mas não sem que antes ela escutasse a porta dos Colindrikal-Bumbcruncher bater com força, deixando clara a sua desaprovação.

— Ó céus! — exclamou a preternatural, ao chegar à relativa segurança da sala de visitas do vampiro. — Eu acho que viramos *aqueles* vizinhos.

Capítulo 3

Em que Lorde Maccon Usa um Xale de Brocado Cor-de-Rosa

— Eu não tenho muito tempo — informou Lady Maccon, sentando-se com Prudence aninhada no colo. Depois de suas exaustivas corridas de um lado para outro da rua e as metamorfoses, a garotinha fizera a coisa mais prática e pegara no sono, deixando que os pais lidassem com as consequências.

— Aquela foi uma exibição bem peculiar — comentou Lady Kingair, acomodando-se com cautela em uma das poltronas de encosto mais alto e aspecto mais rígido de Lorde Akeldama. Então, fechou mais o manto gasto de veludo em torno de si e jogou a longa trança para trás.

— E trouxe à tona um aspecto novo e interessante das habilidades de sua filha. — A expressão do professor Lyall dava a entender que ele precisava de um bloco de notas e alguma caneta de pena para fazer anotações para os arquivos do DAS.

— Ou uma falha. — Lady Maccon não tinha tanta certeza de que gostava da ideia de sua filhinha invencível ter aquela fraqueza. Considerando a sua própria experiência, a maior probabilidade seria de que alguém ou, provavelmente, diversos indivíduos tentariam matar Prudence ao longo de sua vida. Não era muito reconfortante saber que bastaria que seus inimigos descobrissem os limites de suas habilidades. — É isso, não

é mesmo? — Ela olhou para o Beta, o único que poderia ser considerado um especialista no que dizia respeito àqueles assuntos. — É uma corrente, como a que prende um fantasma a um cadáver.

— Ou uma rainha à sua colmeia — disse Lorde Akeldama.

— Ou um lobisomem à sua alcateia — acrescentou Lorde Maccon.

Lady Maccon franziu os lábios e olhou para a filha. A coitadinha havia herdado a tez e os cabelos anelados da mãe. Ela esperava que o nariz não fosse o próximo a despontar. Puxou para trás algumas mechas do cabelo escuro.

— Por que ela haveria de ser diferente?

O Alfa foi até a esposa e pôs a mão em sua nuca, acariciando-a com os dedos calosos.

— Até você tem limites, minha querida esposa? Quem diria?

O que a tirou do sentimentalismo.

— É verdade, obrigada, querido. Nós precisamos ir andando. A Colmeia de Woolsey nos convocou. Então, se Lady Kingair pudesse nos contar por que veio até aqui…

A recém-chegada, pelo visto, hesitava em fazê-lo na sala de visitas bem decorada de Lorde Akeldama, diante dos rostos cheios de expectativa não apenas do tataravô, como também da esposa dele, do Beta, de um vampiro bastante excêntrico, um zangão de vampiro com traje cor de limão-siciliano, uma garotinha dormindo e uma gata gorducha malhada. Era uma audiência maior do que uma dama requintada deveria ter de enfrentar ao fazer uma visita social à família.

— Vô, será que não podemos ir para um lugar mais reservado?

Lorde Maccon revirou os olhos, como se somente naquele momento tivesse notado os demais presentes. Afinal de contas, era um lobisomem, acostumado a ter a alcateia ao seu redor, mesmo se nos últimos tempos andasse se vestindo de um jeito meio excêntrico.

— Bom, a minha esposa e o Randolph sabem de tudo o que eu sei. E, infelizmente, Lorde Akeldama também fica sabendo de tudo o que Alexia sabe. Mas, já que insiste, podemos pedir que o zangão se retire. — Ele fez uma pausa, enquanto Tizzy fingia que não era com ele, nem com sua calça cor de limão. — E a gata, suponho.

Lady Kingair deixou escapar um suspiro exasperado.

— Ah, está bom. Para ir direto ao ponto: Dubh desapareceu.

O Alfa semicerrou os olhos.

— Não é típico de um Beta.

O professor Lyall se mostrou consternado com a notícia.

— O que aconteceu?

Lady Maccon se perguntou se ele e o Beta de Kingair se conheciam. Ficou claro que Sidheag Maccon buscou uma forma de explicar sem parecer que fosse sua culpa.

— Eu mandei que ele fosse investigar um assunto de interesse secundário da alcateia, e não recebi mais notícias.

— Comece *do começo* — ordenou Lorde Maccon, parecendo um tanto resignado.

— Eu o mandei até o Egito.

— Egito!

— Para encontrar a fonte da múmia.

A preternatural olhou para o marido, irritada.

— Não é bem típico de alguém da *sua* prole? Não podia simplesmente deixar as múmias dormirem em paz, podia? Oh, não, tinha que ir lá, intrometer-se. — Ela se virou para a enteada distante. — Por acaso lhe ocorreu que eu acabei com o suprimento de ácido da minha sombrinha para destruir a maldita criatura por *um bom motivo*? A última coisa de que preciso é mais delas vindo para cá! Veja só os estragos que a última provocou. Espalhou mortalidade por toda parte.

— Na verdade, não foi isso. Eu não queria pegar outra e sim descobrir os detalhes da condição. Nós precisamos saber de onde veio. Porque, se houver mais, elas têm que ser controladas.

— E por que simplesmente não sugeriu isso ao DAS, em vez de tentar investigar sozinha?

— A jurisdição do DAS se restringe ao Reino Unido. Essa é uma questão relacionada ao Império, e eu achei que *nós*, lobisomens, precisávamos cuidar dela. Então, enviei Dubh.

— E? — Lorde Maccon estava com uma expressão sombria.

— E ele tinha que ter me dado notícias há duas semanas. Mas nunca chegou a fazer a transmissão etereográfica. Na semana passada, também

não recebi nada. Mas, há dois dias, isto chegou. Não achei que fosse dele e me pareceu um alerta.

Ela jogou um pedaço de papel na mesinha de centro, na frente deles. Era um pergaminho simples, do tipo usado pelos especialistas em transmissão para gravar os etereogramas recebidos. Mas, em vez da costumeira frase curta, um único símbolo fora traçado: um círculo na parte superior de uma cruz, partido ao meio.

Lady Maccon o vira antes, nos invólucros de papiros sobre uma múmia perigosa na Escócia e, mais tarde, pendurado no colar de um templário.

— Maravilha. O ankh quebrado.

O Alfa se inclinou para examinar de perto o papel.

Prudence se mexeu, dando risadinhas durante o sono. A mãe cobriu melhor a filha, que se acomodava sob um dos xales de brocado cor-de-rosa de Lorde Akeldama.

Lorde Maccon e Lady Kingair olharam para Lady Maccon. O Alfa, era preciso observar, usava também outro xale de brocado cor-de-rosa amarrado em torno da cintura. Parecia uma saia das Índias Orientais. A esposa supôs que o marido, por ser escocês, estava acostumado a usar saias. E tinha joelhos bonitos. Por sinal, a maioria dos escoceses, tal como ela pudera observar, tinha joelhos bonitos. Talvez fosse por isso que insistissem em usar kilts.

— Ah, não me diga que nunca lhe contei isso?

— Nunca *me* contou, meu *ovinho de pintarroxo*. — Lorde Akeldama agitou o leque de plumas fechado no ar, formando o símbolo que via à sua frente.

— Bom, o ankh é o símbolo da "vida eterna", ou assim diz Champollion. E aí vemos a vida eterna destruída. O que acha que significa? Preternaturais, claro. Eu.

O vampiro fez um beicinho.

— Talvez. Mas às vezes eles inscreviam o hieróglifo partido para evitar que o símbolo migrasse da pedra à realidade. Quando gravado por esse motivo, o significado do hieróglifo não se altera.

— Mas quem não gostaria de ter imortalidade? — perguntou Lady Kingair. Ela insistira com o tataravô, durante anos, para que a transformasse em lobisomem.

— Nem todo mundo quer viver para sempre — explicou Lady Maccon. — Veja Madame Lefoux, por exemplo.

Lorde Maccon levou-os de novo direto ao ponto.

— Então Dubh desapareceu no Egito? E o que quer que eu faça a respeito? Não é assunto para o primeiro-ministro regional?

A visitante inclinou a cabeça.

— Você é da família. Achei que poderia conduzir algumas investigações sem ter que envolver os canais oficiais.

O Alfa e a esposa se entreolharam. A preternatural lançou um olhar significativo ao enorme relógio cuco dourado de Lorde Akeldama, imponente em um dos cantos da sala.

— Nós precisamos ir andando — avisou Lorde Maccon.

— Eu ficarei bem sem você, meu amor. Vou pegar o trem. Nunca acontece nada desagradável nele — garantiu a esposa.

Lorde Maccon não pareceu ter se tranquilizado. Em todo caso, era evidente que estava mais preocupado com os problemas entre os lobisomens do que com a convocação de vampiros.

— Está bem, minha querida. — Ele se virou para Lady Kingair. — Melhor interrompermos a reunião aqui e continuarmos na sede do DAS. Vamos precisar de recursos que só o Departamento pode oferecer.

Lady Kingair anuiu.

— Randolph.

— De acordo, milorde. Mas prefiro viajar de um jeito um pouco mais formal.

— Está bem. Eu me encontro com vocês lá. — Momento em que o Alfa cingiu a esposa com uma das mãos, segurando com a outra o xale à cintura. — Por favor, tome cuidado, meu amor, seja de trem ou não.

Ela se inclinou para ele. Sem se preocupar com os olhares sobre si — afinal de contas, todos ali faziam parte da família —, tocou o queixo do marido e se inclinou para receber um beijo seu. Prudence, já acostumada com aquele tipo de atividade, nem se moveu no colo da mãe. Lorde Maccon se dirigiu ao corredor para tirar o xale de brocado cor--de-rosa e se transmudar.

Mas, instantes depois, a cabeça de um lobisomem felpudo espiou a sala e latiu com insistência. Sidheag Maccon se sobressaltou, pediu licença e o seguiu.

— Meu corredor — comentou Lorde Akeldama — nunca viu tamanha *atividade*. E isso, meus *docinhos*, já *diz* algo!

Lady Maccon deixou a filha dormindo na sala de visitas do pai adotivo. Tirou o vestido de gala e pôs um de visitas bege, com saia cor de bronze e detalhes de veludo marrom. Embora fosse, talvez, enfeitado demais para a rainha vampiro, era certamente adequado para o transporte público. Ela pediu que um dos zangões a ajudasse a abotoá-lo, já que Biffy — seu *valete de toucador*, como gostava de chamá-lo — estava ocupado na chapelaria. Averiguou se Ethel continuava devidamente carregada com balas antinotívagos e meteu-a em uma bolsa reticulada de veludo marrom. Odiava a ideia de ter de *usá-la* de fato. Tal como qualquer dama nobre, preferia mil vezes mostrá-la e fazer gestos frenéticos e ameaçadores. Isso porque, por um lado, sua pontaria se limitava a atingir ocasionalmente uma lateral de galpão — se fosse bem grande e ela estivesse bem perto — e, por outro, porque as armas pareciam definitivamente *conclusivas*. Ainda assim, mesmo se tudo o que quisesse fazer era ameaçar, era melhor poder concluir a ameaça direito. Ela odiava hipocrisia, sobretudo no que tangia à munição.

Lady Maccon pensou, por um instante, na ausência de sua sombrinha. Sempre que saía de casa, sentia muito a falta do acessório outrora onipresente. Pedira que Conall o substituísse, e ele murmurava misteriosamente algo sobre um marido com presentes em andamento, mas, até aquele momento, nada. Talvez ela mesma precisasse resolver a questão, e logo. Mas, com Madame Lefoux a serviço da Colmeia de Woolsey, a preternatural não fazia ideia de como encontrar um inventor capaz de fazer um trabalho tão complexo e delicado, além de estiloso.

Floote apareceu com dois bilhetes de primeira classe para a viagem de Londres ao Woolsey, no Expresso Barking, da Linha Tilbury.

— Lorde Maccon não vai comigo. Será que algum integrante da alcateia pode me acompanhar?

O mordomo considerou por um longo momento as opções de Lady Maccon. Ela sabia que lhe fizera uma pergunta complicada. Com tantos zangões, lobisomens e zeladores distribuídos em duas casas e, àquela altura, perambulando por Londres, era difícil até para alguém com a capacidade mental de Floote se manter a par. A preternatural tinha ciência apenas de que Biffy estava trabalhando e Boots, visitando parentes em Steeple Bumpshod.

Floote respirou fundo.

— Receio que apenas o major Channing esteja disponível no momento, madame.

Lady Maccon fez uma careta.

— É mesmo? Que pena. Bom, mas vai ter que ser ele. Não posso viajar de trem sozinha, posso? Quer dizer a ele que solicito a sua presença como acompanhante, por favor?

Então, foi a vez de Floote fazer uma careta, o que para ele era apenas um leve tremular em uma das pálpebras.

— Claro.

Ele saiu caminhando com firmeza e voltou instantes depois, com o lenço dela e o major Channing, o Gama da Alcateia de Londres, o lobisomem de focinho caramelo.

— Lady Maccon requer os meus serviços? — O major Channing Channing, dos Channings de Chesterfield, falava com o sotaque da rainha, aquela precisão afetada adquirida somente após gerações frequentando as melhores escolas e a alta sociedade, bem como pelo excesso de dentes.

— Sim, major, preciso ir até Woolsey.

Sua expressão deu a entender que ele gostaria muito de protestar contra a ideia de acompanhar a fêmea Alfa até a zona rural, mas sabia muito bem que ela só lhe pedira por não dispor de outra opção. Também tinha ciência de que enfrentaria a ira de Lorde Maccon se deixasse que ela fosse sozinha. Então, limitou-se a dar a única resposta possível naquelas circunstâncias:

— Estou à sua disposição, evidentemente. Pronto, disposto e preparado para tudo.

— Não exagere, major Channing.

— Certo, milady.

A preternatural analisou criticamente o traje do Gama. Usava o uniforme militar, e ela não tinha certeza de que fosse adequado para uma visita a vampiros. *Mas temos tempo para que ele troque de roupa? O que seria pior, cometer a grosseria de chegar tarde demais ou levar um soldado para a residência de uma rainha vampiro? Um dilema.*

— Floote, a que horas parte o nosso trem?

— Daqui a uma hora e meia, madame, da estação ferroviária em Fenchurch Street.

— Ah, não resta tempo para que mude de roupa, major Channing. Pois bem, pegue o sobretudo e vamos lá.

A viagem de trem transcorreu em meio a um silêncio constrangido, Lady Maccon refletia sobre a noite enquanto contemplava a paisagem, o Gama refletia sobre um documento financeiro de aspecto tediosíssimo. Para surpresa da preternatural, ele se interessava por números e, por isso, era o tesoureiro da alcateia. Parecia estranho um sujeito aristocrata e esnobe lidar com *matemática*, mas a imortalidade afetava estranhamente o passatempo das pessoas.

Após uns quarenta e cinco minutos de viagem, em que eles tomaram um ótimo chá e comeram uns sanduíches sem casca oferecidos pela obsequiosa comissária do trem, que se mostrou muito ciente da dignidade do major Channing e pouco da preternatural. Enquanto mordiscava o sanduíche de pepino e agrião, Lady Maccon se perguntou se aquele não era um dos motivos pelos quais não gostava muito do Gama. Ele exercia muito bem o papel de aristocrata, e ela, o de autocrata. Não era exatamente a mesma coisa.

A preternatural foi sentindo cada vez mais um formigamento na nuca, como se estivesse sendo cuidadosamente avaliada. Uma sensação bastante desagradável, como pisar descalço num tonel de pudim.

Fingindo estar cansada da viagem, ela se levantou para dar uma caminhada.

Havia poucos passageiros na primeira classe, mas Lady Maccon ficou impressionada ao ver que, atrás deles, no outro lado do corredor, havia um sujeito de *turbante* — algo bem fora do comum. Os turbantes tinham saído de moda, até mesmo para as mulheres. O homem aparentava estar excessivamente interessado no jornal, sugerindo que estivera, até pouco tempo, excessivamente interessado em outra coisa. A preternatural, que nunca acreditava em coincidências, suspeitou que ele a vinha observando, ou o major Channing, ou ambos.

Fingiu perder o equilíbrio quando o trem sacolejou e esbarrou no sujeito de turbante, derrubando seu chá no jornal.

— Ó céus, sinto *muito*! — exclamou ela em voz alta.

O homem sacudiu o jornal ensopado com irritação, mas não disse nada.

— Permita-me que providencie outra xícara. Comissária!

O homem balançou a cabeça e murmurou algo baixinho, em um idioma que Lady Maccon não reconheceu.

— Bom, tem certeza de que não quer outra?

O sujeito meneou a cabeça de novo.

A preternatural continuou a caminhar até o final do vagão, e então se virou e voltou para a sua poltrona.

— Major Channing, acho que temos companhia — comentou ela, ao se sentar.

O lobisomem parou de examinar o documento e deu uma espiada.

— O sujeito de turbante?

— Já o tinha notado?

— Não desgrudou os olhos da senhora durante quase toda a viagem. Malditos estrangeiros.

— E não pensou em me contar?

— Achei que era por causa do seu físico. Os orientais nunca apreciam os atributos de uma dama.

— Ah, francamente, major Channing, precisa ser tão grosseiro? Que forma de falar. — Ela fez uma pausa, pensativa. — Qual será a nacionalidade dele?

O Gama, um lobisomem viajado, respondeu sem precisar erguer os olhos de novo.

— Egípcio.

— Interessante.

— Acha?

— O senhor gosta mesmo de aborrecer, não?

— É o meu jeito de ser, milady.

— Não seja atrevido.

— Eu? Nem pensar.

Não houve mais incidentes e, quando desceram em sua parada, o sujeito estrangeiro não os seguiu.

— Interessante — repetiu Lady Maccon.

A Estação de Woolsey, inaugurada havia pouco, fora construída a um custo bem alto pela recém-chegada Colmeia de Woolsey, com o intuito de estimular os londrinos a passearem no campo. A maior decepção da Condessa Nadasdy, em sua longa vida, fora aquele exílio à região afastada de Barking. A rainha da Colmeia de Woolsey solicitara a construção da estação e até cedera uma parte de suas vastas terras. Daquela parada, os visitantes podiam pegar um pequeno vagão privado, conduzido por um intricado mecanismo ao estilo de um bonde, sem condutor. A localização da colmeia deixara de ser um segredo não muito bem guardado. Os vampiros pareciam experimentar certa sensação de segurança no campo, embora continuassem a ser vampiros. Já não havia uma estrada que rumasse direto ao Woolsey, mas apenas aquele vagão especial, cujas operações eram rigorosamente controladas por zangões no terminal do castelo.

Lady Maccon se aproximou da geringonça com cautela. Parecia um bote de laterais arredondadas e fundo chato, em trilhos, com um interior revestido em tecido e dois enormes guarda-sóis para proteção contra os elementos. O major Channing ajudou-a a entrar e, em seguida, fez o mesmo, acomodando-se à sua frente. Então, sentaram-se e puseram-se a contemplar a paisagem para não terem que se entreolhar, enquanto aguardavam que algo acontecesse.

— Suponho que precisemos avisá-los de que chegamos. — Ela olhou ao redor, buscando algum sistema de sinalização. Notou que perto do banco, na lateral, havia uma arma arredondada. Depois de examiná-la atentamente, a preternatural atirou para o alto.

A arma fez um grande estrondo. O Gama se assustou bastante, para a satisfação de Lady Maccon, e o instrumento emitiu uma bola de fogo brilhante, que atingiu grande altura e, em seguida, esvaeceu.

Alexia observou a arma, aprovando-a.

— Engenhosa! Deve ser de Madame Lefoux. Não sabia que ela também tinha um interesse amador por balística.

O major Channing revirou os frios olhos azuis.

— Aquela mulher é uma amadora inveterada.

Eles não tiveram mais tempo de falar da arma, pois o vagão deu um solavanco, levando Lady Maccon a cair para trás e bater com força no apoio do guarda-sol. Foi a vez do Gama se divertir com seu tombo. O veículo foi avançando, a princípio bem devagar, mas, depois, cada vez mais rápido, os trilhos percorrendo o longo morro em que ficava o Castelo de Woolsey, um sincrético feito arquitetônico que não só era confuso, como também provocava confusão.

A Condessa Nadasdy empenhou-se em melhorar a ex-residência do casal Maccon, mas não fizera diferença. A construção parecia apenas emburrada com a mudança indigna. Ela mandara pintá-la, colocara plantas e cortinas, decorara com flores e enfeitara detalhadamente, mas fora pedir demais do pobre lugar. O resultado equivalera a vestir um buldogue como um bailarino de ópera. Por baixo do tule, continuava sendo um buldogue de pernas arqueadas.

O major Channing ajudou Lady Maccon a sair do vagão, e eles subiram a ampla escadaria da entrada. Ela se sentiu um pouco estranha, ao puxar o cordão da campainha da casa que lhe pertencera. Só podia imaginar como o Gama se sentia, pois havia morado ali sabe-se lá por quantas décadas.

O rosto dele estava impassível. Ao menos, foi o que ela julgou — era difícil dizer, sob toda aquela beleza arrogante.

— Ela sem dúvida alguma fez… — ele hesitou — ajustes.

Lady Maccon assentiu.

— A porta foi pintada com espirais prateadas. Prateadas!

O major Channing nem conseguiu responder, pois a dita porta foi aberta por uma bela e jovem criada, com cabelos negros como ébano e brilhantes, exibindo um vestido preto de babados, camisa branca prístina e avental pregueado da mesma cor do vestido. Impecável em todos os detalhes, como seria de esperar na residência de uma condessa.

— Lady Maccon e o major Channing vieram visitar a Condessa Nadasdy.

— Ah, sim, está sendo esperada, milady. Vou avisar a minha ama que estão aqui. Se importam de aguardar um pouquinho no saguão?

Eles não se importavam, pois estavam ocupados absorvendo as mudanças feitas pela rainha vampiro em seu ex-lar. Os tapetes eram agora grossos, felpudos e vermelho-sangue. As paredes haviam sido redecoradas com papel em tons de creme e dourado, e uma coleção de obras de arte resgatadas dos escombros da residência anterior da colmeia fora pendurada em destaque. Eram mudanças de luxo que não iam ao encontro do gosto lupino, nem se adequavam ao seu estilo de vida. Não se podia conviver com quadros de Ticiano e tapetes persas quando as unhas se transformavam em garras com frequência.

O major Channing, que não via o castelo desde que a alcateia o deixara, arqueou uma sobrancelha loura.

— Nem imaginaria que se trata do mesmo lugar.

Lady Maccon não respondeu. Um vampiro descia a escada rumo a eles.

— Dr. Caedes, como vai?

— Lady Maccon. — Ele era um sujeito alto e magro, com entradas nos cabelos que seriam mais pronunciadas se esse processo não tivesse sido interrompido, e um interesse por engenharia e não por questões medicinais, como a forma de tratamento levaria a supor.

— Conhece o major Channing, evidentemente?

— Podemos ter nos encontrado. — O doutor inclinou a cabeça. Não sorriu nem mostrou as presas.

Ah, pensou a preternatural, *devem nos tratar com respeito. Que curioso!*

— O meu marido teria vindo, mas teve que cuidar de um assunto urgente.

— Ah?

— Uma questão familiar.

— Espero que não seja nada sério.

Lady Maccon inclinou a cabeça, dedicando-se ao jogo de revelar com maestria. Fazia algum tempo que pertencia ao Conselho Paralelo e aprendera a dominar a arte delicada de conversar sobre temas muito importantes sem expor nada significativo.

— Creio que apenas aparenta ser. Podemos prosseguir?

O vampiro recuou, para seguir as convenções sociais que ele e os de sua espécie haviam introduzido na sociedade.

— Claro, milady. Poderiam me seguir? A condessa os aguarda na Sala Azul.

A Sala Azul, pelo que se viu, era o ambiente em que ficava, outrora, a biblioteca da Alcateia de Woolsey. A preternatural tentou esconder o desgosto ante a destruição de seu recanto favorito. Os vampiros haviam tirado as estantes de mogno e as poltronas de couro e colocado um papel de parede cor de nata, com listras de tom azul-celeste. Os móveis também eram creme, com clara influência oriental e, a menos que Lady Maccon estivesse muito enganada, originais de Thomas Chippendale.

A Condessa Nadasdy se acomodava de um jeito estudado no canto do peitoril da janela. Usava um vestido de recepção verde-musgo bastante intricado e na última moda, com acabamento azul-claro e saia amarrada atrás tão estreitamente, que a visitante ficou imaginando se a rainha conseguiria andar, além de mangas tão justas que ela duvidava que a condessa pudesse levantar os braços. Biffy tentara impor tais aberrações a Lady Maccon, mas só uma vez, pois ela deixara bem claro que não sacrificaria a mobilidade em prol da moda, sobretudo com uma filha como Prudence correndo para todos os lados. Então, o dândi buscara para a ama estilos de corte fluido e ousado, com influência do Extremo Oriente, e não voltara a insistir.

A rainha vampiro tinha o corpo, digamos, robusto, típico de uma ordenhadora que consumira excessivamente os resultados cremosos de seu trabalho, o que nada tinha a ver com o estilo do vestido. Lady Maccon jamais faria um comentário franco, mas estremeceu ao imaginar o que Lorde Akeldama diria daquele físico em tal traje. Planejava, claro, descrevê-lo em detalhes ao amigo querido, assim que pudesse.

— Ah, Lady Maccon, entre.

— Condessa Nadasdy, como vai? Pelo visto, está se adaptando à vida no campo.

— Para uma jovem com a natureza tão pura quanto a minha, a zona rural é adorável.

A preternatural fez uma pausa, detendo-se ao ouvir a condessa usar palavras como *jovem* e *pura* para se descrever.

A rainha vampiro desviou os olhos do indisfarçado desconforto da convidada.

— Obrigada, dr. Caedes. Pode se retirar.

— Mas… Minha Rainha!

— Este é um assunto a ser tratado entre mim e Lady Maccon, a sós.

A preternatural acrescentou depressa:

— Condessa, posso lhe apresentar o major Channing?

— Sim. Mas nós já nos conhecemos. Tenho certeza de que ele não se importará em nos conceder alguns minutos de privacidade?

Ele pareceu prestes a objetar, mas, ao se dar conta de que o outro vampiro estava deixando sua rainha com uma preternatural, concluiu que a anfitriã tinha boas intenções.

— Estarei do outro lado da porta, milady, caso precise de algo.

Ela assentiu.

— Muito obrigada, major Channing. Sei que ficarei bem.

Então, Lady Maccon se viu sozinha, em uma sala azul, com uma rainha vampiro.

Depois que Felicity e Madame Lefoux partiram, houve um frenesi de damas elegantes em busca de chapéus na loja, mas a equipe de Biffy, da qual faziam parte diversas atendentes, conseguiu lidar bem com tamanho rebuliço. Ele deu uma voltinha para se certificar de que nenhuma delas estivesse comprando um item que não combinasse com seu tom, sua tez, sua atitude, sua posição social e seu credo. Em seguida, deixou os acessórios à disposição das compradoras britânicas e foi até a câmara de invenções para pôr a indispensável papelada em dia. Era preciso reconhecer que, a princípio, ele se concentrara em embelezar tais papéis, aparando as pontas e acrescentando as espirais e as flores necessárias ao texto.

Tudo acontecera com naturalidade. Como Biffy ficava a maioria das noites ali, e a câmara de invenções se tornara o novo calabouço dos lobisomens de Lorde Maccon, ele passara a se encarregar de boa parte da organização da alcateia. O professor Lyall não parecia se importar. Na verdade, até aprovava, até onde Biffy sabia. Ele se perguntava se o Beta, depois de décadas de administração solitária, estava aliviado por contar com outro lobo para dividir o fardo.

Como Madame Lefoux tirara todas as suas máquinas, os seus instrumentos e os seus aparatos, a câmara de invenções adquirira um aspecto bem mais cavernoso. Biffy pensou que ali cairia bem um belo papel de parede com rosas e algumas almofadas de brocado. Mas, considerando que a nova função do lugar era a de uma prisão na lua cheia, não havia por que desperdiçar papéis de parede com lobisomens.

O dândi contornou a imensa câmara devagar, imaginando-se a pavonear num salão de baile em um dos luxuosos hotéis parisienses, embora estivesse verificando a segurança do sistema de roldana e não dançando valsa com damas francesas mundanas, com toucados obscenamente grandes. Tudo parecia seguro. Gustave Trouvé fizera um ótimo trabalho. As celas imponentes, de ferro banhado de prata, eram fortes o bastante para conter até mesmo Lorde Maccon, mas, graças a um mecanismo acionado à manivela, podiam ser içadas ao teto até pelo zelador mais fraco. Biffy observou de forma contemplativa os fundos das celas, perguntando-se se não podia transformá-las numa espécie de lustre. Ou ao menos enfeitá-las com uns laços e umas borlas.

Ele se acomodou atrás da pequena escrivaninha, no canto da câmara. Tinha que cuidar de negócios da alcateia: um mistério sobre um dos novos recrutas e uma petição de um lobo solitário para que um de seus zeladores se submetesse à metamorfose. Horas depois, ele se levantou, espreguiçou-se e guardou os papéis. Pensou no fato de que, por toda a cidade, os espetáculos estavam acabando, os clubes, se enchendo de fumaça e burburinho, e os cavalheiros, divertindo-se. Talvez pudesse se transformar e ir aproveitar os demais entretenimentos noturnos, antes do

amanhecer. Devido à entrada na alcateia, viu-se obrigado a desistir de certos hábitos de dândi, mas não de todos eles. Passou o dedo com delicadeza nos cachos rebeldes do cabelo. Alguns jovens na cidade tinham passado a andar mais desarrumados, em um desalinho proposital. Algo que, na opinião de Biffy, era por influência sua.

A casa urbana da alcateia estava escura. Todos tiravam proveito das atrações oferecidas por Londres, na qual havia pouquíssimo risco de transmutação inesperada para os mais jovens e de tédio para os mais velhos. Biffy subia a escada quando sentiu um cheiro incomum, um cheiro que não costumava farejar em seu lar. Algo picante, exótico e — o janota fez uma pausa, tentando descobrir — *arenoso*. Ele se virou, dando curtas farejadas, e seguiu o aroma estranho até os fundos da casa, onde ficavam os aposentos dos criados.

Ouviu murmúrios, sua audição aguçada de lobo alertando-o até mesmo através da porta fechada. Vozes masculinas, uma delas grave e autoritária, a outra mais alta e alegre. A primeira parecia familiar, mas era difícil dizer de quem era, já que ambos falavam uma língua estrangeira, que o dândi não reconhecia.

A conversa cessou, e a porta de trás da cozinha abriu-se e fechou-se, deixando penetrar o som da ruela dos fundos e um breve cheiro de lixo. Com a rapidez de um raio, Biffy se posicionou sob a escada, na penumbra, no outro lado do corredor, para escutar a conversa.

Floote saiu de lá. Não notou a presença do dândi e foi cuidar de suas tarefas.

Biffy ficou parado um longo tempo no escuro, pensando. Então, deu-se conta do idioma. Interessante que o mordomo favorito de Lady Maccon falasse árabe fluentemente.

— Bom — a preternatural, que estava diante da rainha da Colmeia de Woolsey, estreitou os olhos para ela —, aqui estou, à sua disposição. Em que posso ajudá-la?

— Ora, Lady Maccon, isso é jeito de se dirigir a um superior? — A rainha vampiro não se mexeu, mantendo a pose rígida.

A visitante suspeitava que, por causa do vestido tão apertado, ela nem podia se mover.

— Interrompeu a noite que eu passaria com a minha família, Condessa Nadasdy.

— Sim e, por sinal, nós pensávamos que Lorde Akeldama seria o principal responsável pela abominação, mas… — Ela parou de falar.

A preternatural entendeu perfeitamente.

— Certo, e é. Prudence mora com ele. E, por favor, refira-se à minha filha pelo nome.

— Mas você mora na casa ao lado e a visita com frequência, pelo que eu soube.

— É necessário.

— Amor materno ou doença infantil? — A rainha arregalou bastante os olhos azuis, cor de centáurea.

— Alguém tem que neutralizá-la.

De repente, a Condessa Nadasdy deu um largo sorriso.

— Ela é complicada, a usurpadora de almas?

— Só quando não é ela mesma.

— Uma forma fascinante de se expressar.

— Precisa simplesmente aprender a relaxar os seus critérios, Condessa, ou Prudence pode percorrer toda Londres e vir até Barking. — Lady Maccon, exasperada por não ter sido convidada a se sentar nem a tomar chá, deixou que parte de seu aborrecimento transparecesse no tom de voz. — Foi por isso que me chamou aqui ou tinha algo específico a tratar?

A rainha vampiro esticou-se em direção a uma mesinha auxiliar. A visitante teve a certeza de ouvir o vestido ranger. A Condessa Nadasdy fez um gesto para que Lady Maccon se aproximasse, usando um pequeno rolo de pergaminho que colocara ali.

— Alguém gostaria de conhecer a abominação.

— O que foi que disse? Acho que não entendi. Alguém gostaria de conhecer quem? — Ela olhou de forma significativa para uma janela ali perto.

A rainha vampiro mostrou as presas.

— Matakara gostaria de conhecer a sua filha.

— Mata... quem? Bom, muita gente gostaria de conhecer *Prudence*. Por que essa senhora específica haveria de...

A Condessa Nadasdy a interrompeu com um gesto brusco.

— Não. Você não entendeu. Matakara, a rainha da Colmeia de Alexandria.

— Quem?

— Hã, como pode ter tal intimidade com tantos imortais e, ao mesmo tempo, conhecer tão pouco o nosso mundo? — O belo rosto arredondado da condessa se contraiu, enfadado. — A Rainha Matakara é o vampiro mais antigo que existe, talvez a mais velha criatura viva. Alguns dizem que tem mais de três mil anos. Claro que ninguém sabe exatamente qual é a idade correta.

A preternatural tentou imaginar tamanha quantidade de anos.

— Oh.

— Ela demonstrou um interesse específico pelo seu rebento. Em geral, a Rainha Matakara não demonstrou interesse *algum* nos últimos quinhentos anos. É uma grande honra. Quando alguém é convocado para visitá-la, não pode se atrasar.

— Deixe-me ver se entendi direito. Ela quer que *eu* vá ao *Egito* com a *minha* filha, porque *lhe* deu na veneta? — Lady Maccon estava, talvez, menos impressionada do que deveria com o interesse de tão venerável criatura.

— Isso mesmo, mas prefere que o motivo de sua viagem não seja publicamente conhecido.

— Ela quer que eu vá ao Egito com a minha filha escondendo a verdadeira razão da viagem? Já ouviu falar das diabruras de Prudence, não?

— Já.

A preternatural deixou escapar um suspiro exasperado.

— Não está pedindo demais, está?

— Tome. — A rainha vampiro lhe entregou a missiva.

O conteúdo do pedido, ou melhor, da ordem, escrita em um tom ligeiramente empolado que sugeria não ser o inglês o idioma natal da autora, confirmava as palavras da condessa.

Lady Maccon ergueu os olhos, irritada.

— Por quê?

— Porque ela assim deseja, claro. — Era evidente que a Rainha Matakara desfrutava do mesmo tipo de poder hierárquico sobre a condessa que a Rainha da Inglaterra sobre a Duquesa de Devonshire.

— Não, na verdade, eu quis perguntar: por que haveria de me dar ao trabalho de fazer essa viagem?

— Ah, sim, preternaturais, sempre tão práticos. Creio que o Egito é adorável nesta época do ano, e tem mais um detalhe, que não levou em consideração.

Lady Maccon releu a carta e, então, virou-a. Havia uma observação no outro lado.

— Acho que o seu marido está sem um dos lobisomens. E que você está sem o pai. Posso ajudar em ambos os casos.

A preternatural fechou o pergaminho com cuidado e o meteu na bolsa reticulada, perto de Ethel.

— Vou me preparar para ir de imediato.

— Minha *cara* Lady Maccon, supus que faria isso. — A rainha vampiro parecia totalmente satisfeita consigo mesma.

A preternatural fez uma expressão de desprezo. Nada mais enervante que um vampiro presunçoso, o que, por dar a impressão de ser seu estado natural, dizia algo sobre eles.

Um grande alvoroço no corredor indicou que ocorrera algum tipo de emergência. Houve uma gritaria e, então, alguém bateu à porta da Sala Azul.

— Dei ordens para que não me interrompessem! — vociferou a rainha, levada a se expressar com irritação, embora não a se mover.

As ditas ordens, porém, foram desconsideradas, pois a porta se abriu de supetão e o dr. Caedes, o major Channing e Madame Lefoux entraram, cambaleantes. Carregavam uma bela jovem de cabelos escuros, olhos fechados e corpo sinistramente inerte. Sua perfeição fora arruinada por um grande talho na nuca, que sangrava em abundância.

— Ah, francamente! Acabei de reformar esta sala! — exclamou a condessa.

Capítulo 4

Diversas Ocorrências Inesperadas e Chá

— É Asphodel, Minha Rainha. Acidente de montaria.

A Condessa Nadasdy agitou dois dedos, indicando que se aproximassem.

— Traga-a aqui.

Os três carregaram o zangão até a ama. A moça respirava superficialmente e não se movia.

— Zangões mortos são muito inconvenientes. Sem falar no trabalho de encontrar um substituto adequado, hábil e atraente.

— Acho que deveria tentar mordê-la, Minha Rainha.

Ela olhou inquiridoramente para o seu companheiro vampiro.

— Acha mesmo, doutor? Creio que já faz algum tempo que corri o risco.

A porta se abriu de repente, e Mabel Dair surgiu à entrada, deslumbrante em um vestido de montaria cor de bronze com acabamento vermelho. A atriz entrou depressa na sala.

— Como ela está?

A srta. Dair caminhou com afetação no tapete felpudo e se precipitou em direção à Condessa Nadasdy e ao zangão ferido, ajoelhando-se ao seu lado.

— Ah, pobre Asphodel!

Lady Maccon tinha que dar crédito à atriz pelo desempenho tocante.

Madame Lefoux deu um passo à frente e se inclinou para pressionar de forma reconfortante os ombros da srta. Dair.

— Venha, *chérie*. Não há nada que possamos fazer por ela agora.

A recém-chegada permitiu que a francesa a ajudasse a se levantar e se afastar da rainha da colmeia.

— Ah, vai tentar, não vai, ama? Por favor! Asphodel é uma jovem tão amável.

A Condessa Nadasdy franziu o nariz e voltou a olhar para baixo.

— Acho que é muito bonita. Pois bem, tragam meu cálice de bebericar.

O dr. Caedes entrou em ação.

— Agora mesmo, Minha Rainha!

E sumiu da sala.

Enquanto aguardavam o seu retorno, a preternatural se virou para os recém-chegados.

— Boa noite, Madame Lefoux. Srta. Dair.

— Lady Maccon, como vai? — respondeu a atriz. Mantinha as mãos entrelaçadas sobre os seios trêmulos, concentrando-se quase que totalmente na jovem moribunda.

A francesa simplesmente inclinou a cabeça na direção da preternatural e lhe deu um sorrisinho tenso. Em seguida, voltou a atenção à atriz, cingindo com solicitude sua cintura.

O dr. Caedes voltou, trazendo um pequeno cálice de prata com uma espécie de tampa encaixada na boca. Lembrava um daqueles acessórios de xícaras desenhados para cavalheiros com bigodes. Ele o entregou à rainha, que o pegou com uma só mão.

— Prepare a moça.

O vampiro segurou a jovem em coma pelos ombros e a colocou no colo da ama. Sua força sobrenatural facilitou a tarefa, embora a mulher já fosse delgada. Em seguida, virou a cabeça dela para expor a lateral do pescoço.

A rainha tomou um gole do cálice, gargarejou e fez uma pausa, com um olhar de intensa contemplação no rosto. Então, expôs os dentes, tanto as presas comuns, as Alimentadoras, quanto as menores, as Criadoras. Lady Maccon não conhecia a fundo os pormenores da metamorfose dos

vampiros. Eles mantinham os detalhes em segredo, e raramente os cientistas, salvo os de sua estirpe, recebiam permissão de observar. Mas a preternatural sabia que, de acordo com as teorias atuais, as Alimentadoras sugavam sangue e as Criadoras o injetavam, levando a efeito a metamorfose através de um processo em que a rainha literalmente doava o próprio sangue para o novo vampiro.

A Condessa Nadasdy escancarou a boca. Das Criadoras saíam gotículas de um sangue escuro, quase negro. Lady Maccon ficou imaginando se o líquido do cálice de bebericar atuava como catalisador.

O dr. Caedes se inclinou e olhou dentro da boca da Condessa Nadasdy.

— Creio que podemos prosseguir, Minha Rainha.

Lady Maccon só podia torcer para que o processo de transformação de vampiros fosse menos violento que o dos lobisomens. Seu marido praticamente devorara Lady Kingair inteira para que ela se metamorfoseasse. Fora bastante indelicado. A última coisa que a preternatural queria era testemunhar a versão vampiresca de uma refeição com entrada, prato principal e sobremesa.

— Deveríamos estar testemunhando isso? O desnascimento não deve ser testemunhado apenas pelos que são íntimos da família? — sussurrou Lady Maccon ao major Channing.

— Creio que a condessa nos deixou aqui como testemunhas de propósito, milady. Ela quer demonstrar sua força. — Ele não parecia nada incomodado ante a perspectiva.

— Quer mesmo? Por quê? Será que dei a impressão de ter duvidado dela?

— Não. Mas o nosso Alfa conseguiu levar a efeito duas metamorfoses bem-sucedidas nos últimos três anos. O que deve ter deixado os vampiros ressentidos.

— Está querendo dizer que deparei com uma espécie de competição infantil eterna? Quem pode transformar a maior quantidade de mortais? Quem são vocês, um bando de criancinhas na escola?

O Gama ergueu as mãos, palmas voltadas para cima, em uma súplica.

— Ah, por favor! — exclamou a preternatural, para então, calar-se, pois a Condessa Nadasdy finalmente mordera o zangão.

A princípio, foi um processo muito mais elegante que o dos lobisomens. Ela cravou as presas Alimentadoras na carne do pescoço da jovem e manteve-as ali até penetrarem o bastante para poder enfiar também as Criadoras. Estreitou a moça com ambos os braços e se inclinou para trás, para que o zangão chegasse à sua boca como um sanduichinho na hora do chá. O rosto pálido e inerte da jovem se inclinou rumo à pequena plateia. A Condessa Nadasdy fechou os olhos, assumindo uma expressão de êxtase. Não movia um músculo sequer, embora a preternatural pudesse ver o estranho tremor em seu pescoço, para cima e para baixo, como uma vaca regurgitando o bolo alimentar, só que mais rápido, em porções menores e em ambas as direções.

Asphodel continuou letárgica nos braços da ama por bastante tempo, até todo o seu corpo dar uma sacudida — uma vez apenas. Lady Maccon se sobressaltou, tal como o major Channing. Madame Lefoux lançou-lhes um olhar reconfortante.

Os olhos do zangão se arregalaram de repente, sobressaltados, olhando direto para os observadores. Então, ela deu um grito. Profundo, longo, agonizante. Suas pupilas se dilataram, escureceram e mudaram de cor, ampliando-se até que todo o globo ocular adquirisse um tom vermelho-escuro.

E os olhos dela começaram a sangrar. As gotas brotaram, escorreram pelas maçãs do rosto e pingaram do nariz. Seus gritos ressoaram como gargarejos quando o sangue passou a jorrar da boca, abafando-os.

O dr. Caedes avisou:

— Já chega, Minha Rainha. Ela não está aguentando. Essa aí não vai se transmutar.

A rainha da colmeia continuou apenas a sugar, com expressão arrebatada. Mas seus braços começaram a relaxar, e seu corpo a pender sobre Asphodel.

O vampiro deu um passo à frente e arrancou a jovem das presas da rainha. Lady Maccon suspeitava que, em circunstâncias normais, ele jamais poderia ter feito aquilo. Embora todos os vampiros fossem fortes, as rainhas tinham a fama de serem as mais poderosas de todos. Não

obstante, os belos olhos da rainha mostraram-se encovados de exaustão, quando ela finalmente os abriu.

A preternatural se inclinou de forma solícita sobre o corpo de Asphodel, tomando o cuidado de não a tocar, caso tudo estivesse ocorrendo de acordo com o previsto e o contato preternatural pudesse interferir no processo de metamorfose. Mas a jovem não se moveu. De sua posição, Lady Maccon observou seu Gama. O lobisomem balançou a cabeça loura.

O dr. Caedes comentou, em meio ao silêncio estarrecido da Sala Azul:

— Minha Rainha, ela não aguentou. Precisa se alimentar e recobrar a energia. Por favor, retraia as Criadoras. Vou chamar os zangões.

A Condessa Nadasdy dirigiu o olhar vago ao companheiro vampiro.

— Não deu certo? Mais um zangão perdido. Que lástima. Vou ter que comprar um vestido novo, então. — Ela olhou ao redor e observou a preternatural inclinada sobre a falecida. Riu. — Não há nada que possa fazer, sugadora de almas.

Lady Maccon se levantou, sentindo-se nauseada.

Havia sangue espalhado por todos os lados. Empapado no vestido verde da condessa, borrifado no tapete cor de nata e azul, e empoçado sob o cadáver da pobre moça. Era, de fato, muito mais do que uma dama deveria ter de aguentar em uma visita formal.

O dr. Caedes fez um gesto para que a srta. Dair se aproximasse.

— Atenda a sua ama, srta. Dair.

— Claro, doutor. Agora mesmo. — Ela correu até a Condessa Nadasdy, os cachos dourados balançando, e ofereceu-lhe o pulso.

O dr. Caedes a seguiu e estendeu a mão para apoiar a cabeça da rainha.

— Lembre-se de usar apenas as Alimentadoras, agora. Está muito fraca.

A Condessa Nadasdy sorveu por um longo tempo o pulso da atriz, enquanto todos observavam em silêncio. A srta. Dair ficou imóvel em seu belo vestido cor de bronze, mas logo o tom róseo de suas maçãs do rosto perfeitamente arredondadas começou a se descorar.

O vampiro avisou, com delicadeza:

— Já basta, Minha Rainha.

Mas ela não parou.

Madame Lefoux deu um passo adiante. Seus movimentos eram rígidos e vigorosos, sob o paletó de gala de corte impecável. Ela agarrou o antebraço da srta. Dair e arrancou-o das presas da rainha vampiro, surpreendendo ambas as mulheres.

— *Ele disse que já bastava.*

A Condessa Nadasdy fuzilou a francesa com os olhos.

— Não ouse me dar ordens, *zangão.*

— Já não consumiu sangue suficiente por uma noite? — A inventora fez um gesto, apontando para o cadáver e o banho de sangue ao seu redor.

A rainha vampiro lambeu os beiços.

— E, ainda assim, continuo faminta.

Madame Lefoux foi se afastando, cambaleante. O dr. Caedes a impediu de prosseguir, pondo as mãos em seus ombros.

— Não quer que a rainha sugue mais a srta. Dair? Está se oferecendo para trocar de lugar com ela? Muito generoso de sua parte. Ainda mais considerando o quanto tem sido cautelosa com o próprio sangue desde que veio para cá.

A francesa pôs os cabelos atrás da orelha, em atitude desafiadora. Deixara-o crescer desde que se tornara zangão, mas ele continuava curto demais, para uma mulher. Em seguida, ofereceu o pulso sem protestar. A condessa meteu as presas. Madame Lefoux desviou os olhos.

— Talvez o major Channing e eu devamos nos despedir — sugeriu a preternatural, pouco à vontade ao ver Genevieve simular desinteresse. E, então, eles saíram, deixando Madame Lefoux indiferente, a srta. Dair, anêmica, o dr. Caedes, distraído, e a condessa, tomando seu chá.

A estação de Fenchurch Street não era a favorita de Lady Maccon. Ficava perto demais do cais londrino e, claro, da Torre de Londres. Havia algo na Torre, com todos os seus fantasmas que não podiam ser exorcizados, que lhe provocava arrepios. Era como se fossem convidados para um jantar que tivessem resolvido ficar até muito mais tarde do que o aceitável.

Lady Maccon e o major Channing entraram. Como estavam no momento mais tranquilo da noite, não havia carregadores. Nenhum.

A preternatural sentou-se na sala de espera da primeira classe sozinha, impaciente, enquanto o major Channing foi tentar pegar um coche de aluguel.

Um sujeito, diferente de todos os que ela já vira, irrompeu na sala, assim que o major Channing sumiu de vista. Lady Maccon sabia que havia gente daquele tipo em Londres, mas não em sua área da cidade! Os cabelos dele eram longos e assanhados. O rosto, bronzeado, como o de um marinheiro. A barba, desleixada e malcuidada. No entanto, ela não teve medo do homem, pois aparentava estar bastante aflito, e sabia seu nome.

— Lady Maccon! Lady Maccon!

Tinha sotaque escocês. A voz lhe era vagamente familiar, embora débil e rouca. Por mais que tentasse, a preternatural não conseguiu identificar aquele rosto esquelético, de lagosta cozida, não sob todo aquele monte de pelo desgrenhado.

Então, olhou com desdém para o sujeito.

— Eu o conheço, senhor?

— Sim, milady. Dubh. — Ele conseguiu esboçar um sorriso. — Eu estou um pouco diferente da última vez que me viu.

Diferente era apelido. Dubh não fora um sujeito especialmente bem-apessoado nem encantador, mas, naquele momento, estava sem sombra de dúvida com péssima aparência. Um escocês, era preciso admitir, e ela reconhecia que as suas preferências tendiam a se inclinar naquela direção. No passado, o homem não se comportara bem, tendo se metido em uma briga com Conall que destruíra praticamente uma sala de jantar inteira, além de uma bandeja cheia de suspiros.

— Nossa, sr. Dubh, o que provocou tamanha necessidade de um barbeiro? O senhor não está bem? Foi atacado por um anarquista?

Ela rumou até ele, pois o lobisomem se apoiara na ombreira da porta, aparentando estar prestes a deslizar por ela e cair no chão.

— Não, milady, eu lhe imploro. Não aguentaria o seu toque.

— Mas, meu caro senhor, permita que eu peça ajuda. Sentiram muito a sua falta. Sua Alfa está aqui em Londres, procurando pelo senhor. Eu poderia mandar o major Channing pegar...

— Não, por favor, milady, apenas escute. Esperei até que estivesse sozinha. Essa é uma questão para a senhora, somente. Seu lar... seu lar não está seguro. Não está sob controle.

— Prossiga.

— O seu pai... o que ele fez... no Egito. A senhora precisa dar um basta naquilo.

— O quê? O que foi que ele fez?

— As múmias, milady, elas...

Um disparo ressoou intensa e claramente na estação. Ela soltou um grito quando o sangue começou a jorrar do peito de Dubh. O Beta, com expressão de total surpresa, levou ambas as mãos côncavas à lesão, cobrindo-a.

Em seguida, tombou para frente, mostrando que alguém atirara nele pelas costas.

Lady Maccon entrelaçou as mãos e se esforçou para se manter afastada, embora seus instintos lhe implorassem para ajudar Dubh. Então, berrou o mais alto possível:

— Major Channing, major Channing, venha depressa! Aconteceu uma *desgraça*!

O Gama entrou correndo, na velocidade que somente os sobrenaturais podiam alcançar. Na mesma hora, agachou-se ao lado do lobisomem caído.

Farejou o ar.

— A Alcateia de Kingair? O Beta desaparecido? Mas o que é que ele está fazendo *aqui*? Achei que tinha desaparecido no Egito.

— Pelo visto, voltou faz pouco tempo. Veja: barba, rosto bronzeado, perda de peso. Estava como mortal fazia algum tempo. Só uma coisa provoca isso num lobisomem.

— A Peste Antidivindade.

— Acha que há uma explicação melhor? Embora ele esteja aqui, no país. Já deveria ter voltado a ser lobisomem.

— Ah, e voltou, ou eu não teria farejado a alcateia de Kingair nele — explicou o major Channing, com segurança. — Ele não está mortal, mas bastante fraco.

— Quer dizer que não morreu?

— Ainda não. É melhor o levarmos logo até a casa, para tirarmos o projétil, ou ele pode não resistir. Tome cuidado, milady. O assassino deve estar lá fora. É melhor eu sair primeiro.

— Mas eu estou com Ethel — informou-lhe ela, tirando a pequena arma da bolsa reticulada e engatilhando-a.

O major Channing revirou os olhos.

— Vamos em frente! — Lady Maccon saiu rápido da sala de espera, os olhos atentos para movimentos nas sombras, a arma a postos.

Nada aconteceu.

Eles chegaram ao coche de aluguel, que os aguardava, com facilidade. O major Channing ofereceu ao cocheiro o triplo da tarifa para que fosse duas vezes mais depressa. Eles teriam chegado a casa em tempo recorde, não fosse por um incêndio em Cheapside que os obrigou a voltar e contornar a área.

Uma vez na residência, bastou um único grito de Lady Maccon para que todos os lobisomens e zeladores chegassem correndo. Como o nascer do sol se aproximava, a casa estava lotada, com os zeladores acordando e os lobisomens se preparando para dormir. O Beta de Kingair ferido causou grande rebuliço. Foi carregado com cuidado para dentro, até a sala dos fundos, ao mesmo tempo que mensageiros foram enviados até o DAS, para chamar Lorde Maccon e Lady Kingair.

Dubh estava com aspecto pior, a respiração chiando. A preternatural se preocupou, de fato, com a sua sobrevivência. Sentou-se no sofá, do outro lado, sentindo-se totalmente inútil, já que não podia afagar a mão dele nem enxugar a sua testa.

Floote surgiu ao seu lado.

— Problemas, madame?

— Ah, sim. Onde esteve? Sabe se há alguma coisa que possa ajudar?

— Ajudar?

— Ele levou um tiro.

— Precisamos tentar extrair o projétil, caso seja de prata.

— Ah, sim, claro, e você...

— Receio que não, mas vou mandar chamar um cirurgião agora mesmo.

— Progressista?

— Claro, madame.

— Ótimo. Faça isso.

Floote meneou a cabeça para um jovem zelador, que deu um salto entusiástico adiante, e o mordomo lhe deu o endereço de um médico.

— Talvez, madame, um pouco de ar para o doente?

— Claro! Saiam da sala, por favor, senhores.

Todos os zeladores e lobisomens saíram, as expressões consternadas. Floote se retirou sem fazer barulho e voltou, instantes depois, com chá.

Eles ficaram calados, observando a respiração de Dubh se enfraquecer cada vez mais. Seu devaneio foi interrompido por um barulho à porta, indicando a volta de Lorde Maccon.

A esposa foi depressa até a entrada, ao encontro do marido.

— Alexia, está indisposta?

— Claro que não. O mensageiro explicou o que ocorreu?

— Dubh apareceu, achou-a na estação de trem, tentou lhe dizer algo e levou um tiro.

— Sim, basicamente foi isso.

— Muito inconveniente.

Lady Kingair surgiu ao lado do tataravô.

— Como ele está?

— Receio que nada bem. Fizemos o que podíamos, e já mandamos chamar o cirurgião. Venha comigo. — A preternatural liderou o caminho até a sala dos fundos.

Quando entraram, encontraram Floote inclinado sobre Dubh. A face normalmente impassível do mordomo estava enrugada, de preocupação. Ele ergueu os olhos quando os demais chegaram e balançou a cabeça.

— Não! — gritou Lady Kingair, a voz estridente de desespero. Ela empurrou o mordomo para o lado e se inclinou sobre o Beta. — Oh, não, Dubh.

O lobisomem estava morto.

A Alfa de Kingair começou a chorar. Soluços intensos, que sacudiam seu corpo, o lamento de uma velha amiga e companheira.

Lady Maccon desviou os olhos daquela cena emotiva e deparou com a expressão cheia de pesar do marido. Tinha se esquecido de que Dubh fizera parte da alcateia dele também. Não chegara a ser tão próximo quanto um Beta, naquela época, mas, como os lobisomens viviam por um longo tempo, os integrantes da alcateia sempre eram muito valorizados. Embora não pudesse ser considerada uma grande perda, sob o aspecto da personalidade, não se podia ficar indiferente a um imortal morto. Era uma tragédia em termos de informações perdidas, como o incêndio da Biblioteca de Alexandria.

A preternatural caminhou até Lorde Maccon e lhe deu um abraço apertado, sem se importar que os outros estivessem vendo. Assumindo o controle da situação — todos precisavam de um passatempo, e aquele era o dela —, a esposa guiou o marido com delicadeza até uma poltrona ampla e fez com que se sentasse. Pediu que Floote fosse pegar um pouco de formol e mandou um zelador chamar o professor Lyall. Em seguida, foi até o corredor para confirmar o que os lobisomens, que ali aguardavam, já haviam imaginado por causa do grito de Lady Kingair: tinham perdido um dos seus.

Capítulo 5

Disfarçados de Atores

Desnecessário dizer que Lady Maccon se viu às voltas com mil e um afazeres antes de poder tratar da questão da Rainha Matakara com o marido. Ninguém dormiu muito naquele dia, exceto, talvez, Biffy. Ao que tudo indica, o lobo mais novo da Alcateia de Londres chegou a casa, arqueou uma sobrancelha ante o terrível rebuliço e, muito sensatamente, optou por ir se deitar com o mais recente exemplar da revista *Le Beaux Assemblée*.

Lady Maccon passou a manhã procurando um vestido preto para si, coletes do mesmo tom para a alcateia e faixas negras para os criados. Dubh não chegara exatamente a fazer parte da família, mas, como morrera ali, ela sentiu que deveria prestar as devidas homenagens. O DAS estava um caos, e os zeladores, nervosos com o drama, o que a levou a ficar de olho neles, também.

Quando, por fim, anoiteceu, Lady Kingair insistiu em partir de imediato, com o corpo de Dubh, para a Escócia. Mas anunciou que voltaria logo após o enterro para investigar à sua maneira as causas do homicídio. Seu tom de voz lançava dúvidas sobre a capacidade dos ingleses de lidar adequadamente com tais questões. A partida brusca deixou Lady e Lorde Maccon parados, em silêncio, no corredor, entreolhando-se, exaustos por não terem pregado os olhos. Quando alguém bateu à porta da frente, os

dois estavam totalmente despreparados para lidar com a face maquiada de Lorde Akeldama e com a animada Prudence, sentada toda faceira no colo de Tizzy, atrás do vampiro.

— Papá! Mamã! — saudou a filha.

— Ah, querida, boa noite! — disse a mãe, tentando parecer alegre. — Lorde Akeldama, Visconde Trizdale, entrem, por favor.

— Não, obrigado, *bochechinhas fofas*. Estamos querendo dar uma voltinha no parque. Não acho que esse tempo ótimo vá durar muito tempo. Eu e a mestiça queríamos saber se vocês, meus queridos, não gostariam de vir conosco?

— Ah, quanta gentileza. Lamento, milorde, mas tivemos um dia bastante complicado.

— Foi o que os meus *zangõezinhos* me contaram. Houve um grande alvoroço aqui ontem *e* hoje, o dia inteiro, pelo que soube. Alguém teve um acidente *sério*. Sem falar no fato de *você* ter ido visitar a Colmeia de Woolsey, *cara* Alexia. Mas, minha amiga fabulosa, *toda de negro*? Certamente não seria necessário?

Lady Maccon enfrentou a ofensiva com cortesia até o fim.

— Ah, minha nossa, Woolsey! Conall, meu querido, eu tinha me esquecido completamente. Preciso conversar com você sobre isso. Sim, como você mencionou, Lorde Akeldama, houve um grande alvoroço. Sinto muito pela brusquidão, mas estou mesmo esgotada. Talvez amanhã à noite? — Ela não lhe daria a satisfação de obter mais informações.

O vampiro sabia quando estava sendo dispensado. Inclinou a cabeça de forma graciosa, e foi com Tizzy e a filha adotiva até a rua, onde um carrinho de bebê enorme aguardava a vontade de Prudence. Lorde Akeldama o mandara fazer um pouco depois de a adoção se tornar oficial. Era um Perambulador de Primeira Classe dos Irmãos Plimsaul. Tinha rodas de cobre ao estilo de monorrodas e uma minicarruagem com detalhes dourados, excessivamente decorada com espirais. A alça do carrinho podia ser regulada de acordo com a altura desejada e levava uma placa de porcelana com o nome *Mocinha Orgulhosa* em arabescos floridos. Uma manivela permitia que se levantasse ou abaixasse a sombrinha de proteção anexada — algo útil para o mau tempo. O carrinho — uma denominação otimista, de acordo com a preternatural — podia ser convertido para levar mais de uma criança ao mesmo tempo. Lorde Akeldama mandara fazer o veículo com a parte interna removível e forrada, com laços e remates rendados. Também encomendara vários conjuntos, em todas as cores possíveis, para combinar com as roupas que ele fosse usar. À luz dos lampiões de gás, Lady Maccon pôde apenas discernir que o vampiro e o carrinho estavam com tons de prata e azul-petróleo aquela noite. Prudence trajava um charmoso vestido de renda cor de nata, e Tizzy, um tom harmonioso de dourado-claro. A babá ia atrás, com cara de quem se sentia explorada. De alguma forma, Lorde Akeldama conseguira fazer com que ela usasse um laço azul-petróleo, em solidariedade.

E eles foram desfilando. Sem dúvida alguma o vampiro estava disposto, ou melhor ainda, louco para parar e ser admirado pelos diversos transeuntes curiosos. Era bem provável que fosse uma caminhada bastante lenta até o parque. Lorde Akeldama agia daquele jeito porque gostava de chamar atenção. Por sorte, havia indícios de que Prudence seguiria o mesmo caminho. Farinha do mesmo saco reluzente.

A preternatural agarrou o marido pelo braço, praticamente o arrastou até a sala dos fundos e fechou a porta com firmeza depois que ambos entraram.

— Ah, Conall, outra coisa aconteceu, e, durante o caos da lastimável morte de Dubh, eu me esqueci por completo de lhe contar. Vi a Condessa Nadasdy tentar metamorfosear uma nova rainha ontem à noite.

— Não me diga! — Lorde Maccon deixou um pouco a melancolia de lado. Deu umas batidinhas no assento perto de si, e a esposa se aproximou com satisfação, para se sentar junto dele.

— Fez às pressas. Um dos zangões sofreu um acidente. A metamorfose acabou não ocorrendo, mas o processo foi fascinante, do ponto de vista científico. Sabia que as presas Alimentadoras são cravadas primeiro? Ah, e tinha sangue por toda parte! Mas estou divagando. Essa não é a parte principal. Deixe-me ver, onde é que eu pus a minha bolsinha reticulada? Ah, puxa. Devo tê-la largado quando tirei Ethel na estação. — Lady Maccon deu um muxoxo. — Não importa, acho que me lembro do conteúdo essencial da mensagem.

— Mensagem? Do que está falando, minha querida? — O marido observava a esposa com fascinação. Ela quase nunca ficava alvoroçada, era encantador. Ele teve vontade de agarrá-la, puxá-la para si e acariciá-la até ela parar de falar daquele jeito tão agitado.

— A Condessa Nadasdy me chamou para visitar a Colmeia de Woolsey porque eu e Prudence fomos convocadas, recebemos a ordem, na verdade, de ir visitar pessoalmente a rainha da Colmeia de Alexandria.

Lorde Maccon parou de pensar na beleza da esposa.

— Matakara? É mesmo? — O conde pareceu impressionado.

Alexia ficou surpresa. O marido quase nunca se impressionava com nada relacionado aos vampiros. Na verdade, ele quase nunca se impressionava com nada, exceto, talvez, com Lady Maccon, de vez em quando.

— Ela exige que a visitemos no Egito o quanto antes. Veja bem, no *Egito*.

O Alfa nem titubeou ante a ousadia de tal exigência, e só disse:

— Bom, se é assim, vou com vocês.

A esposa fez uma pausa. Tinha preparado toda a história. A explicação do motivo por que deveria ir. Concebera até um plano para disfarçar o verdadeiro objetivo da viagem. Contudo, lá estava o marido cedendo e querendo ir junto.

— Espere aí, como é que é? Não vai protestar?

— Faria diferença?

— Bom, sim, mas eu iria assim mesmo.

— Minha querida, ninguém diz não à Rainha Matakara. Mesmo sendo o Alfa da Alcateia de Londres.

Lady Maccon ficou tão surpresa, que usou o próprio argumento do marido — o que ela estivera preparada para combater.

— Mas não prefere ficar e acompanhar a investigação do homicídio?

— Claro que sim. Mas jamais permitiria que você fosse sozinha ao Egito. É uma região perigosa, e não apenas por causa da Peste Antidivindade. O professor Lyall, o major Channing e Biffy são bem mais capazes do que eu gosto de admitir. Tenho certeza de que poderão lidar com tudo aqui, inclusive com Lady Kingair e a investigação sobre o assassinato de Dubh.

A esposa ficou de queixo caído.

— Francamente, isso foi fácil demais. O quê... — Ela parou. — Ah, já entendi! Você quer investigar o que ele andou fazendo no Egito e o que descobriu lá, não é mesmo?

O marido deu de ombros.

— E *você,* não quer?

— Você acha que Lady Kingair mentiu para nós sobre o que a levou a mandá-lo para lá?

— Não, mas eu acho que ele deve ter descoberto alguma coisa importante. E por que você em especial? Por que não a alcateia dele?

— Tudo isso tem a ver com o meu pai. Dubh tentou mencionar algo a esse respeito, antes de levar o tiro, e a mensagem da Rainha Matakara dava a entender que ela conhecia segredos relacionados ao meu pai. Ele passou algum tempo no Egito, pelo que li nos diários dele. Infelizmente, não chegou a escrever nada durante esse período. Embora tenha conhecido a minha mãe quando estava lá.

Lorde Maccon pestanejou.

— A sra. Loontwill foi até o Egito?

— Pois é, inacreditável, não? — Ela deu um largo sorriso, diante da evidente perplexidade do marido.

— Muito.

— Então, devo planejar a viagem? Os vampiros não podem reclamar por nos encarregarmos de Prudence por alguns meses. Afinal de contas, é por ordem *deles.*

— Os vampiros reclamam de tudo. Na certa vão querer mandar um zangão, para nos vigiar.

— Hum. Ademais, será uma viagem mais lenta com você junto, meu querido. Eu planejava viajar pelo Dirigível Expresso Postal, mas, com um lobisomem, teremos que ir por mar. — Ela acariciou a coxa dele, para contrabalançar qualquer insulto inerente às palavras.

Ele pôs a manzorra sobre a mão dela.

— A Companhia de Navegação Vapor Oriental e Peninsular está com um novo navio de alta velocidade, que vai direto de Southampton a Alexandria, e leva dez dias. Também passa por diversas rotas de voos de

dirigível, que podem lançar a nossa correspondência. O professor Lyall pode me manter a par da investigação a respeito de Dubh, ao longo da viagem.

— Como você é bem informado, marido, sobre viagens até o Egito. Chega quase a dar a impressão de que previu o passeio.

Lorde Maccon evitou dar explicações ao perguntar:

— Como acha que podemos disfarçar o objetivo da viagem?

Ela deu um largo sorriso.

— Eu preciso descansar um pouco. Então, vou fazer uma visita à meia-noite, ver se o grupo em questão estará de acordo e lhe conto depois.

— Minha querida, eu odeio quando você fica toda misteriosa. É um indício de que não vou gostar do resultado.

— Bobagem, você vai adorar. Isso o manterá alerta.

— Venha cá, mulher impossível. — Conall puxou a esposa para si e a abraçou, beijando seu pescoço e, em seguida, sua boca.

Lady Maccon captou perfeitamente a natureza da carícia.

— Melhor irmos direto para a cama, meu amor, para dormirmos.

— Dormirmos?

A esposa era bastante suscetível àquele tom de voz do marido.

Eles subiram a escada da própria casa e, então, saíram para cruzar a pequena ponte levadiça até a residência urbana de Lorde Akeldama, onde mantinham os seus aposentos secretos no terceiro melhor closet do vampiro. Ela não chamou Biffy, deixando que Conall manuseasse desajeitadamente os botões e o espartilho, muito mais paciente com o seu toque do que de costume. Ele conseguiu tirar o seu vestido, o corpete e a roupa íntima em tempo recorde, e a preternatural tratou de tirar as roupas dele depressa. Lady Maccon aprendera a lidar com a vestimenta masculina em apenas uma semana e meia de casamento. Também aprendera a apreciar o calor do corpo nu do marido contra o seu. Muito hedonista de sua parte, aquela entrega tão incondicional, e ela jamais admitiria isso para ninguém. Havia algo de fascinante nas relações conjugais, por mais complicadas que fossem. A preternatural considerava o toque do marido tão fundamental para a sua rotina diária quanto chá. Talvez até mais difícil de abrir mão.

Alexia deixou que Conall a carregasse e a colocasse no colchão de plumas, onde ele a seguiu, deitando na roupa de cama cálida e aconchegante. Uma vez ali, Lady Maccon assumiu o controle, gentil, mas firmemente. Como o conde era um brutamontes adorável e mandão, na melhor forma possível, ela quase sempre deixava que ele controlasse as relações amorosas na cama. Mas, às vezes, precisava lembrar-lhe que ela era Alfa também, e a sua natureza não lhe permitiria sempre segui-lo em todos os aspectos de sua vida a dois. Ela sabia, considerando a morte de Dubh, que Conall precisava de afeto, tanto quanto ela sentia necessidade de provê-lo. A noite pedia ternura, entre carícias longas e suaves e beijos lânguidos, levando ambos a se recordarem de que estavam vivos e juntos. A esposa queria demonstrar ao marido, pelos toques, que não estava indo a lugar algum. A paixão dos dois, com seu estilo brusco e divertido, que incluía mordidas, podia esperar até que ela lograsse o seu intento com a maior firmeza possível, em uma linguagem que o Alfa entendesse perfeitamente.

A sra. Tunstell recebeu Lady Maccon em sua sala de visitas. A chegada de gêmeos na vida dela não afetara nem a decoração da casa, que continuava repleta de tons pastéis e babados, nem ela própria. Como a amiga e o marido conseguiam pagar uma babá era algo que a preternatural jamais cometeria a grosseria de perguntar. Com tal acréscimo ao quadro doméstico, a harmonia do lar e as atuações no palco pouco foram afetadas pela inesperada bênção dupla. Por sinal, a sra. Tunstell estava com a mesma aparência, jeito de falar e de se comportar de antes do casamento.

Os filhos dela, ao contrário de Prudence, pareciam imperdoavelmente bem-comportados. Nas poucas ocasiões em que Lady Maccon os viu, ela fizera o costumeiro "gutiguti", e os nenéns tinham agido com mimo e pestanejado os cílios ultralongos até alguém vir tirá-los dali, o que era tudo o que se pedia de bebês. A preternatural achava-os encantadores e, portanto, experimentou uma satisfação cruel ao constatar que já estavam deitados ao chegar.

— Minha querida Alexia, como vai? — A sra. Tunstell saudou-a com genuíno prazer, segurando ambas as mãos da amiga. Em seguida, puxou-a para dentro e deu beijinhos no ar nos dois lados do rosto, uma afetação que parecia à recém-chegada por demais francesa, mas que ela aprendera a aceitar por ser um hábito que adquirira com os demais atores.

— Ivy, querida, como está? Desfrutando desta noite agradável?

— Estou satisfeitíssima com o refinamento corriqueiro da vida familiar.

— Ah, sim, e como vai o Tunstell?

— Encantador, como sempre. Sabe, ele se casou comigo quando eu era apenas uma jovem pobre e bonita. Tudo mudou desde então, claro.

— E os gêmeos? — Nascidos quase seis meses após Prudence, chamavam-se Percival e Primrose, mas a mãe costumava tratá-los por Percy e Tidwinkle. O primeiro fazia sentido, claro, mas Lady Maccon não entendia como Tidwinkle surgira de Primrose.

A sra. Tunstell deu um sorriso, próprio de mãe de dois doces anjinhos — acrescentando à expressão um suspiro de devoção.

— Ah, os *fofinhos*. Eu poderia comê-los com uma colher. Eles estão dormindo agora, os meus docinhos queridos. E a pequena Prudence, como vai?

— Dando um trabalho danado e pintando o diabo, claro.

A amiga deu uma risadinha, ante a frase.

— Ah, Alexia, você é tão ferina. Imagine, falar da própria filha dessa forma!

— Minha querida Ivy, eu estou apenas constatando a mais pura verdade.

— Bom, acho que a pequena Prudence *é* mesmo um bebê mestiço.

— Ainda bem que eu conto com ajuda, ou não teria um segundo de sossego!

— Sim — disse a amiga, desconfiada. — Tenho certeza de que Lorde Akeldama é imprescindível.

— Ele está levando Prudence para dar uma volta no parque, agora.

A sra. Tunstell fez um gesto para que Lady Maccon se sentasse, e pediu que a criada trouxesse chá.

A convidada obedeceu à anfitriã. Ivy se acomodou, satisfeita, na frente da recém-chegada, feliz, como sempre, com o fato de a querida Lady Maccon ainda lhe dedicar tempo. Havia uma disparidade tão grande em seu status social que, não importava o quanto a visitante tentasse lhe convencer do contrário, ela sempre sentia que a continuidade de seus laços de amizade era uma honra. Nem mesmo o cargo tão confidencial quanto o de integrante de uma sociedade secreta e espiã bastava para que a sra. Tunstell aceitasse que Lady Maccon, esposa de um conde, viesse tomar chá com ela... em Soho! Em apartamentos *alugados*!

Ainda assim, isso não a impediu de reprimir a dita amiga com delicadeza em relação a Lorde Akeldama. O sujeito era, afinal de contas, por demais extravagante para exercer o papel de pai. A sra. Tunstell considerava o seu lado vampiresco um detalhe bem menos importante do que o seu comportamento escandaloso e o modo de vestir exuberante. Nem mesmo os seus colegas atores eram tão exagerados.

— Não teria sido melhor ter contratado uma boa babá, Alexia, querida? Para o equilíbrio dos humores emocionais vitais? Eu as recomendo sem restrições.

— Ah, Lorde Akeldama tem uma também. O temperamento dele é bastante estável, posso lhe garantir. O que não faz a menor diferença, no que tange a minha filha. Prudence requer todos os marinheiros na proa, se entende o que eu quero dizer. Duas vezes mais difícil do que o pai, mesmo nos melhores dias dele.

A amiga balançou a cabeça.

— Alexia, francamente, você diz as coisas mais chocantes que se possam imaginar.

A preternatural, ciente de que aquela conversa fiada poderia se estender por quarenta e cinco minutos ou mais, tratou de um tema mais condizente com a sua visita.

— Eu consegui ir à estreia de sua nova peça, anteontem.

— É mesmo? Quanta gentileza! Um grande patrocínio de sua parte. Gostou? — A sra. Tunstell juntou as mãos e observou Lady Maccon com olhos arregalados e brilhantes.

A criada trouxe chá, o que deu à preternatural um momento para buscar as palavras apropriadas. Alexia aguardou enquanto Ivy servia o chá e, em seguida, tomou um golinho, antes de lhe responder:

— Como sua patrona, aprovo entusiasticamente. Você e Tunstell me deixaram orgulhosa. Uma história singular e uma representação muito original do amor e da tragédia. Posso dizer com segurança que estou convencida de que Londres nunca viu nada igual. E nem verá. Achei que a sequência da dança do abelhão foi… instigante.

— Ah, obrigada! O meu cérebro se enche de alegria ao ouvir você dizer isso. — Ela deu um sorriso radiante, os copiosos cachos negros balançando de contentamento.

— Eu queria saber quanto tempo vocês vão apresentar a peça aqui, e se já consideraram a possibilidade de fazer uma turnê com ela.

A sra. Tunstell tomou um gole de chá e pensou seriamente na questão.

— Temos apenas um contrato de uma semana. Nossa intenção foi sondar o terreno para esse novo estilo, pensando em apresentá-lo depois num lugar maior, se tudo corresse bem. Por quê? Tem algo em mente?

Lady Maccon pôs a xícara na mesa.

— Na verdade, queria saber se você consideraria — ela fez uma pausa para dar um efeito dramático — o Egito.

A amiga ficou pasma e levou a mãozinha branca ao pescoço.

— Egito?

— Eu acho que o público egípcio, frequentador de teatro, vai achar *As Chuvas Fatais de Swansea* muito comovente. O tema é muito exótico, e creio que há uma dama abastada que mora lá e se interessa especificamente por esse tipo de espetáculo. Já havia considerado a possibilidade de levar a produção para fora de Londres?

— Ah, sim, pela Europa, claro. Mas até o Egito? Eles têm chá lá? — Ela não parecia estar se opondo de todo à viagem. Desde que viajara com Lady Maccon até a Escócia, tomara gosto pelas viagens ao exterior. A preternatural culpara as saias escocesas.

Alexia aproveitou para lhe dar um incentivo extra:

— É claro que vou me encarregar da organização e dos gastos necessários.

— Puxa, Alexia, assim você me constrange. — A amiga enrubesceu, mas não recusou a oferta.

— Como sua patrona, acho que é a minha obrigação divulgar a mensagem incrivelmente tocante da sua peça. Só a dança do abelhão já foi uma obra-prima da narrativa moderna. Não creio que possamos negar isso aos demais por causa da distância e do gosto duvidoso em matéria de bebidas.

A sra. Tunstell assentiu com uma expressão solene no rostinho animado, diante daquelas palavras profundas.

— Além disso — Lady Maccon abaixou a voz de forma significativa —, temos que lidar também com um assunto do Protetorado da Sombrinha no Egito.

— Oh! — A amiga mal podia conter o entusiasmo.

— É possível que eu a convoque na condição de Agente Touca Pufe.

— Se é assim, eu vou falar com o Tunny, e nós vamos tomar as medidas e fazer os preparativos necessários agora mesmo! Vou precisar de mais caixas de chapéus.

A preternatural empalideceu um pouco ante aquela empolgação instantânea. A companhia teatral do casal Tunstell incluía quase doze pessoas, além de vários aduladores.

— Será que poderíamos diminuir um pouco o tamanho da produção? Esse é um assunto delicado.

— *Talvez* seja possível.

— Levando, quiçá, apenas você e o Tunstell?

— Não sei, não. Há o vestiário a considerar. Quem vai cuidar disso? E alguns dos papéis coadjuvantes são bem fundamentais para a história. E os gêmeos? Eu não poderia deixar os meus queridos bonequinhos. Vamos precisar da babá, já que não posso me virar sem ela. E, além disso, temos…

Ela continuou a matraquear, e Lady Maccon permitiu que o fizesse. Depois de uma longa negociação, a sra. Tunstell concluiu que poderia reduzir o número de integrantes da comitiva a dez, não incluindo o marido e os gêmeos, e que anotaria os nomes, reuniria os documentos e os enviaria para Floote o quanto antes.

Ficou decidido que partiriam até o fim da semana seguinte, quando todos os detalhes estivessem resolvidos. Lady Maccon saiu dali pensando que a pior parte havia terminado e que só precisaria convencer Lorde

Maccon da vantagem de se esconderem em plena luz do dia em meio a um bando de atores.

Ela mandou um bilhete à Condessa Nadasdy, instruindo-a a dizer à Rainha Matakara que, caso a Colmeia de Alexandria expressasse um interesse específico em assistir a uma apresentação de *As Chuvas Fatais de Swansea*, talvez recebesse também a visita do casal Maccon e de sua filha incomum. A Rainha Matakara deveria ordenar que a peça lhe fosse apresentada pessoalmente, em sua residência, e, para tanto, precisaria solicitar que a Companhia de Teatro Contemporâneo Tunstell fosse ao Egito com tal finalidade. Lady Maccon e o marido seriam convidados na condição de patronos.

Quando a preternatural concluiu essa tarefa, a alcateia já voltara para casa, provocando o típico estardalhaço de homenzarrões. Lorde Maccon apareceu à porta a fim de informar que não havia novidades quanto a Dubh e perguntar se ela sabia do paradeiro de Biffy.

Lady Maccon disse que não fazia ideia e pediu que ele entrasse para que pudesse lhe contar o seu plano, antes de voltar a perambular pela residência. O marido o fez, ela lhe relatou tudo e, após muito resmungar, ele reconheceu a necessidade de viajarem disfarçados de atores.

— E agora — anunciou a esposa —, vou conversar com Lorde Akeldama. Quero saber o que ele acha dessa convocação da Rainha Matakara e informar a minha iminente ausência prolongada do Conselho Paralelo. Ele vai ter que lidar com o primeiro-ministro regional sozinho.

— Se você acha necessário.

— Meu querido, você precisa reconhecer o fato de Lorde Akeldama dispor de informações úteis. Informações de que nem mesmo você nem o DAS dispõem. Além do mais, ele é o tutor de Prudence. Se quisermos tirá-la do país, mesmo por solicitação de uma rainha vampiro, temos que pedir a permissão dele. É assim que funciona.

Lorde Maccon fez um gesto magnânimo para que ela prosseguisse, e a esposa foi até a casa vizinha, sem mais preâmbulos.

Ao acordar naquela tarde, Biffy ficou compreensivelmente perturbado ao tomar conhecimento da morte de Dubh. Mas foi uma perturbação superficial, já que ele não conhecera o lobisomem e, a julgar pelos boatos, não perdera grande coisa. Além disso, era difícil lamentar a perda de alguém que passara a maior parte da vida na Escócia. Biffy ficou muito mais aborrecido com o fato de ter ficado com um topete enquanto dormia e de não estar conseguindo controlá-lo, por mais que tentasse.

Ele se perguntou se aquela atitude poderia ser considerada grosseira. Não queria que pensassem isso dele. Acontece que se sentia desconectado dos confrades lobisomens. A maior parte das conversas do grupo girava em torno de esportes ou balística. Era verdade que o major Channing usava um plastrom com o nó bem dado, mas, francamente, Biffy não podia forçar uma relação com base apenas em acessórios de pescoço atraentes.

O dândi se dirigiu cedo à chapelaria e, quando voltou à meia-noite para lanchar, soube que o casal Maccon não estava e que os que continuavam ali usavam coletes negros. Com um suspiro, foi se trocar, gostando menos de Dubh pela mudança no seu traje do que o coitado merecia.

Beliscava distraidamente um prato de arenque defumado, quando o professor Lyall entrou, viu-o e disse:

— Ah, ótimo, Biffy, exatamente o homem por quem eu procurava.

O janota se surpreendeu. O Beta sempre fora muito gentil com ele, mas, além de compartilhar a responsabilidade pela câmara de invenções e a documentação a ela relacionada, não tinha muita coisa para lidar com Biffy. Cuidar de Lorde Maccon era um trabalho em tempo integral, um fato que o filhote compreendia muito bem. O Alfa era um grandalhão assustador, além de totalmente desarrumado. O dândi, por um lado, temia o Alfa e, por outro, admirava-o, mas ainda sentia a necessidade premente de levá-lo a um alfaiate.

Biffy engoliu a porção de arenque defumado e se levantou ligeiramente da cadeira, em sinal de respeito à posição hierárquica.

— Professor Lyall, em que posso ajudar? — Ele esperava descobrir um dia o segredo do topete ajeitado do Beta. Demonstrava um controle admirável.

— Estamos com dificuldades de obter informações significativas dos observadores de Fenchurch Street. Eu gostaria de saber se você tem alguns contatos naquela área, da época anterior à sua transmutação.

— Lorde Akeldama me mandou ir até um pub ali perto, certa vez. Uma das garçonetes talvez se lembre de mim.

— *Garçonetes?* Bom, se é assim.

— Quer que eu averigue agora?

— Por favor, e se não se importar que o acompanhe...

Biffy analisou rapidamente o professor Lyall — reservado, despretensioso, com excelente, embora sutil, gosto por coletes, e uma expressão, em geral, de quem era explorado. Não o tipo de companhia que o dândi teria escolhido no passado, mas isso fora antes.

— Claro que não, será um prazer. — Talvez pudessem tratar da questão do controle de topetes...

— Ora, Biffy, não precisa mentir. Eu sei que não estou à altura dos seus padrões.

Se ainda pudesse fazê-lo, o janota teria enrubescido ante aquela afirmação ousada.

— Ah, senhor, eu jamais insinuaria que não é o lobisomem ideal para...

O Beta o interrompeu:

— Só estava brincando. Vamos?

Biffy comeu a última porção de arenque defumado, perguntando-se se o professor Lyall realmente tinha feito uma brincadeira. Então, levantou-se, pegou o chapéu e a bengala, e o seguiu noite afora.

Eles caminharam em silêncio por um longo tempo. Por fim, o dândi disse:

— Estava pensando, senhor...

— Sim? — indagou o outro, em um tom de voz amável.

— ... se a sua aparência não foi calculada para ser discreta como a dos zangões de Lorde Akeldama, só que bem mais sutil. — Ele viu dentes brancos reluzirem em um rápido sorriso.

— Bom, é a função do Beta ficar em segundo plano.

— Dubh fazia isso?

— Não que eu saiba. Mas ele estava longe de ser um verdadeiro Beta. Lorde Maccon matou o Beta de Kingair por traição, antes de deixar a alcateia. Dubh assumiu a posição porque não havia ninguém melhor.

— Que tremenda confusão deve ter sido.

Ao seu lado, os passos do professor Lyall pararam por um instante. Sem sua audição sobrenatural, Biffy jamais teria notado a hesitação.

— Para a Alcateia de Kingair? Sim, suponho que foi. Sabe, na época, nem pensei nos integrantes dela. A Alcateia de Woolsey tinha os seus próprios problemas.

O dândi ouvira os boatos. Também se esforçara o máximo possível para se colocar a par da história da alcateia.

— Pelo que sei, o Alfa anterior a Lorde Maccon azedou.

— É uma forma delicada de dizê-lo, como se ele fosse leite coalhado.

— Não gostava dele, senhor?

— Ah, Biffy, não acha que já pode me chamar de Randolph, a essa altura?

— É mesmo necessário?

— É como todos os demais integrantes da alcateia me chamam.

— O que não torna o nome mais palatável. Posso lhe dar outro nome?

— Quão Lorde Akeldama de sua parte. Que não seja Dolly, por favor.

— Randy?

Um silêncio constrangedor ante a sugestão.

— Lyall, então. Vai responder à minha pergunta ou evitá-la?

O Beta lhe lançou um olhar penetrante.

— Tem razão. Eu não gostava dele.

Biffy sentiu um arrepio de pavor.

— *Todos* os Alfas azedam?

— Todos os mais velhos, receio dizer. Felizmente, a maioria morre lutando com desafiantes. Mas os verdadeiramente fortes, os que vivem mais de trezentos ou quatrocentos anos, costumam ficar azedos, como você diz.

— E quantos anos tem Lorde Maccon?

— Ah, não se preocupe com ele.

— Mas ele também chegará lá?

— Receio que ele poderá sofrer esse mal.

— E o senhor tem um plano?

O professor Lyall soltou um leve suspiro de divertimento.

— Creio que *ele* tem. Você acha que o nosso mundo é bem mais feio do que o dos vampiros, não é mesmo, filhote?

O dândi não fez nenhum comentário.

— Talvez eles apenas consigam escondê-lo melhor. Já pensou nisso?

Biffy pensou no querido Lorde Akeldama, tão alegre e pálido, com os sorrisos que mostravam presas. Novamente, não disse nada.

O professor Lyall deixou escapar outro suspiro.

— Você é um de nós agora. Já superou os anos iniciais. Está controlando a transformação. E assumindo responsabilidades da alcateia.

— Não muito. Já viu a forma como o meu cabelo está ficando ultimamente? Praticamente um caos.

Eles chamaram uma charrete e entraram com agilidade.

— Por favor, meu bom homem, vamos até o Pub Trout & Pinion, em Fenchurch Street.

O veículo chegou lá depressa, e eles desceram diante de um estabelecimento de aspecto questionável. Como aquela área da cidade, perto do cais do porto, atendia mais aos mortais, estava tranquila àquela hora da noite. Não obstante, o pub parecia popular, infelizmente.

Os clientes locais se calaram diante da chegada de estranhos, sobretudo um que se vestia de forma tão impecável, como Biffy. Um burburinho desconfiado circulou pelas mesas, enquanto eles caminhavam até o bar.

A garçonete se lembrou do dândi, como era o caso da maioria das mulheres de sua classe. Biffy dava boas gorjetas, nunca passava a mão nelas e jamais esperava que o atendimento fosse além do normal. Além disso, vestia-se tão bem, que causava boa impressão nas mulheres de todos os tipos.

— Olha só, aí está o meu jovem cavalheiro, e já faz um tempão desde que a gente se viu, né?

— Nettie, minha pombinha — o dândi recorreu aos maneirismos mais extravagantes —, como você está nesta noite *adorável*?

— Eu não podia estar melhor, querido. Eu não podia estar melhor. O que eu posso servir pra vocês, rapazes?

— Dois uísques, por favor, minha querida, e um pouco de sua companhia, se não se importar.

— Se pedir três, eu vou me sentar na sua perna enquanto a gente bebe.

— Combinado! — Biffy pôs com força a moeda necessária sobre o balcão, mais uma gorjeta generosa, e foi junto com o professor Lyall até uma mesinha lateral, perto da lareira.

Nettie chamou outra garçonete aos berros e foi se unir aos dois cavalheiros, levando os três uísques, que transbordavam dos copos. Então, acomodou-se, tal como ameaçara, na perna de Biffy, sorvendo a bebida e pestanejando esperançosamente para ambos. Era uma criatura rechonchuda, talvez mais redonda do que o professor Lyall gostava, se o dândi podia julgar o gosto do Beta, mas de temperamento agradável e disposição para a conversa, se conduzida na direção certa. Seus cabelos eram tão louros e finos, que pareciam quase brancos, como suas sobrancelhas, o que lhe dava uma expressão de eterno espanto, que alguns podiam considerar como sendo de estupidez. Biffy ainda precisava decidir se era esse o caso.

— E então, como tem andado o pub, desde a última vez que eu vim, Nettie, minha pombinha?

— Ah, bom, deixa eu te contar, meu amor. O velho sr. Yolenker, lembra, o engraxate aqui do bairro, tentou limpar a chaminé da casa dele na semana passada e passou dois dias entalado. Tiveram que usar banha pra tirar o coitado de lá. Aí… — Nettie contou histórias sobre os diversos moradores do bairro por uns vinte minutos. Biffy deixou que a onda de fofocas o atingisse em cheio. O professor Lyall prestou a devida atenção, e o dândi foi fazendo perguntas para estimulá-la a continuar.

Por fim, incitou com delicadeza:

— Eu soube que houve alguma confusão na estação, na outra noite.

Nettie caiu, obedientemente, na armadilha.

— Ah, e teve mesmo! Tiros! O jovem Johnny Gawkins, lá da Mincing Lane, disse que tem certeza que viu um sujeito indo embora de dirigível particular! Aqui por estas bandas, dá pra imaginar? Aí teve também o incêndio, na mesma noite. Não estou dizendo que essas duas coisas estão conectadas, nem que não estão.

Biffy pestanejou, confuso, por um momento.

— O jovem Johnny chegou a descrever o homem?

— Eu acho que disse que parecia um cavalheiro. Nada que chegasse nem perto do seu nível, claro, meu jovem senhor. Não está curioso pra saber, está?

— Ah, você me conhece, Nettie, eu adoro uma fofoca. Diga-me uma coisa, Angie Pennyworth já teve filho?

— E se teve! Gêmeos! Sem ter um tostão furado e nenhum pai pra assumir aqueles bebês. Uma pena, é o que eu digo. Mas, sabe, a gente acha que é *você sabe quem*. — A garçonete moveu o rosto pálido em direção a um sujeito magricelo que estava no canto mais afastado, tomando cerveja.

— Alec Weebs? Mentira! — Biffy se mostrou devidamente chocado.

— Ah, pode acreditar. — Nettie se acomodou para tomar outra rodada.

O dândi fez um gesto para a outra garçonete, pedindo mais uísque.

O professor Lyall anuiu de forma imperceptível para ele, em sinal de aprovação. Um sujeito em um dirigível privado não bastava, considerando o recente aumento de popularidade do veículo, mas era melhor do que nada. E, ao menos, havia registros das vendas de aeróstatos. O que estreitaria a lista de suspeitos.

Capítulo 6

Em que o Protetorado da Sombrinha Ganha um Novo Integrante

Lorde Akeldama tinha voltado do passeio, Prudence tirava uma soneca, e Tizzy e a babá haviam sido liberados de suas funções naquele momento. O vampiro estava cercado de admiradores na sala de visitas, com um pequeno grupo de zangões espalhados ao seu redor, uma garrafa de champanhe na mesinha auxiliar e a gata malhada no colo. Verdade fosse dita, ele havia ficado bastante caseiro desde que se tornara pai, para surpresa dos moradores de Londres. E isso porque, sob a influência de Prudence, a residência passara a ser muito mais empolgante do que o redemoinho social da alta sociedade. Além disso, ele tinha tempo de sobra: podia se dar ao luxo de dedicar algumas décadas à criação da filha. Afinal de contas, nunca passara por aquela experiência antes. Quando se era um vampiro tão vivido quanto ele, era difícil encontrar e vivenciar novas experiências, que eram muito apreciadas — como um bom pó de arroz.

— Alexia, meu *saboroso flan*, como você *vai*? Foi uma noite totalmente *terrível*?

— Foi, sim. E como foi o seu passeio no parque?

— Fomos o centro das atenções e dos comentários!

— Como não podiam deixar de ser.

Os zangões abriram espaço para Lady Maccon se sentar, levantando-se graciosamente enquanto ela o fazia. Então, voltaram a se dedicar às próprias conversas, deixando que o amo e a visitante prosseguissem. Mas a preternatural sabia muito bem que mantinham os ouvidos aguçados. Os zangões de Lorde Akeldama eram treinados de forma a satisfazer suas próprias naturezas e, no fim das contas, não se podia tirar de uma alma o amor pela fofoca, uma vez entranhado ali. Eles estavam tão interessados nos segredos de Lorde Akeldama quanto nos de todos os demais.

— Será que nós podemos trocar uma palavrinha a sós? Tive alguns encontros interessantes e gostaria de pedir o seu conselho.

— Claro, minha *cara jovem*! Saiam daqui, por favor, *meus queridos*. Podem levar o champanhe.

Os zangões se levantaram e saíram juntos, fechando a porta em seguida.

— Ah, os queridos, na certa estão todos juntos, com as orelhas grudadas na porta.

— Eu e Prudence fomos convocadas para ir visitar a Rainha Matakara, no Egito. O que acha *disso*?

O vampiro não se surpreendeu tanto quanto Lady Maccon esperara.

— Ah, meu querido *torrãozinho de açúcar*, só fico surpreso por isso ter demorado tanto. Não está, *de fato*, pensando em ir, está?

— Para ser sincera, estou. Eu sempre quis conhecer o Egito. Há também uma questão da alcateia que Conall quer resolver lá. Já bolei até um disfarce.

— Ah, Alexia, meu *botão de roseira brava*, eu realmente preferiria que não fosse. Não ao Egito. Não é um bom lugar, tão quente e malcheiroso. Cheio de turistas usando cores neutras. A mestiça pode correr perigo. E eu, claro, não vou poder ir junto.

— Correr perigo por causa do mau cheiro e das cores neutras?

— Sem falar na vestimenta local. Já viu o que usam por lá? Todas aquelas concessões *abomináveis* e esvoaçantes ao conforto e à praticidade. — O vampiro moveu a mão para o alto e para o lado, em uma simulação do esvoaçar das túnicas usadas pelos integrantes de tribos exóticas. Em seguida, sussurrou: — Há demasiados segredos e pouquíssimos imortais para guardá-los.

Lady Maccon pressionou-o mais.

— E a Rainha Matakara, você a conhece?

— De certa forma.

A preternatural lhe lançou um olhar penetrante.

— De que forma?

— Há muito tempo, meu querido *pudinzinho*, pode-se dizer que ela foi *responsável por tudo*.

A preternatural ficou pasma.

— Ah, pelas barbas do profeta! Foi a Rainha Matakara que o *transformou*!

— Bom, querida, não precisa se expressar dessa forma tão direta.

Foram tantas as perguntas que encheram a mente de Alexia diante daquela revelação, que a sua cabeça quase começou a girar.

— Mas como é que você veio parar *aqui*?

— Ah, tolinha. Nós podemos nos mover por longas distâncias, durante um curto período, logo depois da metamorfose. De que outra forma acha que os vampiros conseguiram migrar para o mundo todo?

Lady Maccon deu de ombros.

— Eu achei que vocês simplesmente iam avançando em círculos cada vez maiores.

O vampiro riu.

— Se assim fosse, a quantidade de vampiros seria bem maior, meu caro *torrãozinho de açúcar*.

Ela soltou um suspiro e, então, fez a melhor pergunta que podia fazer, considerando a atitude evasiva de Lorde Akeldama.

— O que *pode* me dizer sobre a Rainha Matakara?

O vampiro ergueu o monóculo cravejado de pedras preciosas e observou-a pelo vidro transparente.

— Não é exatamente a pergunta correta, *docinho*.

— Ah, está bem. O que *vai* me dizer sobre a Rainha Matakara? Considerando que eu vou levar a sua filha adotiva até a colmeia dela, quer você queira, quer não.

— Um tanto dura, minha *geleia de laranja*, mas melhorou. Ela é bem velha, e suas preocupações não dizem respeito aos que têm vida curta.

— Nenhum conselho, nem mesmo em consideração a Prudence?

O vampiro olhou para ela com um leve sorriso.

— Não se importa em usar todas as cartas que recebeu, não é mesmo, minha querida? Pois bem. Quer o meu conselho? Não vá. Mais do que isso? Tome cuidado. O que a Rainha Matakara *diz* nunca inclui toda a verdade, e o que ela realmente *é* vem se mantendo enterrado pelas areias do tempo. Não é que ela não queira mais ganhar, e sim que já não participa do jogo. Para mim e para você, que vivemos para tais divertimentos triviais, é quase impossível de compreender.

— Então, por que pediu para conhecer Prudence? Por que se envolver?

— É aí que mora o *verdadeiro* perigo, minha *tangerina*, além da pergunta-*chave*, e não temos como entender a resposta.

— Porque ela foge de nossa compreensão?

— Exato.

— Mulher incomum.

— Você ainda nem viu a forma como se veste.

Enquanto o professor Lyall verificava os registros de compra de dirigíveis e Lorde Maccon corria de um lado para outro em busca de pistas, Lady Maccon planejava a viagem. Ou, para sermos mais exatos, dizia a Floote o que queria, e ele se encarregava dos preparativos e das compras necessárias. A família Tunstell foi levada em conta e, para desgosto da preternatural, a Condessa Nadasdy insistiu em mandar um de seus zangões como embaixador das colmeias inglesas.

— Ela quer é ficar de olho em *mim* — queixou-se Lady Maccon para Floote, enquanto consideravam que vestidos de viagem eram mais adequados ao clima do Egito. — Sabe quem vai mandar? Claro que sim.

O mordomo ficou calado.

Lady Maccon levantou as mãos em sinal de irritação e começou a andar de um lado para outro no closet, gesticulando amplamente, seguindo a herança italiana.

— Exato! Madame Lefoux. E não se pode confiar nessa francesa. Estou surpresa que a Condessa Nadasdy tenha confiado, empurrando-a para cima de nós dessa forma. Embora, sendo a rainha um vampiro, pudesse mesmo empurrá-la longe. Mas, por outro lado, talvez a esteja enviando justamente por não confiar nela. Afinal, Genevieve está do lado de quem, agora? Do meu, dos vampiros, da OPC, de si mesma?

— Uma mulher com lealdades conflitantes, madame.

— No mínimo! A vida dela deve ser muito complicada. Eu jamais conseguiria ser tão enganosa.

— Não é da sua natureza. Eu não me preocuparia com isso.

— Não?

— Pode ter certeza de uma coisa, madame: dessa vez, ela não a quer morta.

— Ah, não? E como posso ter certeza disso? — Ela se sentou na cama, aborrecida, o robe de renda espalhando-se ao seu redor em uma cachoeira de opulência. — Sabe, Floote, eu realmente apreciava a companhia dela. Essa é a dificuldade.

— E ainda aprecia.

— Não ultrapasse os limites, Floote.

O mordomo ignorou-a em nome de todos os serviçais que trabalham há muito tempo com uma mesma família.

— Será bom ter alguém como ela ao seu lado, madame.

— Como ela? O que quer dizer?

— Sensata. Científica.

A preternatural fez uma pausa.

— Está falando como meu mordomo ou como criado pessoal do meu pai?

— Como ambos.

Sua expressão, como sempre, era impossível de decifrar. Depois de dias fazendo as malas e organizando tudo, Lady Maccon passara a ter a impressão de que ele não aprovava a ida ao Egito.

— Não quer que eu vá, quer, Floote?

Ele fez uma pausa, olhou para as mãos, envoltas em luvas de algodão branco, tal como era apropriado para os funcionários do andar superior.

— Fiz duas promessas ao sr. Tarabotti. A primeira foi mantê-la em segurança. E o Egito não é seguro.

— E qual foi a segunda?

O mordomo balançou a cabeça de leve.

— Não posso impedi-la, madame. Mas *ele* não iria querer que fosse.

Ela lera os diários do pai.

— Eu já fiz muitas coisas na vida que ele não aprovaria. O meu casamento, por exemplo.

Floote voltou a se concentrar na bagagem.

— Ele gostaria que a filha vivesse como bem entendesse, mas não no Egito.

— Sinto muito, mas chegou a hora. Se não vai me dar os detalhes das peças que faltam na vida de meu pai, talvez alguém lá o faça. — Ela sempre soubera que Floote era totalmente leal. Ficara com a mãe grávida de Lady Maccon, quando Alessandro Tarabotti as abandonara. Trocara as suas fraldas quando ela era bebê. Deixara a residência dos Loontwill a fim de trabalhar para a preternatural, após o seu casamento com um lobisomem. Ela pensou pela primeira vez que talvez a lealdade dele ao seu falecido pai é que fosse inabalável, sendo a filha uma mera representante.

Mais tarde, naquela noite, quando Lorde Maccon voltou para casa, a esposa se aconchegou a ele com mais empenho do que o normal. O Alfa conhecia a esposa o bastante para notar sua inquietude e oferecer consolo físico, do tipo que ela lhe dera algumas noites antes. Com o toque dele, Lady Maccon se sentia reconfortada. Também se dera conta de que, como Conall e Ivy também iriam para o Egito, deixaria os interesses de seu país sem supervisão. O professor Lyall era fiel a Lorde Maccon, e Alexia passara a considerá-lo um indivíduo pouco confiável desde que descobrira que estivera por trás da tentativa de assassinato planejada pela Alcateia de Kingair. A força motriz de Lorde Akeldama eram sempre os seus próprios interesses. Quem restava?

O clima foi de azáfama na residência durante toda a semana. Biffy reservou o tempo que pôde para lidar com os preciosos chapéus, mas acabou se contagiando com o alvoroço causado pela investigação do homicídio de Dubh e pela viagem ao Egito. Não podia, simplesmente, ficar de fora. Sentia-se curiosíssimo pelos assuntos alheios.

Mas conseguira voltar a exercer o papel de criado pessoal de uma dama. Adorava Lady Maccon, e assim fora desde que ela começara a fazer parte da vida de Lorde Akeldama. Ela encarava o mundo de um jeito tão empolgantemente prático. Certa vez, ele a descrevera a um amigo como o tipo de mulher que nascera para ser uma grande dama. Tudo e todos tinham um lugar adequado, ou ela mesma se incumbiria de criar um e colocá-los lá. Embora precisasse das orientações de Biffy no que dizia respeito à vestimenta e aos penteados. Mas, para ele, aquela também era uma qualidade admirável em uma dama. Ele gostava de ser necessário, e Lady Maccon se sentiria perdida sem o seu janota.

E foi exatamente o que ela disse enquanto Biffy arrematava o seu penteado.

— Ah, como é que consegue fazer isso? Tão adorável! Sabe que eu ficaria totalmente perdida sem você.

— Muito obrigado, milady. — Biffy terminou de limpar o ferro quente, colocou-o numa gaveta e recuou para observar a sua obra de arte. — Já está pronto. E, então, o que gostaria de vestir esta noite?

— Ah, acho que algo prático. Eu não vou fazer nada mais empolgante que as malas.

O dândi foi dar uma olhada na fileira de vestidos.

— Como andam os preparativos para a viagem? — Ele escolheu um cor de nata com listras vermelhas, corpete de veludo negro e saia do mesmo tom. Selecionou um chapéu inclinado para frente, de abas largas, cujo aspecto masculino era contrabalançado por uma série de plumas. Lady Maccon achou-o um pouco exagerado, mas confiou no bom gosto do dândi e deixou que o ajeitasse.

— Eu acho que vão bem. Nós devemos estar prontos para partir depois de amanhã. Estou louca para ir.

— Eu espero que aproveite.

— Obrigada, Biffy. Ah, e tem mais um detalhe. Estava pensando se podia lhe pedir uma coisa. Hã... — Ela fez uma pausa, como se não estivesse encontrando as palavras ou se sentisse constrangida.

Biffy parou na hora de fechar os inúmeros botõezinhos da parte posterior do vestido e chegou para o lado, olhando-a pelo espelho.

— Milady, basta falar.

— Ah, sim, claro. Mas esse é um assunto um tanto delicado. Eu quero que decida por conta própria, sem se deixar influenciar pela alcateia nem por status.

A preternatural virou a fim de olhar para ele de frente, e segurou a mão do jovem entre as suas. Ele sentiu o efeito do toque dela no mesmo instante, uma consciência da mortalidade, uma diminuição dos sentidos sobrenaturais. Foi um pouco como cair do éter na baixa atmosfera, o que o levou a sentir um frio na barriga. Mas aprendera a ignorar a sensação, pois, ao vestir e pentear os cabelos de Lady Maccon, sentia esse efeito com frequência.

— Eu criei uma pequena associação particular. Gostaria de saber se você poderia fazer parte dela.

Biffy ficou fascinado.

— Que tipo de associação?

— Uma espécie de sociedade secreta. Vou exigir, claro, um voto de silêncio.

— Naturalmente. Como se chama?

— O Protetorado da Sombrinha.

Ele sorriu.

— Estou encantado com a ideia de uma sociedade cujo nome é inspirado num acessório. Prossiga, milady.

— Receio que você seria apenas o nosso terceiro integrante. Até agora, somos só eu e Ivy Tunstell.

— A sra. Tunstell?

— Ela foi muito importante em uma questão bastante delicada, antes do nascimento de Prudence.

— Qual é o objetivo da sociedade?

— Eu suponho que a base do Protetorado seja a busca da verdade e a proteção dos inocentes. Da forma mais educada e cheia de acessórios possível, claro.

— Parece bastante glamoroso para mim! — Ele adorou a ideia de pertencer a uma sociedade com a estimável Lady Maccon. Pareceu-lhe divertidíssimo. — Preciso fazer um juramento?

— Ó céus. Eu inventei um para Ivy, mas foi um tanto ridículo.
— Ótimo.

Ela deu uma risadinha.

— Está bem. Traga uma daquelas sombrinhas, por favor. Infelizmente, o juramento inicial requereu o uso da minha sombrinha especial, mas uma dessas servirá.

— Sua *sombrinha especial*, milady?

— Ah, espere só. Vou mandar fazer algo para você. Que tal uma cartola peculiar?

— Peculiar?

— Cheia de compartimentos secretos, dispositivos, armas ocultas etc.

— Que coisa mais terrível para se fazer com uma bela cartola!

— Uma bengala, então?

Biffy inclinou a cabeça, pensando no assunto. Em seguida, lembrou-se do tubo dourado de Lorde Akeldama, que ocultava duas lâminas curvas.

— Eu acho que sim. E agora, o juramento. — Não permitiria que a preternatural lhe negasse aquela diversão.

Ela soltou um suspiro.

— Já que insiste, Biffy. Gire a sombrinha três vezes, repetindo: Em nome da moda, protejo. Ajudo sem sair da linha. A verdade é o meu desejo. Juro pela grande sombrinha.

O janota não conseguiu se conter e começou a rir, mas obedeceu a Lady Maccon.

— Tente ficar sério — pediu ela, embora com um largo sorriso. — Agora, pegue a sombrinha e erga-a até o teto, aberta.

Ele seguiu as instruções.

— Ivy insistiu que selássemos o juramento com sangue, mas eu não acho que seja necessário. Você acha?

Biffy ergueu as sobrancelhas. Era divertido observar o constrangimento de Lady Maccon.

— Oh, eu não imaginava que *você* seria tão difícil! Pois bem! — A preternatural tirou uma faquinha do armário. Como não era de

prata, ela segurou o pulso de Biffy com a mão exposta, mantendo-o na forma humana, para poder cortá-lo. — Que o sangue da sem alma mantenha sua alma em segurança — recitou, fazendo um pequeno corte no próprio polegar e, em seguida, no dele, para então unir os dois.

Por um momento, Biffy entrou em pânico. O que o sangue preternatural dela poderia fazer com o seu sangue de lobisomem? Mas, assim que ela tirou o dedo, o corte cicatrizou, sem deixar marcas.

— Bom, a sra. Tunstell usa o codinome Touca Pufe.

Biffy deu uma gargalhada, sem conseguir se conter.

— Certo, certo. Eu sou Sombrinha Fru-Fru. Qual gostaria que fosse o seu?

— Imagino que deva ser outro tipo de acessório?

Ela assentiu.

— Que tal Mocassim Bicolor?

— Perfeito. Vou informar a Ivy sobre sua entrada no Protetorado.

— E, milady, suponho que haja um motivo para ter me recrutado agora?

Lady Maccon olhou para ele.

— Está vendo só, Biffy? É justo o que eu imaginei. Você é espertíssimo, não é?

Ele arqueou uma sobrancelha.

— Preciso que alguém monitore Londres enquanto Ivy e eu estivermos fora. Mantenha-me informada sobre o andamento da investigação do homicídio. Fique de olho no comportamento do major Channing e no do professor Lyall. Bem como no dos vampiros, claro.

— Missão complexa, milady. O professor Lyall?

— Todos têm segredos, inclusive ele.

— Sobretudo o Beta. Eu diria que ele guarda inúmeros segredos de todos, incluindo os dele.

— Está vendo só, o que foi que eu disse? Observador. Então, de vez em quando, vou poder receber correspondências de dirigíveis durante a viagem no navio a vapor. Eu vou lhe passar o horário dos que você poderá utilizar, de acordo, claro, com o nosso itinerário. Depois disso, pretendo estabelecer uma conexão etereográfica no transmissor público de Alexandria. Tenho os códigos das válvulas frequensoras aqui e vou passá-los para eles. Assim sendo, você vai precisar enviar todas as mensagens codificadas. Vou lhe mandar a primeira logo após o pôr do sol londrino, no dia que chegarmos. Reserve o horário e esteja pronto para recebê-la. Lorde Akeldama já lhe mostrou como usar o transmissor etereográfico?

— Claro. — Biffy conhecia a fundo o funcionamento de todos os transmissores, desde que a tecnologia chegara a Londres, havia anos. — Vai ser bem divertido, não é, milady?

A preternatural cingiu a cintura do janota e apoiou a cabeça em seu ombro.

— É assim que se fala!

— Ah, minha nossa, Ivy, precisava trazer tantos chapéus?

Eles haviam alugado toda a cabine da primeira classe para a viagem de Londres a Southampton, onde o navio a vapor aguardava a maré adequada. Lady Maccon estava ao lado do marido na plataforma, aguardando o embarque.

A sra. Tunstell trajava um vestido de viagem rosa-claro com listras verde-claras, adornado com inúmeros laços azuis de pontas longas. Exibia um chapéu com uma enorme torre de pompons nos tons de rosa e verde, do centro dos quais espiavam as cabeças de azulões empalhados e mais laços. Além das caixas de chapéus, a cujo transporte dedicou grande cuidado e supervisão, ela levava o marido, os filhos, a babá, a figurinista, o contrarregra, o cenógrafo e seis atores coadjuvantes. Em virtude de sua profissão, estes realizaram o carregamento da bagagem e embarque no trem com a pompa e circunstância de um circo.

Todos gesticulavam muito, usando trajes medonhos e falando com voz impostada. O ruivo sr. Tunstell se comportava do jeito animado de sempre, a empolgação pela viagem levando-o apenas a sorrir ainda mais para todos. Lady Maccon não chegaria a acusá-lo de ser do tipo que escrevia sonetos, mas vestia calções de um xadrez chamativo, apertados demais, acompanhados de sobretudo escarlate e cartola roxa. Na verdade,

toda a sua vestimenta mais parecia uma interpretação impressionista de uma cavalgada para uma caçada. Biffy, que fora até a estação para se despedir deles, aparentara estar prestes a desmaiar ante aquela visão, e se retirara o mais depressa possível.

Lady Maccon carregava Prudence nos braços expostos, aguardando que o sol despontasse, momento em que passaria a filha, que estava irrequieta, para o pai, sem recear quaisquer contra-ataques lupinos. Era deveras constrangedor ser vista em público sem as luvas, mas ela não estava disposta a arriscar. Precisavam pegar o trem. Ela não podia permitir que Prudence os atrasasse ao se transformar em lobisomem e sair correndo.

Ocorrera uma despedida chorosa antes de sua partida de casa. A preternatural carregara a filha, enquanto Lorde Akeldama enchia a menininha de beijos. Tizzy, Boots e todos os demais zangões também se despediram, com uma quantidade exagerada de afagos e mimos, além de presentinhos para a viagem. Lady Maccon começava a suspeitar que Prudence era mimada demais. Toda aquela agitação fez com que a menina ficasse irritada ao longo do caminho rumo à Estação Waterloo. A mãe acabara de acalmá-la, quando se viram cercados pelo caos provocado pela companhia teatral Tunstell.

Claro que Prudence sorria, satisfeita, com todo o drama e todas as cores. Puxara, sem dúvida, a Lorde Akeldama naquele aspecto, batendo as mãozinhas gorduchas quando a sra. Tunstell mandara o carregador colocar todas as caixas de chapéus de uma vez no vagão do trem e o coitado acabara caindo para trás, lançando chapéus por todos os lados.

— Fiquem aí! — ordenou ela aos chapéus.

— Ah, francamente, Ivy. Deixe o carregador cuidar disso. Ele sabe o que está fazendo. Vá organizar a sua companhia. — Lady Maccon estava tão aborrecida quanto a filha fascinada.

— Mas, Alexia, os meus chapéus não podem simplesmente ficar com uma pessoa qualquer. É a coleção de toda uma vida.

A preternatural apelou para uma mentirinha, a fim de apressá-la:

— Ah, Ivy, mas eu acho que estou vendo a babá tentando chamar você lá de dentro. Talvez os gêmeos...

A amiga se esqueceu na hora dos preciosos chapéus e entrou depressa no trem para ver se os anjinhos haviam, de fato, sofrido algum dissabor.

Ao contrário de Prudence, os gêmeos da sra. Tunstell estavam, ao que tudo indica, entediados ante a perspectiva de viajar para o exterior. Talvez seu enfado se relacionasse à exposição constante ao estilo de vida teatral. Primrose se mostrava hipnotizada com todos os enfeites e brilhos ao seu redor, tal qual a mãe. De vez em quando bracinhos surgiam do moisés, tentando pegar uma pluma ou um laço especialmente vistoso. Já Percy, por outro lado, babara por toda a capa de veludo do vilão principal e, então, dormira.

— Alexia, Lorde Maccon. Bom dia. — Uma voz simpática, com leve sotaque, surgiu atrás deles.

Lady Maccon se virou.

— *Madame Lefoux*, chegou a tempo, pelo que vejo.

— Eu não perderia isso por nada neste mundo, *Lady Maccon*.

— Como você pode ver, está a maior confusão — comentou a preternatural. Elas ficaram observando enquanto os últimos atores da companhia teatral Tunstell embarcavam, deixando uma montanha de malas na plataforma. — Conall, por favor, dê uma gorjeta aos carregadores. — Ela cutucou o marido para que fosse lidar com a montanha.

— Claro, querida. — O Alfa foi até lá, a fim de cuidar da logística.

Lady Maccon mudou a filha de lugar, carregando-a no outro lado do quadril.

— Prudence, esta é Madame Lefoux. Eu não creio que tenham se encontrado desde o seu nascimento. Madame Lefoux, posso lhe apresentar Prudence Alessandra Maccon Akeldama?

— Dama? — indagou a menininha, ao ouvir o nome.

— Não, querida, Lefoux. Pode dizer Lefoux?

— Fu! — pronunciou ela, com muita perspicácia.

A francesa trocou um aperto de mão com Prudence, séria.

— Um prazer conhecê-la, mocinha.

— Fu Fu — disse a garotinha, com a mesma gravidade. Em seguida, depois de examinar atentamente a dama vestida como cavalheiro, acrescentou: — Btttpttbtpt.

A inventora trazia apenas uma malinha para a viagem e uma caixa de chapéu, que, como Lady Maccon se lembrava, era muito mais do que isso. Por baixo, havia uma caixa de ferramentas muito bem bolada.

— Prevendo problemas, Genevieve? — A preternatural se esqueceu de ser formal, voltando rapidamente à familiaridade adquirida na viagem anterior, feita pela Europa continental, um período em que haviam sido amigas, não colegas cautelosas.

— Claro. E você, não está? Vejo que não trouxe a sombrinha. Ao menos, não uma *de verdade*.

Lady Maccon estreitou os olhos.

— Não. A minha foi destruída quando certa pessoa derrubou certa casa de colmeia em cima de todos.

— Eu *sinto muito* por isso. A situação fugiu um pouco do controle. — A francesa sorriu, mostrando as covinhas, esperançosa.

A preternatural não se deixou conquistar.

— Lamento, mas não basta. Eu *perdi* a minha *sombrinha*. — Ela quase sibilou. A ausência do objeto ainda a irritava.

— Deveria ter me dito. Eu teria feito outra para você. A condessa me fornece materiais à vontade.

Lady Maccon arqueou uma sobrancelha.

— Ah, não confia em mim, agora que pertenço à Colmeia de Woolsey? Posso lembrar-lhe que foi você que me pôs ali?

A preternatural bufou.

— Papá — disse Prudence, avisando-as.

Ele organizara toda a bagagem.

— E, então, senhoras, Madame Lefoux, vamos? O trem está prestes a partir, e acho que todos já embarcaram, menos nós. — Só após alguns instantes o Alfa detectou a tensão entre a esposa e a antiga amiga. — Ora, ora, o que está acontecendo aqui?

— Fu! — indicou Prudence.

— Sim, boneca, eu estou vendo.

— A sua esposa ainda sente falta da sombrinha.

— Ah. Minha querida, eu encomendei uma nova para você, mas está demorando muito mais do que eu esperava. Sabe como são os cientistas.

— Ah, muito obrigada, Conall! Eu achei que tinha esquecido.

— Jamais. — Ele se inclinou e lhe deu um beijo na testa. — Pronto, isso resolve a questão?

O sol começou a espreitar, do lado de fora da estação, já despontando. O trem soltou um apito alto e longo, e o motor começou a roncar, soltando fumaça e vapor intercaladamente na plataforma, como uma súbita névoa fedorenta.

Lorde Maccon pegou a malinha de Madame Lefoux e jogou-a para o comissário, que aguardava dentro do vagão. Sua força fora reduzida pelo sol, mas não a ponto de não poder lançar uma bagagem com facilidade, ainda que mais pesada. Em seguida, pôs Prudence no colo. A filha o abraçou com satisfação. A menininha gostava cada vez mais da luz do dia, pois a associava ao abraço do pai. Além disso, era sempre mais provável que o tio Biffy e o tio Lyall a carregassem e a rodopiassem naquela hora do dia.

— Papá — disse ela, em sinal de aprovação. Em seguida, inclinou-se adiante, à orelha dele, como se fosse contar um segredo, e passou a balbuciar incompreensivelmente. Lady Maccon concluiu que aquela era a versão de Prudence de uma fofoca. Devia ser muito interessante e informativa, se fosse composta de palavras.

— Prudence, querida — começou a falar a mãe, ao subir no trem —, você precisa aprender a usar a linguagem adequada. De outro modo, não pode esperar que a entendam.

— Não — disse a filha, de um jeito decidido.

Madame Lefoux pareceu achar graça, pois a preternatural pôde ouvir suas risadinhas atrás dela, enquanto a francesa subia no vagão.

Os integrantes da companhia teatral Tunstell já começavam a interpretar com entusiasmo "Lustre seus Botões com Brasso", uma canção bastante vulgar, totalmente imprópria para a primeira classe do Expresso Matinal rumo a Southampton.

Lady Maccon olhou para o marido como se ele fosse justificar tal comportamento.

Ele deu de ombros.

— Atores.

Prudence, sem o menor senso de dignidade e decoro, deu um gritinho feliz e bateu palmas para acompanhar a música.

Madame Lefoux passou a se concentrar em uns papéis da Real Sociedade, cantarolando de boca fechada.

Tunstell pediu cerveja, embora ainda fosse cedo. Uma das jovens atrizes coadjuvantes começou a dançar uma giga no corredor.

— O que o comissário vai pensar de nós? — perguntou a preternatural a ninguém em especial. — Esta viagem vai ser bem longa!

Capítulo 7

Biffy Depara com uma Sombrinha Inadequadíssima

Anos depois, sempre que a preternatural se lembrava daquela terrível manhã, estremecia de pavor. Quem não viajou em companhia de dez atores, três crianças, um lobisomem e uma inventora francesa não pode sentir compaixão por quem sofreu tamanha tortura. O caos na estação de trem foi apenas um aperitivo antes do prato principal de total insanidade que foi a tentativa de embarque do grupo dos Maccon no navio a vapor em Southampton. Milagrosamente, conseguiram fazê-lo sem muitos percalços. A sra. Tunstell perdeu uma das caixas de chapéu nas profundezas do mar e teve um ataque histérico. O sujeito que fazia o papel de vilão, um camarada chamado Tumtrinkle, arranhou a canela na lateral da rampa de acesso, ocorrência que, por algum estranho motivo, levou-o a cantar árias wagnerianas às alturas, para aguentar a dor nos quarenta e cinco minutos seguintes. A figurinista estava em pânico, pedindo que as vestimentas fossem tratadas com o devido cuidado, e o cenógrafo insistiu em lidar pessoalmente com todos os panos de fundo, apesar de sofrer da coluna e mancar. Uma das atrizes não ficou satisfeita nem com o tamanho nem com a localização da cabine e começou a chorar, alegando que, em seu país, os fantasmas ficavam acorrentados perto da água, de maneira que ela não poderia, em hipótese alguma, ficar num quarto com vista para o mar... em um

navio. Percy babou na lapela do capitão. Primrose arrancou uma longa pluma do chapéu de uma passageira. Prudence tanto se contorceu que conseguiu escapar dos braços do pai, saiu correndo até a amurada e quase caiu no mar.

Lady Maccon sentiu que, se fosse do tipo de mulher a sucumbir diante de tais cenas, teria tido um grave ataque de nervos. Poderia ter ido à sua cabine, colocado um pano úmido na testa e deixado as preocupações de lado.

Em vez disso, supervisionou o embarque da montanha de malas com punho de ferro, entregou paninhos para o capitão e Percy, recuperou e devolveu a pluma à dona, mandou um comissário à cabine de Ivy com chá revigorante, insistiu que Tunstell fosse reconfortar a atriz histérica, distraiu a figurinista e o cenógrafo fazendo-lhes perguntas, cercou a filha com um braço e o marido desesperado com o outro, tudo isso antes de o barco apitar e partir, com um solavanco, na direção do mar escuro e agitado.

Quando tudo foi resolvido, por fim, ela se virou para o marido, com os olhos brilhando de curiosidade.

— Encomendou-a para quem?

Lorde Maccon, exausto, como só um homem pode ficar ao ser encarregado de cuidar sozinho de uma criancinha, respondeu:

— A que pode estar se referindo, minha querida?

— À sombrinha, claro! Encomendou a nova para quem?

— Dei uma boa olhada nas opções disponíveis e, como Madame Lefoux estava fora de questão, achei que precisaríamos de alguém que ao menos conhecesse sua personalidade e suas exigências. Então, encomendei-a a Gustave Trouvé.

— Minha nossa, não tem muito a ver com o que ele costuma fazer, não é?

— Sem dúvida, mas, por consideração, ele aceitou a encomenda. Mas acho que tem tido certa dificuldade para concluí-la. E não tem o talento de Madame Lefoux no que tange aos acessórios.

— Eu imagino, com uma barba como aquela. Tem certeza de que ele está à altura da missão?

— Agora é tarde demais: o produto terminado deveria ter chegado um pouco antes da nossa partida. Deixei instruções com Lyall para que o enviasse assim que chegasse. Era para ser uma surpresa.

— Conhecendo o gosto de Monsieur Trouvé, não tenho dúvidas de que será mesmo. Mas obrigada, meu amor, foi muito gentil de sua parte. Tenho sentido falta dela nos últimos anos. Embora, felizmente, quase não tenha tido necessidade de usá-la.

— A nossa paz relativa tem sido boa, mas... — Lorde Maccon moveu Prudence, para que ela se encaixasse melhor em um dos enormes ombros, e se aproximou da esposa. Eles estavam na popa do barco, observando os penhascos da Inglaterra sumirem em meio à névoa.

— Mas?

— Mas você tem andado inquieta, esposa. Não pense que não notei. Você queria ir ao Egito em busca de emoções.

Ela sorriu e apoiou o queixo no ombro livre dele.

— Seria de pensar que Prudence já nos traz emoções suficientes!

— Hum.

— E eu não sou a única a buscar emoções, você também está louco por uma aventura, não está, marido? Ou tem interesses no Egito?

— Ah, Alexia, como me conhece tão bem?

— Vai me contar?

— Ainda não.

— Detesto quando você faz isso.

— Mas é justo. Você usa a mesma estratégia, esposa. Por sinal, ia me contar sobre Biffy?

— O quê?

— Você disse alguma coisa para ele antes de sairmos, não disse?

— Ó céus, como você poderia saber desse detalhe? Biffy é por demais cauteloso para lhe revelar qualquer coisa.

— Eu sei, minha querida, porque ele mudou. Detectei uma leveza nele. Acabou se ajustando à alcateia, um papel que relutara em desempenhar antes. O que foi que você fez?

— Dei a ele uma meta e uma família. Eu tinha comentado com você que ele precisava disso, desde o início.

— Mas foi o que tentei com a chapelaria.

— Eu acho que tinha que ser a meta certa.

— E você não vai me contar mais nada até eu lhe contar o motivo de minha visita ao Egito.

— Meu amor, agora é *você* que está demonstrando *me* conhecer muito bem.

Ele riu, fazendo Prudence sacudir. Felizmente, tal qual o pai, ela não acordava com facilidade.

Era um dia de inverno nublado, e havia pouco para ver, agora que tinham chegado a mar aberto.

Lady Maccon começou a sentir frio.

— Desde que consigamos nos entender. Agora, vamos levar a nossa filha lá para dentro. Está um pouco frio aqui no convés, não acha?

— Com certeza.

A ausência dos Alfas levou Biffy a sentir uma espécie peculiar de dor. Era algo difícil de descrever, mas o mundo se transformou num estranho colete feito sob medida sem casas de botão — faltava algo importante. Não que a ausência das casas impossibilitasse o desempenho de seu papel, mas ele se sentia um pouco *desatado* sem elas.

Ele voltou da estação logo e encontrou um estranho à porta da chapelaria. Um sujeito gorducho, com uma caixa de madeira debaixo do braço, um jeito de vestir indiferente e uma barba excepcionalmente liberal. Pela quantidade de poeira no corpo dele, o dândi concluiu que o homem estivera viajando. E sem polainas, observou, alarmado. O corte do sobretudo do estranho sugeria a França e, notando o aspecto desgastado do traje, Biffy concluiu que ele devia ter vindo de trem direto da área de pouso de Dover, do Dirigível Expresso do Canal, oriundo de Calais.

— Boa noite, senhor — disse Biffy. — Posso ajudá-lo em algo?

— Ah, boa noite. — O sujeito falava com jovialidade e sotaque francês.

— Está procurando Madame Lefoux, talvez?

— A minha prima Genevieve? Não. Por que pensaria... Ah, sim, esta era a loja dela. Não, estou procurando Lady Maccon. Trouxe uma encomenda para ela. Este foi o endereço que veio junto com o pedido.

— É mesmo? Talvez seja algo para a Alcateia de Londres?

— Não, não. Para ela especificamente, a pedido de Lorde Maccon.

Biffy destrancou a porta da chapelaria.

— Nesse caso, faça o favor de entrar, senhor…?

— Monsieur Trouvé, às ordens. — O francês tirou o chapéu, os olhos grandes brilhando, ao que tudo indicava pelo simples prazer de ter que se apresentar.

O dândi sentiu que a barba peluda ficava menos repulsiva em um homem que parecia tão afável.

— Com licença, só um minutinho. Tenho que acender as lamparinas da loja.

Biffy deixou-o à entrada e se dedicou rapidamente ao já conhecido ritual noturno de pôr mais gás nas lamparinas e ajeitar as luvas e as cabeleiras após o dia de atividades. Sua atendente principal era boa, mas, quando fechava a chapelaria para o jantar, nunca deixava tudo de acordo com os padrões do chefe. Ele se lembrou da conversa que tivera com Lady Maccon sobre a viagem dela pela Europa continental depois da terrível desconfiança do Alfa em relação à sua integridade moral. Na época, o dândi fora preso no grande ovo sob o Tâmisa. Mais tarde, a preternatural contara o seu lado da história, que incluíra um relojoeiro francês, um tal Monsieur Trouvé. Fora ele também que projetara as celas na câmara de invenções, abaixo.

O janota terminou de inspecionar a chapelaria e voltou ao visitante.

— Os especialistas dizem que o senhor é quem mais entende de relógios. E ouvi falar de suas proezas relacionadas a um ornitóptero, o *Pato Barrento*. É um prazer conhecê-lo.

O francês jogou a cabeça para trás e deu uma sonora e contagiante gargalhada.

— Sim, claro. Faz tanto tempo que não vejo nem Lady Maccon nem minha prima Genevieve, que resolvi vir pessoalmente a Londres, para trazer a encomenda. Uma desculpa para socializar, certo?

— Sinto muito, mas se desencontrou das duas. Elas partiram há apenas algumas horas para Southampton.

— Ah, que pena! E vão voltar logo?

— Infelizmente, não. Foram com um grupo grande até o Egito. Mas, se essa caixa contém o que acho que contém, Lady Maccon vai querer recebê-la o quanto antes. Recebi a incumbência de enviar itens importantes para ela. Todos estão indo de navio, em consideração à, hum, saúde de Lorde Maccon.

— Ah, a correspondência poderá ser enviada por dirigíveis durante a viagem? Uma ótima proposta, senhor…?

— Puxa vida, minhas mais sinceras desculpas, senhor. Sandalio de Rabiffano. Mas todos me chamam de Biffy.

— Sim, o integrante mais recente da Alcateia de Londres. Genevieve escreveu sobre sua metamorfose. Um assunto de certo interesse científico, sem falar na inquietação política. Não é o meu campo, claro que não. — Saber que conversava com um membro da alcateia de Lorde Maccon fez com que ele relaxasse. Embora a França não fosse progressista no que tangia aos sobrenaturais.

— Não tem medo de mim, Monsieur Trouvé?

— Meu caro jovem, por que haveria de ter? Ah, sim, sua abominável condição mensal. Admito que, antes de conhecer Lady Maccon, sentia certa apreensão, mas um lobisomem veio nos salvar em diversas ocasiões, e foi muito útil, também. Já para os vampiros não tenho muito uso. Mas é bom ter lobisomens do nosso lado em uma luta.

— Quanta gentileza de sua parte dizer isso.

— Aqui está a caixa para Sua Senhoria. O conteúdo é bastante resistente, mas não gostaria de vê-lo perdido.

— Claro que não. Vou me certificar de que seja transportada com segurança.

O brilho reapareceu nas profundezas de todo aquele pelo facial. Biffy queria muito recomendar os serviços de um bom barbeiro ao sujeito, mas achou que ele poderia se ofender. Então, inclinou a cabeça para examinar a caixa — era bastante simples, estreita como as de charutos, em madeira natural.

— Há outra questão.

O dândi ergueu os olhos em expectativa, deixando de lado a inspeção.

— Sim?

— O major Channing também está fora da cidade?

A boa educação do lobisomem evitou que demonstrasse sua surpresa.

— Não, senhor, acho que está na residência urbana da alcateia. — Ele tentou disfarçar a curiosidade na voz, mas o francês pareceu percebê-la.

— Ah, é o lobisomem ao qual me referi, o que foi nos ajudar. Acabamos viajando juntos pela Europa continental. Um sujeito agradável.

Confuso, Biffy passou-lhe o endereço da alcateia. Ele e o Gama pouco se relacionavam. O filhote mostrava o pescoço com frequência ao major Channing, e este assumia o controle quando necessário, mas ignorava-o durante o resto do tempo. Porém, nunca antes alguém descrevera o major Channing Channing, dos Channings de Chesterfield, como um *sujeito agradável*.

O relojoeiro francês deu continuidade àquele rumo surpreendente da conversa:

— Acho que vou visitá-lo, já que as senhoras não estão aqui. Obrigado pela atenção, sr. Biffy. Boa noite.

— Espero que o restante de sua visita a Londres seja mais produtivo, monsieur Trouvé. Boa noite.

Assim que o sujeito se retirou, Biffy abriu a caixa longa e estreita, para ver o que havia dentro. Era totalmente inapropriado, claro, inspecionar a encomenda de outra pessoa, mas ele argumentou consigo mesmo que era para checar a segurança do conteúdo e que podia fazê-lo como integrante do Protetorado da Sombrinha de Lady Maccon. O que lhe dava, pensou, o direito de tomar certas liberdades.

Biffy ficou horrorizado com o conteúdo. Desde que conhecera a preternatural, ela já usara diversas sombrinhas pouco recomendáveis, uma das quais dotada de mais *recursos* do que o normal. A tal arma tinha lá suas vantagens. Mas o para-sol da caixa era uma caricatura. E, sobretudo, sem graça e sem enfeites, exceto pelas costuras dos bolsinhos supostamente *escondidos*. Era de lona verde-oliva! Sem sombra de dúvida devia ser letal, e os pompons do cabo deviam ocultar botões e venenos debilitantes. Com certeza era pesado o bastante para ter inúmeras funções. Mas, se é que se podia dizer isso de uma sombrinha, era o tipo de objeto que um atleta usaria, totalmente funcional e sem nenhuma beleza. O cabo de

bronze não combinava nem um pouco com o verde-oliva. Parecia — e o lobisomem estremeceu de pavor — um... guarda-chuva!

Ele deu uma olhada no cronograma do correio. Teria de mandá-la no do dia seguinte, rumo a Casablanca, para que cruzasse o caminho de Lady Maccon o quanto antes. Com passadas decididas, foi até a frente da chapelaria e virou a placa para o lado que dizia FECHADA. Tinha apenas seis horas para dar um jeito na situação. Pegou a engenhoca abominável e foi até o balcão. Ali, buscou diversos laços, flores de seda, plumas e outros enfeites, colocou-os à sua volta, pegou agulha e linha e pôs-se a trabalhar.

O Navio a Vapor Expresso P&O fora construído com o luxo em mente. Projetado para tirar proveito da paixão atual pelas coleções de antiguidades e turnês pelo Egito, era uma tentativa da indústria naval de competir com as companhias de dirigíveis. Os aeróstatos tinham a vantagem de ser mais rápidos e frequentes, mas o navio a vapor dispunha de bem mais espaço e capacidade de carga. A cabine de primeira classe do casal Maccon era tão grande quanto o closet de Lorde Akeldama, talvez até maior, e contava com duas escotilhas — uma melhoria em relação ao closet, no qual não havia janelas. Claro que as escotilhas podiam ser cobertas com cortinas grossas, garantindo assim uma clientela para essas empresas: os lobisomens.

O casal Maccon bateu à cabine vizinha, que fora alugada para a babá e os filhos da sra. Tunstell, e deixaram Prudence dormindo em um berço. Lorde e Lady Maccon podiam escutar a mãe dos gêmeos na cabine mais distante, ainda se queixando com o marido da perda de um de seus chapéus.

Para limitar a quantidade de pessoas, os dois Alfas não haviam incluído no grupo um mordomo, um valete e uma criada pessoal. Esse rompimento de normas seria constrangedor, caso a informação se tornasse conhecida. Lady Maccon estava nervosa, pois isso significava que Lorde Maccon teria que ajudá-la a fazer a toalete, mas supunha que poderia contar com a figurinista da companhia teatral nas emergências. Teria que usar os cabelos sob uma touca o máximo possível. Contava também com algumas cabelheiras da sra. Tunstell, pois considerou que o convés de um navio a vapor poderia ser tão gelado quanto um dirigível, talvez até mais.

Por pertencer ao círculo sobrenatural e ter costumes e hábitos arraigados, o casal Maccon ignorara o sino do café da manhã e todas as normas dos demais passageiros, simplesmente tirando a roupa e indo se deitar. Lady Maccon considerou que a companhia teatral também manteria seu horário noturno e, como estavam indo ao Egito para visitar uma rainha vampiro, não viu por que alterar toda a rotina de sua vida de casada por causa da viagem. Sem dúvida a tripulação estava acostumada com tal comportamento idiossincrático. A preternatural deixara ordens claras quanto aos horários das refeições e da entrega de correspondência. Era dia e, mesmo que Prudence acordasse, não causaria mais problemas do que qualquer outra criancinha mortal precoce. Então, a mãe se sentiu à vontade para se aconchegar com regozijo nos braços acolhedores do pai. O mundo exterior poderia aguardar que satisfizesse sua vontade.

Lady Maccon acordou tarde, no fim do dia. Vestiu-se da melhor forma possível e saiu da cabine sem perturbar o marido. O coitado parecia ter sido atropelado por um trem.

A babá selecionada estava quieta e imóvel, mas uns bracinhos agitados e um balbucio indicaram que Prudence tinha acordado, embora não estivesse chorando nem incomodando os companheiros. Lorde Akeldama observara, em mais de uma ocasião, que, embora as habilidades peculiares da menininha a tornassem difícil de controlar, era uma criança de boa índole. E, então, deixara a preternatural lisonjeada ao dizer que fazia com que se lembrasse dela.

Lady Maccon foi até o berço e deu uma olhada.

— Mamã! — disse Prudence, feliz.

— Shh! — repreendeu a mãe. — Vai acordar os outros.

A babá se aproximou por trás da preternatural.

— Lady Maccon, está tudo bem?

— Está, obrigada, sra. Dawaud-Plonk. Acho que vou levar Prudence comigo, se não se importar de trocá-la.

— Claro que não, madame. — A babá levou a garotinha para trás de um biombo oriental, no canto da cabine. Prudence surgiu instantes depois com uma fralda limpa e um vestido bonito, de musselina azul-clara, com capinha de peles, para mantê-la aquecida, e um chapéu em estilo francês. Parecia bastante elegante e um tanto intrigada com a rapidez com que fora vestida — tal como ficou a mãe. Tal eficiência, no que dizia respeito a sua filha, era um tremendo milagre.

— Vejo por que Ivy valoriza tanto o seu trabalho, sra. Dawaud-Plonk.

— Obrigada, Lady Maccon.

— Não é, por acaso, parente do meu mordomo, o sr. Floote, é?

— Não creio.

— Eu não imaginava que pudesse haver mais de um.

— Madame?

— Ah, nada, não. Gostaria de lhe avisar, pois é bem provável que tome conta da minha filha, junto com os gêmeos, nas próximas semanas, que Prudence tem hábitos fora do comum.

— Madame?

— É especial.

— Toda criança é especial, à sua própria maneira.

— Ah, sim, bom, Prudence pode ser *muito* especial, mesmo. Por favor, evite que ela toque no pai depois do pôr do sol, está bem? Ela fica agitada demais.

A babá nem titubeou ante aquele pedido tão estranho.

— Pois não, madame.

Lady Maccon carregou Prudence num dos lados do quadril e, juntas, foram explorar o navio.

No convés, o dia continuava sombrio. O vento soprava com força, gelado, e não havia nada para ver, exceto cristas de onda espumosas no oceano escuro. A preternatural quis apenas se certificar de que continuavam indo na direção correta.

— Brrr! — Foi o comentário eloquente de Prudence.

— É mesmo, o tempo está péssimo.

— Pttt.

— Está bom, vamos para outro lugar.

Ela apoiou a garotinha no outro lado do quadril e foi à proa do navio, na frente da primeira chaminé, onde ficavam a sala de jantar e a biblioteca.

Sem saber quem do seu grupo tinha acordado, ela se dirigiu primeiro à biblioteca, a fim de fazer leituras leves para que, se tivesse de jantar sozinha, pudesse contar com algum tópico intelectual. Prudence ainda não estava à altura dos padrões de debate maternos. A coleção da biblioteca era questionável, mas Lady Maccon encontrou um manual científico sobre anatomia humana que achou que poderia ser interessante, embora não totalmente adequado para o jantar. A capa era inofensiva, e havia ilustrações bastante gráficas ao longo do livro, que intrigaram a garotinha. Alexia puxara ao pai o suficiente para deixar de lado alguns padrões de civilidade e decoro, desde que fosse em nome da pesquisa científica. Se Prudence se interessar por anatomia, por que a mãe não haveria de incentivar tal tendência?

Apesar de já estar quase na hora do chá, a sala estava vazia, exceto por um cavalheiro, sentado no canto mais distante. Ela estava prestes a se acomodar no outro lado — sentindo ser uma questão de educação não impor uma criancinha a ninguém, ainda mais a um senhor solitário —, quando ele se levantou e cumprimentou-a com a cabeça, revelando ser Madame Lefoux.

Com relutância, mas sem querer ser grosseira, Lady Maccon contornou as mesas e cadeiras na direção dela.

Então, sentou-se e colocou Prudence no colo. A garotinha fitou a francesa com interesse.

— Fu?

— Boa tarde, srta. Prudence, Alexia.

— Não — protestou a menininha.

— É a palavra mais recente dela — explicou a preternatural, distraindo a filha com o livro. — Não sei bem se ela entende o que significa. Já está acomodada, Genevieve?

Um comissário apareceu ao lado de Lady Maccon, com uma folhinha de papel que listava os comestíveis disponíveis.

— Uma inovação interessante em termos de serviço alimentar — disse ela, agitando o panfleto. Prudence o pegou.

— Evita o incômodo de se ter que fazer um estoque de tudo, durante toda a viagem, de acordo com os caprichos dos passageiros — justificou Madame Lefoux.

Mas a preternatural não se interessava por comércio, somente por chá.

— Um bule de chá assamês, por favor. Uma torta de maçã e leite morno para a menina — pediu ela ao comissário, que continuava ali. — Aqui há pau de canela? — Ele assentiu. — Bebê, quer canela?

A garotinha olhou para a mãe, fazendo um beicinho com a boquinha rosada. Então, anuiu de leve.

— Pode raspar um pouco de canela em cima do leite para ela, por favor? Obrigada.

O comissário foi providenciar o pedido.

Lady Maccon abriu um guardanapo com monograma e colocou-o no pescoço do vestido da filha. Em seguida, recostou-se e olhou ao redor.

Embora não fosse decorada com a originalidade de Lorde Akeldama, a sala de jantar ao menos atendia ao gosto de Biffy. Havia bastante dourado e brocado, embora usados com comedimento. A sala parecia ter sido feita por meio do fechamento de um deque, e lembrava muito uma estufa, cercada de janelões, que mostravam o exterior sombrio.

— Então, o que acha do *SS Custard*? — perguntou Madame Lefoux, deixando de lado os papéis e abrindo seu sorriso de covinhas, como nos velhos tempos.

— É bem refinado, não? Embora eu devesse esperar e provar a comida, antes de dar a minha opinião.

— É verdade. — A inventora anuiu, sorvendo a própria bebida de uma xícara.

A preternatural sentiu o cheiro de algo.

— Chocolate quente?

— Sim, e muito bom, para os meus padrões.

Lady Maccon preferia tomar chá e comer chocolate, mas Madame Lefoux era francesa e tinha o direito de manter certos hábitos da Europa continental.

O comissário trouxe o chá e a torta, ambos de qualidade acima da média. A preternatural começou a achar que, na verdade, apreciaria a viagem. Prudence gostou do leite morno e passou um bom tempo pegando com o dedinho a canela em pó espalhada por cima e chupando-a em seguida. Bastante vulgar, claro, contudo, até aquele exato momento, o bebê-inconveniente não se interessara em usar os talheres adequados, parecendo achar que, já que contava com dedinhos, por que complicar algo simples e bom? A mãe ficou de olho nela, mas não interferiu. Era incrível o que a maternidade havia feito com seus célebres padrões.

— Então, como você está, Genevieve? — quis saber a preternatural, por fim, decidida a não se deixar constranger. Afinal de contas, fora a francesa que agira errado, não ela.

— Melhor do que esperava. Trabalhar para a colmeia não tem sido tão ruim quanto eu temia.

— Ah.

— E Quesnel está se divertindo, recebendo muita atenção e uma ótima educação. Podem dizer o que quiserem sobre os vampiros, mas eles valorizam o conhecimento. E uma colmeia inteira de vampiros e zangões mantém o meu garoto sob controle. Embora até o momento não tenham conseguido lhe transmitir qualquer interesse pela moda.

— Dama? — perguntou a menininha.

— Exato, Prudence — respondeu a mãe.

— Não — disse a filha.

Lady Maccon se lembrava de Quesnel como um traquinas que gostava de usar roupas de trabalho encardidas, que o deixavam com a aparência de um entregador de jornais.

— Então é provável que vocês dois sobrevivam, até ele atingir a maturidade?

Prudence terminou o leite morno e empurrou a xícara com um gesto impertinente. A mãe pegou-a antes que caísse da mesa. A menininha passou a se concentrar no cardápio impresso, que o comissário tivera a imprudência de deixar ali. Agitou-o com satisfação e, em seguida, passou algum tempo dobrando as pontas.

As covinhas de Madame Lefoux reapareceram.

— É bem provável, sim. Por incrível que pareça, acho reconfortante poder dividir a responsabilidade pela educação dele — ela fez uma pausa, com delicadeza —, embora tenha tido discussões com a Condessa Nadasdy. Eu só posso atenuar a influência dos vampiros. Acho que deve ser igual a você e Lorde Akeldama.

— Até agora, Prudence se mostrou perfeitamente capaz de tomar decisões a respeito de quase tudo. Ele adora vestidos cheios de babados, mas eu não poderia esperar que um vampiro fosse prático. Prudence não parece se importar. Conall e eu ficamos felizes por contarmos com ajuda. Os lobisomens têm um ditado. Conhece? "É preciso uma alcateia para criar uma criança." Nesse caso, uma alcateia, Lorde Akeldama e todos os zangões dele provavelmente são suficientes para lidar com a minha filha.

A francesa lhe lançou um olhar desconfiado. A garotinha parecia tão inocente quanto um lobisomem com uma costeleta de porco. Estava satisfeita com o cardápio, cantarolando baixinho para si.

Madame Lefoux terminou o chocolate quente e tornou a se servir.

— É mais fácil para você exercer menos controle do que para mim.

— Bom, eu acho que não sou tão maternal quanto você, e Lorde Akeldama é meu amigo. Temos afinidades e interesses em comum. Felizmente, ele é *ultra*maternal.

— Não é o meu caso com a condessa.

A preternatural sorriu antes de comer o último pedaço de torta.

— Embora eu saiba que vocês têm *alguns* interesses em comum.

— Ora, o que poderia estar sugerindo?

— Mabel Dair, talvez?

— Ah, Alexia. — Ela deu um largo sorriso. — Está com ciúmes?

Lady Maccon quisera apenas provocá-la, mas de repente se viu metida em um flerte e se constrangeu. Jamais deveria ter sequer tocado naquele assunto tão escandaloso.

— Você fez com que o passado viesse à tona.

Madame Lefoux pegou a sua mão, com uma seriedade que a deixou nervosa. Os olhos verdes dela eram um problema.

— Você nunca me deu uma chance. De ver se você gosta disso.

Lady Maccon ficou surpresa.

— Hein? Ah. — Ela sentiu um calor se espalhar pelo corpo, sob o corpete apertado. — Mas eu já era casada, quando nós nos conhecemos.

— Já é alguma coisa. Ao menos me viu como uma possibilidade.

A preternatural balbuciou:

— Eu… Eu sou *muito feliz* no meu casamento.

— Que pena. Ah, bom, ao menos uma de nós já se assentou. Eu acho que haveria escolhas piores do que Conall Maccon.

— Obrigada, creio. E a situação com a colmeia e a srta. Dair não pode estar tão insuportável assim, ou você não se mostraria tão disposta a falar disso.

— Touché, Alexia.

— Por acaso achou que, enquanto você me avaliava, eu não fazia o mesmo com você? Não convivemos muito nos últimos anos, mas duvido que tenha mudado tanto. — Ela se inclinou para frente. — Outrora Lefoux me contou, antes de morrer, que você amava de uma forma por demais liberal. Acho interessante você ser tão leal a alguém ou à sua tão alardeada tecnologia e, no entanto, ser tão pouco confiável no que tange a associações e governos.

— Está me acusando de ter os meus próprios planos?

— E você está negando?

A francesa se recostou e deu uma sonora gargalhada.

— E por que haveria de tê-los?

— Eu não creio que pretenda me contar para quem vai fazer relatórios nesta viagem. Para a Ordem do Polvo de Cobre? A Colmeia de Woolsey? A Real Sociedade? O governo francês?

— Ora, Alexia, você não acabou de dizer que eu trabalho apenas para mim mesma?

Foi a vez de Lady Maccon sorrir.

— Bela virada, Genevieve.

— E agora, se me dá licença, tenho que cuidar de alguns assuntos nos meus aposentos. — Ela se levantou e fez uma pequena reverência para ambas. — Alexia. Srta. Prudence.

A menininha ergueu os olhos da meticulosa mutilação do cardápio.

— Não.

A inventora pegou a sobrecasaca e a cartola em um porta-chapéus perto da porta e foi até o corredor tempestuoso.

— *Fuuui* — disse Prudence.

— Eu concordo plenamente, bebê.

Lady Maccon permaneceu na sala de jantar por um bom tempo. Gostou do ambiente, do fornecimento constante de chá e petiscos, do atendimento eficiente e do fato de poder fazer uma inspeção geral dos demais passageiros. Afinal de contas, todos tinham que comer. Os outros viajantes eram sortidos, como esperado. Ela viu várias damas pálidas — doentes em busca de saúde. Os dois sujeitos esqueléticos com cabelos desgrenhados e ternos malcortados só podiam ser artistas. Os tipos joviais, de tweed, dispostos a acabar com todo o estoque de vinho do Porto antes que eles atracassem eram, evidentemente, caçadores de crocodilos. Havia um sujeito de preto que Lady Maccon supôs, a princípio, ser político, até ele pegar um bloco de anotações, o que a levou a pensar que era o mais vil dos vis: um jornalista de viagens. Viam-se também inúmeros cavalheiros com trajes ultrapassados, chapéus surrados e barba por fazer, além de colecionadores de antiguidades ou cientistas.

Claro que o principal motivo de a preternatural ter ficado ali era o fato de Prudence estar feliz e satisfeita, destroçando o cardápio, e não havia por que interromper uma atividade prazerosa. Foi por isso que o marido a encontrou ainda tomando chá, mesmo depois do pôr do sol.

Ele chegou atrás do casal Tunstell, da babá, dos gêmeos e de dois integrantes da companhia teatral, todos com expressão exausta, porém vestidos para o jantar.

— Papá! — disse Prudence, dando a impressão de que adoraria receber afeto do pai. Lady Maccon pôs a mão exposta com cuidado na nuca da filha e, em seguida, anuiu para o marido.

— Filhota! — Ele deu um cheiro na maçã do rosto da filha, fazendo-a soltar risadinhas e, depois, fez o mesmo com a mãe. — Esposa. — O que suscitou um olhar sério, que ambos sabiam ser afetuoso.

A preternatural supôs que deveria se retirar e se vestir para o jantar, mas estava com tanto medo de perder algo interessante, que continuou ali, apenas indo para uma mesa maior, de maneira que os outros pudessem se unir a ela e a Prudence.

— Acho que vou gostar mais de andar de navio do que de dirigível — concluiu a sra. Tunstell, sentando-se ao lado de Lady Maccon, sem se importar com a acomodação adequada à mesa e a hierarquia.

A preternatural supôs que tais normas teriam de ser relaxadas durante a viagem. Lorde Maccon sentou-se do outro lado da sra. Tunstell, mantendo uma boa distância da filha.

— Por causa do ambiente ou da decoração?

— Dos dois. Opa, Percy, meu querido, não é para comer o móvel, não. — O bebê Percival estava ocupado em morder o encosto da cadeira de jantar, inclinando-se sobre o braço do pai para fazê-lo.

— Aaaouaouu — fez Primrose, acomodada no colo da babá. Ainda não tinha desenvolvido a capacidade de usar consoantes.

Aquele comportamento, por mais tranquilo que fosse, acabou sendo demasiado para a sra. Tunstell.

— Ah, leve-os daqui, sra. Dawaud-Plonk. Vamos lhe mandar um bom jantar. Este com certeza não é um lugar adequado para criancinhas.

A babá adquiriu uma expressão preocupada ante a perspectiva de ter de carregar três pequerruchos. Mas Prudence, parecendo concordar com a sra. Tunstell quanto a ter chegado a hora de partir, saltou da cadeira, tirou o guardanapo do pescoço, entregou-o com cuidado à mãe e ficou parada, esperando com paciência, enquanto a babá carregava os gêmeos. A menininha, então, seguiu à frente da sra. Dawaud-Plonk até a saída, como se soubesse exatamente o que fazia.

A sra. Tunstell observou, impressionada.

— Estou louca para que os meus comecem a caminhar com mais estabilidade.

— Eu não ficaria, se fosse você. Prudence mexe em tudo. — Era motivo de debate no lar dos Maccon e de Lorde Akeldama o fato de a garotinha ter começado a andar mais rápido e melhor do que se esperava de uma criança de sua idade. Pensava-se que tivesse a ver com suas formas alternadas: a de vampiro sendo a mais rápida, a de lobisomem, a mais forte. Juntas, elas deviam aperfeiçoar sua compreensão do movimento bípede.

A sra. Tunstell começou a tagarelar sobre suas experiências a bordo, como se fosse uma assídua passageira, embora só fizesse doze horas que estavam em alto-mar.

— As janelinhas da minha cabine são *redondas*. Dá para acreditar?

A refeição prosseguiu *sem incidentes*, se é que esse termo poderia ser usado para descrever tamanha provação, como os protestos contra o tipo de molho, a qualidade da carne e a cor das geleias. Lady Maccon começou a suspeitar que os atores eram bem mais exigentes quanto às suas preferências do que o próprio Lorde Akeldama. Achou que a refeição, que consistira em caldo de miúdos, linguado frito, paleta bovina, vitela moída e ovos escalfados, porco em conserva, tortas de pombo, croquetes de carneiro, ensopado de coelho, presunto e língua, e batata cozida era tudo o que se podia esperar a bordo de uma embarcação. E as sobremesas, sempre sua parte favorita, ultrapassaram suas expectativas, incluindo pudim de arroz e amora-preta, tortinhas recheadas com geleia e uma bandeja com ótimos queijos.

Lorde Maccon não quis beber nada nem jogar cartas depois do jantar. Lady Maccon não quis ir passear no convés. Voltaram à sua cabine. Ela, pensando na obra surrupiada sobre anatomia, sugeriu que eles aproveitassem a paz relativa da viagem, sem as obrigações de muhjah nem do DAS para distraí-los. Ele concordou plenamente, mas acreditando que livros não fariam parte daquela atividade.

Os dois chegaram a um acordo. A preternatural pegou a obra e usou o marido como espécime de estudo. Concentrou-se em tentar descobrir onde ficavam os diversos órgãos, o que requereu apertões e cutucadas. Como Lorde Maccon sentia cócegas, a investigação resultou numa pequena luta. No fim das contas, ela acabou perdendo o livro, a roupa e o batimento cardíaco normal, mas a sessão de estudo foi considerada, ao menos pelo lobisomem, um tremendo sucesso.

Capítulo 8

Lady Maccon Faz uma Inesperada Descoberta Molhada

A viagem marítima acabou sendo estranhamente tranquila. O que deixou a preternatural nervosa. Como eles seguiam os horários sobrenaturais, os Maccon, os Tunstell, os filhos e a companhia teatral não se relacionavam com os demais viajantes, exceto na hora do jantar. Nessas ocasiões, quando Lady Maccon e os compatriotas iniciavam seu dia, e os outros, sua diversão noturna antes de irem dormir, requeria-se que todos os passageiros se confraternizassem. Ao contrário de algumas linhas atlânticas menos nobres, naquele navio a vapor só havia compartimentos de primeira classe, e a preternatural ficou encantada ao ver os viajantes se comportando como os frequentadores de elite deveriam. Todos eram educados, e jamais falavam de política à mesa. Os atores ofereciam o indispensável entretenimento, quer pelas vias aceitáveis da conversa e do ocasional interlúdio musical, quer por meios mais dramáticos, como passar a dialogar louca e apaixonadamente com algum prato do cardápio, ter um ataque de nervos quando o cozinheiro saía apressado, ou roubar o quepe do capitão para então se dedicar a uma dança escandalosa. Eles se comportaram conforme o esperado e não se afastaram muito da nobreza, pregando apenas peças que já haviam sido postas em prática pelos jovens de Oxford ou Cambridge. Embora certa noite

memorável, em que jogaram críquete com pãezinhos, tivesse extrapolado os limites da civilidade.

Quando houve a inevitável confusão, surgiu do grupinho mais propenso a ela — Lorde Maccon, Prudence e seu brinquedinho favorito: uma enorme joaninha mecânica.

Logo após o nascimento da filha, Lady Maccon escrevera ao amigo, o relojoeiro Gustave Trouvé, e encomendara uma de suas joaninhas mecânicas, só que maior, mais lenta e menos letal. Mandara colocar também uma pequena sela de couro no inseto, dando início, inadvertidamente, a uma moda em brinquedos infantis que manteve o bom cavalheiro ocupado durante todo o ano seguinte. E o mercado das joaninhas montáveis acabou se revelando bastante lucrativo.

Prudence gostara tanto daquele brinquedo específico, que se tornara imprescindível levá-lo em qualquer viagem — ainda mais uma de várias semanas —, apesar de ser volumoso. Lady Maccon e a filha passaram a frequentar a sala de estar e de música todas as noites após o jantar, a mãe com um livro e de olho na menina, Prudence com a joaninha e uma vontade gratificante de despender energia correndo atrás, em cima ou, em várias ocasiões, debaixo dela. Às vezes alguns atores iam fazer companhia às duas e tocavam piano. A preternatural ou a filha interrompia as respectivas atividades para ficar escutando, Lady Maccon em alguns momentos lançando um olhar furioso de desaprovação quando as canções se aproximavam muito das do tipo de "Old Tattooed Lady" e similares.

Mas foi quando Lorde Maccon se uniu a elas na terceira noite, e Prudence, empolgadíssima, atropelou o pé dele com a joaninha e perdeu o equilíbrio, que a situação fugiu do controle. Eles vinham tomando muito cuidado, mas tudo aconteceu tão inesperadamente, que até os reflexos sobrenaturais do lobisomem não foram rápidos o bastante. Isso somado ao fato de que, sendo pai, o instinto dele foi estender a mão e pegar a filha antes que ela caísse no chão, não saltar para sair do caminho, como deveria ter feito.

Então, a garotinha caiu. Lorde Maccon a pegou. E um filhote de lobisomem começou a correr pela sala, provocando caos e pânico. Ela

estivera usando um belo vestidinho cor-de-rosa cheio de babados, fralda e calcinha de renda. Estes dois últimos itens não sobreviveram à metamorfose. O vestido, sim: Prudence continuou usando-o na forma de lobo, para o grande divertimento da mãe.

A natureza de lobisomem da garotinha parecia menos motivada pela necessidade de caçar e se alimentar do que pela de correr e brincar. Os pais tinham debatido se isso era consequência de sua idade ou de sua essência metanatural. Ela também se transformava em um filhotinho muito fofo, na opinião de Lady Maccon, de maneira que ninguém tinha *medo* dela, mas o surgimento inesperado daquele minilobisomem de fato surpreendeu.

— Minha nossa, de onde você veio, bolinha de pelos adorável? — perguntou o sr. Tumtrinkle, o cavalheiro que fazia o papel de vilão em *As Chuvas Fatais de Swansea*. Ele fez menção de pegar a bolinha, não conseguiu fazê-lo e caiu adiante, em cima da soprano de seios fartos que se sentava ao piano. A cantora gritou, surpresa. Buscando apoio, o ator agarrou e rasgou o corpete do vestido listrado de verde e framboesa da mulher. Ela fingiu desmaiar de constrangimento, embora Lady Maccon tenha notado que a soprano ficara de olho no comissário ali perto, para ter certeza de que os dotes sob o corpete seriam totalmente apreciados, o que, a julgar pelo rubor do rapaz, aconteceu.

Prudence, o filhotinho de lobisomem, fez da sala um circuito, pulando nas pessoas, tentando se espremer por baixo dos móveis e derrubando-os, e, de modo geral, causando o caos esperado por um bichinho com vestido de babados cheio de energia e confinado em local fechado. Ela completou a turnê aos pés do pai, momento em que, seguindo alguma memória infantil, tentou montar na joaninha, que causara o acidente inicial, ainda evitando que os pais a pegassem.

O que na certa teriam feito, em algum momento. A sala era grande, mas não *tão* grande assim. Infelizmente, um comissário do convés abriu a porta, com um pacote longo debaixo do braço.

— Lady Maccon? Esta encomenda acabou de chegar para a senhora, por dirigível. E esta carta. E também há uma missiva para o senhor, Lorde Maccon, além de... Ó céus!

Foi o momento em que o filhotinho passou por entre as pernas do infeliz sujeito, em busca de liberdade.

— Peguem Prudence! — ordenou a preternatural, mas foi tarde demais. A menina já estava no corredor. A mãe correu até a porta, a tempo de ver a ponta do rabinho peludo sumir ao contornar uma parede. — Minha nossa!

— Lady Maccon — começou a dizer em tom severo o garçom da sala de estar, atrás dela —, não se permitem animais sem registro neste navio! Mesmo os bem-vestidos.

— Oh, ah, sim, claro. Eu vou pagar, evidentemente, qualquer multa pela inconveniência ou pelos estragos, e lhe asseguro que tudo voltará ao normal assim que eu puser as mãos nela. Então, com sua licença. Está vindo, Conall?

E os dois saíram correndo atrás da filha errante.

Todos que ficaram para trás se mostraram muito confusos, sobretudo quando descobriram uma fralda de criança rasgada perto da joaninha abandonada e nenhum rastro da pequena Lady Prudence na sala.

— Parece cansado, professor Lyall. Sem querer ofender, claro. E o senhor faz com que seja muito difícil notar, mas eu suspeito que esse pequeno vinco no bolso do seu colete indica exaustão.

— Muito perspicaz de sua parte, jovem Biffy, dar-se conta de como estou pelo estado de meu colete. Notou algo mais significativo ocorrendo na cidade, ultimamente?

O dândi se perguntou se aquele era algum tipo de teste de lobisomem para a avaliação de sua capacidade de observação. Ou talvez o professor Lyall quisesse saber se Biffy compartilharia informações com outro integrante da alcateia, se as guardaria para si mesmo ou as contaria para Lorde Akeldama ou Lady Maccon. Evidentemente, ele contaria a todos. Não tudo, nem a mesma coisa, mas lhes diria *algo*. Afinal, que outro propósito teria a obtenção de informações? Naquele quesito, ele e o ex--mestre não compartilhavam a mesma opinião. Lorde Akeldama gostava de saber o que ocorria para sua própria satisfação; Biffy gostava de saber o que ocorria para satisfazer aos demais.

Ele respondeu ao professor Lyall de forma vaga.

— Os vampiros errantes de Londres estão se comportando mal. Esta noite mesmo, apareceu um na loja, que começou a dar ordens como se fosse uma rainha. Ainda bem que a câmara de invenções fica escondida. Os zangões dele ficaram investigando tudo, buscando alguma coisa, menos chapéus.

O Beta olhou para o dândi de alto a baixo, avaliando-o.

— Você está se saindo muito bem, jovem Biffy. Será um ótimo substituto.

— Substituto de quem?

— Ah, quanto a isso, a paciência é uma virtude, meu caro. Agora, essa história com os errantes, há quanto tempo vem acontecendo?

— Eles têm piorado nos últimos anos, porém aumentou muito desde que os nossos Alfas foram embora. Ora, um errante me acusou de não manter estoques de polainas de propósito! Fez um tremendo escândalo. Mas eu nunca mantenho esse tipo de estoque! E, esta noite, vi um deles se alimentar na rua. Claro que *estava* perto do dique. Mas ao ar livre? Sabe, é quase tão ruim quanto fazer um piquenique no parque. Comer *em público*? Simplesmente não se faz.

O professor Lyall concordou.

— E as festas dos errantes também estão ficando cada vez mais descontroladas. Sabia que o DAS recebeu uma mensagem da Rainha Vitória, por causa disso? Bertie foi visto em um dos eventos em Wandsworth. É progressista, a nossa cara Regina, mas não *tanto* assim. O filho se confraternizando com uma colmeia o tempo todo... É inaceitável. Pelo que sei, o potentado levou uma bronca por causa disso.

— Ó céus. Coitado de Lorde Akeldama. — O dândi recorreu à sua nova cultura de lobisomem e ao antigo treinamento de vampiro para avaliar a situação. — Todo este tumulto provocado pelos vampiros está acontecendo porque estamos morando no território urbano deles?

— É uma hipótese. Alguma outra?

— Talvez porque a Condessa Nadasdy já não esteja em Mayfair? Não há mais uma rainha na parte central de Londres. Quiçá seja essa a causa do comportamento errático? — Ele observou atentamente a expressão

do professor Lyall. Jamais o teria considerado bem-apessoado, mas havia algo muito cativante em seu semblante suave.

— Pode ser. Lorde e Lady Maccon, e sua natureza Alfa, podem tê-los contido um pouco, mas Londres está sem uma rainha, e a Grande Dama de Kentish Town está longe demais para supervisionar o que ocorre em Westminster e no sul do Tâmisa.

Biffy tinha uma vaga familiaridade com a rainha no Norte de Londres.

— Ela não liga muito para os assuntos da sociedade. Nem mesmo para a moda.

— Há alguns vampiros, não muitos, mas *alguns*, que se descompuseram *assim*. — Ele farejou de forma a sugerir o fedor de carne estragada que permeava o cheiro de todos os vampiros.

O dândi podia não entender de mais nada, mas compreendia uma ênfase significativa em uma frase.

— E o que nós podemos fazer a respeito?

— Vou mandar o DAS ficar de olho nos errantes e convocar o restante da nossa alcateia, se necessário, mas as festas da lua cheia devem ser por demais intensas este mês. E não há muito que eu possa fazer nessa ocasião. Mas podemos torcer para que Lorde e Lady Maccon concluam logo o que tinham de resolver e voltem antes da segunda lua cheia, já que só uma já vai nos sobrecarregar ao máximo.

Biffy sugeriu, sem parar para pensar:

— Ou poderíamos encontrar uma rainha substituta.

— Oferecendo-se para a posição?

— Ora, professor Lyall, estou detectando certa espirituosidade?

— Somente para você.

— Lisonjeiro. — Ele deu uns tapinhas divertidos no braço do Beta.

O professor Lyall se sobressaltou um pouco e, em seguida, pareceu constrangido com o contato casual.

Prudence fez os pais correrem navio afora, encerrando a aventura ao se esconder num barco salva-vidas a bombordo do convés de passeio. Lorde Maccon por fim conseguiu pegá-la. Apesar da força sobrenatural da filha, ele conseguiu segurá-la por tempo suficiente para entregá-la à esposa.

— Mamã! — exclamou a garotinha humana agitada, que surgiu assim que a mãe a tocou. E, então, como estavam no convés externo e ela usava apenas um vestidinho de festa cor-de-rosa, fez: — Brrr!

— Ah, sim, querida, só pode culpar a si mesma por isso. Sabe que tem que evitar o seu pai à noite.

— Papá?

— Sim, exato.

O Alfa acenou timidamente para a filha, mantendo uma boa distância, para evitar outros incidentes.

— Ah, veja, Prudence, olhe só para aquilo — indicou a mãe, apontando para o alto.

— Não — disse a menininha, mas ergueu os olhos.

O dirigível postal estava em cima deles, atracado no navio a vapor e sendo levado junto, enquanto as entregas eram transferidas de um para o outro. A correspondência era lançada por um paraquedas de seda firme. Lady Maccon achou divertido e ficou imaginando se as pessoas podiam embarcar daquele jeito.

— Alguma correspondência para Casablanca? — gritou o comissário-assistente do convés, andando de um lado para outro. — Correspondência para Casablanca? O dirigível postal vai partir daqui a dez minutos! Alguma correspondência? — ele continuou a perguntar, indo até os conveses inferiores.

O aeróstato postal era bem diferente dos dirigíveis de passageiros nos que Lady Maccon estava acostumada a andar. Prudence ficou devidamente fascinada. Lorde Maccon julgou ser uma boa oportunidade para escapar dali em busca de um vinho do Porto no salão de fumo, talvez até um bom jogo de gamão.

— Bivel! — Foi a opinião de Prudence. Ela adorava o transporte aéreo, ainda não o tivesse testado pessoalmente. Havia certo temor de que, tal como o pai e outros lobisomens, ela sofresse de enjoo durante o voo. Sua apreciação era simplesmente demonstrada quando ela apontava para os dirigíveis e dava gritinhos toda vez que via um na cidade ou quando a levavam para passear no Hyde Park. De vez em quando, permitiam que a garotinha se sentasse no veículo aéreo particular de Lorde

Akeldama, *Paina de Dente-de-Leão numa Colher*, quando ele ficava estacionado no teto da residência urbana do dândi. E, evidentemente, Prudence tinha diversos dirigíveis de brinquedo, inclusive um que era uma réplica exata do aeróstato do pai vampiro.

O design do dirigível postal era muito elegante e discreto. Lady Maccon e a filha ficaram fascinadas. A parte do balão fora estreitada, para permitir maior velocidade. O veículo contava com seis propulsores de corrente de éter e a parte da barcaça consistia sobretudo em um enorme motor a vapor. O espaço restante era ocupado pelos pacotes em si e por uma pequena quantidade de passageiros, em sua maior parte homens de negócios, desejosos de trocar o luxo e o conforto pela velocidade.

Prudence estava hipnotizada e teria ficado muito mais tempo ali, mas começou a bater os dentes. A mãe percebeu e levou a filha até a babá, para que tirasse uma nova soneca e pusesse roupas mais quentes. Só algum tempo depois Lady Maccon se lembrou de que o comissário do convés tentara lhe entregar correspondências.

A preternatural foi atrás de seus pacotes e localizou-os rápido; porém, desconfiando do conteúdo, tentou encontrar o marido. Adivinhara sem problemas o que era, pelo formato da caixa, e supôs que ele gostaria de vê-la desembrulhar sua nova sombrinha.

Foi encontrá-lo à mesa de gamão, entregou-lhe as missivas que recebera — uma com a letra de imprensa meticulosa do professor Lyall e a outra com os garranchos desleixados do major Channing — e, então, concentrou-se nas próprias correspondências. Além da caixa, havia a carta de Biffy. A escrita da parte da frente seguia as regras do dirigível postal, mas no verso, embaixo do selo, o jovem lobisomem escrevera *A ser aberta antes da caixa!*, em letras de forma.

Lorde Maccon, tão adorável, ficou todo animado quando viu o pacote.

— Que beleza! Chegou, finalmente!

Lady Maccon teve a sensibilidade de não revelar que sabia qual era o conteúdo.

— Recebi uma carta de Biffy. O tolinho parece achar que é importante lê-la antes de abrir a caixa.

— Então faça isso — incentivou o Conde, magnânimo, embora os olhos tivessem adquirido um tom caramelo de empolgação.

A preternatural se sentou, apesar dos olhares furiosos de diversos cavalheiros ante a presença de uma mulher no salão de fumo, e rompeu o selo. Na mensagem, Biffy detalhara não apenas o atual estado da investigação de assassinato (nenhuma mudança considerável), o último colete adquirido por Lorde Akeldama (listrado de azul e marfim, com galões dourados) e o comportamento estranho de Floote no que tangia a faisão assado (retirada da despensa de imediato), como também uma visita de Gustave Trouvé (barba de incrível magnitude). Então, descreveu minuciosa e graciosamente a nova sombrinha, quando chegara. E, em seguida, as melhorias à sua aparência que sentira necessidade de fazer. Pediu muitas desculpas por ter aberto sua correspondência sem permissão, mas acreditava que suas ações poderiam ser totalmente perdoadas, já que lhe poupariam o terror de ter que deparar com a sombrinha no estado original. Ele assinou a missiva com o nome verdadeiro, porém Lady Maccon sabia que o fizera porque naquela carta específica não havia nenhum conteúdo delicado nem relacionado ao Protetorado da Sombrinha, afora, claro, a sombrinha em si.

Então, devidamente avisada, a preternatural *abriu a caixa*.

Diante dela estava uma criatura tão distinta da descrição de Biffy do original quanto se podia imaginar. O talentoso rapaz atenuara a monstruosidade com tanto requinte quanto possível no caso de uma lona verde-oliva sem graça.

Ele cobrira o exterior com seda negra. Colocara delicados babados de chiffon ao longo dos frisos e três camadas de babados rendados na orla, disfarçando por completo os diversos bolsinhos escondidos ali. Conseguira cobrir o revestimento de tecido de tal forma, que, quando a sombrinha estava fechada, adquiria uma aparência abaloada, escondendo quaisquer protuberâncias suspeitas. Em cima, perto da ponta, acrescentara mais renda branca e, então, um tufo de plumas negras, que ocultavam habilmente as molas e os mecanismos de ativação, que permitiam que a ponta se abrisse e lançasse diversos objetos e substâncias letais. Infelizmente, não pôde fazer muito no cabo. De bronze, simples,

com três apetrechos, que, uma vez girados, de acordo com as instruções de Gustave Trouvé, obteriam resultados diferentes. O francês não cultivava o mesmo gosto de Madame Lefoux por sofisticados botões ocultos e cabos esculpidos. Biffy, porém, tinha combatido a simplicidade ao envolver com belas fitas diversos pontos do cabo, sem interferir em sua função primária. Concluíra a decoração ao forrar a parte interna com babados de chiffon brancos e prendendo dois pompons negros ao cabo, que exerciam papel decorativo e que, como constatou a preternatural, para sua satisfação, permitiriam que ela amarrasse o acessório a si, para não perdê-lo.

A sombrinha era um pouco espalhafatosa demais para o seu gosto, mas o tom preto e branco harmonioso lhe dava um ar refinado, e todos os enfeites adicionais disfarçariam melhor os segredos ali contidos.

— Ah, Conall, não é adorável? E Biffy não fez um ótimo trabalho?

— Ah, sim, se você acha, minha querida. Mas que tal o de Monsieur Trouvé?

— Excelente pergunta. Para elogiar o trabalho dele, vou precisar testar a sombrinha, não é mesmo?

Lorde Maccon observou os senhores que ainda os fuzilavam com os olhos, por terem tido as baforadas de charuto e os jogos de cartas imperdoavelmente interrompidos pela insolente Lady Maccon e sua correspondência frívola.

— Talvez em outro lugar, esposa?

— Hein? Ah. Sim, claro, em um lugar privado, ao ar livre. Sabe-se lá o que pode sair voando desta belezura. — Ela se levantou, ansiosa.

Eles saíram do salão de fumo, para então se deparar com a sra. Tunstell no corredor.

— Alexia! Lorde Maccon! Que bom encontrá-los! Eu estava procurando por vocês. A sra. Dawaud-Plonk já pôs as crianças para dormir, e eu e o Tunny queríamos saber se vocês não gostariam de jogar uíste com a gente.

— Eu não jogo uíste — disse o Alfa, brevemente.

— Ah, não preste atenção nele — rebateu a esposa, diante da expressão ofendida da amiga. — Ele não liga para jogos de cartas.

Talvez eu possa, daqui a uns quinze minutos, mas agora recebi uma sombrinha nova, e eu e o Conall vamos até o convés de passeio para testá-la.

— Puxa, que bom. Mas, Alexia, não está fazendo sol.

— Não é esse tipo de teste. — Ela piscou para a sra. Tunstell.

A amiga ficou atordoada, por um instante.

— Ah! Sombrinha Fru-Fru?

— Exato, Touca Pufe.

A sra. Tunstell se empolgou.

— Ora, ora! — Ela levou a mão ao rosto e agitou o dedo mindinho perto da ponta de seu pequeno nariz. Aquele era o seu gesto de sutileza duvidosa para os segredos atuais. Lady Maccon considerou-se sortuda. A sugestão inicial de amiga fora de que, quando tivessem alguma informação clandestina a dar, saltassem, formando um pequeno círculo, e então parassem de frente uma para a outra e apontassem os dedos para as bocas, da forma mais ridícula.

Não obstante, Lorde Maccon ficou fascinado pelos movimentos absurdos dos dedos de Ivy.

A preternatural lhe deu um cutucão na costela, para que parasse de fitá-la.

A sra. Tunstell interrompeu o gesto esquisito.

— Posso ver a *sombrinha*?

Lady Maccon ergueu-a.

A amiga se mostrou devidamente entusiasmada.

— Preta e branca, muito elegante! E esse chiffon? *Adorei*. Muito bem-feita. Mas você sabe, claro, que o amarelo e o escarlate são a *última moda* para a primavera.

A preternatural lançou-lhe um olhar que deixava claro que a amiga ingressava em um terreno muito perigoso.

Ela se retratou depressa.

— Mas preto e branco é mais versátil, não é mesmo? E você quer que esta dure.

— Exatamente.

— Posso ir com vocês até o convés?

— Para fazer uma antrocopia?

— Uma antro-quê? Não, minha querida Alexia, para ver suas — ela fez uma pausa e corou, olhando ao redor para ver se havia alguém escutando — *emissões*.

— Foi o que eu disse.

— Ah, sim? E, então?

Lady Maccon concluiu que a sra. Tunstell fazia parte, oficialmente, de seu círculo íntimo, e aquela sombrinha era o componente delimitador daquele grupo reservado.

— Claro que pode, minha querida Ivy.

A amiga bateu palmas com as mãos cobertas por luvas azuis, empolgada.

— Eu vou pegar um agasalho e as minhas cabelheiras.

— Nós nos encontramos lá em cima. — A preternatural pegou o braço do marido e o conduziu até lá.

— Minha querida, qual é o significado disso… — Lorde Maccon agitou os dedos diante do nariz, em uma imitação fiel do gesto da sra. Tunstell.

— Ah, deixe que ela se divirta, Conall.

— Como queira. Mas é um comportamento estranho. Como se tivesse uma mosca perto do nariz.

Conforme combinado, uns quinze minutos depois, a amiga, que trocara de roupa, foi se unir à tiritante Lady Maccon e ao aborrecido Alfa no convés de passeio.

A sra. Tunstell compareceu com uma cabelheira tão chocante, que a preternatural não teve dúvidas de que havia sido especialmente desenhada. Era da mesma cor dos cabelos dela, e consistia em diversos cachos encaracolados caindo sobre as orelhas, ao estilo grego, e uma coroa de tranças. Uma fita dourada fora entrelaçada por todo o adereço, e havia uma adaga dourada em cima da orelha esquerda, com um ramalhete de folhas e frutas da mesma cor, caindo por trás. Parecia mais um toucado para um baile do que qualquer outra coisa. Era uma peça só, usada como um capacete sobre os cabelos da amiga.

Como as cabelheiras cobriam por completo as orelhas, bem como sua cabeça, a sra. Tunstell se mantinha aquecida, mas não ouvia nada.

— Até que enfim, Ivy! Por que demorou tanto? — quis saber Lady Maccon.

— Você quer ouvir um canto? Não posso fazer uma serenata para você no convés, ao ar livre. Talvez mais tarde, na sala de estar. Lembra que era para você antropomorfizar o funcionamento da sombrinha?

— Sim, Ivy, eu sei. Estávamos esperando por você.

— Como vai fazer? O acessório deve vir com instruções, não é? Não pode ser tão diferente assim da sua sombrinha emissionosa.

A amiga desistiu e se virou para fazer os testes. Tirou as luvas e entregou-as à sra. Tunstell, que as pegou, séria, e meteu-as na bolsinha reticulada. Lady Maccon leu a folha de instruções.

Dos três apetrechos no cabo, o primeiro, quando girado, não aparentou fazer nada. Como ela estava apontando a sombrinha para o mar, e aquele era o emissor de interferência magnética, era o melhor que ela podia esperar. Nem mesmo a preternatural era ousada o bastante para ir até a popa e testar a sombrinha no motor do navio.

— Não aconteceu nada — avisou Ivy, decepcionada.

— Com o emissor, não era mesmo para acontecer bulhufas.

— Luvas? Acho que é mesmo sensato, caso neve.

O apetrecho central, quando girado para a esquerda, fazia surgir um pino de prata na ponta, e, quando girado para a direita, um pino de madeira. Ao contrário da sombrinha anterior de Lady Maccon, eles não podiam ser ativados juntos.

A preternatural não sabia se era uma mudança positiva.

— E se eu precisar lutar tanto com vampiros quanto com lobisomens?

Lorde Maccon lhe lançou um olhar severo.

— Ooh, ooh, ooh! — A sra. Tunstell praticamente saltitava de empolgação, por causa de algum tipo de pensamento. — Eu tive uma ideia — declarou, examinando a ponta do pino de madeira com interesse.

— Ah, sim? — encorajou-a a amiga, falando mais alto.

A outra parou e franziu o cenho, o rostinho atrevido enrugado de preocupação.

— Eu disse que *tive* uma ideia. Pelo visto, ela sumiu.

A preternatural voltou a examinar a sombrinha. O apetrecho inferior, bem perto da lona e escondido no tufo de plumas negras, era um pouco mais detalhado. Ela leu as instruções e, em seguida, abriu e virou com cuidado a sombrinha. Uma girada para um lado e um vapor fino surgiu das pontas das varetas. Pelo cheiro e pelo chiado do líquido, quando atingiu o convés, era lapis solaris diluído em ácido sulfúrico. Uma girada para o outro lado, e lapis lunearis e água saíram, formando uma mancha marrom no convés já danificado.

— Opa — exclamou Lady Maccon, sem se desculpar muito.

— Está vendo, esguichos! Francamente, Alexia, não tem um jeito mais digno? — Ela deu um passo para trás, afastando-se da amiga, e torceu o nariz.

Por fim, a preternatural chegou à última parte das instruções de Monsieur Trouvé.

Ele escrevera: *"Minha estimada colega incluiu dois pinos no modelo original, mas eu achei que poderíamos aproveitá-los de outra forma. Certifique-se de estar bem preparada para este recurso, minha cara Lady Maccon, e de apontar a sombrinha para um alvo grande. Gire com força, no sentido horário, o apetrecho superior mais perto da tela, mantendo a sombrinha apontada com firmeza para o ponto desejado."*

Ela deu um passo para trás, apoiou-se na amurada do navio e apontou para a parede do outro lado do convés de passeio. Então, entregou a folha de instruções para o marido, preparou-se, fez um gesto para que a sra. Tunstell se afastasse bastante e atirou.

Mais tarde, Lorde Maccon lhe descreveria como a ponta da sombrinha se desprendera por completo e saíra voando, girando de leve e levando junto uma corda longa e grossa. O arpéu penetrara na parede da cabine e se mantivera ali. E Lady Maccon comentaria que aquele recurso teria sido muito útil quando quase caíra do dirigível e da casa da colmeia. Mas Monsieur Trouvé não exagerara ao instruir que ela se preparasse bem, pois a sombrinha moveu-se violentamente para trás, levando-a a perder o equilíbrio. Ela soltou-a, surpresa.

Infelizmente, a amurada era baixa demais para conter uma mulher da estatura, da circunferência e do corpete dela. Lady Maccon se desequilibrou por completo e caiu para trás, em desastroso esplendor, sobre a proteção, despencando no oceano abaixo.

Ela gritou de surpresa e, depois, de choque, por causa da gelidez do mar. Foi à tona, cuspindo água.

Sem hesitar, Lorde Maccon mergulhou atrás dela. Como podia nadar e pegá-la melhor na forma de lobisomem, foi se transformando conforme caía, atingindo a água como um enorme animal de pelagem rajada, em vez de homem.

Conforme o navio a vapor avançava depressa, a preternatural ouvia a amiga gritar:

— Mulher ao mar! Esperem, não, homem *e* mulher ao mar! Esperem, mulher e *lobisomem* ao mar. Ah, maldição! Socorro! Ajudem-nos, por favor! Parem o navio! Joguem os salva-vidas. Socorro! Chamem o corpo de bombeiros!

Lorde Maccon nadou depressa no mar negro gelado rumo a Lady Maccon, o pelo todo voltado para trás, como uma foca. Após apenas alguns instantes, alcançou-a.

— Francamente, marido, eu sei nadar muito bem. Não há necessidade de nós dois nos molharmos — disse ela, com brusquidão, embora já estivesse tremendo e soubesse muito bem que o verdadeiro perigo de ficar à deriva não era se afogar e sim o frio.

O Alfa latiu para ela e se aproximou.

— Não, *não me toque*! Caso contrário, você vai voltar à forma humana. E nós dois vamos tremer até morrer. Não seja bobo.

Ignorando-a, ele chegou perto e cingiu-a debaixo do braço, com a clara intenção de ajudá-la a boiar.

Mas não se transformou.

Nem um pouco.

Lady Maccon havia tirado as luvas para testar a sombrinha, e agarrava o marido, por reflexo, com uma das mãos expostas. E nada. Ele continuou na forma de lobo.

— Puxa, veja só isso!

A face de lobisomem do marido parecia chocada. Porém, como as marcas nos olhos e no focinho já causavam aquela expressão com

frequência, não havia como saber se ele registrara de fato aquela peculiaridade ou se atuava por instinto para protegê-la. Em todo caso, ao menos não cedera à natureza de lobo e tentara devorá-la, o que, pela primeira vez em sua longa união, poderia ter feito.

Os dentes dela começaram a bater. O Alfa vinha se esforçando muito para mantê-los flutuando. A esposa concluiu que era melhor deixá-lo mesmo fazer isso, já que contava com a força sobrenatural.

Lady Maccon ficou ponderando sobre aquele fato fora do comum, pensando no passado e em cada toque sobrenatural: nas vezes em que fora obrigada a usar a pele exposta e naquelas em que seu poder surtira efeito mesmo através de tecidos.

— Á-g-g-g-g-g-ua! — disse, batendo os dentes. — T-t-t-tem a v-v-v-er com a á-g-g-g-g-g-ua. Tal qual os fantasmas e as c-c-correntes.

Lorde Maccon pareceu ignorá-la, mas ela estava fazendo uma descoberta científica e sua situação ali, em algum lugar perto do Estreito de Gibraltar, no Oceano Atlântico, não impediria aquela revelação.

— Tudo faz m-m-m-uito sentido! — A preternatural queria explicar, mas os dentes batiam com tanta força que nem ela conseguia se entender. Além disso, suas extremidades já estavam dormentes. A ciência teria que esperar.

Vou congelar e morrer, pensou. *Desvendei um dos maiores mistérios sobrenaturais e ninguém vai saber da verdade. É tão simples. Estava ali o tempo todo. No clima. Que irritante.*

— Ah! Lá está ela! — A preternatural ouviu a sra. Tunstell gritar em meio à noite escura. Uma onda irregular de água bateu nela e, instantes depois, uma caixa de madeira com alças foi lançada do seu lado, para que os dois entrassem. Depois disso lançaram uma rede de malha, que Lady Maccon usou para subir na caixa.

Lorde Maccon voltou à forma humana e subiu ao lado dela.

— Melhor s-se c-c-c-obrir c-c-om as minhas s-s-saias — disse ela de forma sibilante, ainda batendo os dentes, empurrando os tecidos arruinados do vestido de noite em direção a ele.

O marido limitou-se a olhar para ela, boquiaberto.

— O que foi que acabou de acontecer?

— Nós fizemos uma g-g-g-rande descoberta! Talvez tenhamos que p-p-publicá-la — anunciou a esposa, agitando os braços arrepiados. — Uma d-d-des-cobert-t-t-a cient-t-t-ífica.

Lorde Maccon cingiu-a com força, puxando-a para si, e os dois foram içados rumo à segurança do navio. Quando chegaram ao convés, ele era mortal.

Capítulo 9

Biffy Lida com Felicity e Começa a Flertar

Tudo deveria ter progredido tranquilamente no que diz respeito à investigação — ou tão tranquilamente quanto possível, considerando a desagradável interferência da Alfa de Kingair. Biffy acreditava, de fato, que estavam indo bem, mesmo depois de fazer visitas em circunstâncias desfavoráveis, na tentativa de localizar os donos de dirigíveis privados. Para sorte dele, tal como todos os entusiastas ricos, os donos se mostravam bastante dispostos a falar apenas de seus veículos dirigíveis, até mesmo com um jovem esguio que haviam acabado de conhecer. Biffy ficou sabendo como o dirigível *Grande Mitene Assassina* ganhara aquele nome, onde estava atracado, com que frequência era usado e que medidas de segurança haviam sido adotadas para evitar que homicidas solitários o levassem até Fenchurch Street e matassem lobisomens. Obteve detalhes similares sobre o *Esteio de Sua Majestade*, o *Lady Boopsalong* e vários outros com nomes mais complicados de serem lembrados. Ele também ficou sabendo que os cavalheiros com recursos financeiros e a tendência a comprar aeróstatos de uso pessoal não tinham muito interesse em dar nós requintados nos próprios plastrons. Os dirigíveis revelavam o que havia de pior nas pessoas.

Foi o plano de investigação do professor Lyall. Biffy ficara encarregado dos indivíduos da alta sociedade, ao passo que o Beta, da pesquisa nas repartições de registro e nos documentos apreendidos, que incluíam as credenciais de pilotos e as vendas de dirigíveis privados na Giffard's. Como Lady Kingair não tinha muita utilidade, eles a deixaram de molho em casa, andando de um lado para outro na biblioteca e arremetendo contra quem quer que chegasse ali. Floote fez o possível para mantê-la sob controle, com um suprimento constante de tabaco mastigável, uísque e torta de melado. Tal como Lady Maccon, ela parecia nutrir uma paixão profana pela maldita sobremesa. Biffy jamais gostara daquela torta, nem mesmo quando era mortal; não suportava nenhum tipo de comida que deixasse farelos.

Quando o dândi voltou para casa após a oitava entrevista e mais uma pista falsa, encontrou Floote aguardando-o no corredor, com uma expressão mais consternada do que o lobisomem o julgara capaz de exibir, mesmo depois de uma noite inteira passada com uma fêmea lobisomem Alfa complicada, apreciadora de torta de melado. Havia um aroma de rosas no corredor.

— Alguma coisa errada, Floote?

— É a srta. Felicity Loontwill, senhor.

— A irmã de Lady Maccon? O que ela haveria de querer comigo?

— Não com o senhor. Veio até aqui para visitar Lady Kingair. As duas estão a sós, na sala dos fundos, há mais de uma hora.

— Ó céus! Elas se conhecem desde que as damas foram até a Escócia, mas não imaginei que tivessem tanta intimidade.

— E não creio que tenham, senhor.

— Acha que a srta. Loontwill está *aprontando alguma coisa*?

O mordomo inclinou a cabeça, como quem diz: *não é o que ela sempre faz?*

Biffy tirou o chapéu e as luvas, colocou-os na mesa do corredor e averiguou o estado de seus cabelos rebeldes no espelho acima dela. Naquela noite, estavam eriçados. Ele deixou escapar um suspiro.

— Mas o que a srta. Loontwill poderia querer com Lady Kingair?

— É o professor Lyall? — vociferou alguém, da sala dos fundos. A porta se abriu de supetão, revelando a furiosa fêmea Alfa.

O dândi, percebendo a raiva, inclinou a cabeça, puxando o plastrom para expor o pescoço.

Seu comportamento submisso pareceu enfurecê-la ainda mais.

— Ah, é *você*. Cadê o Lyall, aquele traiçoeiro? Vou esfolá-lo vivo. Vão ver só!

Biffy ergueu os olhos timidamente, tentando manter a atitude menos ameaçadora possível.

Felicity seguiu Lady Kingair até o corredor. Estava com uma expressão presunçosa e usava um vestido de cetim azul-claro, com atavio de veludo azul-escuro. O dândi não soube por quê, mas aquele semblante lhe pareceu mais assustador do que a fúria da Alfa. E não gostou muito do vestido. Aquela combinação monocromática sempre lhe parecia sem graça.

Lady Kingair se aproximou o bastante para os pelos do jovem se eriçarem, mesmo na forma humana.

— Você sabia, filhote?

— Do quê, milady? — Ele manteve o tom de voz suave.

— Sabia que foi ele? Tinha conhecimento do que fez?

— Sinto muito, mas não faço ideia do que está falando.

— Estava a par do que ele fez com a *minha alcateia*? Roubou o meu tataravô. Lyall, aquele crápula. Roubou o meu tataravô! Planejou tudo. Brincou conosco, como se fôssemos um bando de marionetes. Ele fez com que a minha alcateia tentasse cometer uma traição, levando o meu tataravô a se sentir traído a ponto de ir até Woolsey. Você tem noção das consequências disso na minha vida? Uma *criança* largada lá, para limpar a sujeira? Faz ideia do que foi isso? Por acaso Lyall parou para pensar em nós? Claro que não! Destruir uma alcateia para salvar a outra? Eu vou esfolá-lo vivo!

Biffy se limitou a balançar a cabeça, tentando entender, procurando juntar as peças.

— Tudo isso aconteceu antes da minha transformação, milady.

Ela o atacou, golpeando-o com as costas da mão, gesto que concentrava toda a força de lobisomem e fúria de Alfa contra quem ameaçasse a alcateia, real ou imaginário, no passado ou no presente. A força do ataque lançou Biffy contra a parede e levou-o a cair com um joelho no chão, o sangue borrifando as pontas perfeitas do colarinho branco engomado.

Felicity deu um gritinho de susto.

A dor foi intensa, porém efêmera. O dândi sentiu o lábio cicatrizar assim que se levantou. Levara um longo tempo para se acostumar com a sensação da carne sendo cerzida, como pele se remendando. Pegou o lenço, com fragrância de lilás, e limpou os salpicos na maçã do rosto. Podia sentir a fome surgindo, a necessidade de consumir carne sangrenta para compensar o sangue que perdera. Felicity, que estava quieta atrás da furiosa Lady Kingair, exalava um aroma delicioso, mesmo encoberto pela fragrância de lilás do lenço e as rosas do perfume que usava — os impulsos dos lobisomens eram muito constrangedores.

— Ora, Lady Kingair, não há motivo para esse tipo de comportamento. Somos todos civilizados aqui, se apenas pudesse...

Mas a Alfa já começara a se metamorfosear, rasgando o vestido do próprio corpo e adotando a forma de lobo ali mesmo, no corredor. Em seguida, saiu correndo noite afora. Floote teve a presença de espírito de abrir bem a porta da frente, ou ela a teria arrebentado.

Biffy temeu pelo professor Lyall e, por alguns instantes, ficou sem ação, devido à rapidez e à violência dos minutos anteriores. Sabia que devia arrumar um jeito de avisar o Beta, mas, antes, tinha que apurar os detalhes. Ficou de frente para Felicity.

Com o canto dos olhos, viu Floote recolocar discretamente uma pequena arma de cabo perolado no bolso interno do paletó, com a mão livre. O mordomo devia ter se armado quando Lady Kingair partira para a violência. Biffy ficou sem saber o que achar daquilo. Mordomos deveriam carregar armas de fogo sob a roupa? Não parecia muito doméstico.

Felicity tentou sair pela porta, que continuava aberta.

Biffy se moveu com rapidez sobrenatural. Nunca seria tão rápido quanto Lorde Akeldama, mas, com certeza, era mais ágil que Felicity. Sinalizou para Floote com um gesto brusco, e o mordomo, compreendendo perfeitamente, fechou a porta com firmeza na cara da jovem. No mesmo instante, o dândi pegou-a pelo braço.

As mãos dele — finas e delicadas, outrora tão apropriadas para seu passatempo favorito de mortal, tocar piano — contavam agora com grande força para emboscar uma mulher frívola.

— Não sabia que conhecia Lady Kingair.
— E não conhecia, até me encontrar com ela.
Ele a fuzilou com os olhos.
A irmã de Lady Maccon pôs-se a tagarelar:
— Ora, sr. Rabiffano, quase não o tenho visto nos eventos da sociedade desde que voltei do exterior. Notei que os bailes particulares na cidade não estão sendo seletivos, nos últimos tempos. Deixam praticamente *qualquer um* entrar. Entretanto, o senhor esteve na residência dos Blingchester ontem à noite, não é mesmo? Conversou com Lorde Hoffingstrobe sobre o novo dirigível dele?
O dândi concluiu que, naquelas circunstâncias, não era grosseiro demais interrompê-la.
— Srta. Loontwill, pare de matraquear, por favor. É melhor me dizer logo o que, exatamente, disse a Lady Kingair.

Depois de ter se aquecido com várias garrafas de água quente e de ter se lavado na casa de banho mais luxuosa do *SS Custard*, Lady Maccon conseguiu voltar a conversar sem bater os dentes.
— Alexia — repreendeu-a a sra. Tunstell com muita severidade, assim que se encontraram —, você fez o meu coração ir ao peito! Imagine só!
A preternatural se livrou do pânico e da preocupação da amiga mandando-a buscar alimentos reconfortantes e complicados, e foi se deitar por simplesmente considerar que seria a forma mais segura de manter os mexeriqueiros afastados. A sra. Tunstell demonstrara ser competente, em circunstâncias tão extremas quanto a queda no oceano da amiga favorita e patrona. Depois de pedir socorro, ela recolhera as duas partes da nova sombrinha, enrolando o arpéu e a corda em torno da ponta como quem enrola o fio em um carretel. Passou algum tempo correndo de um lado para outro, até conseguir deparar com a folha de instruções antes que ela voasse até o mar.
— Está vendo — comentou Lady Maccon com o marido assim que a amiga fora depressa buscar uma bomba de creme —, eu falei que Ivy tinha uma sagacidade insuspeita.

— Você acha que é só a imersão em água salgada que exerce esse tipo de efeito? — Lorde Maccon estava muito mais interessado naquela recente descoberta. As peculiaridades da personalidade da sra. Tunstell nem se comparavam às relacionadas à habilidade de sua esposa.

A preternatural se mostrou bastante categórica, àquela altura:

— Não. Acho que é qualquer água. Até mesmo a umidade no ar limita a abrangência. Você chegou a se perguntar por que o efeito da múmia de Kingair foi tão abrangente em Londres e tão restrito quando chegamos à Escócia? Estava chovendo lá. Além disso, a proximidade e o contato por ar também devem influenciar, pois só fui afetada pela múmia preternatural quando fiquei no mesmo ambiente que ela, ao contrário de você, que não conseguiu se transformar em lobisomem em uma área maior.

— Sempre soubemos que preternaturais e sobrenaturais tinham funções diferentes. Por que não haveríamos de ter reações distintas em relação a um agente estranho em nosso meio? Os lobisomens são afetados pelo sol e pela lua, os preternaturais, não.

— E ficou claro que a água não restringiu sua metamorfose?

— Com certeza. Posso transmudar na água. Já fiz isso diversas vezes.

— Então ela definitivamente limita o toque preternatural.

— Sabemos que suas habilidades estão relacionadas ao éter ambiente. Não deveríamos ter ficado tão surpresos.

Ela olhou para o marido.

— Quão molhada será que preciso estar?

— Bom, minha querida, vamos ter que conduzir uma série de experimentos científicos… tomando banho juntos. — Lorde Maccon meneou as sobrancelhas para ela e olhou-a com malícia.

— Será que o sabão exerce alguma influência? — Ela quis entrar no jogo.

— E o que me diz de beijos subaquáticos?

— Agora você está falando besteira. Acha que é por isso que a nossa Prudence odeia tanto tomar banho?

Conall endireitou-se e parou de flertar.

— Pelas barbas do profeta, *é* uma ideia. Talvez ela sinta uma limitação de suas habilidades ou talvez consiga sentir outras, com as quais conta no éter, que são interrompidas pela água.

— Quer dizer que Prudence se sente tolhida? Puxa, o banho seria uma tortura, então. Ela parece mesmo notar antes de todo mundo quando há alguém novo no recinto.

— Quiçá seja apenas um ótimo poder de observação.

— É verdade. Ah, como eu gostaria que ela falasse frases inteiras. Seria muito mais eficaz lhe fazer essas perguntas e obter uma resposta sensata.

— A nossa curiosidade vai ter que esperar alguns anos.

Lady Maccon mordeu o lábio inferior.

— Tudo está relacionado ao éter, no fim das contas.

— Muito poético, minha querida.

— Foi mesmo? Não sabia que tinha esse dom.

— Bom, mas tome cuidado, meu amor. A poesia pode causar danos irreparáveis quando mal aplicada.

— Sobretudo no que diz respeito a nossa filha.

Pouquíssimas coisas faziam Biffy perder a pose, mas, depois da história de Felicity, ele estava praticamente encurvado.

— Deixe-me ver se entendi bem: foi por causa do professor Lyall que a Alcateia de Kingair perdeu Lorde Maccon como Alfa?

Ela anuiu.

— Mas como a *senhorita* soube disso?

A irmã de Lady Maccon jogou um cacho do cabelo louro por sobre o ombro.

— Escutei Alexia acusar o professor Lyall de ter feito isso, quando eu estava hospedada aqui. Ele não negou, e os dois concordaram em não contar o ocorrido a Lorde Maccon. Não creio que isso seja correto. Você não acha? Manter algo em segredo do próprio marido.

Biffy estava indignado, não tanto pela informação, pois julgava que o Beta era capaz de fazer qualquer coisa para defender sua alcateia, mas pela falsidade de Felicity.

— Guardou essa informação durante anos, esperando revelá-la quando causasse mais danos. Por quê?

A srta. Loontwill deixou escapar um suspiro exasperado.

— Eu contei para a Condessa Nadasdy, sabia? Contei, sim! E ela não fez *nada*! Disse que era uma questão de política interna e relação doméstica dos lobisomens e que não lhe interessava.

— Então a senhorita esperou e, quando ficou sabendo que Lady Kingair estava na cidade, resolveu contar para ela? Por quê?

— Porque ela ia reagir mal e contar para Lorde Maccon da pior forma possível.

— É bem provável que a senhorita seja diabólica — comentou Biffy, em tom resignado.

— Tudo sempre teve a ver com Alexia: melhor, mais inteligente e especial, daquele jeito dela. Alexia, que se casou com um conde. Alexia, que visita a rainha. Alexia, que mora na cidade. Alexia, que tem uma filha. Quem sou eu para ser deixada para trás pela minha irmã corpulenta e estúpida? Por que é que ela é tão maravilhosa? Não é bonita. Não tem talento. Não tem as minhas qualidades refinadas.

O dândi mal pôde acreditar naquela mesquinhez.

— Fez isso para acabar com o casamento da sua irmã?

— Alexia me obrigou a ficar exilada na Europa continental por *dois anos*! Agora, estou velha demais para o mercado casamenteiro. Mas ela está lá se importando com os meus problemas? Já está bem acomodada. A esposa de um conde! Mas não merece nada disso! Tudo deveria ser *meu*!

— Nossa, que criaturinha terrível a senhorita é!

— Nenhuma esposa deveria guardar um segredo desses do marido! — Felicity insistiu no argumento que a punha numa situação de superioridade moral.

— E nem considerou as consequências disso para o professor Lyall e esta alcateia?

— E por que eu haveria de me importar com um professorzinho de classe média e um bando de lobisomens?

De súbito, Biffy não suportou nem olhar para a mulher.

— Saia.

— O quê?

— Saia da minha casa, srta. Loontwill. E espero nunca mais vê-la na vida.

— E tampouco dou a mínima para a sua opinião tola, sr. Rabiffano. Um reles dono de chapelaria e lobisomem de posição inferior.

— Pode não se importar com o que penso, mas ainda conto com a amizade de Lorde Akeldama, e vou me certificar de que ele saiba exatamente o que fez. Lady Maccon é uma *amiga muito querida* dele, e ele, por sua vez, vai fazer com que seja banida da alta sociedade por causa disso. Pode ter certeza de que se tornará uma pária. Aconselho que comece a planejar sua imigração para algum lugar. Talvez para as Américas. Não será mais bem-vinda em nenhuma sala de visitas de Londres.

— Mas...

— Boa noite, srta. Loontwill.

Biffy não sabia que bem isso poderia fazer, mas já era a fase do quarto minguante — o bastante para que se transformasse sem dificuldade e não de todo, a ponto de perder o controle. Mas já não se descontrolava tanto, nos últimos tempos. Lidava cada vez melhor com a metamorfose, quase como se estivesse se adaptando a um novo corte de cabelo ou plastrom. A forma de lobo ainda causava uma dor excruciante, porém, ao menos agora, quando transmudava, continuava agindo conscientemente. Houvera certa dúvida quanto a isso, no passado.

Ele só tinha uma vantagem em relação a Lady Kingair: já sabia onde o professor Lyall deveria estar. Não precisava rastreá-lo por toda a cidade. Foi correndo direto para lá, um lobo delgado, cor de chocolate, com barriga de tom acaju e certo mosqueado no pescoço, o qual era, como Lady Maccon gentilmente notara, quase como um plastrom. Usou as aleias dos fundos e as ruas secundárias para não incomodar ninguém. A maioria dos habitantes de Londres já sabia que uma alcateia de lobisomens se mudara para o centro da cidade, mas havia uma diferença entre saber da existência dela e deparar com um, durante a caminhada noturna. Dito isso, ele acabou se encontrando mesmo com um grupo de cavalheiros bebendo, que ergueram os chapéus educadamente quando ele passou.

O Departamento de Arquivos Sobrenaturais ocupava os primeiros andares de uma construção georgiana despretensiosa, perto dos escritórios do *London Times*, e, em geral, mantinha discrição no que tangia a todas as operações governamentais semissecretas. Naquela noite, porém, era óbvio que alguma coisa estava acontecendo, mesmo do lado de fora do DAS. Se a iluminação forte e as sombras que se moviam rapidamente já não fossem um indício, os berros altos o bastante até para um mortal ouvir seriam. Sem falar no fato de a porta da frente estar escancarada e pendurada, presa apenas por uma dobradiça.

Biffy entrou com cautela.

No corredor, havia homens correndo de um lado para outro, pedidos de substâncias entorpecentes, gritos chamando a polícia e discussões sobre se tinham autorização para interferir.

— Trata-se indiscutivelmente de um assunto pessoal de lobisomem!

— Ah, acha mesmo, Phinkerlington? Então, para que trazê-lo ao DAS?

— Sabe-se lá quais são as normas dos lobisomens? As nossas são não questionar o protocolo da alcateia.

— Mas… mas… mas o professor Lyall *nunca* luta!

— Essa é uma questão de aplicação da lei. E o DAS tem que fazer isso!

Naquele momento, o grupo do corredor notou que Biffy passava furtivamente por eles.

— Ah, que maravilha, aqui está outro!

— Ora, talvez ele possa ajudar.

— Eles estão no depósito, sr. lobisomem, e, daqui a pouco, talvez nem tenhamos esse lugar, se não se acalmarem.

Biffy não tinha tanta familiaridade assim com a estrutura do DAS, mas podia seguir sua audição ultrassensível, que o levou a subir a escada até uma sala cavernosa. A porta dali também estava aberta, embora não arrebentada, e, perto dela, havia um grupo de agentes e oficiais do DAS observando um combate lá dentro. Notas e moedas trocavam de mãos conforme as apostas iam sendo feitas, e, volta e meia, ressoava um grito de aflição quando algo particularmente dramático acontecia.

O dândi abriu caminho à força entre as pernas dos observadores e entrou no depósito, ainda sem saber que bem faria, mas decidido a tentar.

O professor Lyall e Lady Kingair se encaravam. O Beta não estava se saindo muito bem.

Se alguém passasse por ele na zona rural, poderia achar que era uma espécie de raposa de cor estranha, grande demais. Era uma criatura elegante e esguia, mas não uma que inspirasse confiança num combate. Biffy aprendera, desde que se unira à alcateia, que a destreza do professor Lyall estava tanto na capacidade de usar a cabeça durante a luta quanto na rapidez e agilidade. O Beta quase podia ser considerado bonito, enquanto lutava com a Alfa de Kingair, os movimentos ágeis e graciosos, premeditados, mas incrivelmente rápidos.

Mas não passava de um Beta. Não tinha força suficiente. Estava mantendo a posição, mas o corpo fora ferido em milhares de lugares, e ele apenas se defendia. Todo bom general sabe que a defesa nunca vence.

O dândi não conseguiu se conter. O instinto tomou conta dele. Como vinha lidando com os instintos lupinos havia dois anos, sabia o que significavam. Um lhe recomendou que não enfrentasse um Alfa, mas foi contrabalançado pelo outro, que o incitou a ajudar o colega de alcateia, a proteger o Beta. E foi justamente o segundo que ganhou.

Biffy se lançou contra Lady Kingair, mirando em seu rosto. Na forma humana, jamais pensaria em tomar aquela atitude — atingir a face era descortês e bater em uma dama, imperdoável —, mas os lobisomens consideravam que se vencia uma luta quando se destruíam os olhos do oponente. Eles eram uma das poucas coisas a serem mordidas por um lobo que levaria tempo para cicatrizar, acabando por impossibilitar o comportamento violento. Havia também a morte, claro. Não era comum, mas acontecia, em geral quando um Alfa enfrentava um oponente muito mais fraco ou quando dois Alfas lutavam durante o dia.

Lady Kingair se desviou com facilidade do dândi. O professor Lyall latiu para ele, ordenando que não se envolvesse, mas o filhote não deixaria que ele aguentasse sozinho a fêmea Alfa enfurecida. Biffy atacou Lady Kingair de novo.

Ela virou a cabeça e cortou a maçã do rosto dele, abrindo-a com os dentes. O lobisomem sentiu uma forte pontada por causa da dor e, em seguida, a igualmente agonizante sensação da carne se interligando, conforme o corpo ia cicatrizando. Logo após a metamorfose, ele percebeu que tudo significava dor para os lobisomens. Motivo pelo qual, na certa, eram tão cruéis — um acúmulo geral de rabugice.

Lady Kingair atacou-o outra vez. Biffy se deu conta do que o professor Lyall estava tendo que enfrentar. Aquela fêmea Alfa era implacável no combate. Não tinha a menor piedade, nem clemência. Ah, e lutava com esperteza, tanto quanto Lorde Maccon, e muito menos amabilidade. Era quase como se os provocasse, sem chegar a dar o golpe mortal nem a atingir os olhos deles, o que lhe daria a vitória. Queria torturar, como um gato caçando um rato. Queria que o professor Lyall sofresse e, agora que Biffy entrara na briga, pretendia infligir-lhe o mesmo tormento.

O Beta e o dândi se entreolharam, os olhos amarelados. Só lhes restava uma opção. Ou exaurir Lady Kingair, ou mantê-la ocupada até o nascer do sol. Uma missão complicada, mas, afinal, eram dois.

Durante as três horas seguintes, o professor Lyall e Biffy se alternaram na luta com a fêmea Alfa. Não deixaram que descansasse, mas conseguiram, um de cada vez, cair pesadamente, ofegar, recobrar o fôlego e cicatrizar de leve. Nem atuando juntos conseguiram derrotá-la, tampouco feri-la o bastante para obrigá-la a ceder. Era Alfa demais para tanto. Então, limitaram-se a continuar lutando. Esperando que sua fúria esvaísse. Esperando que ela desmoronasse, esgotada. Esperando que o sol nascesse. Mas a raiva dela era inesgotável, tal qual sua velocidade e habilidade. E o sol se recusava a nascer.

Biffy começava a vacilar. A perda de sangue parecia afetá-lo do típico jeito lupino. Ele tinha a mesma vontade de se voltar contra os mortais parados à porta e se alimentar quanto de lutar. Mas certo resquício de cavalheirismo o impediu de abandonar o Beta. Continuou a lutar até todos os seus músculos tremerem, até achar que não poderia levantar outra pata. Só podia imaginar o que o professor Lyall sentia, já que ele começara a lutar com Lady Kingair pelo menos uma hora antes.

Não obstante, ela continuava a combater, as garras ferinas e ágeis, os dentes incrivelmente afiados.

Ela agarrou com a bocarra a pata traseira de Biffy e começou a morder. Sem sombra de dúvida, continuava forte o bastante para partir o osso em dois. Biffy torceu para que o professor Lyall estivesse preparado para lutar, enquanto ele esperava o tempo necessário para unir os ossos. Também torcia para estar preparado para a dor. Quando o osso quebrasse, na certa seria excruciante, e ele odiaria uivar com todos aqueles homens assistindo à luta.

Acontece que ficou claro que *todos* os ossos em seu corpo estavam involuntariamente quebrando, se fraturando e se reestruturando. O pelo se dirigia à cabeça, a sensação de formigamento se espalhava na pele. Ele ficou ali deitado, exausto e ofegante, nu em pelo no depósito totalmente destruído da sede do DAS.

O sol mostrara sua ponta jovial sobre o horizonte.

— Eu agradeceria muito, Lady Kingair, se tirasse o meu tornozelo de sua boca — disse o dândi.

Sidheag Maccon o fez, com semblante esgotado, e cuspiu, enojada.

— Tomei banho faz pouco tempo — salientou Biffy, em leve tom de repreensão.

O professor Lyall rastejou em direção a eles, as feridas bem maiores do que as de Biffy e Lady Kingair. Elas cicatrizariam devagar, agora que o sol nascera. Mas, ao menos, a luta terminara. Ou foi o que o dândi supôs.

— Seu vermezinho nojento e manipulador — disse ela ao professor Lyall, as palavras mais rancorosas do que o tom de voz, que estava fatigado.

O Beta olhou para a área à porta, cheia de funcionários curiosos do DAS.

— Haverbink, feche a porta, por favor. Isso não tem nada a ver com o DAS.

— Ah, mas, senhor...

— Agora mesmo.

— Bom, aqui está. Achei que o senhor precisaria disso.

O já mencionado Haverbink, um rapaz grandalhão, que dava a impressão de que deveria estar ordenhando porcas, ou seja lá o que fizesse nos vales de Yorkshire, jogou alguns cobertores e três imensas costeletas de carneiro no depósito. Em seguida, fechou a porta, sem dúvida se inclinando para escutar do lado de fora.

Apesar da fome intensa e torturante, Biffy estendeu a mão para pegar um cobertor primeiro, arrastando-o para cobrir as partes pudendas, em nome do recato.

— Bom sujeito, o Haverbink — comentou o professor Lyall ao morder uma costeleta. Deu uma para Biffy e, em troca, o dândi ajeitou metade do cobertor em torno dele, solicitamente, observando que o Beta tinha coxas muito bonitas.

O filhote aceitou a carne, agradecido, desejando ter talheres. E um prato, por sinal. Mas o alimento cheirava tão bem, que ele se virou de lado, para que os outros não o vissem, e passou a mordê-lo da forma mais delicada possível.

Lady Kingair olhou longamente para o professor Lyall, quando ele lhe ofereceu a terceira costeleta e, em seguida, pegou-a, resmungando um "obrigada". Devorou a carne sangrenta sem a menor consideração pelos sentimentos alheios.

O Beta observava o janota com uma expressão estranha nos olhos castanho-claros.

— Biffy, meu caro rapaz, quando foi que aprendeu a lutar com a alma?

— Hum, o que quer dizer professor Lyall?

— Há pouco, você sabia quem era, quem eu era e o que estávamos fazendo, o tempo todo.

Biffy engoliu a carne.

— Isso não faz parte do controle da transmutação?

— Não mesmo. É raro para um lobo lutar com perspicácia. Os Alfas, claro, e alguns Betas sortudos, bem como alguns dos integrantes mais velhos da alcateia. Mas quase todos os outros contam apenas com o instinto. É de fato um dom ter aprendido tão cedo. Estou orgulhoso de você.

O dândi sentiu o rosto enrubescer. Nunca antes recebera um elogio do Beta, nem mesmo relacionado à moda.

— Ah, quanta doçura. — Lady Kingair fez um beicinho. — Mas talvez os elogios possam esperar até se explicar, *Beta*.

O professor Lyall terminou a refeição e se deixou cair, recostando-se numa pilha emborcada de chapas de metal. Biffy encostou as costas de leve nas pernas dele, reconfortando-se com o contato, e apoiou-se num dos cotovelos, para fitar Lady Kingair. A fêmea Alfa sentou-se, apoiando-se numa enorme caixa de munição. Aparentava estar cansada, porém ainda zangada. Todos se entreolhavam.

Por fim, o Beta disse:

— Eu vou admitir que não analisei a situação do seu ponto de vista, milady. E, por isso, peço sinceras desculpas. Mas não faz ideia de como ele era. Nenhuma ideia.

Sidheag Maccon pareceu-se com o tataravô ao meter o último pedaço na boca e lançar um olhar severo para o professor Lyall. Quando acabou de mastigar, comentou, com magnanimidade:

— Suponho que ele tenha enlouquecido. E que fosse violento. Mas isso não é desculpa.

— Ele matou Alessandro.

— Hã? Bom, o treinamento por parte dos templários só ajuda um preternatural até certo ponto. E depois, o que aconteceu? Você planejou durante anos a sua vingança. Às minhas custas. E às do meu pobre tataravô. Ele estava feliz na Escócia. Que lobisomem quer vir para a Inglaterra, quando conta com as colinas verdejantes da Baixa Escócia? Você o roubou contra a vontade dele. E a nossa.

O Beta buscou um pedaço de papel e limpou as mãos ensanguentadas, como se fosse um lenço.

— Eu apenas criei a tentação. Sua alcateia não precisava ter caído nela.

— Isso não basta, Randolph Lyall. Não basta.

O Beta respirou fundo, como que para se fortalecer. Biffy sentiu um leve toque no ombro e, quando esticou o pescoço, viu que o professor Lyall se inclinara na sua direção.

— Não precisava ter vindo, filhote, embora eu tenha ficado feliz por contar com a sua ajuda. Mas bem que gostaria que não ouvisse o que vou dizer agora.

Acontece que Biffy escutou cada detalhe desagradável, aviltante e lamentável, à medida que o professor contava a Lady Kingair como fora viver sob as ordens do Alfa Lorde de Woolsey. Servi-lo como Beta, no final, havia sido humilhante — por um longo período de cinco anos e meio. O rosto dele estava sem expressão, conforme ia relatando os detalhes, como fazem os que são torturados ou estuprados ao relatarem os abusos constantes. Biffy começou a chorar baixinho, desejando, com efeito, não ter de ouvir.

Boa parte da raiva de Lady Kingair se esvaiu durante o relato, mas ela não se mostrou totalmente compassiva. Compreendia que o professor Lyall se vira em uma situação sem saída, exceto a que ele buscara. Mas não podia perdoar o fato de sua alcateia ter tido de aguentar as consequências daquela escolha.

— Ah, sim, e vai ser desse jeito no meu caso também? Vou abusar dos outros e enlouquecer? E o coitado do meu tataravô vai ter o mesmo destino?

— Nem todos os Alfas entram em declínio como Lorde Woolsey. Ele já tinha essa tendência. Quando estava são, simplesmente agia com o consentimento dos parceiros. Não se preocupe, milady; quase todos os Alfas morrem antes que isso ocorra.

— Oh, muito grata. É bem reconfortante saber disso. E agora, professor Lyall?

— Bom, pode parecer estranho, mas eu estou feliz por isso já ter se tornado conhecido. Lorde Maccon, no entanto, jamais vai me perdoar nem confiar em mim de novo. Suponho que já lhe escreveu contando os detalhes?

— Ah, sim.

— Coitada de Lady Maccon. Ela não queria guardar o meu segredo. Agora vai ter que enfrentar o marido, quando ele descobrir.

— Então você já está preparado para oferecer algum tipo de reparação? — A fêmea Alfa aparentava estar menos aborrecida e mais pensativa, examinando o professor Lyall com os olhos entrecerrados.

Biffy, desconfiando daquele olhar, inclinou-se na direção do Beta, apreciando a intimidade e sentindo-se estranhamente possessivo.

O professor Lyall deu uma leve apertada no ombro dele, reconfortando-o.

— Claro.

— E faz ideia do que vou querer?

Ele assentiu, dando a impressão de estar resignado.

Lady Kingair respirou fundo e olhou para o sujeito esbelto, de cabelos cor de areia. O professor Lyall continuava a ser um cavalheiro, percebeu o dândi, mesmo sem uma única peça de roupa, deitado no chão de um depósito.

— Estou pensando que Kingair precisa de um Beta agora.

— Não! — O filhote não conseguiu evitar a exclamação. Afastou-se do superior, para fitá-lo de frente.

O professor Lyall apenas anuiu.

— Você, apesar de todas as manipulações, é um dos melhores. Talvez por causa delas.

Ele tornou a assentir.

— Oh, não! — bradou Biffy. — Não pode nos abandonar! O que vamos fazer sem o senhor?

O Beta olhou para ele, com um sorrisinho.

— Ah, Biffy, acho que vai se sair muito bem.

— Eu! — gritou ele.

— Claro. Tem todas as qualidades de um excelente Beta.

— Mas eu... eu... — balbuciou o rapaz.

A fêmea Alfa concordou.

— É uma ótima solução. Não se preocupe, filhote, não vamos ficar com o professor Lyall para sempre, só até encontrarmos alguém melhor.

— Não há ninguém melhor — disse Biffy, com a mais absoluta certeza.

Uma batida à porta os interrompeu. Haverbink meteu a cabeça no depósito, sem ter sido chamado.

— Não mandei que ficasse longe? — perguntou o professor Lyall, com calma.

— Sim, senhor, mas estava tudo tão quieto que eu quis ter certeza de que estavam todos vivos.

— Como pode ver. E?

— Uma enorme carruagem dourada acabou de parar aqui na frente. Lorde Akeldama a enviou com seus cumprimentos. — Haverbink mostrou uma folha de papel violeta. O aroma de lilás começou a se espalhar no ambiente. — "Disseram que precisariam de uma carona em veículo escuro até a casa, para dormir, e o que meus *queridos peludos* continuam fazendo aí?"

— Como ele poderia saber que precisava mandar a carruagem? Já devia estar no oitavo sono. — O Beta pestanejou, levemente confuso, e olhou para Biffy, em busca de uma explicação.

— Deve ter instruído os zangões.

— Vizinhos vampiros abelhudos — comentou Lady Kingair.

Mais tarde, Biffy se lembrou apenas de terem voltado para casa, entrado e subido a escada, cambaleantes, ele e o professor Lyall se apoiando um no outro, exaustos. Porém, recordava-se perfeitamente da expressão no rosto do Beta, do olhar penetrante, quase assustado, quando por fim chegaram à porta do quarto dele. Era uma que Biffy reconhecia. Ele não tinha forças nem interesse em permitir que a solidão acabasse com a paz de espírito de outrem.

Então, fez a oferta:

— Gostaria de ter companhia, professor Lyall?

O Beta o observou, os olhos castanho-claros desesperados.

— Eu não… hum… eu não… não creio que… consiga.— Ele fez um gesto leve e fraco, indicando a um só tempo o corpo ainda ferido, a fadiga e o aspecto descuidado.

O dândi soltou um suspiro, que pareceu uma risadinha. Nunca vira o cortês professor Lyall tão desconcertado. Se soubesse, teria flertado mais com ele antes.

— Somente companhia, senhor. Eu nunca faria suposições, mesmo se estivéssemos gozando de plena saúde. — *Além do que, os meus cabelos*

devem estar um horror. Imagine conseguir atrair alguém neste estado, ainda mais alguém da estirpe do Beta.

O canto da boca do professor Lyall se contorceu, e ele se escondeu por trás de um véu nos olhos castanho-claros impassíveis.

— Está sentindo pena de mim, filhote? Depois de escutar o que Lorde Woolsey fez comigo? Já faz muito tempo.

Biffy não tinha a menor dúvida de que o professor Lyall era tão orgulhoso quanto qualquer outro homem de boa estirpe e gosto refinado. Inclinou a cabeça, mostrando o pescoço, de forma submissa.

— Não, senhor. Jamais. Sinto respeito. Por sobreviver àquelas atrocidades e manter a sanidade.

— É a função dos Betas manter a ordem. Somos os mordomos do mundo sobrenatural. — Uma analogia sem dúvida inspirada pelo aparecimento de Floote, que caminhou em passos ágeis até eles, com uma expressão tão preocupada quanto possível para um sujeito que, até onde Biffy sabia, nunca deixava transparecer emoção alguma.

— Estão bem, cavalheiros?

— Sim, obrigado, Floote.

— Não há nada que eu possa lhes oferecer?

— Não, obrigado.

— Uma investigação? — O mordomo arqueou uma sobrancelha ante o estado fatigado e acabado dos dois.

— Não, Floote, uma questão de protocolo da alcateia.

— Ah.

— Pode ir.

— Pois não, senhor. — E o mordomo se retirou.

Biffy se virou para se dirigir aos próprios aposentos, supondo que sua proposta fora recusada, mas foi impedido pela mão do professor Lyall em seu braço.

O Beta tinha mãos adoráveis, longilíneas e fortes, as de um artista que se dedicava à sua habilidade, um carpinteiro, talvez, ou um padeiro. De súbito, o dândi pensou na imagem fantasiosa do professor Lyall, com o rosto sujo de farinha, chegando confortavelmente à velhice com uma boa esposa e uma prole de crianças bem-comportadas.

A cabeça com cabelos cor de areia se inclinou, em um convite silencioso. Ele abriu a porta do quarto. Biffy hesitou apenas um instante, antes de segui-lo.

Quando o sol se pôs aquela noite, os dois já estavam totalmente recuperados da provação, tendo dormido durante todo o dia, sem incidentes. Totalmente recuperados *e* deitados nus, abraçados na pequena cama do Beta.

O dândi descobriu, por meio de beijos cuidadosos e carícias suaves, que o professor Lyall não se importava nem um pouco com cabelos assanhados. Na verdade, as mãos dele se comportaram quase com reverência, acariciando os cachos. Biffy esperou que, com seu próprio toque, conseguisse transmitir sua indiferença pelas ações e pelo sofrimento do Beta no passado, decidido a fazer com que tudo o que fizessem juntos não tivesse nada a ver com vergonha. Quase tudo aquilo, supôs o janota, tinha a ver com companheirismo. E pode ter havido uma diminuta semente de amor. Só o broto, mas um amor afetuoso, em pé de igualdade, de um tipo que o filhote jamais sentira antes.

O professor Lyall era tão diferente de Lorde Akeldama quanto possível. Mas havia algo naquela diferença que reconfortava Biffy. O contraste de personalidade fazia com que aquela não chegasse a parecer uma traição. Por dois anos, o dândi mantivera a esperança e a paixão pelo vampiro. Chegara a hora de desistir. Porém, não lhe parecia que o professor Lyall estivesse derrotando Lorde Akeldama. O Beta não era do tipo que competia. Em vez disso, vinha talhando um novo lugar para si. Talvez Biffy conseguisse abrir espaço ali. Afinal de contas, o professor Lyall não era muito grande, para um lobisomem. Claro que o dândi se preocupava com a história contada por Felicity sobre Alessandro Tarabotti e se perguntava se o professor Lyall seria capaz de retribuir seu amor; porém, ainda estava cedo, e ele permitiu a si mesmo a simples satisfação que só pode ser encontrada quando se diminui a solidão do outro.

Enquanto o professor Lyall estava ali deitado, abraçando seu corpo, afagando seu pescoço com o nariz, Biffy achou que faziam um bom par. Não eram exatamente cores que combinavam, mas se harmonizavam, o Beta equivalendo, talvez, a um tom de nata neutro e acetinado, e o

filhote, a um azul-escuro. O dândi não teceu comentários sobre devaneios românticos. Em vez disso, fez uma pergunta de cunho prático:

— Pretende mesmo se tornar o Beta de Kingair, mesmo depois de tudo o que sacrificou por esta alcateia?

— Eu tenho que corrigir meus erros. — O professor não interrompeu a carícia no pescoço.

— Tão longe de Londres? — *Tão longe de mim?*

— Não vai ser para sempre. Mas vou ter que me manter afastado, ao menos até que Lorde Maccon se aposente.

Biffy ficou estarrecido. Parou de alisar o cabelo na têmpora de Lyall.

— Que se aposente? Da função de Alfa? — *Como se fosse um cargo numa loja comercial?* — Acha que ele vai fazer isso?

O Beta sorriu. Biffy sentiu o movimento da maçã do rosto dele em seu peito.

— Ah, você acha que ele não sabe do que nós sabemos sobre o destino dos Alfas quando eles envelhecem demais?

A mão do dândi foi, involuntariamente, ao seu próprio pescoço, por causa do choque. Pois só poderia haver uma implicação possível para tal declaração: Lorde Maccon pretendia se matar antes que enlouquecesse.

— Coitada de Lady Maccon! — sussurrou o filhote.

— Ah, mas não se preocupe. Não creio que vá acontecer em breve, mas daqui a décadas ou mais. Você realmente precisa aprender a pensar como imortal, meu caro Biffy.

— Vai voltar para cá, depois?

— Eu vou tentar.

— Quer dizer que vamos precisar esperar até Lorde Maccon morrer? Que macabro.

— Grande parte da imortalidade, como você vai ver, é sobreviver à morte dos outros. E a espera ainda nem começou. Temos algum tempo antes da volta dos nossos Alfas. — Ele começou a beijar Biffy com delicadeza no pescoço.

— Então, não vamos desperdiçar.

E foi assim que o dândi perdeu a última oportunidade de mandar uma mensagem pelo dirigível postal para avisar Lady Maccon da carta que Lady Kingair enviara a Lorde Maccon. Motivo pelo qual ele recorrera a um linguajar mais exuberante do que o normal ao se dar conta de que perdera por completo a noção do tempo e só poderia contactar a ama *depois* que ela chegasse a Alexandria.

O controle do tempo, percebeu, podia prejudicar muito um indivíduo, mesmo quando ele tinha, teoricamente, todo o tempo do mundo.

Capítulo 10

Em que Nossos Intrépidos Viajantes Andam de Jumento

Chegara a hora do chá dominical no navio, e o casal Tunstell vinha encenando, a pedidos, sua versão de *Macbeth*, com muitos efeitos cômicos e estrondosos aplausos, quando avistaram o porto de Alexandria. Dez dias de convivência faziam com que estranhos viajando juntos desenvolvessem uma amizade maior do que uma temporada inteira de convívio na cidade. Lady Maccon não sabia ao certo o que sentia em relação a tal familiaridade — que teve como resultado desempenhos teatrais espontâneos, enquanto estavam *à mesa*; não obstante, os demais passageiros estavam se divertindo.

A sra. Tunstell trajava um vestido medieval com corpete e lamentava as mãos cobertas de sangue — caldo de beterraba de uma bela sopeira de legumes cozidos. Usava uma peruca loura de proporções épicas e estado deplorável. Dedicava-se de corpo e alma à tragédia, em uma interpretação bastante equivocada e sem sombra de dúvida impressionista da famosa cena da faca. O sr. Tunstell estava apoiado de bruços em um vaso de planta à direita do cenário — mais conhecida como a entrada da cozinha. O sr. Tumtrinkle, usando um bigode falso gigantesco e um colete tão apertado que estava prestes a explodir sobre seu corpo robusto, caminhava na ponta dos pés pelo palco, carregando outro vaso de planta,

Macduff com madeira de Birnam, bem como uma bisnaga de pão à guisa de espada.

Os comensais ficaram fascinados. Sobretudo pelo malabarismo dos comissários, que precisaram se desviar da cena de luta final carregando bolinhos e geleias.

Não fora à toa, portanto, que Alexandria havia se aproximado sorrateiramente. O primeiro sinal do importante evento foi a desaceleração e o toque alto da buzina. O comandante pediu licença apressado, sem terminar o chá, e o casal Tunstell interrompeu a interpretação bizarra e ficou lá parado, em silêncio.

Os sinos de proximidade tocaram, e todos trataram de terminar a conversa e a comida sem deixar transparecer entusiasmo nem pressa, embora fosse claro que estivessem sob a influência de ambos.

— Nós já chegamos? — perguntou Lady Maccon ao marido. — Eu acho que sim.

Lorde Maccon, para quem o chá da tarde era inútil, por quase não contar com proteínas e oferecer demasiados sanduichinhos sem graça, feitos sobretudo para frustrar um homem da sua estirpe, levantou-se de imediato.

— Bom, vamos, minha querida, até o convés superior!

A preternatural pegou Prudence, que servira como desculpa para que eles acordassem cedo e fossem ao chá da tarde. A garotinha ainda não fora a um chá dominical em salão público a bordo de um navio a vapor, e a mãe achou que ela apreciaria tal evento. E a menininha de fato desfrutara dele, embora seu bom comportamento pudesse ser atribuído mais à encenação do que aos comestíveis. Ela achou a versão de *Macbeth* do casal Tunstell mais fascinante do que qualquer outra coisa, talvez porque a palhaçada fosse de seu nível educacional, ou porque a vida com Lorde Akeldama a tivesse levado a esperar certo grau de teatralidade extravagante.

Prudence gostou, sobretudo, da ideia de o sr. Tumtrinkle agora atender pelo nome de Macduff, possivelmente por ser capaz de pronunciar este e não aquele. Ficara hipnotizada pelo bigode enorme, um fato que se tornou evidente quando foram ao convés de passeio e o ator se postou atrás deles. De algum modo a garotinha acabou se inclinando no ombro

da mãe, arrancando o bigode e colocando-o com orgulho no próprio rostinho gorducho.

— Ah, francamente! — Foi o comentário de Lady Maccon, que não tentou tirá-lo.

Madame Lefoux se aproximou e observou Prudence com olhos verdes aprovadores.

— Ela pensa como eu.

— Não comece — disse a preternatural, talvez para ambas. — Prudence, querida, veja só: o Egito! — Ela apontou adiante, conforme os raios do sol que se punha reluziam sobre as construções de tom bege do último grande porto mediterrâneo. A primeira coisa a aparecer foi o famoso farol, destacando-se acima da pálida linha do horizonte. Para Alexia, no entanto, ele pareceu um pouco menor do que imaginara.

— Não — disse Prudence, mas olhou.

O navio parou ruidosa e repentinamente, para decepção de todos.

— Temos que esperar que um timoneiro embarque — explicou a sra. Tunstell, para surpresa de todos.

— Temos? — Lady Maccon olhou para a amiga, intrigada. Ela estava parada ao seu lado, ainda com o vestido medieval e a gigantesca peruca loura.

A sra. Tunstell anuiu sabiamente.

— O canal de acesso ao porto é estreito, raso e pedregoso. É o que o guia Baedeker diz.

— Deve ser verdade, então. — Elas viram um rebocador pequeno e barulhento cruzar as águas na sua direção. Dali a pouco, um sujeito jovial, de tez escura, trajando roupas folgadas e mal-ajustadas, embarcou. Ele saudou casualmente os passageiros que observavam e, em seguida, dirigiu-se à cabine do comandante.

Instantes depois, o navio a vapor voltou à ação, soltando uma baforada de fumaça, e começou a navegar lentamente até o porto de Alexandria.

Lady Maccon comentou com satisfação que a cidade estava à altura de suas expectativas. Enquanto a sra. Tunstell tagarelava sobre a Coluna de Pompeu, o Palácio de Ras-el-Tin, o Arsenal e os diversos pontos turísticos dignos de nota, a preternatural simplesmente absorvia a qualidade do lugar: a tranquilidade sóbria das construções exóticas, interrompida apenas ocasionalmente pelo mármore branco das torres das mesquitas ou da austeridade pontuda e angulosa de um obelisco. Teve a impressão de vislumbrar ruínas no segundo plano. Naquela área predominava a cor de areia, que reluzia em tom alaranjado naquele momento, por causa do sol — uma cidade sem dúvida esculpida no deserto, totalmente exótica, em todos os aspectos. Parecia, mais do que tudo, uma escultura feita com massa de biscoito de manteiga.

Ivy pediu licença, comentando que eles também deveriam descer ou, ao menos, entrar, evitando a maresia.

— Maresia demais pode afetar negativamente o equilíbrio mental, pelo menos, foi o que eu li.

— Ora, sra. Tunstell, então já deve ter viajado de navio antes — disse Lorde Maccon.

A preternatural conteve um sorriso e voltou a se concentrar no litoral. Sentiu pela primeira vez o calor, que chegava em ondas da terra. Na verdade a temperatura já começara a subir nos últimos dias, mas aquele calor trazia novos cheiros.

— Areia, esgoto e carne grelhada — comentou o marido, ignorando o lado romântico de tudo aquilo.

Lady Maccon se inclinou na direção dele e pegou sua mão, mantendo Prudence apoiada na amurada.

A garotinha olhava de cara feia para a cidade, que ia se aproximando, cada vez maior, à medida que o navio tentava atracar.

— Eca — disse a menininha e, em seguida: — Dama.

A mãe não soube ao certo se a filha estava com saudades do pai adotivo ou se, de alguma forma, a cidade ancestral fizera Prudence se lembrar do vampiro ancestral. A garotinha estremeceu, apesar do calor, e enterrou o rosto com bigode no pescoço da mãe.

— Eca — repetiu.

Se embarcar no navio a vapor fora complicado e difícil, desembarcar fora duas vezes pior. Claro que a intenção era que os passageiros passassem a noite a bordo, para então acordar na manhã seguinte em novo território

e começar suas aventuras relaxados, de malas prontas. Mas Lady Maccon e seu grupo viviam à noite e não tinham a menor intenção de desperdiçar preciosas horas vespertinas ficando ali. Voltaram depressa para suas respectivas cabines e provocaram um rebuliço ao reunir os camareiros para ajudá-los a fazer as malas, procurar inúmeros itens não encontrados, pagar as gorjetas dos comissários e, por fim, sair do navio a vapor.

Mesmo depois de já terem desembarcado e as pernas se acostumado a pisar em terra firme, a sra. Tunstell teve de voltar aos aposentos pelo menos três vezes. A primeira por julgar ter esquecido as luvas favoritas — que, no fim das contas, estavam na caixa de chapéu junto com seu turbante verde. A segunda, porque alguém lhe dissera que ela havia deixado seu guia de viagem Baedeker na mesinha de cabeceira, embora ele estivesse, conforme constatara depois, na bolsa reticulada, e a terceira porque entrou em pânico, convencida de que esquecera Percy dormindo no moisés.

A babá, que cuidava dos gêmeos, os quais estavam abrigados em segurança em um porta-bebês muito impressionante, ergueu o menino para que a mãe desesperada o visse, momento em que o neném golfou no turbante incrivelmente grande de um senhor nativo, quando ele passava imprudentemente no meio do grupo.

O homem fez um gesto bastante grosseiro e disparou palavras em árabe antes de se retirar depressa.

A sra. Tunstell fez o possível para pedir desculpas ao sujeito, que se afastava.

— Oh, meu caro senhor, sinto muito! É que ele é apenas um bebê, e ainda não controla direito as funções dos órgãos digestivos. Lamento muitíssimo. Talvez eu pudesse...

— Ele já está longe, querida Ivy — interrompeu-a Lady Maccon. — Melhor concentrarmos a atenção no nosso hotel. Então, aonde nós vamos? — Ela olhou esperançosa para o marido. Era de fato inconveniente viajar sem Floote; nada transcorria naturalmente, e ninguém parecia saber direito o que fazer a seguir.

Madame Lefoux assumiu o papel do mordomo.

— A alfândega fica lá, acho. — Ela apontou para uma construção retangular feia, à direita deles, de onde um grupo de cavalheiros de aparência militar vinha em sua direção. A preternatural semicerrou os olhos, tentando discernir os detalhes dos homens. Àquela altura, o sol praticamente se pusera, cobrindo os prédios exóticos ao redor com um manto de sombras.

O grupo, que logo descobriram tratar-se de agentes alfandegários, quase se chocou contra eles e começou a falar incompreensivelmente, em árabe. A sra. Tunstell pegou rápido o guia de viagem e pôs-se a chilrear frases que devem ter soado igualmente incompreensíveis aos ouvidos dos homens, por algum estranho motivo só conhecidas por ela e pronunciadas em um falsete animado, num idioma que parecia ser espanhol. O sr. Tunstell começou a se pavonear entre eles, tentando ajudar, os cabelos ruivos atraindo uma atenção indevida. Quando um dos sujeitos tentou pegar a mala de viagem do sr. Tumtrinkle, Lorde Maccon passou a gritar e gesticular em inglês, o sotaque escocês cada vez mais carregado, à medida que o aborrecimento aumentava.

Na confusão, Madame Lefoux se aproximou com discrição de Lady Maccon.

— Alexia, minha querida, posso recomendar que coloque a arma em um lugar inacessível de sua roupa e abra a sombrinha como se o sol estivesse a pique?

A preternatural olhou para a francesa como se ela tivesse enlouquecido. Já escurecera, não era o momento de usar a sombrinha, e Ethel estava guardada em sua bolsa reticulada, onde deveria estar qualquer boa arma.

Madame Lefoux balançou a cabeça de forma significativa para um dos agentes no momento em que ele abriu a mala do sr. Tumtrinkle na plataforma, para grande aborrecimento de seu dono, e retirou um mosquete falso do interior. Os esforços do ator para demonstrar que a arma não era de verdade não surtiram efeito. Muito pelo contrário.

Usando o corpo de Prudence para disfarçar o que fazia, Lady Maccon tirou a diminuta arma da bolsa reticulada e meteu-a na parte da frente do corpete. Em seguida, pegou a sombrinha, que pendia de uma corrente em sua cintura, e abriu-a no alto. Naquele ínterim, Prudence continuou agarrada à mãe e, então, insistiu em segurar o cabo do guarda-sol. O que a mãe achou ótimo, pois deu a impressão de que o acessório

estava sendo usado por capricho da garotinha e não por excentricidade dela.

O rosto de Lorde Maccon ia ficando cada vez mais rubro, conforme ele discutia violentamente com os agentes alfandegários pela grosseria de abrir e vasculhar a mala deles bem ali, em público. Os homens não se deixaram intimidar com o tamanho de Lorde Maccon, tampouco com sua posição e condição sobrenatural, sendo a primeira condição a única com a qual já haviam tido contato direto, a segunda, irrelevante no Egito, e a terceira, desconhecida. Já escurecera por completo, e, ao que tudo indicava, o lobisomem estava prestes a perder as estribeiras, quando apareceu um peculiar salvador da pátria.

Um egípcio de estatura e circunferência medianas chegou. Usava calções escuros volumosos, metidos em botas de camurça, uma camisa de musselina de gola alta, uma larga faixa amarela na cintura e um barrete com borla longa. Sua barba era bem aparada, formando uma ponta agressiva, no rosto sério. Caso se tirassem a barba e os calções e acrescentassem um chapéu diferente e uma espada, pareceria um pirata. Exceto que, com aquele físico, lembraria mais um banqueiro num baile de máscaras.

O recém-chegado se apresentou, educadamente, em inglês, como Chanceler Neshi. Meteu-se entre o vociferante Lorde Maccon e o eficaz agente. A preternatural notou que o marido franziu o nariz de um jeito revelador e fez uma leve careta, que nunca conseguiu evitar, a menos que já soubesse do mau cheiro. Ela se aproximou discretamente, tomando o cuidado de não o tocar, para o caso de precisarem de todas as suas habilidades sobrenaturais.

— Vampiro? — sussurrou ao ouvido dele.

Lorde Maccon assentiu, sem desgrudar os olhos do estranho.

O Chanceler Neshi disse algo em um rápido *staccato* para os agentes que, na mesma hora, afastaram-se e pararam de incomodá-los.

— Esta deve ser Lady Maccon? E o rebento milagroso? — O salvador da pátria se inclinou adiante, aproximando-se mais do que parecia adequado à preternatural, olhou fixamente para Prudence e depois desviou os olhos como se não conseguisse suportar a visão da garotinha.

Prudence fez um beicinho, pensativa.

— Dama — disse, com segurança.

A mãe podia apostar que a filha sentira a natureza vampiresca do vampiro e usava a única palavra em seu vocabulário para expressar o fato. Então, concordou:

— Sim, minha querida, bem parecido.

Prudence anuiu.

— Pato Dama Dama!

— A Rainha Matakara me incumbiu a tarefa de ser seu guia em Alexandria. Poderíamos dizer que serei seu dragomano. Está bem? Vou ajudá-los a passar pela alfândega e levá-los em segurança até o hotel. Já marquei sua audiência e apresentação para hoje à noite. Ou será cedo demais? — Ele olhou para os atores ao seu redor. — Esta é a famosa companhia teatral, suponho?

O casal Tunstell deu um passo à frente.

— Sim, Chanceler. Senhor e senhora Tunstell, donos, atores e artistas extraordinários. Sua rainha se divertirá.

Os dois fizeram uma reverência, o marido se inclinando, a esposa dobrando o joelho.

— Ela quer que nos apresentemos de imediato? Ainda bem que praticamos durante a viagem!

O sujeito atarracado observou o chapéu de Ivy e a calça de Tunstell e se limitou a assentir. A amiga de Lady Maccon escolhera um chapéu de feltro cinza com uma tira de aço na copa, uma longa pluma do mesmo tom e a aba virada para cima, mostrando o turbante listrado, de seda, por baixo. Este lhe contornava toda a cabeça, formando um laço sobre a orelha esquerda, as pontas franjadas pendendo às costas. Sem sombra de dúvida, a sra. Tunstell julgara que o chapéu combinava com a estética egípcia e fora seu jeito de honrar o país anfitrião. Embora, pensou Alexia, observando os camponeses e trabalhadores do porto, concentrados em várias tarefas, o adereço não tivesse muito a ver. A calça de Tunstell era, evidentemente, de um xadrez azul-petróleo e roxo berrante, justa o bastante para parecer uma segunda pele.

O Chanceler Neshi levou-os até a alfândega, onde puderam se sentar em relativo conforto. Apesar de seus protestos, todas as malas, baús e

caixas de chapéus foram abertas e revistadas minuciosamente. O dragomano explicou que era melhor não protestar e que tudo seria devolvido, exceto itens de contrabando. Ao que tudo indica, buscavam charutos e tabaco mastigável, sujeitos a um alto imposto. Prudence ficou segurando a sombrinha com firmeza. Ninguém chegou a examiná-la. Tampouco verificaram os chapéus dos cavalheiros, local em que, Lady Maccon tinha certeza, o marido escondera a arma antinotívagos, e Madame Lefoux, os dispositivos mais nocivos.

A caixa de chapéu da francesa, cheia de ferramentas e objetos misteriosos, foi fonte de preocupação. Até ela lhes mostrar, com a costumeira firmeza, documentos alegando que contava com permissão especial do paxá para trabalhar nas bombas d'água em Assiut. Os agentes pareceram não ter notado ou não ter se importado com o fato de ela ser uma mulher vestida de homem. O vampiro dragomano chamou-a de sr. Lefoux e se dirigiu a ela como se fosse do sexo masculino. E continuava a se referir a ela como Hawal, fosse lá o que isso significasse.

Os inúmeros chapéus da sra. Tunstell e alguns dos acessórios e fantasias foram inspecionados com o máximo rigor, até o Chanceler Neshi explicar longamente aos agentes que a Rainha Matakara os havia convidado para uma apresentação. Ao menos, foi o que Lady Maccon supôs que estava fazendo. O convite da rainha vampiro atuou como uma espécie de óleo para aliviar o bálsamo da quarentena, porque só depois de uma hora de perguntas receberam permissão de partir. Um dos agentes mais jovens ficou especialmente impressionado com um dos chapéus da sra. Tunstell, um trambolho de palha coberto de frutas de seda, uvas, morangos e um enorme abacaxi de tricô. Ao que tudo indica, não lhe pareceu suspeito, porém fascinante. No fim das contas, a preternatural tirou o próprio chapéu, um modelo pequenino de feltro marrom similar a um chapéu de safári, e pôs o de frutas em cima, para mostrar seu uso adequado.

O que levou o rapaz em questão a ter um ataque de riso e, depois, a dispensar todos com boa vontade e bom humor. Lady Maccon trocou umas palavrinhas depressa com a amiga, prometendo recompensá-la, e deu o chapéu ao jovem agente. Rindo, ele o colocou em cima do próprio turbante. Em seguida, fez uma reverência e beijou a mão de Alexia, que teve a nítida impressão de ter ganhado um aliado para o resto da vida.

A rua lá fora era um mundo totalmente diferente do porto. Estava repleta de gente. Pessoas caminhavam, conversavam, vestiam-se e interagiam como Lady Maccon jamais vira antes. Ela viajara pela Europa, porém aquele era... era um mundo diferente! Apaixonou-se perdidamente, no mesmo instante.

A sra. Tunstell também ficou fascinada.

— Ah, minha nossa, olhe só todos esses homens de vestido!

Havia antigos lampiões públicos a azeite e alguns archotes, mas nada de gás, e, àquela altura, já escurecera o bastante para que não se conseguisse fazer qualquer distinção de cor. Em todo caso, Lady Maccon tinha a sensação de que as vestimentas ao seu redor eram tão coloridas quanto as construções eram monótonas e sombrias.

Lorde Maccon farejou algo e, em seguida, deu uma tossida.

Os sentidos da esposa estavam sendo tão atiçados, que ela só podia imaginar o que o marido sentia. Havia o aroma inebriante de mel, canela e nozes assadas. Além disso, podiam sentir o cheiro de uma fumaça bastante desagradável, oriunda de diversos recipientes de fumo que continham água, usados por idosos agachados nos degraus de pedra em ambos os lados da rua estreita. Permeando os demais cheiros, havia o inconfundível fedor de esgoto, semelhante ao do Tâmisa no auge do verão.

Lorde Maccon se virou na direção da esposa com um largo sorriso no rosto charmoso.

— Isso tem o seu cheiro! — comentou, como se acabasse de fazer uma grande descoberta.

— Marido, eu espero sinceramente que não esteja se referindo àquela fumaça terrível nem ao fedor de dejetos.

— Claro que não, meu amor. Estou falando daqueles docinhos folhados ali. Têm o seu cheiro. Quer provar um? — Ele conhecia muito bem a esposa.

— Ivy gosta de chapéus? Claro que eu *adoraria* provar um.

Ele rumou animado até um dos vendedores de aspecto mais limpo e, dali a pouco, voltou com um docinho folheado pegajoso. Lady Maccon

meteu-o na boca sem hesitar, apenas para ter o paladar enlevado por mel, nozes, especiarias exóticas e pedacinhos crocantes de uma massa incrivelmente fina.

Ela mastigou em silêncio. Era pegajoso demais para qualquer outra coisa.

— Que delícia! — Foi a declaração oficial, quando por fim o engoliu. — Guardou o nome, querido? Porque então posso pedir mais quando chegarmos ao hotel. Estou feliz por você achar que o meu cheiro é igual ao deste docinho tão delicioso.

— Você é que é deliciosa, minha querida.

— Bajulador.

O dragomano assumiu o controle do grupo totalmente distraído e distraível e conduziu-os até uma longa fila de jumentos com seus respectivos garotos-guias, que aguardavam perto de um toldo.

— Ah, não são adoráveis? — exclamou a sra. Tunstell.

— *São* belos jumentos, não é mesmo, Ivy? Com aquelas orelhas longas aveludadas. Olhe, Prudence. — Lady Maccon fez a filha olhar para a fila.

— Não! — disse a menininha.

A sra. Tunstell balançou a cabeça.

— Não, Alexia, eu me referi aos garotinhos. Com aqueles adoráveis olhos amendoados e cílios tão cheios. Mas será que é normal o tom de pele deles ser tão escuro assim?

A amiga nem se dignou a responder.

Naquele momento, a sra. Tunstell se deu conta de algo ainda mais surpreendente.

— Querem que a gente *monte* nesses jumentos?

— Sim, minha querida, acredito que sim.

— Ah, mas eu *não sei montar*!

Apesar dos protestos da atriz, que continuaram, veementes, eles começaram a amarrar as malas nos jumentos e a montar, enquanto a preternatural e as demais damas do grupo tentavam se acomodar na sela. As criancinhas foram colocadas em cestos de vime, postos nos animais como alforjes. Os gêmeos do casal Tunstell ficaram juntos, de um lado e,

Prudence, do outro, contrabalançada pela joaninha mecânica, cujas anteninhas sobressaíam timidamente sobre o recipiente. O sr. Tumtrinkle subiu em um lado do jumento e caiu do outro, de modo que, tal como a bagagem, teve que ser amarrado para ficar no lugar. Depois de se certificar de que a esposa estava montada em segurança, Tunstell levantou a perna para passar sobre o jumento com facilidade, por ser ágil e atlético. Acontece que, infelizmente, a calça não era tão flexível assim. Rasgou ruidosamente, expondo as ceroulas escarlates ao ar noturno e levando a sra. Tunstell a gritar, horrorizada, e a desmaiar, despencando adiante, no pescoço do jumento. Lorde Maccon soltou uma sonora gargalhada. Prudence bateu palmas, adorando. Madame Lefoux caminhou com distinção até uma barraca ali perto e comprou uma das túnicas tão apreciadas pelos nativos. Então, Tunstell a colocou, com o entusiasmo e a afabilidade de um ator acostumado a usar vestimentas estranhas na frente de uma plateia.

A sra. Tunstell recobrou os sentidos, mas, quando viu que o marido estava usando o que aparentava ser um vestido, tornou a desmaiar. O jumento sob ela se manteve calmo e nem um pouco impressionado com o melodrama.

Lorde Maccon recusou aquele tipo de transporte, tal como o vampiro dragomano. E os jumentos, por mais tranquilos que fossem, preferiam, claro, não levar lobisomens nem vampiros. O Alfa compreendia perfeitamente. E como, no fim das contas, movia-se muito mais depressa com as quatro patas, a ideia de montar neles parecia absurda, e ele preferiria mil vezes comer o animal a montar nele — sobretudo àquela altura, após dez dias no mar e nenhuma carne fresca ao longo do caminho. Além disso, andar de jumento não fazia sentido nem quando ele era mortal, pois suas pernas longas arrastam no chão, em ambas as laterais do bicho. Então, ele e o guia se puseram na frente, liderando o caminho e travando uma conversa forçada que não tinha nada a ver com o fato de serem de culturas diferentes e tudo a ver com o fato de um ser vampiro e o outro, lobisomem.

Conforme eles se moviam lentamente pela rua, ficou claro que se tornaram um espetáculo para Alexandria tanto quanto Alexandria para eles. A grande cidade portuária crescera muito nas últimas décadas, e,

embora o Exército britânico houvesse passado ali diversas vezes, quase não se tinham visto damas e lordes nobres, criancinhas pálidas e atores de companhias teatrais inglesas, que, então, acabaram por chamar a atenção de todos.

Muitos egípcios foram vê-los. Apontavam com interesse para os chapéus das senhoras, as cartolas dos cavalheiros, a sombrinha de Lady Maccon e os contornos estranhos formados pelos artigos do figurino e dos cenários, como se eles fossem uma espécie de circo que viera desfilar diante deles.

A preternatural dedicou a maior parte do tempo a absorver cada aspecto da cidade, na penumbra. Eles chegaram às acomodações, o Hotel des Voyageurs, rápido demais para ela, que mal podia esperar até o dia seguinte para ver o Egito em todo o seu resplendor. Houve mais do costumeiro caos e, depois de muita discussão e troca de dinheiro, o grupo foi acomodado no mesmo andar. As damas foram aos seus aposentos para tomar chá e descansar, as crianças, tirar uma soneca, e os homens, às termas mais próximas ou ao questionável salão de fumo do hotel, de acordo com suas preferências pessoais.

Lorde Maccon ajudou a esposa a se despir, limitando-se a arquear uma sobrancelha no momento em que uma arma caiu do corpete dela no chão. Quando se era casado com Alexia, tais ocorrências inusitadas se tornavam praxe. Em seguida, ele se refamiliarizou com todos os aspectos do corpo dela, como se já não tivesse acabado de fazer isso a bordo do *SS Custard*, de manhã. A esposa se dedicou por completo à atividade, por ter aprendido desde cedo, em seu casamento, que era um exercício tão agradável quanto divertido. Também a deixava, em geral, relaxada e satisfeita com o mundo. Mas não foi o que aconteceu com o marido. Não naquela noite específica, pois, mesmo deitado ao seu lado numa cama que acabou demonstrando ser bastante resistente, ele agia de uma forma que só poderia ser descrita como *irrequieta*.

— Conall, meu querido, qual é o problema?

— Território estrangeiro — respondeu, apenas.

— E você não conhece a topografia?

— Exato.

— Bom, vá lá, então — disse ela, com um sorriso estimulante. — Vamos ficar bem sem você, por algumas horas.

— Tem certeza, minha querida?

— Tenho, claro.

— Você não está tentando se livrar de mim?

— Ah, Conall, por que eu haveria de querer fazer isso?

Ele soltou um grunhido vago.

— Vai tomar cuidado, não vai?

— Com o que, exatamente?

— Ah, sei lá, com uma Peste Antidivindade que esteja circulando por aí, atacando às cegas? Nós acabamos de chegar. Gostaria muito que você não desaparecesse nem morresse, ainda.

— Sim, capitã.

Momento em que ele lhe deu um beijo apaixonado, saiu nu da cama e saltou espetacularmente da varanda do quarto, já como lobisomem. Lady Maccon se cobriu com a manta tecida e foi até a sacada de um jeito bem menos precipitado. Olhou para ver se o via percorrendo com rapidez as ruas, até o deserto, mas ele já sumira de vista. Embora estivessem no quarto minguante, Lorde Maccon estava inquieto por causa da falta de exercício a bordo e precisava caçar. Ela tentou não imaginar que pobre criatura sarnenta do deserto ele acabaria comendo. Como esposa de um lobisomem, era preciso ignorar certos aspectos repugnantes dos alimentos e da ingestão.

A preternatural estava apenas um pouco preocupada. Não restavam dúvidas de que o Alfa podia tomar conta de si mesmo, e uma coisa que ela vira muito em Alexandria foram vira-latas. Ele só pareceria um bem grande.

Consolada, então, ela tentou tomar chá, que, na verdade, não era o que pensara, mas uma daquelas bebidas horríveis, café. Eles o serviam com uma grande quantidade de mel, o que o tornava ingerível, embora não de todo palatável. Em seguida, Lady Maccon conseguiu se vestir. Em homenagem à viagem, encomendara uma blusa de musselina cor de cogumelo e um chapéu de feltro combinando, com um punhado de plumas marrons. Era uma blusa que fora criada com o intuito de ser fresca no

clima quente, mas recatada. Os colchetes atrás lhe deram trabalho, mas, depois, ela colocou com facilidade a sobressaia marrom e as anquinhas simples. Os cabelos, por causa do calor do deserto, recusavam-se a obedecer a qualquer comando, formando enormes cachos encaracolados. Ela tentou ajeitá-los por algum tempo, mas, concluindo que estava no estrangeiro, onde certos padrões poderiam ser relevados, prendeu apenas uma parte e deixou o restante solto.

Lá embaixo, o jantar já começara, e o saguão do Hotel des Voyageurs estava vazio, já que os hóspedes tinham ido comer.

— Alguma mensagem para Lady Maccon? — perguntou ela ao recepcionista.

— Não, milady, mas há uma para certo Lorde Maccon.

Ela a pegou, notou que não reconhecia a letra e supôs que se tratava de algum comunicado do DAS. Meteu-a na bolsa reticulada.

— Pode providenciar uma conexão por transponder etéreo para mim? Tenho as minhas próprias válvulas frequensoras, mas, pelo que sei, só há um transmissor público na cidade.

— Isso mesmo, milady. E estamos meio sobrecarregados por causa disso, mas tenho certeza de que sua posição lhe garantirá acesso. Vá até o extremo oeste do Bulevar Ramleh, na frente da rua que leva ao Câmbio.

A preternatural concluiu que teria de pedir emprestado o guia de viagem da sra. Tunstell, que deveria vir junto com a dita cuja, para conseguir se orientar na cidade; não obstante, decorou as instruções.

— Muito obrigada, meu caro senhor. Vou fazer uma reserva para mandar uma mensagem logo após o pôr do sol do horário londrino, daqui para a Inglaterra. Pode providenciar isso?

— Claro, milady. Deve ser em torno de seis da tarde. Mas vou averiguar os detalhes e marcar a hora que solicitou.

— É muito eficiente. — Como vinha sentindo muita falta de Floote, ela deu uma generosa gorjeta ao recepcionista pelo trabalho e foi até a sala de jantar, para ver se alguém de seu grupo estava ali.

Ivy, Tunstell, a babá e as crianças se encontravam ali, fazendo rebuliço numa das mesas maiores. Prudence estava rodando pela sala na joaninha mecânica, batendo nas cadeiras das pessoas, indiscriminadamente. Lady

Maccon ficou horrorizada com tal comportamento. Que ideia tinha sido aquela da babá, deixar a menininha levar o brinquedo até o restaurante público? Tunstell explicava, com gestos amplos, o enredo emocionante de *As Chuvas Fatais de Swansea* a alguns pobres turistas, sentados à mesa ao lado. A sra. Tunstell lia, de cenho franzido, o guia Baedeker, e a babá se concentrava nos gêmeos.

A preternatural pegou a filha errante.

— Mamã!

— Já comeu, boneca?

— Não!

— Então, vamos comer. Já provou um daqueles docinhos de massa folhada e canela?

— Não!

Ainda sem saber se *não* era a nova palavra favorita de Prudence ou se ela realmente entendia seu significado, Lady Maccon foi empurrando a joaninha com os pés, com a filha no colo, até a mesa dos Tunstell.

— Ah, Lady Maccon, que maravilha! — disse Tunstell com entusiasmo, ao vê-la. — Posso apresentá-la aos nossos novos colegas, os Pifflont? Sra. Pifflont, sr. Pifflont, *esta* é Lady Maccon.

Nunca se sabe, ao ser apresentado a alguém, se é possível confiar no indivíduo que está estabelecendo a conexão, sobretudo quando esse sujeito é Tunstell. Não obstante, cabia à preternatural ser polida, e assim ela agiu. Os Pifflont eram especialistas em antiguidades, amadores de origem italiana, tranquilos, bem-comportados, exatamente o tipo de gente que se gostaria de conhecer em um hotel. Perguntas cuidadosas e controle sobre a atitude extravagante de Tunstell mudaram o rumo da conversa para a jornada do casal pelo Egito, que já terminava. Eles estavam prestes a voltar para casa, ficando apenas mais alguns dias antes de pegar um navio a vapor para Nápoles.

O colóquio intelectual que se seguiria foi interrompido inesperadamente pela chegada de Lorde Maccon, que usava um sobretudo e nada mais, deduziu Lady Maccon, horrorizada. Primeiro, a filha ficara rodando por ali na joaninha e esbarrando nas pessoas, agora o marido aparecia descalço! Bom, *lá se vai esse casal de conhecidos!* Alexia mal pôde olhar para os rostos dos simpáticos Pifflont.

Lady Maccon se levantou e foi correndo até a entrada, onde o conde aparecera.

— Conall, francamente! Ao menos ponha umas botas, para causar boa impressão!

— Eu quero que venha comigo, esposa. E traga a filhota.

— Mas, querido, pelo menos uma cartola!

— Alexia, eu quero que você veja uma coisa.

— Ah, está bem, mas vá embora. Está com sangue no canto da boca. Não posso levar você a lugar algum.

O marido sumiu de vista numa esquina do corredor, e a esposa voltou depressa para a mesa. Pediu licença e pegou Prudence, apesar dos protestos da menininha.

— Não! Mamã. Númias.

— Sinto muito, querida, mas o seu pai descobriu uma coisa interessante e quer que a gente veja.

A sra. Tunstell ergueu os olhos.

— Ah, é um armarinho? Soube que eles fabricam um ótimo algodão nesta região.

— Algo mais na linha de Sombrinhas Fru-frus, creio.

A amiga era tapada, mas não tanto assim.

— Ah, claro — disse ela, na hora, piscando com força. — *Sombrinhas Fru-frus*. Naturalmente. Então, minha querida, não se esqueça de que vamos fazer uma apresentação particular daqui a apenas algumas horas. E, embora eu saiba que você não faz parte da peça, sua presença é desejável.

— Claro, claro. Isso não deve demorar muito.

— Vá lá, então — disse a sra. Tunstell, apesar de a amiga já ter começado a se retirar depressa. Esta ainda a ouviu dizer: — Lady Maccon é a nossa patrona particular, sabiam? Uma dama muito grandiosa e elegante.

Um lobo grande esperava por Alexia na saída do hotel. Para manejá-lo melhor, ela comprou uma rédea de jumento de um garoto-guia solícito, porém intrigado. Ela passou-a em torno do pescoço rajado do marido, dando várias voltas e entrelaçando-a com destreza, já que não podia tocar nele e tinha que carregar Prudence. No fim das contas, deu certo, porque parecia que ia levar um cachorrão para passear.

Lorde Maccon lhe lançou um olhar ameaçador, mas aceitou a humilhação em nome da civilidade. Eles caminharam pela cidade ainda vibrante; o pôr do sol, pelo visto, era mais uma desculpa para visitá-la do que o final das atividades diárias. O marido a conduziu por um longo caminho, rumo ao sul, pela Rue de la Colonne, passando pelas fortalezas e pelos bairros pobres, até chegarem ao canal. Lady Maccon começava a se preocupar com a hora, achando que talvez não conseguissem voltar a tempo para a visita à rainha vampiro. Como Lorde Maccon estava na forma de lobo, tinha pouca noção da distância, e, embora a esposa andasse muito e não fosse do tipo que evitava exercícios, atravessar uma cidade inteira em apenas uma hora era demais, sobretudo com uma garotinha desinteressada no colo. Por fim, ela acabou deixando Prudence ir montada no pai, segurando sua mão com firmeza, para manter todos na forma e no pelo corretos.

O Alfa parou com altivez à margem do canal, e a preternatural só levou alguns segundos para concluir que teriam de atravessá-lo.

— Ah, francamente, Conall. Isso não podia esperar até amanhã?

Ele latiu para ela.

Lady Maccon fez sinal para um rapaz de expressão relutante, que comandava uma espécie de balsa de junco, obviamente utilizada para atravessar o canal.

O jovem se recusou, balançando diversas vezes a cabeça e arregalando os olhos, a permitir que o enorme lobo entrasse na pequena embarcação, mas acabou se acalmando e gostando quando o tal animal entrou na água e simplesmente começou a puxar a balsa. O rapaz nem precisou usar a vara que costumava utilizar na travessia. Lady Maccon evitou fazer qualquer comentário sobre a limpeza da água.

Quando chegaram, a preternatural deu umas moedas ao rapaz e gesticulou de uma maneira que julgou tê-lo convencido a esperar por eles, enquanto Lorde Maccon se sacudia freneticamente.

Prudence bateu palmas e deu risadinhas ao ver o pai se menear em meio aos borrifos de água suja. A mãe conseguiu pegar a mão dela antes que tocasse nele.

Alexia pensou que era bom que os egípcios estivessem acostumados às excentricidades dos ingleses, pois o fato de estar sozinha, na periferia

de uma cidade estrangeira, com a filha e um lobo enorme, jamais seria tolerado em qualquer parte do Império.

Em todo caso, ela seguiu obedientemente o marido, pensando que aquele era um dos motivos pelos quais se casara com ele: a convicção de que a vida jamais seria monótona. Muitas vezes suspeitava também ser esse um dos motivos que o levara a se unir a ela.

A sensação foi quase imperceptível a princípio, mas, então, a preternatural começou a tomar consciência dela — certo formigamento, um pouco como as brisas do éter batendo na pele quando ela viajava de dirigível. Só que aquela sensação era o oposto delas. O formigamento no éter era quase como suaves bolhinhas de champanhe esbarrando na pele, já aquele era como se as bolhinhas estivessem sendo lançadas por sua própria tez. Uma sensação vaga e quase agradável, porém esquisita. Se ela não tivesse sido alertada para uma nova experiência, talvez não a houvesse notado.

Agitando os bracinhos com empolgação, Prudence exclamou:

— Mamã!

— É, querida, estranho, não é?

— Não — disse ela em tom decidido. Afagou o rosto de Lady Maccon. — Mamã *e...* — agitou os bracinhos. — Mamã!

A preternatural franziu o cenho.

— Quer dizer que, para você, o ar aqui está transmitindo a sensação de sua mãe? Que bizarro.

— Sim — concordou Prudence, usando uma palavra que, até aquele momento, Lady Maccon não sabia que fazia parte de seu vocabulário.

— Conall, é o que eu acho que é? — perguntou ao lobo, a atenção ainda voltada para a filha, que se contorcia em seu colo.

— É, meu amor, acho que é — respondeu ele.

A preternatural quase deixou a filha cair, de susto, erguendo os olhos para confirmar que seus ouvidos não estavam lhe pregando peças e que o marido estava mesmo ali parado, a curta distância, totalmente nu, na forma humana.

Lady Maccon pôs Prudence no chão. A garotinha correu com entusiasmo até o pai, que a pegou, sem medo. Não precisava recear nada;

Prudence continuou a manter a forma de garotinha precoce, sem se transformar.

A esposa caminhou até o marido.

— É a Peste Antidivindade.

— Sem sombra de dúvida.

— Pensei que eu fosse sentir mais repulsa por ela.

— Eu também.

— Por outro lado, quando a múmia estava em Londres, está lembrado, e tornou metade da cidade mortal, não senti nada. Essa é quase imperceptível. Foi só quando fiquei no mesmo ambiente daquela terrível múmia que senti uma tremenda repulsa.

Lorde Maccon assentiu.

— *Compartilhando o mesmo ar.* Creio que foi o que o templário disse sobre dois preternaturais no mesmo lugar.

Alexia observou além das casas baixas, de tijolos de barro, dos moradores mais pobres de Alexandria, para o horizonte negro e vazio.

— É o deserto?

— Não. O deserto tem mais areia. Acho que aquilo era um lago, que secou. É uma terra improdutiva.

— Então, antes havia água e, agora, não há mais. Será que a Peste Antidivindade só chegou perto da cidade a partir de então? Afinal de contas, sabemos que o toque preternatural é afetado pela água.

— Pode ser. Difícil saber. É claro que a cidade pode ter crescido na direção dela. Mas, se ela se aproximou, pode apostar que os vampiros locais não devem ter gostado disso.

— O verdadeiro motivo que levou Matakara a nos convocar?

— Tudo é possível com os vampiros.

Capítulo 11

Em que Prudence Descobre Frases

O casal Maccon voltou ao hotel a tempo de se trocar e se arrumar antes de ser levado até a Rainha Matakara e a Colmeia de Alexandria. O Chanceler Neshi os aguardava ansiosamente no saguão.

Os Tunstell e a companhia teatral chegaram em seguida, descendo as escadas carregando peças do cenário e já trajando o figurino do primeiro ato, embora os cavalheiros estivessem de cartola para o trajeto. Se a chegada deles fora observada com interesse pelos habitantes locais, a partida foi ainda mais digna de nota. A sra. Tunstell usava um vestido de cetim prateado, com uma enorme quantidade de acessórios de pérolas falsas. O sr. Tunstell estava bem trajado como qualquer cavalheiro requintado da cidade, afora o fato de o terno ser de cetim vermelho e ter uma pequena capa dourada presa em um dos ombros, como um mosqueteiro. O sr. Tumtrinkle, vilão da polaina ao plastrom, usava um traje de veludo negro com botões de imitação de diamante, luvas de couro azul e um manto de cetim azul-escuro, que ele girava e agitava como asas ao caminhar.

Daquela vez não havia necessidade de jumentos. A rainha da colmeia lhes enviara uma locomotiva a vapor, um dispositivo colossal, digno de toda a atenção, até por parte de Madame Lefoux. A inventora, porém, sumira de vista, tendo ido cuidar dos próprios interesses mais rápido do que Lady Maccon imaginara. A preternatural se sentiu, é preciso admitir, abandonada e insignificante. Afinal de contas, supusera que a francesa fora enviada ao Egito para espioná-*la*, e, uma vez ali, percebeu que ela era a menor das suas preocupações.

A locomotiva era uma geringonça alta, estreita e estrondosa, com formato similar a uma diligência, porém sem teto. Na parte plana dos fundos havia uma pilha alta de junco, supostamente para proporcionar mais conforto aos ocupantes, já que não havia poltronas. Conforme o veículo passava roncando por becos e ruas estreitas, projetadas para os jumentos, a palha não adiantava muito. De vez em quando, a locomotiva soltava fumaça no céu escuro, de duas chaminés compridas, e era tão alta, que não se podia travar uma conversa educada.

Prudence, menininha danada, adorou tudo aquilo. Saltitava para cima e para baixo, empolgada com cada solavanco e sacolejo. Lady Maccon começava a recear bastante ter passado, e como!, suas tendências intelectuais para a filha. A garotinha adorava tudo que tivesse algo mecânico, e seu fascínio por dirigíveis e outros meios de transporte só aumentava.

A residência da Colmeia de Alexandria ficava perto da Rue Ibrahim, ao alcance da vista de Port Vieux, no lado leste da cidade. Tinha fachada em estilo grego e dois andares. No primeiro piso, havia enormes colunas de mármore, bem afastadas umas das outras, e no segundo, via-se uma colunata com suportes menores, exposta em uma longa sacada. A parte interna, contudo, parecia mais como Lady Maccon imaginava ser uma das famosas tumbas entalhadas na rocha do Vale dos Reis. Havia várias ombreiras no vestíbulo, sem portas, com tapetes de junco tecido no chão. Estátuas de basalto de deuses ancestrais com cabeças de animais espalhavam-se pelo ambiente como sentinelas de um baile de máscaras. Nas paredes havia desenhos de outros deuses animais, que faziam parte de mitos bem articulados e pintados em cores vívidas. Aqui e acolá, viam-se móveis sinuosos de madeira entalhada, porém com aspecto primitivo e sem adornos. A própria austeridade e ausência de luxo era quase tão impressionante quanto o excesso de riquezas tão típico dos vampiros na terra da preternatural. Ali estava uma colmeia consciente do fato de que sua riqueza residia pura e simplesmente no mundo que criara e não nos objetos que conseguira acumular.

O casal Tunstell e os integrantes da companhia teatral entraram atrás do casal Maccon e ficaram ali parados, em reverente silêncio, o ambiente subjugando até eles, mesmo que por um curto período.

O Chanceler Neshi bateu palmas ruidosamente — Ivy levou um susto e deixou escapar um surpreso "Oh, minha nossa!" — e uns vinte criados surgiram de uma das ombreiras obscuras, todos jovens de olhos escuros, bem-apessoados, usando uma espécie de tanga de tecido, em nome do recato, e nada mais. Cada um deles se agachou, aguardando aos pés de um visitante. Lady Maccon olhou de soslaio para o Chanceler Neshi e percebeu, chocadíssima, que aqueles jovens esperavam para tirar seus sapatos. Não só os dela, como os de todos! Os cavalheiros, concentrados no ato de remover as cartolas de passeio, recolocaram os chapéus depressa e se entreolharam, de olhos arregalados. Percebendo que os demais fariam o mesmo, a preternatural pôs o pé no joelho do rapaz e deixou que ele desamarrasse e tirasse a bota marrom prática, de caminhar. Seguindo seu exemplo, os outros permitiram que tirassem seus sapatos. Lady Maccon estremeceu ao notar que o marido não usava meias e que as do sr. Tunstell estavam misturadas. Só Prudence adorou que tirassem seus sapatinhos, já que gostava de ficar descalça.

O dragomano saiu apressado, ao que tudo indicava para anunciar a chegada deles, momento em que a sra. Tunstell rompeu o silêncio com um comentário espantado:

— Minha nossa, já viram aquela deusa ali? Tem só uma pluma na cabeça.

— Ma'at — explicou a preternatural, que nutria especial interesse pela mitologia antiga —, deusa da justiça.

— Talvez pudesse ser chamada de cabeça de pluma? — sugeriu o sr. Tunstell, para divertimento de todos. O encanto do mundo ancestral ao seu redor foi quebrado.

O Chanceler Neshi voltou.

— *Ela* está pronta para vê-los agora.

O dragomano conduziu-os por uma escada de pedra fria até o segundo andar da residência, cheio de mais ambientes obscuros e sem janela, parecendo tumbas, com mármore e iluminação de archote. Do saguão superior, foram levados para baixo, por um longo corredor que dava acesso a uma pequena entrada, após a qual havia uma imensa sala.

Eles entraram. A sala era, sem sombra de dúvida, grande o bastante para acomodar uma peça teatral. Na frente da parede que ficava no lado oposto à entrada do corredor, dispostas até a metade de cada lateral, havia uma série de divãs baixos de madeira, com almofadas vermelhas. Por todo o chão espalhavam-se tapetes de junco tecido e, nas paredes, viam-se, de novo, pinturas. Aquelas haviam sido feitas no mesmo estilo que as imagens de aspecto ancestral embaixo, porém representavam uma série de eventos atuais, da invasão turca à incorporação de tecnologia ocidental, da grande Rebelião da Noz-moscada ao comércio de antiguidades e turismo. Era um registro da história moderna do Egito, em pigmentos reluzentes e detalhes perfeitos. Parecia estranho ver as imagens de europeias com anquinhas e espartilhos, navios das forças navais e uniformes britânicos, todos no estilo infantil e simplório das pinturas de papiros.

Nos divãs diante das paredes estavam sentados vários jovens bonitos e sérios, que só podiam ser os zangões da colmeia. Usavam vestimentas típicas, mas, observou Lady Maccon com interesse, tanto os homens quanto as mulheres, a despeito do que ela vira até aquele momento, estavam com as cabeças descobertas. A preternatural supôs que devia ser algum tipo de rejeição à religião local em prol de uma lealdade reverente para com a rainha e a colmeia.

Bem na frente da porta, na posição de maior importância, havia o que parecia ser um enorme guarda-sol. Estava suspenso no teto, com grandes faixas de seda pendendo das bordas. De cores vivas e incrivelmente belas, aqueles tecidos formavam uma espécie de tenda, grande o bastante para abrigar uma pessoa ali dentro. Lady Maccon não pôde deixar de sentir que, quem quer que estivesse ali, na certa podia ver tudo e observava os movimentos de todos.

Em um dos lados do guarda-sol velado havia quatro vampiros sentados. Não restavam dúvidas de que se tratava de hematófagos, pois, por força de algum hábito desconhecido na Inglaterra, todos mostravam as presas aos convidados. Os de Londres raramente faziam isso sem avisar

antes, após se apresentarem. No outro lado estava sentado um quinto vampiro, ao lado do qual o Chanceler Neshi foi se acomodar. E, perto do dragomano, havia dois lugares vazios.

Depois de observarem em silêncio o grupo inusitado com diversos níveis sociais e atores de trajes espalhafatosos, os seis vampiros se levantaram.

— Todos os integrantes da Colmeia de Alexandria — sussurrou Lorde Maccon para a esposa.

— Estamos honrados — disse Lady Maccon.

Um zangão fêmea de assombrosa beleza se aproximou, caminhando com graça e fluidez até eles. Tinha traços marcantes, sem serem por demais masculinizados, as sobrancelhas grossas, os lábios cheios, habilmente pintados de vermelho-escuro. Usava calções negros longos e largos, ao estilo de balonas, presos nos tornozelos. Sobre eles vestira uma longa túnica negra, justa ao longo dos braços e torso, mas com uma ampla faixa de tecido nos pulsos e na bainha, que esvoaçava ao quadril como a sobrecasaca de um cavalheiro. As partes mais folgadas da túnica e dos calções eram adornadas com estampa de folhas douradas, e ela usava uma grande quantidade de joias de ouro nos dedos das mãos e dos pés, nos pulsos, no pescoço e nos tornozelos.

— Bem-vindos — disse ela, em perfeito inglês britânico, fazendo um gesto gracioso com os braços, como uma bailarina — à Colmeia de Alexandria. — Os olhos escuros, grandes e delineados pesadamente com kohl, observaram o grupo de atores diante de si. — Lorde e Lady Maccon?

A preternatural queria muito segurar a mão do marido, mas achou que talvez ele viesse a precisar das habilidades sobrenaturais a qualquer momento. Então, acomodou Prudence melhor no quadril, sentindo-se estranhamente reconfortada com a presença da filha, e deu um passo à frente. Com o canto dos olhos, viu Conall se afastar do grupo.

O zangão de olhos escuros se aproximou mais. Olhou para o conde primeiro.

— Lorde Maccon, seja bem-vindo a Alexandria. Faz séculos que um lobisomem não visita esta colmeia. Esperamos que não demore muito até o próximo nos conceder o ar de sua graça.

Ele fez uma reverência.

— Acho — começou a dizer Lorde Maccon, pois não tinha tato — que vai depender do desenrolar dos acontecimentos esta noite.

O zangão inclinou a cabeça e dirigiu os olhos escuros à preternatural.

— Lady Maccon, sugadora de almas. Também é bem-vinda. Não julgamos a filha pelas atitudes do pai.

— Bom, obrigada, tenho certeza. Ainda mais porque nunca o conheci.

— Não, claro que não. Esta é *a criança*?

Prudence estava totalmente fascinada com a bela mulher. Talvez fosse o brilho de todas aquelas joias cintilantes ou a fluidez com que se movia. A preternatural esperava que não fosse a maquiagem; a última coisa de que precisava era uma filha por demais interessada em artifícios femininos. Teria que deixar todos aqueles ensinamentos a cargo de Lorde Akeldama.

— Bem-vinda à Colmeia de Alexandria, usurpadora de almas. Nunca tivemos o prazer de receber o seu tipo antes.

— Lembre-se das boas maneiras, querida — disse Lady Maccon à filha, sem muita esperança.

Prudence demonstrou estar inesperadamente à altura do desafio.

— Tudo bem? — disse a garotinha, expressando-se com clareza e olhando direto para o zangão fêmea.

Lorde Maccon e a esposa se entreolharam, surpresos. *Muito bem*, pensou ela, *temos uma filhinha esperta.*

O zangão fêmea deu um passo para o lado e fez um gesto gracioso, mostrando os dois lugares vazios ao lado do Chanceler Neshi.

— Por favor, sentem-se. A rainha deseja que a apresentação comece agora.

— Ah — protestou a sra. Tunstell —, mas ela não está aqui! Vai perder o primeiro ato!

Tunstell cingiu a cintura da esposa e puxou-a para um canto da sala, para que se preparasse.

O zangão bateu palmas e, mais uma vez, dezenas de criados apareceram. Com a ajuda deles, os atores conseguiram montar metade da sala como palco, colocando uma tela diante da entrada, no meio. Além disso, fizeram com que os criados levassem todos os archotes e lamparinas até aquele lado da sala, mergulhando em lúgubre escuridão o outro, onde os zangões e vampiros se mantinham sentados em total silêncio.

A apresentação de *As Chuvas Fatais de Swansea* não chegou a melhorar muito, na segunda vez. Não obstante, havia algo cativante, se não divertido, nas bizarrices do casal Tunstell. O sr. Tumtrinkle levou adiante suas cabrioladas diabólicas, enrolou o nefasto bigode falso e girou a enorme capa com veemência. O lobisomem herói Tunstell andou a passos largos de um lado para outro, a calça correndo o eterno risco de se rasgar devido às coxas musculosas, socorrendo quando necessário e latindo deveras. A sra. Tunstell desmaiou sempre que precisou fazê-lo e se moveu ostentosamente com chapéus de tais dimensões que era um milagre sua cabeça não se achatar como uma panqueca sob o peso. Os atores coadjuvantes tinham, claro, papéis menores, e atuavam como vampiros e lobisomens, tal como requerido pelo roteiro. Para ganhar tempo, mas causando grande confusão na trama, eles usavam tanto as presas quanto as orelhonas peludas falsas, amarradas nas cabeças com laços de tule cor-de-rosa — independentemente de qual personagem estivessem interpretando no momento.

A dança do abelhão foi um deleite, os vampiros e zangões da plateia assistindo quase hipnotizados ao espetáculo. Lady Maccon se perguntou se a alegoria lhes passara despercebida ou se, como ela, haviam apreciado a bizarrice. Como só ouvira o Chanceler Neshi e a bela zangão fêmea falarem, também era provável que nenhum dos outros compreendesse uma palavra sequer de inglês.

No final, a rainha vampiro Ivy Tunstell voltou aos braços do lobisomem Tunstell após muitas separações e momentos de ansiedade, e foi tudo muito encantador e regozijante. A luz dos archotes foi diminuindo e, em seguida, eles foram erguidos, e os criados levaram mais para emprestar ao ambiente um tom alaranjado.

Alexia e os atores aguardaram, prendendo a respiração. E, então, ah, e então, os vampiros e zangões ali reunidos levantaram-se, ovacionando e trinando as línguas em uma grande cacofonia de sons vibratórios que só podiam ser de total apreciação. A preternatural até observou alguns vampiros enxugarem as lágrimas, e o belo zangão fêmea, com os incríveis olhos negros, chorava abertamente.

Ela se levantou e caminhou adiante, apressada, para felicitar o casal Tunstell de braços abertos.

— Foi maravilhoso! Maravilhoso! Nunca tínhamos visto um desempenho desses. Tão complexo, tão brilhante. Aquela dança com as listras negras e amarelas, expressando com tanta perfeição a emoção da imortalidade… Como podem as palavras descrever… muito emocionante. Fomos honrados. Sem sombra de dúvida.

O casal Tunstell, bem como todos os demais atores, parecia atônito com aquela reação entusiástica. Os dois coraram muito, e o sr. Tumtrinkle começou a se debulhar em lágrimas, emocionadíssimo.

O zangão fêmea caminhou com leveza até a atriz principal e abraçou-a calorosamente. Em seguida, entrelaçou um braço no dela e o outro no de Tunstell e guiou-os com delicadeza para fora da sala.

— Precisam me explicar o significado daquela interpretação no meio da peça! Foi um exemplo da eterna luta da alma com a infinidade ou um comentário social sobre o estado sobrenatural em eterno conflito com o mundo natural, a um só tempo acolhedor e fornecedor de alimentos?

O sr. Tunstell respondeu jovialmente:

— Um pouco de ambos, claro. E notou como saltitei várias vezes no palco? Cada um foi um salto em face da eternidade.

— Notei sim, notei sim.

Em meio àquela conversa agradável, eles saíram corredor afora. Houve um breve surto de atividade, e a sra. Tunstell voltou alvoroçada, tendo se separado da acompanhante. Entrou apressada e foi até Lady Maccon.

— Alexia — disse, em um sussurro significativo —, você trouxe a *sombrinha fru-fru*?

A amiga havia, de fato, levado o acessório. Descobrira ao longo dos anos que era sempre melhor prevenir do que remediar, ao visitar uma colmeia. Fez um gesto indicando o quadril, onde a sombrinha pendia de uma corrente.

A sra. Tunstell inclinou a cabeça e piscou de forma sugestiva.

— Ah — disse Alexia, estabelecendo a relação. — Não se preocupe, Ivy. Vá desfrutar de sua merecida refeição. A sombrinha está bem.

Ivy assentiu lentamente, com ar cúmplice. Sentindo ter cumprido satisfatoriamente as obrigações da sociedade secreta, ela saiu apressada atrás do marido.

Após alguns instantes de hesitação, os demais zangões se aproximaram e se apresentaram — ao menos os que falavam inglês — à companhia teatral. Depois de uma troca de cumprimentos, alguém mencionou café e eles também foram levados para fora da sala. O que deixou o casal Maccon para trás com Prudence e seis vampiros.

O Chanceler Neshi se levantou.

— Está pronta agora, Minha Rainha? — perguntou ele à área cortinada.

Nenhuma resposta verbal foi emitida do interior, mas o tecido drapeado se agitou suavemente.

O dragomano disse:

— Claro. — Então, fez um gesto para que o casal Maccon se levantasse e ficasse diante do guarda-sol cortinado. Em seguida, abriu as cortinas, prendendo-as com cordas douradas nas laterais.

Se a preternatural não houvesse passado bastante tempo na câmara de invenções de Madame Lefoux antes de ela ser transformada em calabouço de lobisomem, teria se assustado com o aparato descortinado. Mas ela vira o octômato assolar Londres. Fora atacada e depois salva por joaninhas mecânicas. Voara de ornitóptero de Paris a Nice. Aquilo, porém, não era nada em comparação, podendo ser considerada a invenção mais grotesca da era moderna. Pior que a mão decepada no jarro, nas profundezas daquele templo em Florença. Pior que um cadáver num tanque de prolongamento do pós-morte. Pior, inclusive, que o pavoroso rosto de cera do autômato do Hypocras. Porque aquelas criaturas estavam mortas ou tinham sido fabricadas. Mas o que havia na plataforma elevada atrás da cortina continuava vivo ou morto-vivo — ao menos em parte.

Ela, pois Lady Maccon supunha se tratar do sexo feminino, estava sentada em cima do que só se podia chamar de trono. Era quase todo feito de bronze. Sua base consistia numa espécie de tanque, no qual havia dois níveis de líquido: o da parte inferior, uma substância borbulhante e amarelada, estranhíssima, que aquecia a da parte superior, composta inteiramente de um fluido vermelho viscoso, que só podia ser sangue. Nos braços do trono haviam sido instaladas alavancas, injetores e tubos, alguns sob as mãos emaciadas da ocupante, outros entrando e saindo de seus próprios braços. Era como se a mulher e a cadeira tivessem se tornado um só ser e não houvessem se separado por gerações. Algumas partes do trono tinham sido aparafusadas diretamente no corpo dela, e havia uma máscara parcial de bronze cobrindo a parte inferior do rosto, do nariz ao pescoço, ao que tudo indicava fornecendo um suprimento contínuo de sangue.

Somente a boa educação da preternatural evitou que ela cometesse o ato abominável de se purgar involuntariamente bem ali, no tapete de junco. Havia algo especialmente assustador em saber que, como a rainha era imortal, todos aqueles lugares em que o trono penetrava no corpo dela deviam estar tentando cicatrizar o tempo todo.

O Chanceler Neshi fez algo por demais humilhante. Ajoelhou-se no chão e se inclinou até o piso, encostando a testa no tapete de junco. Em seguida, ficou de pé e fez sinal para que o casal Maccon se aproximasse.

— Minha Rainha, gostaria de apresentar Lady Maccon, Lorde Maccon e Lady Prudence. Senhores, eis a Rainha Matakara Kenemetamen de Alexandria, Soberana da Colmeia Ptolomaica ad Infinitum, Dama Hórus de Ouro Puro na Perpetuidade, Filha de Nut, a mais Vetusta dos Vampiros.

Como a parte inferior da cabeça estava escondida, era difícil determinar a aparência exata de Matakara. Os olhos enormes e bem castanhos se mostravam grandes demais naquele rosto esquelético. A rainha tinha a compleição escura da maioria dos nativos egípcios, porém ainda mais obscurecida devido à retração da pele sobre os ossos, como a de uma múmia. Ela usava uma peruca azul e uma coroa de ouro em formato de cobra, com olhos de turquesa em cima. Nas partes do corpo não conectadas ao trono, trajava um algodão branco simples, drapeado e pregueado rigidamente, e muitas joias de ouro e lápis-lazúli.

Apesar da geringonça grotesca e da aparência patética da mulher a ela confinada, aqueles imensos olhos hipnotizaram Lady Maccon. Delineados com kohl, olhavam-na fixamente. A preternatural estava convencida de que a rainha tentava lhe transmitir uma mensagem importante. E que

ela estava sendo tola demais para captá-la. A expressão daqueles olhos era de extremo desespero e eterna angústia.

Lorde Maccon fez uma reverência, tirando a cartola em um gesto amplo e curvo, de um jeito respeitoso. Não demonstrou estar tão surpreso com a aparência da rainha quanto a esposa, o que a levou a imaginar se o DAS recebera algum tipo de aviso prévio. Lady Maccon achou ter conseguido disfarçar bem o próprio choque, ao fazer sua reverência, dobrando o joelho. Prudence, parada em silêncio ao seu lado, a mão firmemente segura por ela, olhou para a criatura monstruosa e para a mãe, antes de fazer sua própria versão, tanto se inclinando quanto dobrando o joelho.

Uma exclamação de desagrado escapou da rainha e de seu aparato.

— Ela quer que faça uma reverência — sussurrou o chanceler.

— É o que acabamos de fazer.

— Não, Lady Maccon, uma completa.

A preternatural ficou chocada.

— Como uma *oriental*? — Seu vestido mal lhe permitiria ajoelhar, e tampouco o corpete a deixaria se inclinar para frente.

O conde se mostrou igualmente surpreso.

— Está diante de Sua Majestade!

— Sim — ela concordava teoricamente —, mas me ajoelhar no *chão*?

— Sabe quantos estranhos a rainha permitiu que ficassem diante dela nos últimos séculos?

Lady Maccon seria bem capaz de adivinhar. Afinal, se tivesse um aspecto tão ruim quanto o da Rainha Matakara…

— Não muitos?

— Nenhum. É uma grande honra. E, portanto, deve fazer a reverência adequada. Ela é uma mulher digna, vetusta, e merece seu respeito.

— Merece?

Lorde Maccon suspirou.

— Quando em Roma, faça como os romanos…

— Aí é que está, querido, não estamos lá. E sim em Alexandria.

Mas fora tarde demais. O marido já tirara a cartola pela segunda vez, se ajoelhara e inclinara adiante.

— Ah, Conall, os joelhos da sua calça! Não deixe a cabeça encostar no chão. Não sabemos o que esteve neste piso! Ah, e você, Prudence, não precisa seguir o exemplo do seu pai. Opa, lá vai ela.

A pequena não tinha as mesmas reservas da mãe. Apesar do vestido amarelo de babados, inclinou-se para frente e encostou a cabecinha no chão com presteza.

Sentindo ser o último obstáculo, Lady Maccon fuzilou o marido com os olhos.

— Você vai me ajudar a me levantar depois. Eu não posso fazer isso sozinha, sem rasgar o vestido. — E, assim, ela se ajoelhou bem devagar e se inclinou para frente o máximo que as peças íntimas permitiram, o que não era muito. E quase perdeu o equilíbrio, pendendo para a esquerda. O corpete rangeu com o esforço. Lorde Maccon a içou de volta, tornando-se humano naquele momento.

O Chanceler Neshi foi ficar de pé ao lado da rainha, em um pedestal do tamanho perfeito para que sua boca chegasse à altura do ouvido dela, mas não a ultrapassasse. A rainha vampiro lhe sussurrou algo. A preternatural olhou para o marido, inquiridoramente, perguntando-se se a audição sobrenatural captara algo.

— Não conheço o idioma — explicou ele, sem ajudar.

— A rainha diz que os europeus fazem tudo errado: escrevem da esquerda para a direita, tiram o chapéu para entrar em um ambiente, mas deixam os pés confinados. — O dragomano se manteve ereto e rígido ao fazer aquelas declarações, como um arauto exercendo o papel de porta-voz da rainha. Em seguida, sem esperar pela resposta às acusações de comportamento primitivo, pôs-se a escutar de novo. — A minha rainha deseja saber por que todas as crianças estrangeiras têm a mesma aparência.

Lady Maccon fez um gesto com a mão livre para a filha, que estava parada ao seu lado, exibindo uma docilidade fora do normal.

— Bom, esta criança específica é Prudence Alessandra Maccon Akeldama.

— Não — disse a menininha. Ninguém lhe deu ouvidos. O que ela já achava muito comum, em sua curta vida.

O Chanceler Neshi continuou a falar em nome da rainha.

— Filha de um demônio, cujo nome deriva de uma sugadora de almas e de um sugador de sangue. A rainha quer saber se ela atua.

— Perdão? — A preternatural ficou confusa.

— Ela é uma Seguidora de Set? Uma Usurpadora de Almas?

Lady Maccon parou para pensar. Era uma pergunta justa, claro, mas ela era cientista demais para lhe responder de forma afirmativa. Em vez disso, limitou-se a dizer:

— Ela manifesta as habilidades de uma criatura sobrenatural depois de tê-lo tocado, se é o que está perguntando.

— Um simples *sim* teria bastado, Sugadora de Almas — salientou o chanceler.

A preternatural encarou com severidade os olhos tristes da Rainha Matakara.

— Certo, mas não seria verdade. Os nomes pelos quais se referiu a ela não são os que uso. A senhora nos convocou para vir até aqui, Ó Venerável, simplesmente para nos insultar?

O guia se inclinou para escutá-la e, em seguida, pareceu travar uma breve discussão. Por fim, disse:

— Minha rainha ordena que a senhora lhe demonstre a verdade.

— Que verdade, exatamente?

— Os dons de sua filha.

— Ah, mas espere um momento aí! — interveio Lorde Maccon.

— Pode ser traiçoeiro — hesitou Lady Maccon.

O dedo da Rainha Matakara tremulou no braço do trono, fazendo surgir uma pequena chama de fogo, por um breve instante. O que pareceu ser um sinal, pois um dos integrantes da colmeia arremeteu adiante e, num movimento rápido, ergueu Prudence. Esta soltou a mão da mãe, com tranquilidade. A preternatural deixou escapar um grito de raiva. O vampiro em questão, no entanto, soltou a menininha na mesma hora, por ter perdido, inesperadamente, a força de que desfrutara, sem dúvida alguma, durante séculos. É provável que tivesse a capacidade de continuar a carregar Prudence, mas a surpresa o sobrepujara. Suas presas desapareceram. A garotinha caiu no chão com um baque, mas, por estar imortal naquele momento, não se feriu. Ela deu um salto à frente, as presinhas à mostra, as mãozinhas sujas estendidas. Estava intrigada com o trono de bronze e todos os botões e alavancas. Era do tipo que mexia primeiro e fazia perguntas depois. Muito *depois*, talvez quando já tivesse crescido e pudesse fazer uma pesquisa completa. Na maioria das vezes tratava-se de puro entusiasmo infantil e não chegava a ser mais desconcertante do que o bebê Primrose sempre querendo agarrar adornos e plumas, porém, naquele momento, Prudence se transformara em vampiro, e tinha mais do que força suficiente para causar um sério estrago àquele trono.

A preternatural se lançou adiante. Por sorte, Prudence estava tão fascinada que não se deu ao trabalho de fugir. Lady Maccon conseguiu pegar rápido o bracinho da filha, evitando uma catástrofe.

Os vampiros, até então paralisados por causa do choque e do pavor, durante aqueles breves e terríveis momentos, levantaram-se depressa e se colocaram entre os Maccon e a rainha. Gritavam acusações para Lady Maccon e Prudence em árabe alto e rápido.

Um deles avançou com os dentes arreganhados e a mão levantada, para golpear em cheio o rosto da preternatural.

Como estava carregando Prudence com ambas as mãos, Lady Maccon não podia pegar a sombrinha, mesmo se tivesse sido rápida o bastante. Então, recuou, curvando-se protetoramente sobre a filha, protegendo-a do golpe.

De repente, entre ela e o vampiro surgiu um enorme e furioso lobo rajado. Os pelos do pescoço estavam eriçados, os dentes, arreganhados, com saliva pingando da gengiva rosada.

Algo medonho de enfrentar para qualquer criatura, quanto mais para os que não viam um lobisomem havia centenas de anos.

Lorde Maccon se colocou entre a esposa e a colmeia e foi andando para trás até encostar no tecido da saia da esposa.

Lady Maccon aproveitou a deixa, já que os vampiros concentravam a atenção na nova ameaça, para apoiar Prudence em um lado do corpo e, com a mão livre, tirar a sombrinha da corrente. Então, ergueu o acessório e armou a ponta com o dardo entorpecente. Ao mesmo tempo, compreendendo o significado da pressão do pelo do marido contra suas pernas, começou a recuar lentamente, na direção da porta.

Um dos vampiros simulou um ataque contra o conde. Outro se lançou em direção à preternatural. Sem titubear, o lobisomem atacou o primeiro, agarrando-o no tendão e lançando-o com força em cima do outro vampiro. Ambos ficaram caídos no chão por alguns momentos antes de se levantarem. Lady Maccon continuou a recuar, mas atirou o dardo entorpecente em um deles. Ele tornou a cair e, daquela vez, passou um tempo estendido antes de ficar de pé, cambaleante.

A preternatural começou a andar para trás com mais determinação, tentando chegar à entrada, sem nunca desviar os olhos do outro vampiro. O marido continuava próximo, rosnando, arreganhando os dentes e latindo com uma ferocidade que encorajava a manutenção da distância entre os vampiros e a esposa e a filha.

O Chanceler Neshi deu um passo à frente, devagar, com as mãos vazias erguidas, numa súplica.

— Por favor, Lorde Maccon, não estamos acostumados a esse comportamento grotesco.

O conde se limitou a rosnar, baixa e furiosamente.

Se a preternatural esperava um pedido de desculpas àquela altura, ficou totalmente decepcionada. O sujeito, demonstrando muita coragem, foi se aproximando aos poucos, indicando a porta ao lobo como um porteiro.

— Por aqui, milorde. Agradecemos a sua visita.

Tomando aquela frase como uma permissão, Lady Maccon se virou e saiu da sala apressadamente. Não fazia sentido perder tempo onde não a queriam. Após hesitar por um instante, Lorde Maccon a seguiu.

Prudence lutou bastante no colo da mãe, mas a preternatural já se fartara *daquilo* por uma noite, e segurou-a com força.

A filha gritou:

— Não! Mama, nanão. Pobre Dama! — disse a menina em voz alta, tentando voltar para a sala.

Sentindo a mudança na atenção de Prudence e tomada pela mesma compulsão, a mãe fez uma pausa e se virou para olhar para trás. A colmeia de vampiros se mantinha amontoada na frente da ama, mas o estrado a elevava o bastante para que os olhos dela se encontrassem com os da preternatural sobre o grupo. Mais uma vez, Lady Maccon ficou impressionada com a profunda infelicidade que detectou ali e com a sensação de que a Rainha Matakara queria algo dela tão intensamente a ponto de tê-la feito vir até o Egito. *Em que posso ajudá-la?* Ela sentiu um puxão no vestido, e viu que o marido agarrara a bainha com os dentes, querendo que se movesse. A esposa atendeu ao pedido dele.

O Chanceler Neshi teve que correr para alcançá-los. Depois de encará-los pensativamente por alguns momentos, ele se dirigiu a Lady Maccon, em vez de ao marido, naquele momento, peludo. Como se nada desagradável tivesse acontecido, perguntou com polidez:

— Podemos lhes oferecer um cafezinho antes que se retirem? — Eles desceram a escada de pedra fria rumo à saída.

— Não, obrigada — respondeu a preternatural, educadamente. — Eu acho melhor irmos embora.

— Mamã, mamã!

— Sim, querida?

Prudence respirou fundo e, em seguida, disse lenta e cuidadosamente:

— Mamã, tira ela de lá.

Lady Maccon olhou para a filha, pasma.

— Você vai falar frases completas agora, Prudence?

A garotinha estreitou os olhos para a mãe, desconfiada.

— Não.

— Ah, bom, seja como for, é uma teoria interessante. Presa, você acha. Contra a vontade dela? Suponho que tudo seja possível.

Biffy e o professor Lyall passaram a noite como se nada significativo houvesse ocorrido na anterior. Encontraram-se com Lady Kingair e deram continuidade à investigação, como se não tivesse havido uma luta, uma decisão que mudaria suas vidas e um início de romance.

Lady Kingair farejou o ar e, em seguida, encarou com desconfiança os dois quando entraram na sala, mas, afora isso, não fez nenhum comentário sobre qualquer mudança de situação. Se percebeu que estavam mais relaxados um com o outro ou os pequenos toques que às vezes trocavam sem se dar conta, não disse nada.

Biffy tinha certeza de que Floote sabia, porque ele sempre parecia saber de tudo. O mordomo atendeu aos seus pedidos da mesma forma solícita. Talvez até mais, já que, ao que tudo indicava, sem as exigências de Lady Maccon ocupando seu tempo e sua atenção, estava sempre à disposição para ajudá-los no que precisassem.

O professor Lyall passou algum tempo examinando todas as provas que haviam reunido sobre os donos de dirigíveis particulares em Londres. Comparou-as com operações de mercadores e políticos de interesse no Egito, porém não conseguiu estabelecer conexão alguma. Lady Kingair investigou a fabricação e distribuição de projéteis antinotívagos, tentando determinar quem teria acesso a eles e por que, mas foi em vão. Biffy concentrou os esforços no Egito e no que Dubh teria descoberto por lá. Era evidente que ele estivera dentro da área da Peste Antidivindade, para ter saído tão enfraquecido. O dândi reunira os inventários de carga de trens e navios a vapor que haviam partido do Egito, na tentativa de obter informações a respeito da bagagem, com base na teoria de que, devido ao estado deplorável no qual se encontrava, Dubh devia ter viajado na companhia de ao menos *parte* de uma múmia preternatural ao voltar para casa. Porém, era provável que a tivesse destruído ou que houvesse sido roubada, pois nenhuma criatura sobrenatural em Londres sentira efeitos adversos quando ele retornara.

Biffy não era do tipo que se distraía facilmente, mas, depois de passar horas absorto em diversos inventários, mergulhou num tratado obscuro sobre a natureza da Peste Antidivindade, escrito havia uns cinquenta anos. Esse tratado, por sua vez, citava um relatório diferente das primeiras expedições de antiguidades, conduzidas aproximadamente cento e vinte anos antes. Algo nos dois documentos lhe pareceu estranho, mas não soube dizer o quê. Isso o levou a mergulhar em um frenesi de atividade, pegando livros a respeito do Egito na biblioteca e mandando Floote obter relatórios do Ministério das Relações Exteriores sobre o assunto. Como a Peste Antidivindade pouco interessava aos mortais e era tratada com grande sigilo pelos vampiros e lobisomens, havia pouquíssimos dados concretos.

— Não quero interromper sua pesquisa, Biffy, mas parece estar se desviando um pouco do nosso objetivo inicial.

Ele olhou para o Beta, esfregando os olhos cansados.

— Hein?

— Pelo visto, está mergulhando cada vez mais no passado. Afastando-se da nossa investigação do assassinato. Chegou a encontrar algo relevante?

— Há algo peculiar ocorrendo com essa peste.

— Quer dizer, afora o fato de existir uma praga da reversão que afeta somente o círculo sobrenatural?

— Sim.

— O que, exatamente, está farejando, meu rapaz? — O professor Lyall se agachou ao lado do dândi, que estava sentado no chão, cercado de livros e manuscritos.

Lady Kingair ergueu os olhos dos próprios papéis.

Biffy apontou para uma frase num dos textos mais antigos.

— Veja só aqui, há cento e vinte anos, relatórios informavam que a peste tinha sido localizada no Cairo. E olhe aqui, uma menção específica às pirâmides como estando *neutralizadas*.

O Beta inclinou a cabeça, um sinal de que o dândi deveria prosseguir.

— E aqui, uma observação similar. Ninguém parece querer delinear a extensão exata da praga, provavelmente porque seria necessário um lobisomem interessado em pesquisa científica e disposto a se tornar humano regularmente ao caminhar pelo deserto. Mas, pelo que pude constatar, há cinquenta anos, a Peste Antidivindade se estendia apenas de Assuã ao Cairo.

— E?

Biffy agitou um mapa do Vale do Rio Nilo.

— Levando em consideração a topografia, as áreas fluviais e as marcas territoriais, tal como os próprios lobisomens e os vampiros fazem, a praga englobaria esta área. — Ele desenhou um círculo impreciso no mapa, com um pedaço de grafite. — Pelo que entendi, o raio de ação inicial, aqui, permaneceu igual durante milhares de anos, desde que os lobisomens foram despojados de seu domínio e a peste começou.

O professor Lyall se inclinou sobre o mapa, intrigado.

— Então, qual é a sua preocupação? Tudo parece estar condizente com o que os uivadores uivam. Ramsés, o último faraó, perdeu a capacidade de transmudar e ficou velho e desdentado, por causa da Peste Antidivindade.

— Sim, mas acontece que, em algum momento depois deste último relatório, o datado de 1824, ela mudou.

— Hein? Mudou?

— Bom, talvez não tenha mudado. Quiçá *se propagou* seja um termo mais adequado. Veja os relatórios mais recentes sobre a praga, feitos algumas décadas atrás e obtidos pelo DAS. É verdade que partiram da Colmeia de Alexandria e de um lobo solitário que enfrentou o deserto por causa de uma devoção religiosa. Mas eu diria que, numa estimativa conservadora, a Peste Antidivindade se espalhou por uns cento e sessenta quilômetros, nos últimos cinquenta anos. — Ele traçou um círculo maior no mapa. — Aqui. Agora inclui o Siuá e Damanhur e chega à periferia de Alexandria.

— O quê?

— Aconteceu algo há cinquenta anos que deflagrou a peste de novo.

— Isso não é nada bom — comentou o professor Lyall, com franqueza.

— Acha que talvez o nosso Dubh estivesse nos trazendo essa informação? — perguntou Lady Kingair. — Ele foi enviado para procurar múmias preternaturais. E se encontrou mais do que imaginamos? Mas por que ele estaria tão preocupado em contatar Lady Maccon a respeito disso? — Ela pareceu achar esse ponto especialmente irritante.

— Bom, ela *é* preternatural — respondeu o dândi.

— Precisamos mandar um etereograma de imediato, com essa informação. Tem alguma hora marcada com Lady Maccon, Biffy? — quis saber o Beta.

— Tenho, eu... Como sabia?

— Porque é o que eu teria feito no seu lugar. Quando?

— Amanhã, ao pôr do sol.

— Precisa passar tudo isso para ela.

— Claro.

— E tem que avisá-la do... você sabe do quê... — Ele meneou a cabeça, indicando Lady Kingair.

— Sim, que o seu segredo foi descoberto e que a nossa alcateia está prestes a mudar. Eu sei.

— Ainda não se conformou com a mudança? — perguntou em voz mais baixa o professor Lyall, inclinando a cabeça para o lado.

— Você vai me deixar e jogar nos meus ombros uma grande responsabilidade. — O dândi olhou para ele com o canto dos olhos, fingindo estar mais interessado no mapa do Egito, para disfarçar seus sentimentos.

— Acho que você acabou de comprovar que eu estava certo ao depositar minha confiança em você.

— Bom, cavalheiros — interrompeu Lady Kingair —, que tal comprovarem que Lorde Maccon estava certo ao depositar a confiança dele em vocês para descobrirem quem atirou no meu Beta?

Capítulo 12

Em que Lady Maccon e a sra. Tunstell Conhecem um Sujeito Barbudo

Lady Maccon acordou no meio da tarde. A luz entrava reluzente e dourada pelas frestas das cortinas pesadas. Ela observou o rosto descansado do marido, charmoso e inocente em seu sono. Contornou com a ponta do dedo o perfil bonito e deu uma risadinha quando ele soltou um leve ronco ao sentir a carícia. Às vezes, ela se deixava levar pelo sentimentalismo de saber que aquele homem maravilhoso, por mais que fosse dominador, impossível e lobisomem, era seu. Jamais em seus velhos tempos de solteirona e excluída social teria imaginado tal coisa. Sempre supusera que algum cientista gentil e despretensioso pudesse ser convencido a se casar com ela, talvez algum escriturário de nível médio, mas ter conquistado aquele ali… As irmãs deviam invejá-la. Ela própria sentiria o mesmo, não fosse tão logisticamente complicado. Beijou a ponta do nariz de Lorde Maccon e saiu da cama, ansiosa por investigar o Egito à luz do dia.

Não iria, porém, desfrutar dos prazeres daquela exploração sozinha. Os cavalheiros continuavam dormindo, mas a sra. Tunstell, a babá e as crianças já haviam acordado e tomavam café na área dedicada às crianças.

— Mamã! — exclamou Prudence com satisfação, ao ver a mãe na entrada. Levantou-se da cadeira e foi até ela, empolgada. Lady Maccon se inclinou para pegá-la. Prudence agarrou a face dela, uma mãozinha gorducha em cada maçã do rosto, e dirigiu sua atenção para o próprio rostinho determinado. — Tunstellins! Bobos — explicou. — Eeegituuu!

A preternatural anuiu de leve.

— Eu concordo plenamente, minha querida.

A garotinha encarou com seriedade os olhos castanhos da mãe, tentando decidir se ela estava dando a devida atenção aos detalhes importantes.

— Tá bom — disse, por fim. — Vai vai vai.

A sra. Tunstell manteve-se afastada educadamente, enquanto Lady Maccon e a filha conversavam. Então, perguntou:

— Alexia, minha querida, será que está pensando no mesmo que eu?

A amiga respondeu, sem hesitar:

— Minha querida Ivy, duvido muito.

Ela não se ofendeu, talvez por não ter se dado conta do insulto, e disse:

— Nós estávamos pensando em dar uma voltinha pela cidade. Quer vir com a gente?

— Ah, claro. Você trouxe o seu guia Baedeker? Eu preciso chegar ao etereógrafo local até as seis, mais ou menos.

— Alexia, você tem que *transmitir* alguma coisa importante? Que emocionante!

— Ah, nada de muito especial, só uma questão de coordenação. Não tem problema se fizermos desse um dos objetivos do passeio?

— Claro que não. Tomar ar fresco é muito mais agradável quando se tem uma meta, você não acha? Eu já pedi um jumento. Acredita que eles não têm carrinhos de bebê nesta parte do mundo? Como é que transportam os nenéns com estilo?

— Pelo visto, por jumento.

— Mas isso *não* é estilo! — observou a amiga, decidida.

— Pensei que poderíamos colocar Primrose e Percival naqueles adoráveis cestinhos de vime, e Prudence pode tentar montar.

— Não! — disse a menininha.

— Ah, vamos, querida — protestou a mãe. — Você descende de uma longa linhagem de amazonas ou, ao menos, assim creio. Tem que começar enquanto está jovem o bastante para poder montar escarranchada.

— Pttttt — disse Prudence.

Uma batidinha educada ressoou à porta aberta, e Madame Lefoux meteu a cabeça ali dentro.

— Senhoras — começou a dizer, inclinando a elegante cartola cinza — e Percy — acrescentou, lembrando-se de que ao menos um era um cavalheiro pequenino.

Percy arrotou para ela. Primrose agitou os bracinhos. Prudence balançou a cabeça educadamente, tal como a mãe e a amiga.

— Madame Lefoux — disse a sra. Tunstell. — Estamos prestes a ir fazer um passeio exploratório pela metrópole. Quer vir conosco?

— Ah, senhoras, eu adoraria, mas tenho que cuidar de um assunto.

— Bom, não deixe que a detenhamos — avisou Lady Maccon, morta de curiosidade quanto à natureza de tal assunto. Será que ela estava atuando a serviço da Ordem do Polvo de Cobre, da Condessa Nadasdy ou de si mesma? Não pela primeira vez, a preternatural desejou ter a própria equipe de agentes de campo, ao estilo do DAS, que pudesse enviar para seguir indivíduos suspeitos, quando precisasse. Olhou com atenção para a filha, que se ocupava brincando com uma mecha do cabelo da mãe. *Quem sabe eu não poderia treiná-la para participar de operações secretas? Com um pai adotivo como Lorde Akeldama, metade do meu trabalho já estaria feito.* Prudence pestanejou para ela e, em seguida, meteu o cacho na boca. *Talvez ainda não.*

Madame Lefoux se retirou, e Lady Maccon, a sra. Tunstell e a babá se vestiram e arrumaram as três criancinhas. Foram até a frente do hotel, em que um jumento dócil, de orelhas longas e caídas, e o garoto-guia estavam parados, aguardando-as. Os gêmeos se acomodaram nos cestos sem se queixar muito, já que Percy recebera um pedaço de figo seco para mordiscar e Primrose, um retalho de renda prateada para brincar. Ambos usavam chapéus de palha amplos, a menina muito charmosa com os cachinhos escuros aparecendo sob o acessório e os enormes olhos azuis. O menino, por outro lado, não parecia nada à vontade, como um marinheiro ruivo e gordo com medo do alto-mar.

Prudence, que ia escarranchada no jumento, batia as perninhas gorduchas e agarrava o pescoço da criatura como uma profissional experiente. O pouco sol que tomara a bordo do navio a vapor emprestara à sua tez um leve tom oliváceo. Lady Maccon morria de medo de a filha ter herdado sua compleição italiana. Aquele espetáculo, de três criancinhas estrangeiras usando vestimentas inglesas com babados e rendas da melhor qualidade, e um jumento, causou sensação nas ruas de Alexandria. O que não fez muita diferença, já que não podiam se mover rápido sem que Prudence começasse a cair. A babá caminhava ao lado dos três, vigilante, bem arrumada no vestido azul-marinho com avental branco e touca. A sra. Tunstell e Lady Maccon iam na frente, conduzindo-os, as sombrinhas erguidas para se protegerem do sol. A preternatural usava um fabuloso vestido de caminhar listrado de branco e preto, cortesia de Biffy, e a amiga, um harmonioso vestido diurno axadrezado nos tons de pervinca e castanho. Paravam com frequência para consultar o guia de viagem da sra. Tunstell, até se darem conta de que isso tomava muito tempo, momento em que Lady Maccon simplesmente passou a escolher uma direção e seguir por ela.

A preternatural se apaixonou perdidamente pelo Egito ao longo daquela caminhada. Não havia outra forma de dizê-lo. Tal como sugerido pelo guia Baedeker de Ivy, naquele país não havia mau tempo nos meses de inverno, o que lhes permitia desfrutar de um verão agradável. Raios alaranjados e acolhedores batiam nas construções de tijolos de barro e arenito, e as tiras de junco sobre as cabeças do grupo formavam sombras de linhas entrecruzadas nos seus pés. As vestimentas esvoaçantes dos habitantes locais ofereciam um interminável desfile de cores vivas em contraste com o pano de fundo apagado e monótono. As mulheres da região levavam cestas de comida equilibradas nas cabeças. No início, a sra. Tunstell achou que eram chapéus peculiares e quis encontrar um para si, até ver uma das nativas pôr o utensílio no chão e dar pão para um garoto-guia ansioso.

Os egípcios pareciam ter uma altivez e uma dignidade inatas, que, independentemente da posição social, só podiam ser consideradas cativantes. Dito isso, também se mostravam inclinados a cantar enquanto trabalhavam, a se sentar acocorados ou a se deitar em esteiras. Lady

Maccon não era uma pessoa especialmente musical; o marido, que fora um cantor de ópera nos seus tempos mortais, descrevera os gorjeios da esposa durante o banho como os de um texugo enlouquecido. Mas até ela conseguia reconhecer a total desafinação, aliada a certa vocalização rítmica. As versões resultantes aparentavam ser uma forma de amenizar o trabalho ou alegrar o descanso, mas pareceram à preternatural monótonas e desagradáveis. No entanto, Alexia aprendeu a considerá-las como mero ruído ambiente, tal como fazia com o interruptor de ressonância auditiva harmônica.

Enquanto caminhavam com animação, a preternatural quis parar em uma lojinha e algumas barracas, para dar uma olhada nos produtos oferecidos, na maioria das vezes seduzida, como de costume, pelos alimentos exóticos e deliciosos. A sra. Tunstell e o jumento que carregava as criancinhas vinham atrás. A babá prestava a devida atenção aos pequenos e se chocava com o exotismo da cidade no restante do tempo. "Oh, sra. Tunstell, veja só aquilo! Vira-latas!" ou "Oh, sra. Tunstell, dá para acreditar? Aquele sujeito está sentado de pernas cruzadas, no degrau da entrada, com as pernas de fora!"

Naquele ínterim, Ivy foi ficando cada vez mais nervosa com a possibilidade de se perderem em terras estrangeiras.

Prudence agarrava a rédea com toda a força e, depois de observar os arredores com o olhar interessado de uma viajante experiente, inclinou a cabecinha para trás, quase perdendo o chapéu, e deixou escapar gritinhos animados ao ver os inúmeros balões coloridos que pairavam sobre a cidade. Os egípcios não eram peritos nas viagens de dirigível, mas, havia centenas de anos, recebiam os errantes de balão dos céus desérticos, os primos morenos dos beduínos. Os primeiros colonos ingleses os haviam chamado de Nômades, e o apelido pegara. Uma grande quantidade flutuava sobre Alexandria durante o dia, tendo indo até ali por causa dos mercados e dos negócios turísticos. Exibiam todas as cores de todos os chapéus que a sra. Tunstell já tivera, vários deles com retalhos ou listras. Por mais fascinante que fosse a vida cotidiana dos habitantes locais, Prudence estava encantada com a possibilidade de voar. Cantarolava, demonstrando sua satisfação.

E assim, agradavelmente entretido, o grupo avançou pela cidade, detendo-se por algum tempo, apenas uma vez, numa das barracas do bazar, quando Lady Maccon ficou cativada pelos artigos de couro exibidos. Ao fitar o sujeito, sentado diante das mercadorias charmosamente expostas em um tapete listrado colorido, viu que sua aparência diferia das que elas haviam visto até aquele momento. Usava roupas diferentes e tinha um aspecto distinto. O rosto barbudo, os traços angulosos e o olhar direto indicavam firmeza, determinação e uma natureza autocrática. E ele *não estava cantando*. Não se tratava de um alexandrino, mas de um dos beduínos nômades do deserto, ou, ao menos, foi o que a preternatural julgou a princípio. Até notar a longa escada de corda, que, amarrada à construção atrás dele, ia até um dos adorados balões de Prudence. O homem de beleza extraordinária, com os olhos escuros decididos, fitou Lady Maccon por alguns momentos.

— Couro para a bela dama? — indagou ele.

— Não, obrigada. Só estou olhando.

— Deveria ir mais para o sul. As respostas às suas perguntas estão no Alto Egito, srta. Tarabotti — disse o Nômade, com forte sotaque, mas passando claramente a mensagem.

— Perdão. O que foi que disse? — perguntou ela, pasma. Olhou para a amiga. — Ivy, ouviu isso? — Mas, quando se virou, o sujeito tinha desaparecido, subindo pela escada de corda com incrível agilidade e rapidez, quase de forma sobrenatural; o que era impossível, evidentemente, já que ainda era dia.

Lady Maccon ficou observando-o partir, boquiaberta, até alguém repetir "Couro para a bela dama?", e um garotinho, com os trajes típicos de Alexandria, olhar de um jeito esperançoso para ela, no mesmo lugar em que o sujeito estivera.

— Hein? Quem era o homem barbudo? Como é que ele sabia o meu nome?

O menino se limitou a pestanejar, sem compreender.

— Couro para a bela dama?

— Alexia, já terminamos aqui? Nem imagino por que haveria de querer esses artigos.

— Ivy, você viu aquele homem?
— Qual?
— O Nômade do balão que estava aqui.
— Ah, francamente, Alexia, o meu guia está dizendo aqui: os Nômades não confraternizam com os europeus. Você deve ter imaginado!
— Ivy, minha querida amiga do peito, por acaso já *imaginei* alguma coisa na vida?
— Tem razão. Seja como for, lamento muito dizer que não observei a interação.
— Uma pena para você, com certeza, pois era um espécime incrivelmente belo.
— Minha nossa, Alexia, não deveria falar assim! É uma mulher casada.
— Verdade, mas não morta.
A amiga se abanou com força.
— Ai, mas que conversa!
Lady Maccon se limitou a sorrir e a girar a sombrinha.
— Ah, bom, suponho que não devamos perder tempo. Vamos lá. — Ela tentou gravar a localização da barraca e a cor do balão do sujeito, um mosaico em tons de roxo-escuro.

Sem mais interrupções, elas seguiram até o extremo oeste do Bulevar Ramleh, chegando um pouco antes das seis. Lady Maccon deixou o grupo enlevado diante do Port Neuf, que reluzia intensamente azul sob os raios do sol prestes a se pôr. Entrou depressa e, após descobrir que o etereógrafo era administrado por ingleses e estava em bom estado, pôs a própria válvula a tempo de transmitir uma mensagem para Biffy. Ao menos, esperava ter acertado o horário, pois muitos detalhes podiam dar errado com aqueles aparelhos.

— Sombrinha Fru-Fru a postos — dizia a mensagem. — Reservando este horário neste lugar até partida. — Em seguida, acrescentou os códigos de Alexandria e aguardou com expectativa. Dali a alguns momentos, tal como solicitado, veio a resposta. Infelizmente, não era a que ela queria.

Biffy teve um sono irrequieto, e não só pelo fato de o professor Lyall ter uma cama pequena demais para dois ocupantes. Embora nenhum deles fosse muito grande, o dândi era bem mais alto que o companheiro, e seus pés ficavam pendurados para fora da cama. Nenhum dos dois sequer pensaria em sugerir que dormissem afastados, não agora que haviam descoberto um ao outro. Ademais, quando o sol nasceu por completo, ambos dormiam tão pesadamente que poderiam ser considerados mortos, a respiração profunda e suave, os braços e as pernas entrelaçados. Não obstante, os sonhos de Biffy foram marcados por compromissos perdidos, eventos cancelados e mensagens esquecidas.

O major Channing Channing, dos Channings de Chesterfield, pegara o dândi seguindo o professor Lyall até o quarto dele, de manhã. Arqueou uma sobrancelha loura em sinal de desaprovação velada, mas não fez comentários. No entanto, o professor Lyall e Biffy sabiam que seriam alvo de brincadeiras naquela noite, pois toda a alcateia estaria a par. Os lobisomens eram muito fofoqueiros, sobretudo a respeito dos de sua própria estirpe. Se os vampiros preferiam falar de outras pessoas, os lobos se mostravam mais incestuosos em seus interesses. Ciente de que seu novo esquema, cujos detalhes ainda não haviam sido especificados, viria a alimentar a fábrica mexeriqueira, Biffy pediu que seu zelador o acordasse alguns minutos antes do pôr do sol, nos *aposentos do professor Lyall*.

— Senhor, senhor, acorde. — Tal como solicitado, Catogan Burbleson, um bom rapaz, com considerável talento musical, sacudiu o dândi com força quinze minutos antes do ocaso. Era necessária muita força para acordar um lobisomem nesse momento, sobretudo um filhote.

— Está tudo bem, sr. Burbleson? — Biffy ouviu o Beta perguntar baixinho.

— Sim, senhor. O sr. Biffy pediu que eu o acordasse antes do pôr do sol, porque não queria perder um compromisso importante.

— Ah, sim, claro.

O dândi sentiu um focinho esfregar seu pescoço e, em seguida, dentes afiados mordendo-o com força no ombro.

Parou de fingir que estava dormindo e disse:

— Ora, professor Lyall, vamos deixar isso para depois. Seu danado.

O Beta riu com gosto, e o pobre Catogan pareceu terrivelmente constrangido.

Biffy rolou para fora da cama, e seu zelador ajudou-o a vestir a sobrecasaca do smoking, a calça de seda, o roupão e os chinelos. Em circunstâncias normais, nem ele nem o professor Lyall sairiam daquele quarto com nada menos que sapato, polaina, calça, camisa, colete, plastrom e paletó. Porém, não havia tempo a perder, e ele teria que terminar de se vestir depois. Só esperava não encontrar ninguém com opiniões radicais no caminho até o etereógrafo — uma vã esperança, num covil de lobisomens.

Então, com aqueles trajes informais, ele foi depressa até o sótão da casa, onde Lady Maccon instalara seu transmissor etereográfico. Visto de fora, o dispositivo parecia apenas uma caixa enorme, grande o suficiente para abrigar dois cavalos, erguida acima do piso por um sistema complexo de molas. A parte externa exibia um acolchoado grosso, de veludo azul, para evitar que o som ambiente penetrasse em seu interior. A estrutura era dividida em dois compartimentos pequenos, cada um com uma maquinaria específica instalada. Biffy aguardou na câmara de recepção, pois precisava esperar que Lady Maccon lhe enviasse os códigos de Alexandria.

Já com todos os botões ligados, ele ficou o mais imóvel possível. O silêncio absoluto era imprescindível, do contrário os receptores poderiam sofrer interrupções ao reagir diante das vibrações etéricas. O dândi ficou observando com atenção e, assim que o sol se pôs — ele sentiu na ossatura de lobisomem —, chegou uma mensagem. À sua frente havia dois pedaços de vidro com uma matéria escura granulosa no meio, e o ímã encaixado em um bracinho hidráulico, que pairava acima, começou a se mover. Uma a uma, as letras foram se formando na substância. "Sombrinha Fru-Fru a postos. Reservando este horário neste lugar até partida." Então, chegou uma série de números. Como Biffy tinha ótima memória, simplesmente decorou-os e, em seguida, foi depressa até a câmara de transmissão.

Tão rápido quanto sobrenaturalmente possível, discou a configuração etereomagnética nos transmissores de frequência. Lady Maccon insistira em adquirir apenas o etereógrafo mais moderno e sofisticado. O dândi não precisava de uma válvula complementar de seu lado. Ao terminar, conferiu os números, pegou um buril e um rolo de metal virgem. Escreveu a mensagem, tomando o cuidado de gravar com esmero toda letra de forma em cada quadrícula. A primeira era simples e precisava ser enviada imediatamente. "Espere", dizia, "tem mais. Mocassim Bicolor." Em seguida, encaixou o rolo de metal na moldura e ativou o transmissor. Duas agulhas passaram por cada quadrícula do rolo, uma em cima, a outra embaixo, soltando faíscas sempre que expostas umas às outras através das letras gravadas.

Sem esperar pela resposta, ele se inclinou para preparar a segunda mensagem, a que transmitiria a maior parte de suas descobertas recentes. Eram muitas informações vitais a serem passadas de forma codificada, mas o janota fez o que pôde. Mais uma vez, ativou o convector etéreo. Mal respirando, observou as faíscas cintilarem e manteve a esperança, embora ínfima, de que a mensagem tivesse sido transmitida e não fosse tarde demais.

"Espere", dizia a mensagem de Biffy, "tem mais. Mocassim Bicolor." Os olhos de Lady Maccon foram do atendente para o pedaço de papiro que ele lhe passara e de novo para o cavalheiro.

— A câmara de recepção está reservada agora?

— Só daqui a alguns minutos, madame.

— Então me deixe alugá-la para mais uma mensagem. — Ela lhe passou uma quantia generosa. O atendente arqueou uma sobrancelha.

— Como queira. — E voltou depressa para a câmara de recepção do etereógrafo, com o lápis de grafite em uma das mãos, um pedaço de papiro em branco na outra.

Dali a pouco, voltou com outra mensagem. Lady Maccon arrancou-a dele. Na primeira parte se lia: "Cinquenta anos atrás PA começou se propagar." A preternatural ponderou sobre ela por um instante, até se dar conta de que Biffy devia ter percebido que a Peste Antidivindade se espalhava e que isso começara havia cinquenta anos. Um fato que confirmava o que ela e o marido já haviam deduzido. Lady Maccon desejou saber o quanto e em que velocidade, porém supôs que devia ser significativa, para Biffy considerar a informação tão importante a ponto de

mencioná-la. Além disso, ele lhe dera um período de tempo — cinquenta anos. *O que aconteceu no Egito há meio século? Deve ter alguma coisa a ver com a convocação de Matakara. Mas o que eu posso fazer agora? Ou Prudence? Nenhuma de nós pode conter essa peste.* Como o dândi determinara o nível de propagação, ela se perguntou se teria também descoberto um possível epicentro. *Se a peste chegar a Alexandria, acho que a Rainha Matakara vai ter que enxamear.* Será que um vampiro no estado dela, preso a um trono, com o pós-vida mantido à custa de meios artificiais, conseguiria fazer isso? Por outro lado, alguém dissera certa vez que, quanto mais idosa fosse a rainha, menor era o tempo de que dispunha para a transição. Será que Matakara estava velha demais para enfrentar tudo aquilo? Teria perdido a capacidade?

Preocupada com essas questões, Lady Maccon quase não percebeu que havia um segundo pedaço de papel com outra mensagem.

Dizia: "Lady K ciente passado PL. Escreveu Lorde M."

A preternatural sentiu o coração despencar até algum ponto perto de suas entranhas, revirando-as consideravelmente. Suas maçãs do rosto formigaram quando ela empalideceu, certa de que, se fosse do tipo que desmaiava, teria desfalecido ali mesmo. Porém, como não era, entrou em pânico.

A mensagem fora enviada de forma codificada por precaução, mas só podia significar uma coisa. Lady Kingair tinha, de algum modo, descoberto que o professor Lyall forjara a tentativa de assassinato da Rainha por parte da Alcateia de Kingair e escrevera para Lorde Maccon com o intuito de lhe revelar a duplicidade do Beta. Em princípio, isso não deveria ter deixado a preternatural tão transtornada. Exceto, claro, pelo fato de ela já estar ciente desse detalhe. E, mesmo sabendo de uma atitude tão terrível, optara por não a revelar ao marido nos últimos anos. Uma traição que ela esperara que não fosse revelada durante sua vida, pois o Alfa acharia difícil perdoar tal subterfúgio.

Naquele momento, a preternatural se lembrou da carta comum, a que continha a letra que não reconhecera. A que pegara com o recepcionista do hotel, na outra noite, e colocara no criado-mudo do marido, julgando se tratar de uma missiva de um dos agentes do DAS.

— Ah, diabos! — gritou, amassando os papeizinhos e saindo às pressas, sem dizer mais nada. O atendente ficou tão surpreso que nem teve tempo de lhe desejar boa noite e se limitou a fazer uma reverência às suas costas. — Ivy! Sra. Tunstell! Ivy! Precisamos voltar para o hotel agora mesmo! — bradou ela, ao sair do etereógrafo.

Mas a amiga e as crianças tinham se cansado de esperar na rua e começaram a explorar o mundo exótico ao seu redor. Uma espécie de velhinha de túnica negra, a face tão enrugada a ponto de se tornar obscura, contava uma história animada para uma plateia entusiástica, no lado mais afastado da rua. A multidão participava e reagia ao que ela dizia com gritos empolgados. A sra. Tunstell estava entre os observadores, com Primrose apoiada em um lado do quadril e Percival no outro. A babá parara atrás, junto com o jumento, a sombrinha da patroa e os chapéus dos bebês. Prudence, porém, tinha sumido de vista.

Tomada de um pânico adicional, Lady Maccon se aproximou rápido, escapando por pouco de um carrinho cheio de laranjas. O vendedor despejou uma enxurrada de impropérios em cima dela. Em resposta, ela brandiu a sombrinha na direção dele.

— Ivy, Ivy, cadê a Prudence? Precisamos voltar para o hotel agora mesmo.

— Ah, Alexia! Esta senhora é uma Antari, uma contadora de histórias. Não é incrível? Claro que eu não entendo uma palavra sequer, estou apenas escutando as entonações verbais! E ela tem uma das melhores impostações que já vi, até nos palcos londrinos. Tanta sonolência. Ou seria ressonância? Seja como for, viu só quanta gente tem aqui? Todo mundo está fascinado! O Tunny ficaria intrigadíssimo. Você acha melhor voltarmos para o hotel para acordá-lo?

— Ivy, *cadê a minha filha*?!

— Oh. Ah, sim, claro. Bem ali. — Apontou com o queixo. Quando Lady Maccon lançou um olhar desesperado naquela direção, a amiga acrescentou: — Tome, leve Tidwinkle — e passou a filha à Lady Maccon.

A preternatural pegou Primrose no colo, e a menina ficou encantada com os babados brancos da bainha de sua sombrinha. Ela lhe entregou o acessório, para que o segurasse.

Com um dos braços agora livres, a sra. Tunstell apontou para a multidão bem à frente, onde Lady Maccon conseguiu por fim avistar a filha, sentada de pernas cruzadas e sem chapéu na rua empoeirada, exatamente como a Antari, absorvendo a história, interessadíssima.

— Ah, francamente, ela não tem o menor decoro? — quis saber a mãe, que se sentiu muito aliviada, mas querendo voltar o quanto antes, na esperança de chegar ao hotel a tempo de evitar que Lorde Maccon lesse a carta.

Lady Maccon caminhava até a babá para deixar Primrose com ela, para que pudesse ir buscar a própria filha, quando algo desagradável aconteceu. Um grupo de homens de turbante e trajes brancos se aproximou e cercou-a. Os rostos deles estavam cobertos por véus, como os das mulheres egípcias, e eles agiam com evidente hostilidade. Começaram a segurá-la e a puxá-la, tentando separá-la da garotinha ou talvez da bolsa ou da sombrinha — difícil dizer.

Primrose soltou um gemido alto de descontentamento e apertou com mais força a sombrinha da preternatural entre os bracinhos gorduchos, como uma boa miniguardiã do acessório. Lady Maccon usou a mão livre para repelir os agressores, vociferando com raiva e girando tanto quanto possível, impedindo que conseguissem pôr as mãos nela ou em Primrose. Uma tarefa bem complicada, que não lhe deixou um momento livre para pegar a sombrinha e usar todo o seu arsenal na luta.

Uma ajuda chegou de uma fonte bastante improvável. Talvez por instinto maternal, ou por seu trabalho de atriz lhe ter estimulado a presença de espírito, ou ainda por achar apropriado na condição de integrante do Protetorado da Sombrinha, a sra. Tunstell se meteu no combate. Ainda carregando Percy, ela pôs-se a bradar sua própria enxurrada de impropérios.

— Como ousam! Seus rufiões! — e — Malcriados! Soltem a minha amiga! — e — Não está vendo que está com uma criança? Comportem-se!

A babá, com o jumento atrás, também foi defendê-las. Brandia a sombrinha da sra. Tunstell com uma habilidade que Lady Maccon admirou, golpeando os sujeitos e gritando.

A contadora de histórias parou de declamar quando ficou claro que duas senhoras estrangeiras com crianças estavam sendo atacadas. Nenhuma pessoa digna, nem mesmo um nativo daquelas terras exóticas, toleraria tal atitude no meio da rua.

Com a distração interrompida, a multidão recuou na direção dos agressores. Houve um rebuliço na rua, com golpes e gritos proferidos em um árabe em staccato. Lady Maccon, que distribuía socos e cotoveladas, fez o que pôde para evitar que ela e Primrose ficassem feridas ou fossem separadas, mas havia demasiados homens pegando-a com brutalidade.

De repente, alguém agarrou os seus ombros e a arrancou do grupo, levando-a para a relativa segurança de uma aleia. A preternatural ergueu os olhos, ligeiramente ofegante por causa do esforço, para agradecer seu salvador, e ficou frente a frente com o nômade do balão, da barraca do bazar. Reconheceria aquele rosto charmoso, com a barba bem-aparada, em qualquer lugar. Balançou a cabeça para ele, amistosamente.

Em seguida, analisou a própria situação. Parecia ter escapado da batalha com apenas alguns hematomas. Primrose continuava a chorar, mas estava segura em seus braços, agarrando com firmeza a sombrinha ao peito.

Lady Maccon sentiu um peso nas pernas e, ao olhar para baixo, viu que Prudence agarrara suas saias e olhava para ela com olhos arregalados e assustados.

— Uau, mamã — disse a menininha.

— É mesmo. — Bom, *agora já temos duas a salvo.*

O Nômade se meteu de novo na multidão, a túnica esvoaçando atrás; nesse ínterim, Lady Maccon tomou a sombrinha de Primrose e armou a ponta. Um dos sujeitos vestidos de branco abriu caminho e se dirigiu a ela, com a clara intenção de matá-la, mas a preternatural atirou em seu peito sem o menor escrúpulo. O efeito do dardo entorpecente era apenas parcial nas criaturas sobrenaturais, porém derrubou aquele malfeitor mortal antes que ele desse outro passo até ela. O homem despencou, formando um montículo de tecido branco na rua suja. Então, o salvador misterioso de Lady Maccon reapareceu, arrastando atrás de si a sra. Tunstell, que gritava e dava golpes.

— Parece que ele está do nosso lado, Ivy. Pare de lutar.

— Oh, minha nossa, Alexia. Dá para acreditar? Eu nunca enfrentei nada parecido, apesar de todas as palpitações da vida!

A sra. Tunstell estava em péssimo estado. O chapéu sumira, os cabelos tinham se soltado, o vestido, rasgado. Percival exibia um rosto rubro e chorava como a irmã, mas, afora isso, aparentava estar bem. A babá, que continuava a conduzir o jumento — incrivelmente calma apesar do tumulto — seguia os dois.

Ivy colocou o menino que chorava no cesto, e Alexia fez o mesmo com Primrose. Os gêmeos deram continuidade aos gemidos agudos causados pela tensão, mas continuaram nos respectivos paneiros.

Lady Maccon se inclinou e pegou Prudence. A filha estava com uma expressão séria em virtude do sucedido, mas bem menos perturbada do que os dois bebês. Nem uma lágrima escorria por seu rosto coberto de poeira. Na verdade, os olhinhos brilhavam com um entusiasmo velado.

— Oh, ah, Egiiituuu! — disse, em uma espécie de comentário.

— É verdade, querida — concordou a mãe.

A sra. Tunstell apoiou as costas no jumento, abanando-se com uma das mãos enluvadas.

— Alexia, estou totalmente transtornada. Viu só? Você se deu conta de que fomos atacadas? Bem aqui, no meio da rua. Francamente, eu estou com vontade de desmaiar.

— Não pode esperar? Precisamos ir para um lugar seguro.

— Ah, sim, claro. E eu nem poderia desmaiar sem chapéu num país estrangeiro! Posso pegar alguma coisa!

— Exato.

O salvador barbudo gesticulou.

— Por aqui, senhora.

Sem outra opção — já que a sra. Tunstell perdera o guia durante a altercação —, elas o seguiram.

O Nômade caminhou a passos ligeiros por aleias e ruelas secundárias, subindo escadinhas de pedra e tomando um rumo que Lady Maccon só podia esperar ser o do seu hotel. Ela começava a se preocupar com a possibilidade de terem trocado caldeira por motor a vapor, escapando de um perigo para se meter em outro. Ajeitou-se a fim de apontar a sombrinha para as costas desprotegidas do homem, ciente de que ainda não reconhecia aquela parte da cidade.

Por fim, chegaram a um bairro familiar, e a preternatural avistou a entrada serena do Hotel des Voyageurs, antes de passarem por um bazar movimentado. Ela olhou brevemente para o guia, a fim de agradecer, mas o sujeito tinha desaparecido em meio à multidão, deixando que as damas percorressem o último trecho sozinhas.

— Que cavalheiro mais misterioso — comentou Lady Maccon.

— Talvez tivesse que voltar para o balão.

— Hein?

— Segundo o Baedeker, os balões esquentam no início do dia e sobem. A maioria dos Nômades deixa que baixem quando a temperatura cai, à noite, onde quer que estejam no deserto, até o calor matinal voltar. O guia também diz que, quando o balão sobe, o Nômade nunca permite que desça, até chegar a tardinha — explicou a sra. Tunstell, conforme abriam caminho pelo lugar apinhado de gente.

— Que engenhoso.

— Então, a casa dele deve estar baixando. Ele tem que ir até lá, ou não vai saber onde ela pousou.

— Ah, Ivy, nunca imaginei… — A amiga parou de falar.

Lorde Maccon estava parado na entrada do hotel, segurando uma carta em uma das mãos, e não parecia nada satisfeito.

Capítulo 13

Em que Cartas Fúteis
Desperdiçam Vidas

Lady Maccon amava o marido e jamais desejaria lhe causar qualquer tipo de dor. Mas ele era um lobisomem sensível e, infelizmente, apesar dos esforços da esposa, propenso a altos e baixos emocionais, com um respeito especial, talvez até obsessivo, por conceitos nobres como honra, lealdade e confiança.

— Esposa.

— Boa noite, marido. Como foi o seu descanso? — Ela fez uma pausa no umbral, tentando se posicionar mais para o lado, para que eles não bloqueassem por completo a entrada. Considerando o tamanho do conde, foi uma façanha.

— O meu descanso não vem ao caso. Eu recebi uma carta muito desconcertante.

— Ah, sim, bom. Eu posso explicar.

— Ah, pode?

— Nós não podemos ir até o nosso quarto para tratar do assunto?

Lorde Maccon ignorou a sugestão totalmente sensata. Lady Maccon supôs que acabaria sendo merecidamente humilhada em público. Por trás da figura avultante do marido, no vestíbulo do hotel, ela notou que os convidados tinham se virado para observar a cena dramática que se desenrolava na entrada. O marido levantara a voz mais do que o normal, até para os padrões de Alexandria.

O Alfa contava com uma caixa torácica considerável e um vozeirão estrondoso compatível com ela, mesmo nos bons momentos. Como aquele era um mau momento, poderia ter até despertado os mortos-vivos — e provavelmente o fez, em algumas partes da cidade.

— Randolph Lyall, aquele canalha excêntrico metido a besta, armou todo o maldito complô: fez com que a alcateia me traísse e com que eu fosse até Woolsey e matasse o velho Alfa. Planejou tudo! E nunca considerou pertinente me contar esse detalhezinho. — Os olhos castanho-amarelados estavam semicerrados e amarelos de raiva, e, ao que tudo indicava, parte das presas aparecia nas laterais da boca.

Sua voz ficou gélida e o sotaque se acentuou. Foi aterrador.

— E, pelo visto, *você* sabia de tudo, esposa. E não me contou. Eu não consigo entender isso! Mas a minha própria tataraneta me garantiu que era tudo verdade! Por que ela mentiria?

Lady Maccon ergueu as mãos, tentando acalmar os ânimos.

— Bom, Conall, tente ver a situação do meu ponto de vista. Eu *não queria* manter isso em segredo. Claro que não. Mas vi como você ficou transtornado com Kingair e aquela traição. Não queria que se magoasse de novo quando eu lhe contasse o que o professor Lyall tinha feito. Ele não o conhecia muito naquela época. Nem levou em consideração a sua perda. Estava tentando salvar a própria alcateia.

— Ah, Alexia, pode ter certeza que eu sei muito bem como era o velho Lorde Woolsey. E com o que Lyall tinha que lidar. Posso entender até o que o amor e a perda o levaram a fazer. Mas manter um segredo desses, mesmo depois que nós formamos uma alcateia? Mesmo depois que comecei a confiar cada vez mais nele? E o pior de tudo é você agir da mesma forma! Você, que não tem uma desculpa como a dele!

Ela mordeu o lábio inferior, preocupada.

— Mas, Conall, mesmo sabendo como foi terrível para o professor Lyall, eu e ele sabíamos que você nunca mais confiaria nele. E precisa dele: é um bom Beta.

O marido a fitou, com mais frieza ainda do que antes.

— Sejamos francos, Alexia. Eu *não preciso* de ninguém! Muito menos de uma esposa como você e de um Beta como *ele*! Se não me deve nada neste casamento, quero ao menos a verdade a respeito da minha alcateia! Eu não exigiria a verdade em nenhum outro aspecto. Mas, no que diz respeito à *minha própria alcateia*, Alexia? Você tinha a obrigação de ter me contado assim que descobriu!

— Bom, para ser sincera, na época eu estava com outras preocupações. Tinha o octômato, e Prudence estava prestes a nascer; detalhezinhos como esses, lembra? — Ela tentou dar um sorrisinho sem graça, sabendo que não havia desculpa.

— Está tentando minimizar o que fez, mulher?

— Ó céus. Conall, eu *queria* contar para você! Queria muito. Mas sabia como ia reagir... sabe de que jeito, não é?

— Sei?

Lady Maccon suspirou.

— Mal. Eu sabia que ia reagir mal.

— Mal! Você não faz nem ideia de como isso vai acabar mal.

— Está vendo só?

— Então achou melhor deixar isso passar, para que eu não descobrisse?

— Bom, pensei que, como sou mortal, eu poderia ao menos morrer primeiro.

— Não venha tentar despertar a minha compaixão, mulher. Eu sei muito bem que você vai morrer antes de mim. — Em seguida, ele deixou escapar um suspiro.

Lorde Maccon era enorme, mas enquanto a esposa o observava, consternada, pareceu encolher. Recostou-se na lateral de uma porta, velho e cansado.

— Eu não consigo acreditar que você fez isso comigo. Alexia, eu *confiava* em você!

Ele o disse em uma voz tão baixa, de garotinho, que a esposa sentiu o próprio coração se partir diante da dor do marido.

— Ah, Conall. O que eu posso dizer? Pensei que fosse o melhor a fazer. Achei que você seria mais feliz sem saber disso.

— Você achou, você achou. E nunca *achou* que era melhor me contar em vez de conspirar contra mim? Me fez de idiota. Pois quero mais que os dois vão para o inferno! — Dito isso, amassou a carta e jogou-a na rua, antes de andar a passos largos até a cidade apinhada.

— Aonde você vai? Por favor, Conall! — gritou Alexia, mas o marido se limitou a erguer uma das mãos, ignorando-a, e continuou a caminhar.

— E sem cartola! — Foi o comentário atrás dela.

Lady Maccon se virou, aturdida, pois tinha se esquecido completamente da amiga, da babá, das crianças e do jumento — todos imundos, queimados do sol, os rostos úmidos de choro —, parados, aguardando pacientemente para entrar no hotel, exceto o animal, embora ele talvez tivesse gostado de entrar.

A preternatural se limitou a pestanejar para a sra. Tunstell, experimentando uma espécie de estresse emocional que até aquele momento lhe era desconhecido. Ah, Conall já ficara bravo com ela antes, mas, até onde *ela* sabia, nunca tivera razão antes.

— Ivy, sinto muito. Eu me esqueci de que estavam aqui.

— Puxa vida, isso não costuma acontecer — disse a sra. Tunstell. Embora tivesse escutado a maior parte da conversa, ignorava o significado da reprimenda, e perguntou, olhando preocupada para o rosto pálido da amiga: — Alexia, minha querida, você está bem?

— Não, Ivy, não estou. Eu acho que o meu casamento pode estar em ruínas.

— Ainda bem, então, que a gente está numa terra cheia desses troços, não é mesmo?

— Que troços?

— Ruínas.

— Ah, Ivy, *francamente.*

— Nem mesmo um sorriso? Você deve estar mesmo abalada emocionalmente. Está com vontade de desmaiar? Eu acho que você jamais desfalece, mas nunca é tarde para começar.

Em seguida, para surpresa da sra. Tunstell e horror de Lady Maccon, a autoconfiante Alexia — um modelo de comportamento decidido, dotada de estoicismo, sombrinhas e ocasionais comentários enigmáticos

— desatou a chorar, bem ali no degrau frontal de um hotel na parte central de Alexandria.

A sra. Tunstell, assustadíssima, cingiu a amiga e conduziu-a depressa para dentro, até uma sala lateral privada, onde pediu chá e mandou a babá dar banho nas crianças e pô-las para dormir. Lady Maccon teve apenas a presença de espírito de avisar, entre as lágrimas, que, sob nenhuma circunstância, deveriam tentar banhar Prudence.

Então, continuou a se debulhar em lágrimas, balbuciando coisas, a amiga a lhe afagar a mão, compassiva. Era evidente que a sra. Tunstell não sabia o que mais poderia fazer para acalmar Lady Maccon.

Tunstell apareceu na entrada a certa altura, com um largo sorriso, montado na joaninha mecânica de Prudence — ele sempre adorara aqueles bichinhos —, os joelhos chegando à altura das orelhas. Nem mesmo aquilo animou a amiga. A esposa despachou o marido, meneando a cabeça e dizendo, com gravidade:

— Tunny, este é um assunto grave. Saia daqui. E não deixe ninguém nos perturbar.

— Mas, luz da minha vida, o que foi que aconteceu com o seu chapéu?

— Não se preocupe com isso agora. Eu preciso lidar com uma crise emocional.

O sr. Tunstell, totalmente pasmo com o fato de a esposa não se perturbar com a perda de um de seus preciosos chapéus, resolveu levar a sério as lágrimas de Lady Maccon e parou de sorrir.

— Minha nossa, o que é que eu posso fazer?

— Fazer? Fazer! Os homens são inúteis nesses assuntos. Vá lá ver por que o chá está demorando a chegar!

O marido e a joaninha mecânica se afastaram pesadamente.

Por fim, chegou uma bebida, mas foi café adoçado com mel, e não chá. O que só fez a preternatural chorar ainda mais. Ela daria tudo por uma boa xícara de chá preto forte de Assam, com uma colherada de leite inglês e um pedaço de torta de melado. O mundo estava desmoronando ao seu redor!

Ela soluçou.

— Ah, Ivy, o que é que eu vou fazer? Ele nunca mais vai confiar em mim.

— Devia estar muito abalada mesmo, para pedir o conselho da sra. Tunstell.

A amiga segurou sua mão entre as dela, murmurando palavras de conforto.

— Calma, Alexia, calma, vai dar tudo certo.

— Como, vai dar certo? Eu menti para ele.

— Ah, mas você já fez isso várias vezes.

— Sim, mas acontece que dessa vez foi sobre uma coisa importante. Algo com que ele se importa. E eu errei ao fazer isso. Sabia que estava errada, mas fiz mesmo assim. Ah, maldito seja o professor Lyall. Por que ele me meteu nessa confusão? E maldito seja o meu pai, também! Se não tivesse ido lá e sido morto, nada disso teria acontecido.

— Alexia, olhe o linguajar.

— E logo agora que estou com informações sobre essa peste e preciso do Conall aqui para me ajudar a investigar os detalhes. Mas, não, ele tinha que sair feito um desembestado! Está tudo arruinado, tudo perdido.

— Francamente. Nunca tinha visto você agir desse jeito tão fatalista!

— Acho que vi demais *As Chuvas Fatais de Swansea*.

A porta se abriu de supetão, e outro rosto familiar deu uma espiada na sala.

— O que diabos aconteceu? Alexia, você está bem? Alguma coisa com Prudence? — Madame Lefoux entrou apressada na sala. Jogou o chapéu e as luvas descuidadamente num lado, aproximou-se rápido do divã e se sentou perto de Lady Maccon, no lado oposto da sra. Tunstell.

Sem a típica reserva inglesa de Ivy, a francesa envolveu Alexia entre os braços magros, apoiando a maçã do rosto no alto dos seus cabelos morenos. Acariciou suas costas com afagos longos e afetuosos, o que levou a amiga a se lembrar de Lorde Maccon e a se debulhar outra vez em lágrimas, àquela altura já quase controladas.

Madame Lefoux olhou para a outra acompanhante com curiosidade.

— Ora, sra. Tunstell, o que poderia ter levado a nossa Alexia a ficar tão alterada?

— Ela teve uma discussão muito desagradável com o marido. Algo a ver com uma carta, o professor Lyall e uma torta, e também com um pouco de marmelo, acho.

— Ah, nossa, que desagradável...

A interpretação absurda da sra. Tunstell foi o estímulo de que Lady Maccon precisava para frear seus sentimentos desgovernados. *Francamente*, pensou, *não há razão para chorar. Eu tenho que me controlar e descobrir uma forma de resolver isso.* Deu um suspiro trêmulo, e em seguida tomou um longo gole do café horrível, para acalmar os nervos. Então, teve um ataque de soluços incontroláveis, porque, só podia supor, o universo conspirava para que não mantivesse qualquer dignidade.

— É uma velha história — comentou, por fim. — No caso dos lobisomens, ela nunca esteve tão bem enterrada como seria de supor. Basta dizer que Conall descobriu algo e que tenho certa culpa por ele não saber nada a respeito. E ele não gostou nada disso. Uma situação bem desagradável, mesmo.

Madame Lefoux, sentindo que Lady Maccon começava a se recuperar, soltou-a e se recostou, servindo-se de café.

Tentando tornar o ambiente mais leve enquanto a amiga se recompunha, a sra. Tunstell passou a relatar suas aventuras no bazar, exagerando bastante o sucedido. A francesa escutou com atenção e soltou exclamações nos momentos certos, e, quando a atriz concluiu o relato, a preternatural já se sentia melhor, embora não de todo.

Lady Maccon se concentrou na inventora.

— E você, Genevieve? Suponho que suas explorações pela metrópole foram mais agradáveis do que as nossas?

— Bom, com certeza menos empolgantes. Eu tive que cuidar de um assunto. Ele parece, no entanto, ter me trazido mais perguntas do que respostas.

— Ah, é?

— Sim.

A preternatural resolveu arriscar.

— Embora eu saiba que a Condessa Nadasdy a tenha enviado para que ficasse de olho em mim e descobrisse o que a Rainha Matakara quer com Prudence, o verdadeiro objetivo da sua visita ao Egito não seria investigar a propagação da Peste Antidivindade para a OPC, seria?

A francesa sorriu, mostrando as covinhas.

— Ah, eu já entendi. Você também notou?

— Eu e Conall suspeitamos disso na noite em que chegamos, e uma missiva recente de Biffy confirmou a suspeita. Há cerca de cinquenta anos, ela começou a se espalhar rapidamente.

Madame Lefoux inclinou a cabeça, concordando.

— Na verdade, estamos achando que foi há quarenta anos.

— Tem ideia do que pode ter provocado essa expansão?

— Bom... — A francesa foi evasiva.

— Genevieve, já passamos por isso antes. Você não acha que é mais prudente me contar o que está pensando? Evitaria que metade de Londres fosse queimada e dispensaria a necessidade de construção de armas com tentáculos enormes.

A inventora franziu os lábios e, em seguida, anuiu. Por um momento fitou a sra. Tunstell com olhos verdes desconfiados, e, por fim, disse:

— Eu acho, sim. Não é que saibamos exatamente como ela se espalhou, mas estamos cientes de uma terrível coincidência. Como posso dizer? Bom, Alexia, o seu pai estava no Egito exatamente naquela época.

— Claro que estava. — Ela não ficou nem um pouco surpresa com a informação. — Mas, Genevieve, como você poderia saber disso? Mesmo com todos os seus contatos.

— Ah, sim, isso. Acontece que essa é a questão. Alessandro Tarabotti estava trabalhando para a OPC naquela época.

— Foi depois que ele rompeu com os Templários? Prossiga. Deve ter mais detalhes.

— Bom, sim. Ele veio aqui, alguma coisa aconteceu e ele abandonou a OPC sem nem avisar.

— Era bem típico dele. Não tinha lealdade para com nenhuma organização.

— Ah, mas levou metade da rede de informantes secretos da OPC junto.

Lady Maccon sentiu um aperto no coração.

— Mortos?

— Não, vivos, mas já haviam mudado de lado e passado a trabalhar para ele, não para nós. E nunca conseguimos recuperá-los, mesmo depois da morte de Alessandro.

A preternatural sentiu o estômago se revirar, o que já começava a classificar como sua *sensação de algo importante*. Havia *qualquer coisa* no ar.

— Tudo está sendo considerado sigiloso, sob a Lei de Confidencialidade de Informações Científicas, de 1855. — O professor Lyall se sentou de forma ruidosa ao lado de Biffy, em um pequeno canapé, na sala dos fundos. Empurrou-o com delicadeza para abrir espaço. O dândi encostou-se a ele afetuosamente e, em seguida, afastou-se. O Beta acabara de voltar do DAS e cheirava a ar noturno londrino, água-forte e Tâmisa.

— Você andou nadando?

O Beta ignorou a pergunta para continuar a se queixar.

— Tudo está sendo considerado confidencial.

— O que exatamente?

— Os arquivos relacionados ao Egito, por um período de doze anos, começando justamente na época em que a peste começou a se propagar. O acesso às informações científicas confidenciais está acima da minha posição e autoridade. Sobretudo da minha, pois nenhum sobrenatural, zangão, zelador ou indivíduo com suspeita de excesso de alma tem acesso. Eu já estava trabalhando para o DAS na época e não sabia nada sobre essa Lei de Confidencialidade de Informações Científicas, até ela ser decretada. — Ele estava meio aborrecido com aquela história. Não que se incomodasse por não estar a par, como ocorria com Lorde Akeldama, mas por desaprovar tudo o que afetasse a condução eficiente dos assuntos da alcateia ou das obrigações do DAS.

Biffy se lembrou de algumas informações que Lorde Akeldama tinha deixado escapar.

— A Lei de Confidencialidade não foi associada aos últimos agentes secretos, antes que eles debandassem?

— Sim, sob a administração do potentado anterior. Também teve algo a ver com a Grande Revolta dos Pepinos e a eliminação de patentes de servidão em âmbito doméstico. Que grande confusão reinava naqueles dias.

— Bom, então é isso. — Até onde Biffy sabia, tinham sido tomadas medidas drásticas, e não havia nada que as colmeias pudessem fazer para revogar as restrições postas em prática como consequência.

— Não completamente. Todo esse material sobre o Egito está bloqueado por um código, o qual, por sua vez, está associado ao codinome de um agitador conhecido. Um agente de lealdade duvidosa, pois não se sabia a quem de fato prestava serviços.

— E?

— Acontece que, felizmente, eu conheço o código desse agente, e não vou precisar ir de encontro à Lei de Confidencialidade.

— Ah? — O dândi se empertigou, intrigado.

— Ele usava o codinome Panattone, mas seu nome verdadeiro era Alessandro Tarabotti.

Biffy se sobressaltou.

— De novo? Pelas barbas do Profeta, o seu ex-amante sem dúvida se meteu em muitas coisas.

— Os preternaturais são assim. Você já deveria saber como agem, a esta altura.

— Claro: pior que Lorde Akeldama, que precisa estar a par de tudo o que acontece na vida dos outros. Lady Maccon precisa estar a par de tudo o que acontece na vida dos outros *e* se meter.

O professor Lyall se virou de frente para o dândi no pequeno canapé e pôs a mão no joelho do filhote. Seu comportamento tranquilo podia estar um tanto abalado, embora ele não tivesse nem um fio de cabelo fora do lugar. Biffy se perguntou se conseguiria convencê-lo a compartilhar seu segredo.

— Acontece que Sandy estava lá. Eu *sei* que sim. Está lá nos diários: diversas viagens ao Egito a partir de 1835. Mas não há nada a respeito do que ele fez, nem do nome de seu verdadeiro empregador. Eu sabia que ele estava envolvido em transações bastante obscuras, mas requerer a chancela oficial?

— Você acha que pode ter algo a ver com a Peste Antidivindade, não acha?

— Eu acho que preternaturais, múmias e essa praga combinam mais do que flã com cassis. Alessandro Tarabotti era um preternatural poderoso.

O dândi não se sentia à vontade quando o Beta falava do ex-amante em tom reverente, mas se concentrou no assunto em questão, sentindo-se reconfortado pelo fato de a mão dele continuar em seu joelho.

— Bom, eu só tenho uma sugestão. Embora o Egito não chegue a ser o ponto forte dessa pessoa. Mas sabe…

— Devíamos averiguar o que Lorde Akeldama sabe a respeito disso?

— Foi você que disse, não eu. — Ele inclinou a cabeça e examinou o rosto anguloso e vulpino do professor Lyall, em busca de… sinais de ciúme. Sem conseguir discernir nenhum, levantou-se e ofereceu desnecessariamente a mão para que o Beta se levantasse. *Qualquer desculpa em troca de um toque.*

Os dois colocaram as cartolas e foram até a casa ao lado visitar o vampiro em questão.

A casa de Lorde Akeldama estava em polvorosa. Um zangão de expressão bastante exausta abriu a porta uns bons cinco minutos depois de eles puxarem o cordão da campainha pela terceira vez.

— Tem um lobisomem à solta? — perguntou o professor Lyall, casualmente.

Biffy fingiu enrubescer, lembrando-se de um incidente similar apenas alguns anos antes, quando entrara à força na moradia do ex-amo. Depois escrevera uma longa carta se desculpando, mas nunca chegara a se recuperar por completo da humilhação. Lorde Akeldama fora muito compreensivo quanto ao ocorrido, o que, de algum modo, tornou-o pior.

— Não, nada tão ruim quanto isso, mas certamente algo inconveniente aconteceu. — O dândi olhou ao redor, os olhos brilhando de curiosidade.

Um grupo de zangões agitados cruzou apressado o corredor naquele momento, levando diversos potes de geleia vazios, de vários tamanhos. Dois deles usavam luvas longas, de couro marrom.

— Olá, Biffy! — cumprimentou um, alvoroçado.

— Boots, o que está acontecendo? — perguntou o recém-chegado. Ele se separou do grupo e deslizou até parar na frente dos dois lobisomens.

— Ah, está todo mundo indo de um lado para outro! Shabumpkin soltou um lagarto na sala da frente.

— Lagarto? Por quê?

— Ah, por diversão, acho.

— Entendo.

— E ninguém consegue pegar o maldito do bicho.

— É grande?

— Imenso! Quase do tamanho do meu polegar. Eu não faço a menor ideia de onde o Shabumpkin o conseguiu. É de um verde-azulado craquelado.

Então, um barulho ressoou da dita sala, juntamente com alguns gritinhos estridentes. Boots pediu licença na mesma hora e foi depressa até lá.

Biffy se virou para o professor Lyall, dando um largo sorriso.

— Um lagarto.

— Gigante — concordou o Beta, simulando seriedade.

— Um verdadeiro rebuliço na casa de Lorde Akeldama.

— Como se eu quisesse algo diferente! — cantarolou o vampiro em pessoa, aproximando-se com passadas leves para saudá-los, em meio a uma nuvem aromática de gel de limão e colônia de champanhe. — Já ficaram sabendo do que aquele *tolinho* soltou na minha casa? Um réptil, imaginem só! Como se eu devesse aceitar qualquer criatura *saída de um ovo*. E eu nem gosto de aves. *Nunca* confie em um frango; é o que sempre digo. Mas já chega dos meus probleminhas. Como vocês estão, meus *caros felpudos*? A que devo a honra dessa visita?

Lorde Akeldama usava um paletó xadrez branco e preto, com calça de cetim preta, o início do que poderia ter sido um traje noturno elegante e sutil, exceto pelo colete cor de ferrugem e a polaina laranja.

Ele os recebeu com muita satisfação e conduziu-os até a sala de visitas com entusiasmo. Porém, quando se sentaram, os olhos azuis brilhantes foram de um a outro lobisomem com certa desconfiança. Se a oportunidade surgisse, e não se tratasse de um assunto altamente pessoal e delicado, Biffy teria tentado contar ao ex-lorde seu novo esquema na hora de dormir. Mas a oportunidade não surgiu, nem deveria surgir. Afinal de contas, não se devia fofocar a respeito de si mesmo. Simplesmente *não se fazia* isso.

No entanto, os zangões de Lorde Akeldama não seriam bons espiões se já não tivessem informado ao amo o novo brinquedinho de morder do

Beta, o que significava que a expressão estranha do vampiro era a de alguém que buscava confirmação. Biffy lamentava profundamente saber que poderia estar magoando o ex-amo, mas já fazia dois anos, e haviam lhe garantido que Lorde Akeldama já desfrutara de pitéus melhores, mais jovens e mortais. Os lobisomens também gostavam de fofocar sobre os vizinhos.

Como costumava ocorrer com Lorde Akeldama, embora à primeira vista ele estivesse falando mais do que todos, no fim das contas Biffy e o professor Lyall acabaram passando-lhe a maior parte das informações. O Beta não gostou muito da ideia, mas o dândi se sentiu à vontade, ciente de que o vampiro gostava de ficar sabendo de tudo, mas raramente colocava os dados em prática. Mais parecia uma velhinha que coleciona xicarazinhas de café e as deixa no guarda-louça, para admirá-las.

Biffy acabou contando a Lorde Akeldama tudo sobre o Egito e a propagação da Peste Antidivindade. O professor Lyall acabou sendo convencido a revelar o que pudesse sobre Alessandro Tarabotti, as viagens ao Egito e como tudo podia estar relacionado.

Depois de contar o que podiam, os dois lobisomens fizeram uma pausa e ficaram ali sentados, olhando com expectativa para o vampiro louro e esguio, enquanto ele girava o monóculo no ar e franzia o cenho, observando o teto coberto de querubins.

Por fim, disse:

— Meus *caros peludos*, tudo isso é muito interessante, sem dúvida, mas não vejo como poderia ajudar. Ou como esses eventos poderiam estar relacionados com o pequeno transtorno vivenciado pela Alcateia de Kingair. Perder um Beta. Muito triste. Quando foi que aconteceu? Na semana passada ou retrasada?

— Bom, Dubh chegou a mencionar algo para Lady Maccon sobre Alessandro — salientou o professor Lyall.

Lorde Akeldama parou de girar o monóculo e se empertigou.

— E há que se considerar Matakara. A rainha da colmeia queria conhecer a *minha mestiça*, que é a neta do seu Alessandro. Tem razão de desconfiar, Dolly, querido. Mas há muitas linhas, e você não está exatamente tentando desenredá-las, está voltando a entrelaçá-las em um padrão já usado por outra pessoa.

O vampiro se levantou e começou a caminhar a passos miúdos pela sala.

— Estão deixando de notar algo importante e, embora eu odeie mencionar isso, considerando o *excelente* serviço prestado por ele, só há uma pessoa que sabe o que aconteceu, *de verdade*, com o seu Sandy quando ele estava no Egito, meu caro Dolly.

Biffy e o professor Lyall se entreolharam. Ambos sabiam a quem Lorde Akeldama se referia.

O Beta disse:

— É sempre difícil fazê-lo falar.

Biffy acrescentou:

— Eu sempre me perguntei se ele podia dizer algo além do inevitável "sim, senhor".

O vampiro sorriu, mostrando os dentes.

— Então, meus adoráveis rapazes, nesse caso não sou eu que posso lhes dar informações. Quem diria que seria superado por um mordomo?

Os lobisomens se levantaram, fizeram uma reverência polida, cientes de que o que Lorde Akeldama dissera era verdade e que teriam de enfrentar, pela primeira vez em ambas as carreiras de investigação sigilosa, um verdadeiro desafio: convencer Floote a falar.

Os dois encontraram o mordomo de Lady Maccon na cozinha, supervisionando os cardápios de refeições da semana seguinte.

Biffy nunca olhara de fato para Floote. Em geral, não se examinava a fundo um integrante do quadro doméstico. Eles poderiam achar que se estava interferindo. Floote era o criado perfeito, sempre à disposição quando necessário, sempre adivinhando o que se queria, às vezes antes mesmo de os patrões saberem.

O professor Lyall perguntou com delicadeza:

— Sr. Floote, pode nos conceder um pouco de seu tempo?

O mordomo ergueu os olhos. Um homem comum, com rosto comum, que podia sobrepujar o Beta usando suas táticas em benefício próprio. Biffy notou pela primeira vez como a tez de Floote estava envelhecida e como havia rugas profundas em torno do nariz, da boca e dos cantos dos olhos.

Reparou também que os ombros, outrora aprumados, começavam a se encurvar com a idade. Até onde sabia, Floote fora criado pessoal de Alessandro Tarabotti desde que o preternatural passara a trabalhar oficialmente para o DAS. E prestara serviços para Lady Maccon depois disso. *Deve ter*, pensou o dândi, *bem mais de setenta anos!* Nunca lhe ocorrera perguntar.

— Claro, senhores — respondeu o mordomo, com certa cautela na voz.

Eles foram até a sala dos fundos, deixando a cozinheira e a criada concluírem o cardápio sem ele. Floote não pareceu satisfeito com a ideia.

O professor Lyall fez um gesto com uma das mãos brancas e delicadas, a face vulpina tensa.

— Queira se sentar, sr. Floote.

O mordomo jamais faria isso. Sentar-se na frente dos patrões? Nem pensar! Biffy conhecia a personalidade dele bem o bastante para saber disso. E o Beta também, mas tentava fazer com que ele se sentisse pouco à vontade.

Enquanto o professor Lyall fazia perguntas, Biffy simplesmente cruzou os braços e ficou analisando o comportamento do mordomo. Fora treinado em tal habilidade por Lorde Akeldama. Observou a forma como as sobrancelhas de Floote se moviam ligeiramente, a dilatação das pupilas e a troca de apoio de uma perna para outra. Mas a expressão do mordomo quase não mudou ao longo do interrogatório, e ele sempre deu respostas curtas. Ou o sujeito não tinha nada a esconder, ou o filhote estava diante de um mestre, cujos talentos superavam muitíssimo seus próprios poderes de observação.

— Sandy esteve no Egito pelo menos três vezes, de acordo com seus diários, mas fez poucos comentários sobre os negócios lá. O que aconteceu da primeira vez?

— Nada de mais, senhor.

— E da segunda?

— Ele conheceu Leticia Phinkerlington.

— A mãe de Lady Maccon?

Floote assentiu.

— Sim, mas o que mais ele *fez* no Egito? Não pode ter ido apenas cortejar uma jovem.

O mordomo não respondeu.

— Ao menos pode nos contar para quem estava trabalhando?

— Para os Templários, senhor. Sempre para eles, até se desvincular deles.

— E quando foi isso?

— Depois que o senhor e ele...

— Mas ele foi para o Egito depois disso. Eu lembro. Por quê? Para quem trabalhava naquela época? Não para nós, certo? Digo, para a Inglaterra ou o DAS. Sei que a Rainha Vitória tentou recrutá-lo e lhe ofereceu o cargo de muhjah. Mas ele recusou.

Floote limitou-se a pestanejar para o Beta.

O professor Lyall começou a sentir certa frustração.

— Precisa nos dizer alguma coisa. A menos... que também esteja proibido de falar por causa da Lei de Confidencialidade.

Ele concordou com o movimento mais imperceptível possível.

— *Está!* Claro, faz perfeito sentido, você não poder revelar nada a nenhum de nós, nem mesmo a Lady Maccon, porque somos todos agentes inimigos, de acordo com os termos dessa lei. Ela impede que sobrenaturais e seus funcionários, bem como preternaturais, tenham acesso a certas informações científicas. Ou, pelo menos, esse é o boato. Não estou a par dos detalhes, claro.

O mordomo anuiu com um de seus meneios diminutos.

— Então, Sandy descobriu algo tão grave no Egito, que o fato foi incluído nessa lei, embora se tratasse de uma área fora da Inglaterra. Pelo bem da Comunidade Britânica.

Floote não reagiu.

O professor Lyall pareceu pensar que não conseguiriam arrancar nada útil do mordomo.

— Pois bem, pode ir cuidar do planejamento do cardápio. Tenho certeza de que a cozinheira estragou tudo, sem a sua supervisão.

— Obrigado, senhor — disse ele, com um toque de alívio, antes de se retirar silenciosamente.

— O que você acha? — perguntou o Beta a Biffy.

O dândi deu de ombros. Achava que Floote tinha mais informações. E que não queria revelá-las, nem se pudesse. Achava que havia algo no

ar — que não se limitava apenas às leis do parlamento e artimanhas político-científicas. Achava que o professor Lyall preferiria pensar o melhor do pai de Lady Maccon, independentemente do quão indigno ele fosse. Se Alessandro Tarabotti estivesse fazendo boas ações em quaisquer de suas viagens ao Egito, ele, Sandalio de Rabiffano, comeria o próprio plastrom. Sob a égide dos Templários, da OPC e do governo britânico, o sr. Tarabotti era um indivíduo abominável.

Em vez de dizer isso, Biffy comentou apenas:

— O sr. Tarabotti rompeu com os Templários por amor, não por princípios. Ou assim pensei. Mas você compreende a personalidade dele bem melhor do que eu.

O professor Lyall abaixou a cabeça e deu a impressão de ocultar um leve sorriso.

— Entendo o que quer dizer. Você acha que seria preciso mais do que uma simples lei do Parlamento para influenciar Sandy.

— E você não acha?

— Então, embora Floote possa estar cumprindo a lei, alguma coisa levou Sandy a não falar nada sobre o Egito nos poucos anos que passamos juntos, antes de ele morrer?

Biffy arqueou uma sobrancelha, dando tempo para que o Beta pensasse no que sabia sobre o ex-amante.

O professor Lyall anuiu lentamente.

— É provável que você tenha razão.

Capítulo 14

Em que Lady Maccon Empresta a Arma ao sr. Tumtrinkle

O Chanceler Neshi encorajara o casal Tunstell a encenar outra vez *As Chuvas Fatais de Swansea* num anfiteatro local, em prol do público. Era ao ar livre, tal como na Roma Antiga. Convenceram Lady Maccon a comparecer e aguentar pela terceira vez aquela maldita peça, para que espairecesse. Lorde Maccon continuava bravo, quando todos foram ao anfiteatro.

A peça foi tão admirada pelo público quanto pela colmeia de vampiros. Ou, ao menos, Alexia *supôs* ser esse o caso. Era difícil saber ao certo, quando se escutavam ovações em um idioma totalmente desconhecido por eles. Porém, a aprovação parecia genuína. Lady Maccon, a patrona, aguardou o casal Tunstell depois, juntamente com uma série de egípcios empolgados, ansiosos por tocar nos dois heróis da peça, pôr presentinhos em suas mãos e, num caso extremo, até beijar a barra da saia da sra. Tunstell.

A heroína recebeu os elogios com a devida boa disposição, anuindo e sorrindo. "Muito gentil" e "Muito obrigada" e "Ah, não precisava!" eram seus comentários oportunos, embora não a entendessem, da mesma forma como ela não os compreendia. Lady Maccon pensou que, se interpretava corretamente a linguagem corporal, os habitantes locais estavam

convencidos de que a Companhia de Teatro Contemporâneo Tunstell representava profetas ao estilo dos pregadores religiosos americanos. Até mesmo os atores coadjuvantes, como o sr. Tumtrinkle, pareciam ser alvo de inesperada fama e elogios.

A preternatural felicitou os amigos por mais um ótimo desempenho. E como parecia que, de outro modo, ninguém iria embora, os atores voltaram para o hotel a pé, com um séquito de admiradores e bajuladores. Formaram uma multidão ruidosa nas ruas naquele momento tranquilas de Alexandria.

Só faltavam algumas horas para o crepúsculo, mas Lady Maccon não ficou surpresa ao descobrir, quando pediu a chave ao recepcionista, que o marido ainda não voltara. Ainda estava zangado, supôs.

Estavam se despedindo após a apresentação, a sra. Tunstell pródiga nos cuidados para com a amiga cabisbaixa, ainda mais porque seu próprio ego estava inflado com tantos elogios. Os funcionários do hotel tentavam se livrar da legião de admiradores, quando uma visão assustadora desceu a escada rumo à recepção do hotel.

Ninguém teria descrito a pobre sra. Dawaud-Plonk como atraente, nem mesmo nos seus melhores dias. A babá do casal Tunstell não fora selecionada pela aparência, mas pela capacidade de tolerar os gêmeos e a mãe deles, sem sucumbir a um estresse que teria derrubado mulheres menos fortes. Tinha idade o bastante para estar quase totalmente grisalha, mas não a ponto de ter perdido a força e não poder carregar os dois ao mesmo tempo. Não era muito alta, mas robusta, com braços de boxeador e expressão de buldogue. A sra. Dawaud-Plonk, supôs Lady Maccon, dava a impressão de ter tido antepassados invencíveis. No entanto, a mulher que desceu a escada naquela manhã estava longe de ser inquebrantável. A bem da verdade, parecia ter finalmente desmoronado. A face era o retrato do pavor, o avental estava todo amassado, a touca, torta, e os cabelos quase brancos soltos, à altura dos ombros. Ela agarrava Percival ao peito. O menino chorava, o rosto quase tão vermelho quanto a cabeleira ruiva.

Ao ver o grupo com Lady Maccon e o casal Tunstell, gritou, levando a mão livre ao pescoço, e bradou, em meio a profundos soluços de terror:

— Elas não estão aqui!

A preternatural se afastou do aglomerado de gente e caminhou até ela.

— As meninas, as meninas não estão aqui!

— O quê?! — Lady Maccon passou pela babá aflita e subiu a escada correndo, rumo aos aposentos delas.

O quarto estava todo bagunçado e os móveis revirados, na certa pela babá consternada, em meio ao pânico. Os dois moisés dos gêmeos Tunstell estavam vazios, bem como o bercinho de Prudence.

A preternatural sentiu o estômago se revirar assustadoramente, e uma onda gelada de pavor percorreu o seu corpo. Deu a volta para sair dali, já dando instruções, apesar do corredor vazio atrás de si. Sua voz era dura e autoritária. Então, ouviu às costas uma vozinha lamentosa chamar:

— Mamã?

Prudence saiu rastejando de baixo da cama, toda empoeirada, o rostinho úmido de lágrimas, mas ali presente.

Lady Maccon correu até ela e se agachou para abraçá-la com força.

— Minha querida! Você se escondeu? Muito bem, menina corajosa!

— Mamã — repetiu a filha —, não.

A mãe a soltou um pouco, segurou seus ombros e perguntou, olhando-a diretamente. Olhos castanhos sérios fitando olhos castanhos sérios.

— Mas onde está Primrose? Eles a levaram? Quem a levou, Prudence? Você viu?

— Não.

— Homens maus levaram a bebê. Quem são eles?

A menina se limitou a balançar os cachos escuros, fazer beicinho e abrir o berreiro, deixando escorrer lágrimas que em nada ajudaram. Em parte em resposta ao comportamento desesperado da mãe, supôs Alexia, tentando se acalmar.

— Dama! — chamou a garotinha. Então, soltou-se da mãe, correu até a porta e se virou para fitá-la. — Dama. Casa. Casa Dama — insistiu.

— Não querida, ainda não.

— Agora!

A preternatural se aproximou e pegou a menina, que se debateu. Desceu a escada até a recepção, onde ainda reinava o caos.

A sra. Dawaud-Plonk começou a chorar abertamente ao ver a garotinha em segurança nos braços da mãe e foi correndo mimá-la.

— Prudence se escondeu debaixo da cama, mas parece que eles levaram Primrose — explicou Lady Maccon, sem rodeios. — Sinto muito, Ivy. Sabe-se lá por que ou o que querem de um bebê, mas ela com certeza não está aqui.

A sra. Tunstell deixou escapar um gemido alto e desmaiou nos braços do marido, que estava atrás dela. Ele também parecia estar prestes a fazer o mesmo. As sardas se destacavam na tez pálida, e ele fitou a preternatural com olhos verdes desesperados.

— Não sei onde Conall está — avisou, adivinhando a natureza do apelo naqueles olhos. — Que ocasião para ele se manter afastado, por estar zangado!

Como o casal Tunstell era adorado pelos atores da companhia teatral, aquele infortúnio levou todos a terem crises nervosas. As damas desmaiaram ou ficaram histéricas, dependendo do que mais se adequava à sua natureza. Alguns cavalheiros fizeram o mesmo. Um saiu do hotel com uma espada cenográfica, decidido a perseguir os criminosos cruéis. O sr. Tumtrinkle começou a se entupir daquelas tortinhas de mel e a balbuciar sob o bigode. Percival se ocupava com um tremendo berreiro, só parando para cuspir em cima de quem quer que se aproximasse.

Bem que Lady Maccon gostaria de contar com o vozeirão do marido naquele momento. Mas, ciente de que cabia a ela assumir a responsabilidade e aliviada por ter encontrado a filha, tomou as rédeas da situação. Estava preocupadíssima com a segurança de Primrose, mas tinha certeza de duas possibilidades: ou ela havia sido sequestrada em troca de um resgate, caso em que alguém faria contato em breve, ou tinham pegado a criança errada, caso em que poderiam esperar seu retorno dentro em pouco. Afinal de contas, por que alguém haveria de querer a filha de uma atriz? Independentemente de quão popular ela fosse no Egito.

A preternatural olhou com ansiedade ao redor, em busca da única outra pessoa que provavelmente estaria pensando com tanta clareza quanto ela, naquelas circunstâncias, mas Madame Lefoux não estava por ali. Perguntou ao atendente do hotel, metendo-se na frente do pobre coitado, enquanto ele tentava controlar o caos na recepção.

— Meu bom rapaz — ela o afastou de uma das atrizes histéricas —, viu Madame Lefoux? A que está viajando conosco, a inventora francesa que se veste como homem. Ela pode ser útil, agora.

— Não, madame. — O sujeito fez uma reverência apressada. — Ela já foi.

— Como assim, *foi*? — Lady Maccon não gostou nada daquilo. Agora havia duas damas desaparecidas! Bom, como Primrose não chegava a ser nem metade de uma dama e Madame Lefoux se vestia como homem, a preternatural supôs que, juntas, formavam apenas uma dama, mas… Agitou a cabeça para sair daquele redemoinho de pensamentos e se voltou para o recepcionista.

— Saiu do hotel faz uma hora. E bem depressa, devo dizer.

Ela se virou para o pandemônio, um tanto intrigada. *Genevieve foi embora, mas por quê?* Será que teria enviado os sequestradores? Estaria atrás deles? Ou seria ela própria a sequestradora? *Não, não Genevieve.* Podia ter construído um polvo enorme e aterrorizado uma cidade, mas fora porque alguém raptara seu filho. A inventora não submeteria outra mãe a tal suplício. *Eu imagino que seja mera coincidência?*

Ainda desconcertada com esse detalhe, Lady Maccon parou no meio do saguão e avaliou a situação.

— Você, vá pegar sais aromáticos, e você, traga compressas de água fria e toalhas molhadas. Todos os demais, calem-se!

Em pouco tempo, os funcionários obedeciam às suas ordens. Ela proibiu que mexessem no quarto das crianças, pois os sequestradores poderiam ter deixado pistas. E mandou que acomodassem a ainda histérica babá em outro cômodo, com janelas seguras e melhores fechaduras. Deixou-a lá com Prudence, Percy, a sra. Tunstell, o sr. Tumtrinkle e diversos atores, que já haviam se controlado e estavam prontos para lutar. Deu ao sr. Tumtrinkle sua arma, e este lhe garantiu que já tinha apontado muitas armas falsas para muitos heróis no passado e que disparar uma de verdade não seria muito diferente. Lady Maccon, por sua vez, garantiu-lhe que voltaria o quanto antes e pediu que se certificasse de que se tratava de um ataque de inimigos de verdade, antes de atirar com Ethel em *alguém*, sobretudo um herói.

Ela mandou o sr. Tunstell avisar a delegacia local, os demais artistas voltarem aos seus quartos e os admiradores da companhia teatral, agora com expressões consternadas, irem cuidar de suas vidas. Teve que gesticular, exigir silêncio e por fim recorrer a uma vassoura para conseguir que os fãs se retirassem.

O céu já começava a adquirir tons róseos e tudo se acalmava no Hotel des Voyageurs, quando uma sombra obscura surgiu no portal, e Lorde Maccon, apenas de sobretudo e semblante irritado, entrou no hotel.

Lady Maccon foi depressa até ele.

— Eu sei que você ainda está bravo comigo, e tem todo o direito de estar. Foi terrível de minha parte manter aquela informação em segredo, mas temos um problema muito mais sério, que exige a sua atenção imediata.

Ele franziu ainda mais o cenho.

— Pode falar.

— Parece que sequestraram Primrose. Ela foi levada do quarto das crianças há algumas horas, enquanto Ivy e Tunstell se apresentavam. Eu estava com eles. Madame Lefoux também sumiu. Ao que tudo indica, a babá estava dormindo e, quando acordou, percebeu que tanto Primrose quanto Prudence tinham desaparecido.

— Prudence também não está?! — vociferou ele.

O recepcionista, que cochilava intermitentemente na recepção, acordou de supetão, com expressão de quem estava à beira de um ataque de nervos.

A preternatural pôs a mão no braço do marido.

— Não, querido, acalme-se. Acontece que a nossa filha se escondeu debaixo da cama.

— Essa é a minha menina!

— Sim, muito sensato da parte dela, embora esteja tendo certa dificuldade para descrever os sequestradores.

— Bom, ela só tem dois anos.

— Certo, mas, como ela vai precisar aprender sintaxe e formação de frases coerentes, agora seria um ótimo momento para concluir o processo. E ela já disse uma frase completa, recentemente. Eu esperava… Deixe isso para lá, por enquanto. A questão é que Primrose e Genevieve sumiram.

— Você acha que Madame Lefoux levou a menina? — O conde franzia o cenho e mordiscava o lábio inferior daquele jeito tão encantador, que a esposa adorava.

— Não. Mas eu creio que talvez esteja perseguindo os sequestradores. Ela estava no hotel naquele momento, e o recepcionista me contou que saiu apressada. Talvez tenha visto alguma coisa da janela. O quarto dela fica perto do das crianças.

— É possível.

— Mandei Tunstell ir até a delegacia. E não deixei ninguém entrar no quarto delas. Achei que talvez você conseguisse farejar alguma coisa.

Lorde Maccon anuiu com firmeza, quase batendo continência.

— Eu ainda estou bravo com você, esposa, mas não posso deixar de admirar a sua eficiência durante uma crise.

— Obrigada. Vamos averiguar os cheiros?

— Vá em frente.

Infelizmente, o conde não farejou nada significativo, nem na escada nem no quarto das crianças. Comentou ter sentido um vestígio de Madame Lefoux e que era possível que ela tivesse lutado com os sequestradores ou talvez metido a cabeça ali para ver o que acontecera. Também havia a possibilidade de ser um resquício da noite anterior, que perdurara. Lorde Maccon disse ter farejado um leve odor das ruas egípcias no ambiente, porém nada mais do que isso. Quem quer que houvesse levado Primrose, contratara bandidos para fazê-lo.

Ele voltou a perambular pelo corredor, ainda farejando.

— Ah, Madame Lefoux de novo: óleo de máquina e baunilha. — Lorde Maccon desceu a escada. — Sabe, esposa, eu acho que

estou encontrando um rastro fresco. Vou atrás dele. — O conde deixou cair o sobretudo, revelando o peito nu e peludo, e se metamorfoseou. Por sorte, o saguão estava deserto, com exceção do recepcionista totalmente abalado que assistiu, perplexo, ao seu estimado hóspede, um conde britânico genuíno, transmudar-se em lobisomem bem ali, na sua frente.

Os olhos do coitado se reviraram e ele teve o mesmo destino de muitas jovens naquela noite, perdendo os sentidos atrás do balcão.

A preternatural observou-o despencar, aturdida demais para tentar ajudá-lo e, em seguida, virou-se para o marido, agora um lobo, que abocanhava com cuidado o próprio sobretudo.

— Conall, francamente, o sol está quase nascendo. Você acha que vai ter tempo...?

Mas ele já arremetera porta afora, o focinho abaixado como um cão de caça atrás de uma raposa.

Lorde Maccon voltou muito depois do nascer do sol. Lady Maccon lidava com uma sra. Tunstell totalmente transtornada. Por fim conseguira convencê-la a tomar um trago de licor de papoula. Momento em que tanto a amiga quanto os nervos se tornaram bastante relaxados e confusos.

A sra. Tunstell conseguiu erguer a cabeça, que mantinha inclinada sobre Percy adormecido no seu colo, quando o conde bateu de leve à porta.

O sr. Tumtrinkle, que estava sentado diante da entrada, com Ethel no colo, sobressaltou-se e atirou em Lorde Maccon. Este, que estava mais lento do que o normal depois da longa noite fora e das horas que passara correndo de um lado para outro na forma humana sob o sol escaldante do Egito, abaixou-se tarde demais, mas o projétil não o atingiu.

Lady Maccon deu um muxoxo para o ator e estendeu a mão, pedindo que devolvesse a arma. O sr. Tumtrinkle a entregou, pediu mil desculpas ao conde e voltou a se sentar, em meio a um silêncio constrangido. Lady Maccon notou, porém, que ele pegou um dos floretes, de ponta virada para uso nas lutas cênicas e, portanto, praticamente inútil, e deixou-o à mão. Supôs que ele poderia espetar alguém ferozmente, caso se esforçasse muito.

— Uou, Lorde Maccon! — gritou a sra. Tunstell, a cabeça pendendo para trás e os olhos se revirando um pouco. — É voche? Trouche alguma... infechestação... não... informachão?

O conde olhou aflito para a esposa.

— Láudano — explicou-lhe ela, brevemente.

— Na verdade, não, sra. Tunstell. Sinto muito. Esposa, pode me conceder um minutinho do seu tempo?

— Alechia!

— Sim, querida Ivy?

— Noch devíamoch ir danchar!

— Mas estamos no Egito e a sua filha desapareceu.

— Mach eu não pocho ver daqui!

Lady Maccon, que estivera sentada ao lado da amiga incoerente, levantou-se e, depois de convencê-la a duras penas a soltar a sua mão, saiu do quarto com o marido.

Ele sussurrou:

— Rastreei Madame Lefoux até o cais das embarcações dahabiya. Um lugar peculiar. Aí já não consegui farejar mais nada. Acho que ela deve ter entrado em uma delas. Eu vou verificar como o Tunstell está se saindo com as autoridades locais. E, depois, acho que vamos ter de avisar o cônsul-geral. Péssima publicidade, um bebê britânico sumir sob sua jurisdição.

A esposa assentiu.

— Eu vou voltar para o cais, então. Posso usar o meu charme feminino para descobrir quem aceitou o bilhete dela e aonde estará indo.

— Você tem charme feminino? — O conde se mostrou genuinamente surpreso. — Pensei que você discutisse com o infeliz até ele ceder.

Ela o fuzilou com os olhos.

Ele deu uma bufada.

— Só há uma direção a seguir quando se vai de dahabiya.
— Rio Nilo acima, para o Cairo?
— Exato.
— Bom, eles ao menos podem dizer a uma mulher se a passageira levava uma menina. Talvez eu até consiga convencê-los a dizer se ela estava atrás de alguém.
— Está certo, Alexia, mas tome cuidado, e leve a sombrinha.
— Claro, Conall. Eu vou mesmo precisar de uma, pois o sol já está forte. Não me diga que não notou.
— Notei, muito engraçado, esposa.

Nenhum dos dois falou em dormir, embora Lady Maccon já viesse se sentindo exausta por estar acordada desde as quatro da tarde *de ontem*. Mas a cama teria que esperar; precisavam encontrar Primrose e rastrear Madame Lefoux.

Biffy acordou antes do pôr do sol e, depois de lutar com os cabelos por quinze minutos, voltou aos mapas do Egito e da propagação da Peste Antidivindade que espalhara na mesa. Tinha acordado com a sensação de que deixara escapar alguma coisa. Reviu os círculos que traçara e revisou as observações com os períodos indicando a propagação e a localização da praga. Começou a examinar a parte interna, tentando determinar seu curso. E se a peste sempre tivesse se expandido, aos poucos? E se houvesse um ponto inicial?

Ficou tão distraído que quase perdeu o compromisso marcado com Lady Maccon e o etereógrafo. Levou os mapas até a câmara de recepção, para aguardar eventuais mensagens, e continuou a analisá-los.

E foi enquanto esperava sozinho no diminuto cômodo do sótão que descobriu a peça que faltava no quebra-cabeça. Todos os indícios apontavam para o fato de o epicentro da Peste Antidivindade se situar próximo a Luxor, numa curva proeminente do Rio Nilo, perto do Vale dos Reis. Os livros do filhote não continham muitas informações sobre a arqueologia daquela região, mas um deles afirmava que, naquele local, ficava o templo funerário da excluída e vilipendiada Faraó Hatshepsut. Ele não fazia ideia de qual seria a relação com a peste, mas resolveu enviar a informação a Lady Maccon, se ela o contatasse naquela noite.

Biffy estava prestes a sair para pegar água-forte e uma chapa metálica quando a câmara de recepção se ativou, as partículas metálicas entre os painéis receptores se moveram e formaram uma mensagem.

— Sombrinha Fru-fru. Conall furioso. Primrose sequestrada. Tumulto.

O janota se sobressaltou. Que interesse os sequestradores egípcios poderiam ter na filha do casal Tunstell? Fruto de atores. Que estranho. Ele aguardou novas informações, mas não recebeu mais nada. Foi até a câmara ao lado, inseriu os códigos apropriados das válvulas frequensoras e enviou sua própria mensagem.

— Cerne PA fica templo Hatshepsut, Rio Nilo, Luxor. Mocassim Bicolor.

Não houve resposta depois disso e, após quinze minutos, Biffy supôs que sua mensagem fora recebida e não havia nada mais a relatar. Desligou o etereógrafo, certificou-se de que sua mensagem ficasse guardada em lugar seguro e comeu o pedaço de papel em que anotara a da preternatural. Vira o professor Lyall fazer isso no caso de informações delicadas e concluiu que se tratava de uma tradição de lobisomens que ele mesmo deveria seguir. Então, foi buscar o Beta, sem saber se tinha autorização para retransmitir aqueles detalhes.

Foi ao pensar nisso e imaginar quem poderia sequestrar Primrose e como Lady Maccon estaria lidando com aquela nova crise — de forma enérgica, suspeitou —, que ele percebeu outro fato. E, após se dar conta dele e de sua inevitável e terrível conclusão, deu a volta rumo aos aposentos dos criados.

Floote estava sentado sozinho a uma mesa enorme na cozinha, polindo castiçais de cobre, com um avental grosso amarrado à cintura. O paletó fora tirado e pendurado numa cadeira ali perto. Assim que viu Biffy, ele fez menção de pegar a peça de roupa, mas o filhote lhe disse rápido:

— Não, não se preocupe. Só tenho uma pergunta.

— Senhor?

— Quando o sr. Tarabotti foi até o Egito, visitou Luxor? — Biffy se aproximou casualmente, posicionando-se ao ombro do mordomo, um pouco perto demais, fingindo examinar o polimento. Então, inclinou-se como se estivesse muito interessado em um dos castiçais e, com a mão por trás das costas e a rapidez de um sobrenatural, tirou a pequena arma do paletó de Floote.

Em seguida, meteu-a na própria manga, perguntando-se por que não havia mais mágicos lobisomens e vampiros: a prestidigitação era fácil quando se tinha habilidade sobrenatural.

O mordomo respondeu "sim, senhor", sem desgrudar os olhos do que fazia.

— Bom, hã, certo. Obrigado, Floote, prossiga.

— Está bem, senhor.

Biffy foi ao próprio quarto, trancou a porta e tirou a arma na hora.

Era uma das menores que já vira, muito bem-feita, com um belo cabo de madrepérola. Tratava-se do tipo de um só disparo, popular havia mais de trinta anos, porém ultrapassada naquela época dos revólveres. Devia ser por seu valor sentimental que Floote a guardava, pois não era a mais útil das armas. Muito difícil atingir alguém a mais de cinco passos e, provavelmente, o projétil nem saía em linha reta. O dândi engoliu em seco, torcendo para não encontrar o que previra. Com uma girada, abriu o tambor. Estava carregado. Biffy deixou a bala cair na sua mão. Uma coisinha tão diminuta podia condenar definitivamente um homem. Pois aquela era feita de madeira de lei, revestida de metal para resistir ao calor e envolta em prata. Diferia das modernas, claro, mas, sem sombra de dúvida, era uma bala antinotívago.

A princípio, o dândi não quis acreditar, mas Floote *estivera* de folga na noite em que Dubh fora atingido — com todos os patrões fora de casa. Tivera acesso ao dirigível de Lorde Akeldama, pois nenhum zangão acharia estranho que o mordomo de Lady Maccon entrasse na casa de Lorde Akeldama ou saísse de lá. Ele tinha uma arma carregada com balas antinotívagos iguais às usadas no assassinato de Dubh. E, mais tarde, quando a preternatural fora ajudar o Beta ferido, Floote ficara sozinho com ele, que acabara morrendo. O mordomo sem dúvida tivera a oportunidade.

Mas por quê? Será que mataria para proteger os segredos do ex-amo morto?

Biffy ficou sentado por um longo tempo, revirando o projétil na mão e pensando.

Uma batida discreta interrompeu seu devaneio. Ele se levantou para abrir a porta.

Floote entrou silenciosamente, já com o paletó.

— Sr. Rabiffano.

— Floote. — Biffy se sentiu estranhamente culpado, parado ali com a arma dele, que, sem dúvida alguma, lhe era muito cara, a bala incriminadora na outra mão.

O dândi fitou o mordomo. E este lhe retribuiu o olhar.

Biffy sabia, e sabia que Floote sabia que ele sabia — por assim dizer. Devolveu-lhe a arma, mas manteve o projétil como prova, metendo-o no bolso do colete.

— Por que, Floote?

— Porque ele deixou ordens, senhor.

— Mas matar um lobisomem seguindo ordens de um homem morto?

O mordomo esboçou o mais leve dos meios sorrisos.

— Está se esquecendo de quem era Alessandro Tarabotti. Do motivo pelo qual foi treinado pelos Templários. E do que me treinou para ajudá-lo a fazer.

O dândi empalideceu, horrorizado.

— Você matou outros lobisomens antes de Dubh?

— Nem todos os lobisomens, sr. Rabiffano, são como o senhor, professor Lyall ou Lorde Maccon. Alguns são como Lorde Woolsey: pestes a serem exterminadas.

— E foi por isso que matou Dubh?

Ele ignorou a pergunta direta.

— O sr. Tarabotti me deu ordens, senhor — repetiu o mordomo —, muito antes de qualquer outra pessoa. Eu deveria executá-las à risca até o fim. Foi o que prometi. E cumpri a promessa.

— E o que mais, Floote? O que mais anda levando adiante? O sr. Tarabotti foi o responsável pela propagação da Peste Antidivindade? É o que estava fazendo lá?

O mordomo se dirigiu à porta.

O dândi o seguiu e pôs a mão no seu braço. Não queria usar a força lupina, e ficou horrorizado ante a ideia de ter que fazer isso — logo com quem, um dos membros da criadagem de Lady Maccon! E que vinha servindo à família fazia décadas — imagine só!

Floote parou, sem fitar Biffy, fixando os olhos no chão do corredor.

— Preciso providenciar a limpeza desse tapete. Está horrível.

O dândi segurou-o com mais força.

— Ele me deixou duas instruções, senhor: proteger Lady Maccon e a Ordem do Ankh Quebrado.

Biffy compreendeu, pela forma como o semblante se fechara, que não arrancaria mais nada dele naquela noite. Mas não podia se dar ao luxo de estar enganado. Mesmo sabendo que perturbaria a administração harmoniosa do lar, mesmo sabendo que havia perigo tanto em casa quanto no exterior, mesmo sabendo que Floote era mais velho, mesmo sabendo que lobisomens acabariam perambulando com nós de plastrom malfeitos, ele deixou de lado os escrúpulos. Ergueu o punho para trás e, com velocidade e força sobrenaturais, golpeou o mordomo na têmpora com força o bastante para que perdesse os sentidos.

Com um suspiro tristíssimo, jogou o corpo flácido por sobre o ombro bem vestido e o carregou até a adega. Lá, tirou as armas dele dos bolsos — havia duas, no fim das contas —, revistou-o em busca de algo mais interessante e o prendeu. Era irônico que aquele lugar tivesse sido reforçado como uma prisão para que o próprio Biffy ficasse preso, dois anos antes.

O dândi não se sentia vitorioso. Não achou que tivesse resolvido um grande mistério. Estava simplesmente triste. E também grato, já que caberia ao professor Lyall lidar com aquela situação. Seu querido Beta teria que decidir se contaria ou não a Lady Kingair. Biffy não invejava aquela conversa. Com o coração pesado de um homem que leva más notícias, foi procurar o professor Lyall.

★ ★ ★

Lady Maccon não queria acordar Conall — ele estava recuperando o sono, depois de um dia muito agitado —, mas tinha notícias a dar, e ela mesma já estava prestes a cair de exaustão.

Estava acordada havia mais de vinte e quatro horas, sem pistas da coitadinha da Primrose. Nada de rastros e de pedidos de pagamento de resgate. O sol se poria dali a menos de uma hora, e ela tinha a sensação de que a investigação já se arrastava havia séculos.

— Conall!

Ele deu uma bufada no travesseiro.

Ela estendeu a mão para tocar no ombro nu com a mão exposta e transformá-lo em ser humano. Mas nem isso o acordou. Estava esgotado. Quem sabe o que ele fizera, andando a esmo furioso e, depois, rastreando Primrose e lidando com políticos. Na certa gastara muita energia. *E* o sol era muito quente e forte no Egito.

— Conall, francamente. Acorde.

O conde abriu os olhos castanho-amarelados e a encarou. Antes que ela pudesse reagir, ele a puxou para si, em um abraço cálido. Sempre amoroso, o marido. Então, pareceu se lembrar de que não só havia uma crise, como também continuava furioso com ela por ter protegido o professor Lyall.

Afastou-a com petulância, como um garotinho.

— Sim, Alexia?

Lady Maccon suspirou, ciente de que ele precisaria de tempo para perdoá-la, se é que o faria, mas achando difícil não poder abraçá-lo naquelas circunstâncias tão estressantes.

— Acabei de receber uma mensagem de Biffy. Melhor dizendo: eu me lembrei no último minuto da hora marcada no etereógrafo. Consegui transmitir para ele essa crise: não que ele possa fazer algo, mas pensei que alguém lá em casa deveria saber. Ele enviou uma mensagem. Então, tive que interromper a transmissão. O transmissor já estava reservado e me expulsaram. *A mim!* E logo agora! Enfim, tentei estender o tempo, mas a velhinha atrás de mim na fila tinha uma mensagem importantíssima para enviar ao neto e nem quis saber!

— Algum dia, Alexia, *você* será aquela velhinha.

— Ah, muito obrigada, Conall.

— A mensagem?

— Biffy contou que localizou o epicentro da Peste Antidivindade numa curva específica do Rio Nilo, perto de Luxor.

— E isso tem alguma relação com Primrose?

— Pode ter. Porque eu consegui, bom, hã, subornar alguns capitães de dahabiya no cais.

Lorde Maccon arqueou uma sobrancelha.

— Madame Lefoux realmente contratou um barco, um dos mais rápidos e melhores da linha, para levá-la rio acima. Só que não até o Cairo, mas passando *por ali*. Pagou para ir até Luxor, ou, ao menos, foi o que o sujeito disse, com base na quantia que ela entregou ao capitão. Levava uma trouxa misteriosa e fez muitas perguntas. O que acha?

— Muito suspeito! Eu acho que devemos ir atrás dela.

Lady Maccon saltitou.

— Eu também!

— Como estão os Tunstell? — O marido mudou de assunto.

— Enfrentando tudo razoavelmente bem. Tunstell, pelo menos, tem respondido às perguntas diretas. Ivy é mais complicada, mas é o jeito dela. Acho que podemos deixá-los por alguns dias e seguir Genevieve Nilo acima.

— Está bem. O quanto antes, melhor. — Ele saltou atabalhoadamente da cama.

A esposa tentou ser prática.

— Mas, meu amor, nós precisamos descansar.

— Eu ainda estou bravo com você — resmungou ele, ao ouvir a expressão carinhosa.

— Ah, está bem. Mas, *Conall,* nós precisamos descansar.

— A eterna pragmática. Podemos fazer isso no trem até o Cairo. Acho que ainda podemos pegar um. Não iremos tão rápido quanto Madame Lefoux, não se ela contratou uma das novas dahabiyas movidas a vapor, mas estaremos só um dia atrás dela.

Lady Maccon anuiu.

— Está bem, eu vou fazer as malas. Avise aos demais. E pegue Prudence, por favor. Ela está dormindo no quarto das crianças. Não vou deixá-la para trás com um sequestrador de bebês à solta.

O conde saiu pesadamente do quarto, descalço, com a camisa solta sobre o corpanzil, antes que a esposa conseguisse impedi-lo e obrigá-lo a se vestir. A preternatural supôs que o casal Tunstell estaria angustiado demais para se ofender. Começou a fazer as malas depressa, jogando tudo em que podia pensar em duas malinhas. Não sabia quanto tempo demorariam, mas concluiu que deveriam levar a menor quantidade de roupas possível. Prudence teria que deixar a joaninha mecânica para trás.

Lorde Maccon voltou quinze minutos depois com Prudence, que ainda dormia, acomodada casualmente num dos braços, e Tunstell.

— Tem certeza de que não posso acompanhá-lo, milorde? — O ruivo parecia exausto. A calça não tão apertada, como de costume.

— Não, Tunstell, é melhor que fique. Para controlar a situação aqui. É possível que estejamos seguindo a pista errada, que Madame Lefoux não seja culpada e não esteja seguindo os culpados. Alguém com certo senso de responsabilidade tem que ficar para lidar com as autoridades e continuar fazendo rebuliço para que deem continuidade às buscas.

Tunstell estava sério, sem sorrir pela primeira vez.

— Se acha melhor.

O conde balançou a cabeça cabeluda.

— Acho. Não hesite em usar o meu nome se precisar de autoridade.

— Obrigado, milorde.

Lady Maccon acrescentou:

— Se Ivy quiser, há mensagens chegando para mim na estação etereográfica todas as tardes, logo após as seis. Aqui está uma carta de autorização permitindo que ela as receba em meu lugar. Apesar disso, é possível que não aceitem uma substituta sem a minha presença, mas é o melhor que posso fazer, assim, na última hora. Veja bem, só se ela quiser.

— Está bem, Lady Maccon, se tem certeza de que não sirvo… — O sr. Tunstell recorria ao treinamento de zelador para lidar com aquela situação crítica.

— Receio que não, meu caro Tunstell. O indivíduo que está enviando mensagens de Londres só vai responder a mim ou a Ivy.

Ele se mostrou intrigado, mas não a questionou mais.

— Boa sorte, Tunstell. E sinto muito que isso tenha acontecido com você e Ivy.

— Obrigado, Lady Maccon. E boa sorte. Espero que peguem os desgraçados.

— Eu também, Tunstell. Eu também.

Capítulo 15

Em que Ficamos Sabendo por que os Lobisomens Não Voam

Não havia mais trens para o Cairo naquele dia, e por isso Lady Maccon e o marido foram obrigados a ir até o cais contratar uma embarcação. Mais fácil falar do que fazer. Apesar de já conhecerem a preternatural e suas exigências autocráticas, os capitães só queriam sair na manhã seguinte. E ainda havia o preço a negociar. Pouquíssimas dahabiyas contavam com qualquer tipo de conveniência moderna — hélices externas a vapor para pequenas embarcações e chaleiras para chá, por exemplo —, tornando-as meros transportes de lazer projetados para percorrerem o rio lentamente, puxadas por mulas ou, pior, seres humanos!

— É tudo tão primitivo! — queixou-se Lady Maccon, que normalmente teria gostado daquele tipo de transporte lento.

Sua desculpa para o mau comportamento poderia ser que, àquela altura, estava exausta, suja, preocupada com Primrose e cansada de carregar Prudence. O sol já se pusera, e a filha estava totalmente sob seus cuidados. Naquelas circunstâncias, todos estavam de mau humor, até a menininha, que morria de fome. A falta de pressa e a insistência na pechincha, típica das negociações dos egípcios, vinham enlouquecendo a eficiente Lady Maccon.

Era quase meia-noite, e já conversavam com o oitavo capitão, quando alguém cutucou de leve o ombro da preternatural. Quando ela se virou, viu-se diante de um homem extraordinariamente belo, de traços bem familiares e barba angulosa e bem-aparada — o Nômade salvador do bazar.

— Senhora? Está pronta agora para corrigir o erro do pai? — Sua voz era grave e ressonante, as palavras sincopadas pelo sotaque árabe e o inglês limitado.

Lady Maccon examinou-o.

— Se eu disser que sim, vou ter chances de chegar a Luxor?

— Venham. — O sujeito se virou e saiu andando, a túnica negra drapejando decididamente atrás dele.

Lady Maccon disse a Lorde Maccon:

— Conall, acho que devemos seguir aquele senhor.

— Mas Alexia… hein?

— Deu certo antes.

— Mas quem diabos é aquele sujeito?

— Um Nômade.

— Não pode ser: eles não confraternizam com estrangeiros.

— Bom, esse sim. Ele nos ajudou no Bazar quando nos atacaram.

— Como? Vocês foram *o quê*? Por que não me contou?

— Você estava ocupado me dando bronca por causa das manipulações do professor Lyall.

— Ah. Então me conte agora.

— Não temos tempo, precisamos segui-lo. Venha. — Lady Maccon segurou Prudence com mais força e correu atrás do nômade do balão, que já sumia de vista.

— Ah, maldição. — Conall, graças à força sobrenatural, pegou toda a bagagem com facilidade e seguiu-os.

O homem conduziu-os até o Porte de Rosette. A certa altura fez um desvio e, depois de contornar uma esquina, dirigiu-se a um obelisco de tamanho médio, esculpido numa pedra vermelha que reluzia à luz do luar. Usava-a como âncora, com uma grossa corda amarrada na base, e o balão adejava no alto como… — Lady Maccon inclinou a cabeça — bom, como um balão enorme. O homem parou e fez um gesto para tirar Prudence da mãe. Ela recuou, mas, quando ele apontou freneticamente para uma escada de corda, anuiu.

— Está bem, mas meu marido vai primeiro.

Lorde Maccon olhava, pálido de medo, para a escada oscilante. Os lobisomens não voam.

— Não, francamente. Prefiro não subir, se não se importar.

A esposa tentou ser sensata.

— Nós precisamos ir até Luxor, de alguma forma.

— Minha querida esposa, você nunca viu nada na vida tão patético quanto um lobisomem com enjoo por causa do voo.

— E por acaso temos escolha? Além do mais, com sorte vamos voar sobre a Peste Antidivindade em breve. E, a essa altura, você se sentirá melhor e estará humano de novo.

— Ah, você acha, é? E se a praga não chegar lá em cima?

— Onde está o seu espírito de investigação científica, marido? Essa é a nossa oportunidade de descobrir justamente isso. Prometo fazer várias anotações.

— O que é muito reconfortante. — Ele não parecia convencido. Lançou um olhar ainda mais desconfiado para a escada.

— Suba logo, Conall. Pare de embromar. Se ficar muito mal, posso simplesmente tocá-lo.

O marido resmungou, mas começou a subir.

— Isso, meu rapaz corajoso — disse a esposa, condescendente.

Por ser sobrenatural, ele a ouviu, mas fingiu não tê-lo feito, e continuou a subir, até chegar à beirada e entrar no cesto do balão.

Lady Maccon notou que o aeróstato estava bem mais baixo do que da primeira vez que o vira, durante o dia. Ficou grata — menos degraus para subir.

O Nômade subiu movendo o quadril de um lado para outro, levando Prudence nas costas, em um porta-bebê. Ela dava gritinhos de satisfação. Ao contrário do pai, estava muito empolgada ante a perspectiva de flutuar.

Depois de hesitar por um momento, a preternatural foi atrás.

Um menino de rua, que passara despercebido até aquele momento, avançou rápido e soltou as amarras do obelisco. Quando deu por si, Lady Maccon subia uma escada solta, que adejava pela rua. Não era tão fácil de fazer como seria de pensar, ainda mais de anquinhas e saias longas, mas ninguém jamais a chamara de covarde e medrosa. Agarrou-se desesperadamente e continuou a subir devagar, até mesmo quando a escada a que se agarrava foi na direção de uma construção enorme, a uma velocidade mais alarmante do que o suportável.

Ela chegou ao cesto bem a tempo, um tanto estorvada pelas restrições que os trajes apropriados impunham a uma dama britânica. Pensou, não pela primeira vez, que Madame Lefoux tinha razão. Por outro lado, não podia nem conceber a ideia de usar calça, não uma mulher com sua estatura. No alto, o Nômade estendeu a mão para ajudá-la com firmeza e puxar rápido a escada de corda.

E assim os Maccon se viram voando baixinho sobre a cidade de Alexandria, num dos famosos balões nômades, à mercê de um homem a quem nem tinham sido formalmente apresentados.

O conde, sussurrando uma imprecação, foi cambaleando até a beirada do cesto e vomitou sobre a lateral. Continuou a fazê-lo por um longo tempo. Lady Maccon ficou ao seu lado, solícita, afagando as suas costas. O toque dela o tornava humano, mas ele parecia ser um homem mal adaptado às viagens aéreas, imortal ou não. Por fim, ela respeitou sua dignidade e os murmúrios de "vá embora" e deixou-o sofrer sozinho.

O Nômade tirou Prudence do porta-bebê e a pôs no fundo do cesto. Ela começou a andar com passinhos incertos, investigando tudo — tinha a curiosidade da mãe, bendita fosse. Os tripulantes do balão, deduziu Lady Maccon em pouco tempo, deviam ser a família do sujeito. Havia a esposa, cujo aspecto envelhecido por causa do deserto não era muito atraente, mas que parecia mais disposta a sorrir que o marido sério. Isso lhe dava uma aura de beleza, como costumava ser o caso com os de boa índole. Seus diversos lenços e túnicas coloridas esvoaçavam em meio à brisa leve. Havia também um filho robusto, de uns catorze anos, e uma filhinha, somente um pouco mais velha do que Prudence. Toda a família demonstrou incrível tolerância diante da curiosidade da menina recém-chegada e evidente interesse em tentar "ajudar". Fingiram deixá-la conduzir o balão com as inúmeras cordas penduradas no meio do cesto, e o menino a levantou bem alto, para que ela pudesse olhar pela lateral — uma ação que a levou a dar gargalhadas, encantada.

O balão continuou a voar baixinho, ainda mais para uma dama acostumada a viajar de dirigível. Lady Maccon se lembrou do comentário de Ivy sobre o costume dos Nômades de aterrissar à noite por causa do frio e de voar no calor do dia. O que a deixou intrigada.

Após a agitação inicial da partida, a preternatural deixou de lado a neutralidade autoimposta e foi averiguar mais uma vez como estava o pobre Conall, que ainda expurgava, e em seguida caminhou devagar até seu salvador. Era difícil andar, pois, embora as laterais do cesto fossem feitas de vime, o chão consistia em varas dispostas em padrão quadriculado, com peles de animais esticadas entre elas — um piso nada fácil para uma mulher com os sapatos e o tamanho de Lady Maccon. Acrescente-se a isso o fato de seus movimentos levarem o cesto a oscilar assustadoramente.

— Perdão. Não que eu não seja grata, mas quem é o senhor?

O homem sorriu, mostrando os dentes brancos perfeitos por trás da barba bem aparada.

— Ah, sim, claro, senhora. Eu me chamo Zayed.

— Como vai, sr. Zayed?

Ele fez uma reverência. E, então, apontou:

— Meu filho, Baddu, minha esposa, Noora, e minha filha, Anitra.

A preternatural saudou-os polidamente e fez reverências na direção deles. Toda a família anuiu, mas sem sair do lugar.

— É muito gentil de sua parte nos oferecer uma, hã, carona.

— Um favor para um amigo.

— É mesmo? Quem?

— Varinha Dourada.

— Quem?

— Não conhece, senhora?

— Não creio.

— Então, vamos esperar.

— Ah, mas…

O sujeito fechou a cara.

Lady Maccon suspirou e mudou de assunto.

— Se não achar que estou sendo indiscreta, posso lhe fazer uma pergunta? Estamos voando muito baixo. Como podemos flutuar à noite?

— Ah, senhora. Conhece algumas de nossas formas de agir. Vou lhe mostrar. — Ele foi até a parte central e tirou várias mantas de cima do que parecia ser um vasilhame de gás, do tipo usado para acender lampiões em Londres. — De especial, temos isto.

Ela ficou intrigada na mesma hora.

— Pode me mostrar?

O Nômade deu um breve sorriso de empolgação e começou a desprender e conectar vários tubos e cordas. Ergueu o vasilhame direcionando sua abertura para o balão.

Enquanto ele estava ocupado com aquelas conexões, Lady Maccon reservou alguns instantes para observar seu entorno.

O balão era totalmente diferente dos dirigíveis fabricados na Inglaterra nos quais a preternatural andara até então. Ela já viajara tanto nos aeróstatos menores, turísticos, quanto nos de transporte postal e de passageiros — os gigantes de propriedade de empresas. Aquele balão não se assemelhava a nenhum dos dois. Por um lado, a parte do globo não tinha o formato de um dirigível e era toda feita de tecido. Ia sendo guiada por meio da abertura e do fechamento de abas e não por algum tipo de propulsor. Por outro, o cesto era maior do que o de um aeróstato de passeio particular, porém muito menor do que o dos enormes dirigíveis internacionais. Embora tivesse o dobro do tamanho de um barco a remo, era quadrado. No meio ficava o ponto de atracação do balão e as respectivas amarras e dispositivos requeridos para que voasse e fosse conduzido adequadamente. Como o cesto girava aos poucos com o balão, não parecia haver proa nem popa. Havia uma área que era usada para dormir, outra para cozinhar e um canto coberto por uma tenda, que, supôs Lady Maccon, deveria se destinar ao alívio das necessidades básicas. Ela presumiu que a família morava ali e que os inúmeros sacos espalhados na base e pendurados nas extremidades do balão — que julgara serem lastros — continham, na certa, víveres e suprimentos.

Prudence passou, cambaleante, seguida pela filha do Nômade, as duas rindo e se divertindo muito. A preternatural foi até o marido, para evitar que tivesse contato com a filha. A última coisa de que precisavam era um filhote de lobisomem nauseado correndo pela embarcação. Melhor ter apenas um grandalhão enjoado.

Após uma rajada de fogo e o grito de satisfação do rapaz, Baddu, o balão começou a subir com imponência, o gás impulsionou-os na direção da etereosfera. A embarcação não sacolejou; a bem da verdade, o movimento foi quase imperceptível, exceto pelo fato de a Terra se distanciar e os ouvidos de Lady Maccon se taparem.

Teoricamente, ela sabia o que o Nômade queria. Se o balão alcançasse um jato de éter, poderiam aproveitar a corrente que os levaria para o sul, Nilo acima. Era uma manobra complicada, pois, se o balão subisse demais, havia a possibilidade de se despedaçar ou murchar com os movimentos das contracorrentes, ou de a chama de gás se apagar, fazendo com que despencassem no deserto.

A preternatural tentou não pensar no assunto e, em vez disso, observou Alexandria ir se distanciando abaixo.

O pobre Lorde Maccon, àquela altura já sem mais nada no estômago e gemendo de náusea, estava com os olhos firmemente fechados e os nós dos dedos das manzorras brancos, na lateral do cesto. Lady Maccon se perguntou se não deveriam deixar que Prudence assumisse a forma de lobo. Será que não poderiam prendê-la como filhote em um canto? Como ela não parecia sentir a dor da transmutação para a forma de lobisomem, talvez não enjoasse. Com certeza não estava passando mal naquele momento, e se divertia muito. Além disso, percebeu a mãe, satisfeita, sempre parava educadamente quando os anfitriões queriam lhe mostrar a fixação correta de uma amarra ou lhe explicar os aspectos termodinâmicos do voo — tudo em árabe. Pelo menos, Lorde Akeldama vinha ensinando muito boas maneiras para a filha adotiva.

Dentro em pouco haviam subido o bastante para que Alexandria se transformasse num ponto longínquo de luz de archote. Abaixo e adiante, Lady Maccon só via a escuridão do deserto, as centenas de serpentes argentadas que formavam o Delta do Nilo. Houve uma súbita retomada

de atividades no cesto, e ela observou Zayed puxar com força uma das cordas, enquanto Baddu se desfazia de certa quantidade de peso. Então sentiram um solavanco e ouviram um "vuuuu" quando a parte superior do balão entrou numa corrente de éter. Zayed posicionou o frasco rumo à parte côncava e lançou mais gás, fazendo com que o globo inflasse por completo no curso de ar. No mesmo instante, a embarcação começou a flutuar com muito mais velocidade, na direção sul. Apesar da mudança de velocidade, Lady Maccon não sentiu quase nada. Ao contrário do que acontecia no dirigível, não havia brisas; o balão se movia com as correntes.

Lorde Maccon se endireitou, parecendo bem melhor e menos verde.

A esposa lhe deu uns tapinhas compassivos.

— Humano?

— Sim, mas não faz muita diferença. Acho que já pus tudo para fora, se é que me entende.

Ela assentiu.

— Poderia ser a nossa atual proximidade do éter?

— Sim. E então?

— Então, o quê?

— Não vai anotar, esposa? Parece que a Peste Antidivindade chega até o éter.

— Ou isso, ou a própria etereosfera neutraliza suas habilidades sobrenaturais.

— Se fosse o caso, a essa altura os cientistas já teriam descoberto, não acha?

A preternatural tirou um diminuto caderno de anotações de um dos bolsinhos secretos da sombrinha e uma caneta-tinteiro de outro.

— Ah, sim? E como teriam chegado a essa conclusão? Os vampiros não podem voar muito alto, porque suas correntes são curtas demais. E os lobisomens não voam, porque enjoam.

— Não vá me dizer que ninguém transportou um fantasma ou um cadáver por dirigível antes?

Lady Maccon franziu o cenho.

— Eu não sei, mas vale a pena pesquisar. Estou aqui pensando se Genevieve e a falecida tia foram de aeróstato ou de trem quando viajaram de Paris para Londres.

— Você vai ter que perguntar a ela quando a alcançarmos. — Eles fizeram uma pausa constrangedora, por um momento. Então, Lorde Maccon perguntou: — Está sentindo a praga?

— Está se referindo àquela sensação de formigamento que tive nos limites de Alexandria?

Ele anuiu.

— Difícil dizer, pois a sensação já era semelhante às que tive em meio às brisas do éter. — A preternatural fechou os olhos e inclinou os braços para fora do cesto, abarcando o ar.

Na mesma hora, o marido agarrou seu ombro e puxou-a para trás.

— *Não* faça isso, Alexia! — E tornou a se esverdear, dessa vez de pavor.

Ela suspirou.

— Não sei dizer. Pode ser a Peste Antidivindade, pode ser a proximidade da etereosfera. Nós vamos simplesmente ter que esperar para ver o que vai acontecer perto do epicentro.

— Ninguém lhe disse, esposa, que é muito perigoso conduzir experimentos consigo mesma?

— Querido, não se preocupe. Para ser sincera, eu os conduzo com você também!

— Ah, muito reconfortante ouvir isso!

Biffy bateu educadamente à porta do gabinete do professor Lyall. Farejou o ar enquanto aguardava para entrar. Sentiu os cheiros de praxe do DAS — suor e colônia, couro e graxa de bota, óleo lubrificante e armamento. No fim das contas, parecia-se muito com os alojamentos militares. Não detectou nenhuma outra alcateia. Lady Kingair não estava ali naquele momento.

— Entre. — Foi a resposta suave do Beta.

O dândi ficou chocado ao perceber o quão aconchegante lhe parecia o som daquela voz. Quase revigorante. Fosse lá o que estivessem construindo juntos, Biffy concluiu, naquele momento, que era *bom*, demonstrando que valia a pena lutar por aquela relação. E, por ser lobisomem, tratava-se de uma forma de expressão mais literal e menos metafórica.

Ele respirou fundo e entrou, o prazer restringido pelo peso da informação que tinha a dar. O fardo de ser espião, costumava dizer Lorde Akeldama, não era estar a par das coisas, mas saber quando revelá-las aos demais. Isso e o fato de que rastejar sorrateiramente era um trabalho sujo, que acabava com os joelhos das calças.

Biffy julgou que não adiantava fazer rodeios.

— Eu sei quem matou Dubh, e ninguém vai gostar disso.

O dândi continuou a entrar, parando apenas para tirar o chapéu e pendurá-lo no porta-chapéus à porta. Este já estava repleto de sobretudos, mantas e chapéus, além de vários objetos menos agradáveis — coldres de couro para o armazenamento de armas de fogo, correias de munição de Gatling e o que parecia ser um ganso depenado feito de palha.

Assim que chegou à escrivaninha repleta de objetos e papéis do professor Lyall, Biffy tirou o projétil do bolso do colete e colocou-o com força no mogno escuro.

O Beta deixou de lado os documentos que lia e pegou-o. Depois de analisá-lo por alguns instantes, baixou os lunóticos, que estavam em cima de sua cabeça, e examinou-o com mais atenção, através das lentes de aumento.

Após um longo momento, olhou para o dândi, os lunóticos tornando seus olhos castanho-claros excepcionalmente grandes.

Biffy fez uma careta ante a desproporção.

O professor Lyall tirou os lunóticos, colocou-os de lado e devolveu a bala.

— Munição antinotívago. Antiga. Do tipo que matou Dubh.

O dândi anuiu, sério.

— Você nunca vai imaginar de quem é.

O Beta se recostou, o rosto vulpino impassível, e arqueou uma sobrancelha louro-escura, aguardando com paciência.

— Floote. — Biffy aguardou sua reação, ansiando por uma.

Nada. O professor Lyall era bom.

— Tudo foi obra dele. Floote teve a oportunidade. Estava disponível na hora do ataque inicial na estação de trem. Tinha acesso ao dirigível de Lorde Akeldama, que poderia usar para voltar, atiçando fogo em parte de Londres, para atrasar Lady Maccon. Você lembra que Dubh comentou com Sua Senhoria que não queria ir até a casa dela? Disse que não era seguro. Acredito que é porque sabia que Floote estaria lá. Então, quando ela levou o Beta ferido até lá, com quem acabou deixando-o sozinho no quarto, por alguns minutos?

— Com Floote.

— E o que aconteceu?

— Dubh morreu.

— Exato.

— Mas a oportunidade não chega a ser um motivo, meu caro filhote. — Apesar de sua passividade, o Beta não queria acreditar.

— Eu o confrontei, mas você o conhece. Alegou que teve algo a ver com Alessandro Tarabotti e as ordens que ele tinha deixado antes de morrer. Alguma coisa não deveria ser divulgada. Lady Maccon não deveria saber. Claro que ela foi ao Egito assim mesmo. Quer saber qual é a minha opinião? Acho que Alessandro Tarabotti, de alguma forma, deflagrou a Peste Antidivindade, e Floote tem se encarregado da propagação. Essa foi a ordem deixada pelo preternatural, e desde então o mordomo vem conduzindo secretamente, a distância, o mandato de extermínio de sobrenaturais. Creio que Dubh se meteu no caminho, e Floote não teve escolha.

— Ambicioso, mas o que você... — O professor Lyall fez uma pausa e farejou o ar. — Ah, minha nossa! — exclamou, apenas.

Biffy também farejou. Sentiu o cheiro de campo e ar rural, mas não do tipo com que tinha familiaridade, de sua própria alcateia. Aquele era um odor úmido, exuberante e incrivelmente verdejante, de léguas ao norte — Escócia.

Ele deu a volta, correu até a porta e abriu-a, só para ver a ponta grisalha do rabo de Lady Kingair desaparecer da entrada do DAS pela noite adentro, em alta velocidade.

Sentiu a presença do Beta ao seu lado.

— O que fez com Floote, meu janota?

— Deixei-o preso na adega, claro.

— Isso não é bom. Se tiver a menor oportunidade, ela vai matá-lo antes que consigamos arrancar mais informações dele.

— Sem falar que nunca é uma boa ideia comer um membro da criadagem.

Os dois se entreolharam e, então, em acordo tácito, começaram a se despir. Ao menos, consolou-se Biffy, os agentes do DAS estavam acostumados com aquelas excentricidades.

O professor Lyall desistiu no meio do caminho e simplesmente sacrificou o traje em nome da causa. O dândi observou-o correr atrás da Alfa. Torceu muito para que não tivessem que se meter em outra luta com o lobisomem-fêmea — não achava que conseguiria. Fosse como fosse, ele sacrificou alguns momentos para tirar o colete e o plastrom favoritos antes de se metamorfosear. A calça e a camisa podiam ser substituídas, mas não aquele colete, que era lindíssimo.

Foi correndo atrás do Beta, esforçando-se tanto que alcançou o lobisomem mais leve pouco antes de chegarem à residência urbana da alcateia. O professor Lyall tinha a reputação de ser um dos lutadores mais rápidos da Inglaterra, mas Biffy ainda contava com os músculos fortes para alcançá-lo numa corrida em linha reta. O dândi ficou satisfeitíssimo consigo mesmo.

Eles empurraram a porta da residência do casal Maccon e encontraram Lady Kingair farejando, correndo de um ambiente a outro, já tendo iniciado a caçada ao mordomo no andar de cima, nos aposentos dos criados. Por sorte, ainda não tinha chegado à adega. O aroma de Floote era tão forte em toda a casa, que devia estar desconcertando-a.

O professor Lyall e Biffy se entreolharam, olhos amarelos fitando olhos amarelos. Então, ambos saltaram na direção da Alfa furiosa e a obrigaram a recuar até a sala da frente, não graças à força, mas ao elemento surpresa.

O dândi bateu a porta com o rabo, depois de passarem.

O Beta mudou de forma, ficando de frente para Lady Kingair, que estava furiosíssima.

— Não acha que podemos conversar sobre isso cortesmente, só dessa vez?

A longilínea lobisomem-fêmea sentou-se nas patas traseiras, como se considerasse a proposta e, então, após um momento, o pelo grisalho se retraiu, e ela ficou parada diante do Beta.

Sidheag Kingair era uma mulher charmosa, embora tivesse sido transformada mais velha. Cruzou os braços, com total autoconfiança.

— Professor, não quero ser cortês. Se aquele homem assassinou o meu Beta, eu tenho todo o direito de matá-lo.

— Se.

Ela olhou para o dândi, naquele momento sentado nas patas traseiras e com a língua de fora, ofegante depois da corrida.

— Mas eu ouvi Biffy dizer que…

— Ouviu-o apenas conjecturar. Nada foi comprovado.

— Não pareceram conjecturas para mim.

O dândi se perguntou se ele também deveria mudar de forma ou se seria perda de tempo diante da fúria da Alfa. Mas, como queria participar além de ficar abanando o rabo e remexendo as orelhas, recorreu ao que lhe restava de coragem, enfrentou a dor e se transmudou.

— Temos que agir de acordo com a lei britânica, Lady Kingair, bem como com o protocolo da alcateia. A primeira coisa a fazer é confrontar o mordomo e fazer mais perguntas.

Ela fez um beicinho.

— Perguntas? Já que insiste.

O professor Lyall se virou para Biffy.

— Quer nos levar até lá?

Ele não queria, mas obedeceu ao Beta, movendo-se com certo constrangimento pela casa, nu e exposto à metade dos criados.

Os três foram até a adega — só para encontrar a porta entreaberta, sem sinal de arrombamento, e totalmente vazia.

Floote não estava ali.

Lady Kingair exclamou, enfurecida:

— Ele fugiu!

O professor Lyall balançou a cabeça.

— Não é possível. Nós reforçamos essa adega para conter lobisomens.

— Então *alguém* deve tê-la aberto. Ou não tê-la trancado direito — sugeriu a lobisomem-fêmea com rispidez.

Biffy se ofendeu.

— Posso lhe garantir que estava totalmente trancada, e eu ainda o revistei em busca de armas e ferramentas.

— Deve ter deixado de ver alguma coisa, filhote!

— Talvez eu tenha deixado de ver a ideia totalmente ridícula de que um mordomo seja capaz de abrir cadeados como os ladrões!

— É provável que sim, seu…!

O Beta se intrometeu:

— Espere um momento, Lady Kingair. Acabou de vasculhar o quarto de Floote, quando estava procurando por ele?

Ela deu de ombros, os cabelos longos e grossos esvoaçando diante dos seios nus. Continuou a fulminar o dândi com os olhos.

Sem se deixar intimidar, já que sabia que tinha feito tudo o que devia ser feito, Biffy fingiu examinar as unhas. Por algum motivo, a mudança de formas era um desastre para as cutículas.

O professor Lyall continuou a perguntar:

— Ele levou seus pertences?

Lady Kingair não estava interessada em esmiuçar os pormenores do desaparecimento do mordomo e sim em culpar alguém por isso — o dândi.

Biffy se virou para apalpar as paredes da adega, tentando encontrar pistas que pudessem demonstrar a capacidade de Floote de fugir de um cômodo, até aquele momento, inviolável.

Não chegou a notar que ela se transformara. O único aviso que teve foi o grito do Beta.

Depois, o filhote nunca soube ao certo o que fez nem por que ocorreu. Reagiu por instinto, em meio a dois impulsos simultâneos — o do lobisomem, que queria se transmudar para se autopreservar, e o do homem, que odiava profundamente a dor da transformação, mais até do que um paletó mal-cortado e um plastrom solto. Esses dois instintos lutaram entre si quando a cruel lobisomem-fêmea arremeteu contra ele.

Biffy se metamorfoseou.

Mas não chegou a conseguir fazê-lo por completo.

Só a cabeça.

A ação interrompeu Lady Kingair de uma forma que nada mais faria. Ela parou, sem mover as quatro patas, paralisada de surpresa, e o fitou.

O dândi não entendeu o que estava acontecendo. Sentia-se como de costume e, naquele momento, apenas com um pouco de dor, mas a cabeça parecia inchada e pesada, como se ele tivesse pegado um resfriado, e seus sentidos estavam bem mais aguçados.

O Beta avançou, esbarrando na lobisomem-fêmea, e parou em silêncio na sua frente. Estava com a boca ligeiramente entreaberta, chocado, com uma expressão que Biffy nunca imaginara que veria em seu rosto.

O dândi tentou perguntar "o que está acontecendo?", mas só conseguiu soltar um gemido e dar um pequeno latido.

— Biffy — começou a perguntar o professor Lyall —, você sabia que podia adotar a Forma de Anúbis?

Ele latiu de novo. Começou a tremer um pouco. De medo e tensão, não por estar nu em pelo numa adega. Os lobisomens raramente sentiam frio, mesmo só com a pele humana. Ou metade dela.

Lady Kingair voltou à forma *completa* de ser humano. Continuava brava e impaciente, mas parecia bem menos inclinada a brigar com ele do que estivera havia alguns minutos.

— Ele não *agia* como Alfa.

O Beta estava totalmente concentrado em Biffy; mal olhou para a Alfa de Kingair.

— Agia, em alguns aspectos.

O dândi supôs que sua aparência deveria estar para lá de ridícula. A cabeça de um lobo, toda peluda, de olhos amarelos, no corpo pálido e delgado de um janota. *Não quero ser Alfa*, gritou, internamente. *Não quero passar metade do tempo lutando com desafiadores. Não quero ter a responsabilidade de uma alcateia. Não quero morrer cedo nem enlouquecer. Que esse troço desapareça!*

Mas, outra vez, ele só conseguiu gemer.

— Está tudo bem, filhote — disse o professor Lyall, em tom reconfortante. — Você só precisa se transformar de novo. Ao menos, acho que

é assim que funciona. — Ele franziu o cenho. — Já servi a diversos Alfas e nunca pensei em perguntar se a Forma de Anúbis se processa da mesma forma que a de lobisomem. Que grande professor eu sou.

Biffy se limitou a gemer de novo. Estava tentando. Buscava o recôndito no seu âmago mais profundo em que podia forçar a transformação e o formigamento causado pela reconstituição dos ossos. Não estava dando certo. Não conseguia voltar a nenhuma das duas formas: nem à de lobo, nem à de ser humano. Continuava aprisionado na intermediária, de Anúbis.

— Pelas Barbas do Profeta! Está emperrado?

Homem inteligente. O dândi balançou com veemência a cabeça felpuda.

— Ah, não tenho tempo para isso! Precisamos capturar aquele crápula do Floote. — Lady Kingair chegara ao limite. Era evidente que a situação complicada de Biffy só piorava sua noite.

Ela subiu a escada. Disposta, sem dúvida, a perseguir o mordomo noite adentro.

— Aonde ele poderia ir? — gritou ela para os dois lobisomens.

Dando de ombros, eles a seguiram.

O professor Lyall observou:

— Se Floote ainda trabalhava para Sandy e vinha levando aquele plano a efeito esse tempo todo, podemos supor que se trata de um objetivo antissobrenatural. Sandy me prometeu... — O professor Lyall fez uma leve careta ao se lembrar disso, uma velha mentira só agora revelada. — Não importa o que ele prometeu. Se o plano foi, desde o princípio, propagar a peste, então é bem provável que nem eu tivesse conseguido fazê-lo mudar de ideia.

Lady Kingair concordou.

— Eu acho que não foi tão sedutor quanto pensou, Beta. Então, aonde Floote iria?

Biffy ficou atrás do professor Lyall e pôs a mão em seu ombro, num gesto reconfortante. Queria lhe assegurar que o achava sedutor, mas só conseguiu rosnar, aborrecido.

O dândi sabia o que faria se estivesse no lugar do mordomo. Se fosse um mortal com lobisomens no seu encalço, só havia um lugar verdadeiramente seguro — o ar. E Floote, leal até o último momento, tentaria chegar a Lady Maccon para lhe explicar suas ações. Para garantir que estivesse em segurança, já que isso também fizera parte das ordens deixadas por Alessandro Tarabotti. Biffy poderia ter dito tudo isso, mas sua boca não permitiu, tampouco o pescoço, que se tornara parcialmente de lobo, incluindo suas cordas vocais. *Minha nossa, e se eu ficar desse jeito para sempre? Nunca mais vou conseguir usar um colarinho pontudo!* Mas então ele percebeu, aliviado, que Anúbis era uma forma de lobo, ao menos em parte, e que não perduraria após o nascer do sol. *Só mais algumas horas, então.*

O professor Lyall chegara à mesma conclusão que o dândi em relação ao que Floote faria.

— Ele vai atrás do dirigível mais próximo.

Lady Kingair partiu em disparada.

Biffy gemeu e meneou a cabeça de lobo em direção à escada, que ia até o corredor do segundo andar e terminava na varanda onde ficava a ponte levadiça secreta até a casa de Lorde Akeldama. Se o mordomo queria decolar logo, pegaria *Paina de Dente-de-Leão numa Colher*. Afinal de contas, já usara o dirigível particular de Lorde Akeldama antes.

O Beta concordou, mas não tentou impedir Lady Kingair. Deixou que corresse noite adentro, provavelmente até as bilheterias das estações dos maiores dirigíveis públicos no campo. Não era uma mulher acostumada a Londres e a suas extravagâncias. Nem lhe ocorrera que poderia haver um aeróstato *particular* ali perto.

O professor Lyall começou a subir a escada para ir até a casa do vampiro.

Biffy não se moveu.

— Você não quer verificar se tem razão? Se ele conseguiu roubar o dirigível de Lorde Akeldama pela segunda vez? — incitou-o o Beta, com delicadeza.

O dândi gesticulou, mostrando o corpo nu e a cabeça peluda com a mão delicada e pálida.

O Beta compreendeu perfeitamente.

— Está com vergonha?

Ele assentiu.

— Não seja bobo. Deveria se orgulhar disso: pouquíssimos lobisomens conseguem adotar a Forma de Anúbis, nem mesmo todos os Alfas. E é raríssimo que ocorra em um filhote tão jovem quanto você. Em geral, é necessário ao menos uma década para que ela se manifeste. Isso é incrível.

Biffy gemeu sarcasticamente.

— Não seja tolo. É, sim.

O outro deu um latido irritado, torcendo que soasse como uma risada de deboche.

— Confie em mim, meu dândi, isso é *bom*. Agora, venha.

Com um suspiro, Biffy obedeceu e seguiu-o pela pequena ponte levadiça até a casa de seu ex-amo.

Três anos antes, a visão de dois homens nus, um deles com cabeça de lobo, perambulando pela residência de Lorde Akeldama teria provocado um verdadeiro pandemônio. Diversos zangões, talvez até o janota, poderiam ter desmaiado.

Não que o vampiro e seus rapazes fizessem objeções à nudez; na verdade, até eram a favor dela — no ringue de boxe, por exemplo, ou no quarto. Mas andar pelos corredores sem as vestimentas adequadas, que dirá sem roupa, era condenável, a menos que motivado por extrema embriaguez ou instabilidade emocional. E não se tolerava um lobisomem na casa de um vampiro, exceto nos eventos sociais. Tudo isso mudara quando Lady Maccon se instalara no closet de Lorde Akeldama. Pois, aonde quer que ela fosse, Lorde Maccon ia junto, e aquele bom senhor conseguira melhorar, de alguma forma, a mentalidade do lar do vampiro no que tangia à nudez e aos lobos, sobretudo juntos.

Era consenso entre os zangões que o conde tinha um corpo especialmente bem-feito, e a rivalidade corria solta na hora de escolher quem iria vesti-lo à noite. Depois que Floote assumira o papel, tornara-se um desafio verificar quem entre eles podia provocar pequenos incidentes para que Lorde Maccon irrompesse ao natural no corredor.

E, por isso, todos os habitantes do lar de Lorde Akeldama toleraram sem titubear o surgimento inesperado do professor Lyall e de Biffy despidos, embora tivessem olhado para o dândi de um jeito esquisito. Muitos deles nunca tinham visto a Forma de Anúbis. Biffy extraiu um grande consolo do fato de ninguém saber que se tratava dele, já que estava com a cabeça de lobisomem. Até, evidentemente, eles depararem com Lorde Akeldama, que saía da câmara de seu etereógrafo, quando eles subiam até o telhado.

O vampiro usava uma vestimenta que mais lembrava as águas de uma ilha tropical, com diversos matizes de turquesa, azul-petróleo e água-marinha, tendo como acessórios pérolas e ouro branco. Seus traços afeminados estavam concentrados na leitura de um pedacinho de papel em que se anotara, sem sombra de dúvida, alguma mensagem etérea de graves consequências no âmbito da moda, da política ou da sociedade.

Lorde Akeldama olhou longamente para o corpo do professor Lyall e meneou levemente a cabeça, em sinal de aprovação acadêmica. Em seguida, examinou ainda mais demoradamente o dândi.

Por fim, perguntou:

— Biffy, meu *querido* rapaz, o que foi que *fez* com seus cabelos? Algo novo para a noite?

O dândi inclinou a cabeça de lobo, envergonhadíssimo. É evidente que o vampiro não precisava ver seu rosto para reconhecê-lo — tinha uma memória longa e um pouco inconveniente das partes corporais.

Lorde Akeldama deu um leve sorriso, a ponta de uma presa aparecendo discretamente no canto da boca.

— E, então, meu caro Dolly, sabia que *isso* ia acontecer? É muita sorte como homem e como lobisomem, não é mesmo? A Forma de Anúbis pode ser a solução para todos os seus problemas, se tiver paciência e seguir as sugestões certas.

O Beta se limitou a inclinar a cabeça.

— Mas claro que já sabia *disso* quando a forma se manifestou.

A expressão do professor Lyall não se alterou.

O vampiro deu um largo sorriso, as presas afiadas, reluzentes e intensas, tão aperoladas quanto o alfinete do plastrom ao seu pescoço.

— Não confio na sorte, professor Lyall. Nem um pouco. — Ninguém deixou de notar que ele usava, pela primeira vez, o nome adequado de alguém.

A cabeça de lobo de Biffy ia de um a outro oponente, imaginando todas as conotações subjacentes.

— Nunca subestimo o mesmo homem duas vezes — prosseguiu Lorde Akeldama, mexendo no alfinete do plastrom com uma das mãos, enquanto com a outra guardava disfarçadamente o pedaço de papel onde anotara a mensagem etereográfica.

— Está me dando crédito demais, milorde, se pensou que eu previ isso. — O Beta apontou para o estado alterado do dândi.

— Bom, Biffy, o que tem a dizer a respeito? — O vampiro fitou o ex-zangão, com expressão amistosa, embora um tanto distante.

— Ele está empacado, milorde. — O Beta ajudou-o.

— Ó céus, que enervante.

— Com certeza. Imagine como ele deve estar se sentindo.

— Isso, meu caro, está além até da *minha* capacidade. Mas me digam, em que posso ajudá-los? Querem *trajes*, talvez?

O professor Lyall revirou os olhos ligeiramente.

— Daqui a pouco. Nós gostaríamos antes de verificar as condições e o estado do dirigível de Vossa Senhoria.

— Do *Sacolejo*? Acho que está ancorado lá em cima. Faz muitas luas que não é usado. Suponho que não tenha sido necessário, com a minha querida Alexia morando aqui. Por quê?

— Acreditamos que ele possa ter sido usado para fins perversos.

— Não me diga! Que maravilhosamente *picante*! Mal posso acreditar que não fui convidado.

O Beta não fez nenhum comentário.

— Ah, talvez esteja aqui na condição de agente do DAS, Dolly, *meu queridinho*?

O professor Lyall sabia muito bem que não deveria dar a Lorde Akeldama qualquer informação além do estritamente necessário.

— Não? Questão da alcateia, então? O meu pequeno *Sacolejo* tem algo a ver com aquele infeliz incidente relacionado *ao outro Beta*? — O vampiro deu um muxoxo, em torno das presas. — Tão triste.

Sem resposta por parte do professor Lyall e nenhuma possível de Biffy, Lorde Akeldama acenou magnanimamente com a mão coberta por uma luva azul-piscina na direção da escada que conduzia ao telhado.

— Sigam-me, por favor.

Os três subiram e constataram que, com efeito, *Paina de Dente-de-Leão numa Colher* já não estava ali. Eles a viram, a distância, flutuando alto na corrente do éter, na direção sudoeste. Os dois lobisomens não se surpreenderam. Lorde Akeldama fingiu estar ultrajado, embora com certeza tivesse sido avisado de que devia haver algo errado.

— Imagine só! Que absurdo, pegar o dirigível de um homem sem lhe pedir! Suponho que vocês dois tenham uma boa ideia de quem pegou emprestado minha belezura?

Os lobisomens se entreolharam.

— Floote. — Sem dúvida, o professor Lyall concluíra que o vampiro descobriria mais cedo ou mais tarde.

— Ah, bom, ao menos vai cuidar dele e devolvê-lo em excelente estado. Os mordomos são assim, não é? Mas aonde o levou? Não *muito longe*, espero. Meu estimado aeróstato não é feito para percorrer longas distâncias.

— Talvez tente passar em pleno éter para um dos dirigíveis postais.

— Vai atrás da mais querida das Alexias, não vai? Egitinho?

— Muito provavelmente.

— Ora, ora.

— Exato.

— O dirigível vai ser abandonado, coitadinho. É melhor dar parte às autoridades sobre o desaparecimento, para que não me responsabilizem se cair em algo *importante*. A menos que você, *meu caro Dolly*, sendo do DAS, já conte como…

O Beta balançou a cabeça.

— Ah, está bem, então vou mandar Boots até a delegacia local. Nossos belos rapazes com alfinetes de prata.

O professor Lyall assentiu.

— Provavelmente, é um bom plano. Embora eu ache que não precisam saber quem o levou. Não ainda. Até agora, só temos coincidências e especulação.

O vampiro olhou-o de alto a baixo, de um jeito que considerava todos os detalhes.

— Olhe só para você, Dolly, controlando informações como um velho agente secreto. Parecendo até vampiresco. E, claro, *minha querida Alexia* não gostaria de ver o mordomo com um registro na polícia.

— Exato. Precisamos levar em consideração os sentimentos dela em relação a esse assunto.

— Eu suponho que... Lady Kingair? — O vampiro agitou os dedos casualmente no ar.

O professor Lyall apenas abaixou os olhos.

— Com efeito, negócios de lobisomens. Certo. Bom, *Dolly, meu amor*, eu realmente gostaria que seus assuntos lupinos não tivessem feito meu dirigível a *desaparecer*.

— Sinto muito por isso, Lorde Akeldama.

— Deixe para lá. É bom que meus rapazes tenham algo para fazer. Londres tem estado insuportavelmente monótona sem Lady Maccon. E, agora, como estou vendo que o sol nascerá em breve, devo pedir licença aos cavalheiros. — Ele fez uma pequena reverência para o professor Lyall. — Beta. — E, em seguida, para o outro, de forma enfática: — *Alfa*.

Os dois lobisomens ficaram ali, nus no telhado da residência urbana do vampiro, observando a aurora. Conforme o sol surgia, Biffy foi se aproximando aos poucos do corpo delgado do professor Lyall, até seus ombros se tocarem. Quando os primeiros raios de sol despontaram no horizonte, o dândi sabia que o companheiro podia sentir os tremores da transformação que o tirou da forma de Anúbis e lhe devolveu a forma humana.

Os raios solares pareceram implacáveis, deixando-o com a sensação de que sua pele estava seca e esturricada. Tal condição, Biffy aprendera, era o preço que os lobisomens pagavam por sair durante o dia. Mas era um alívio sentir a tez repuxar em torno dos olhos e do nariz. Ele estendeu a mão hesitante para si mesmo, a fim de tatear, e encontrou o rosto humano, em vez do de lobo.

— Não quero ser Alfa — foi o seu primeiro comentário, para testar o funcionamento das cordas vocais.

O professor Lyall pressionou ainda mais o ombro contra o dele.

— Não, os melhores nunca querem.

Os dois permaneceram ali, sem se olharem, contemplando o despertar da cidade, como se tentassem enxergar um pequeno dirigível, que havia muito se esvaíra.

— Você acha que ele alcançou o dirigível postal? — perguntou o dândi, por fim.

— É o Floote. Claro que sim.

— Coitada de Lady Maccon, um mordomo assassino, um pai traidor e um marido que quer morrer.

— É por isso que acha que Lorde Maccon queria tanto ir ao Egito?

— E você não acha? Que homem quer enlouquecer? No meu entender, a Peste Antidivindade é uma ótima solução para o problema da imortalidade dos Alfas. — Biffy pensava, evidentemente, em seu próprio futuro.

— Uma forma interessante de expressá-lo.

— Eu não acredito que nenhum lobisomem tenha pensado em usá-la antes.

— Como sabe que não? Quem acha que reuniu todas aquelas informações nas quais você estava tão interessado, sobre a propagação da peste?

— Ah.

— Ah, mesmo. Sente-se reconfortado com isso? — O Beta se virou para ele. Biffy sentiu os olhos castanho-claros fixos em seu perfil. Mas continuou a contemplar a linha do horizonte. *Pelo menos o meu perfil é bonito*, consolou-se.

— Quer dizer, agora que eu sei que sou Alfa? — Ele ponderou sobre a pergunta. Sentir-se reconfortado por ter um lugar seguro para morrer como lobisomem, quando, certa vez, tempos atrás, considerara viver para sempre como vampiro? Deixou escapar um leve suspiro.

— Sim, eu me sinto reconfortado, sim. — Fez uma pausa. — Quanto tempo tenho?

O professor Lyall deu uma bufada divertida.

— Ah, algumas centenas de anos, no mínimo, talvez até mais, caso se estabilize bem. Você ainda tem que concluir o serviço militar, claro. O que é sempre um risco.

— Para aprender a lutar?

— Exato. Eu não me preocuparia, meu dândi. Lorde Maccon será um ótimo professor.

— Você acha que ele vai voltar?

— Acho. No mínimo para me dar uma bela bronca pelos pecados do passado.

— Otimista.

— Eu creio que, sob esse aspecto, conheço o nosso Alfa melhor do que você, filhote.

— E ele vai tolerar a minha presença, mesmo com…? — Biffy apontou para a própria cabeça.

— Claro. Você ainda é jovem e, com certeza, não chega a representar um desafio para um Alfa do calibre dele.

— Engraçado, eu estava começando a me sentir bem velho.

O Beta deu um sorrisinho.

— Venha, então, se deitar comigo, e vou lhe lembrar, da melhor forma possível, como você ainda é jovem.

— Está bem, senhor.

— Ah, Biffy, acho que *agora* sou eu que tenho que falar assim.

O filhote riu, empertigou-se e segurou a mão do professor Lyall.

— Certo, vamos, então.

— Pois bem, *senhor*. — O Beta conseguiu, de algum modo, englobar na resposta a mudança de posição hierárquica, a promessa de malícia e a aprovação de um professor favorito, tudo numa única frase.

Capítulo 16

As Propriedades Terapêuticas do Banho no Nilo

Já fazia cinco dias que o casal Maccon e Prudence viajavam no balão dos nômades, rumo ao sul. Cinco dias voando rápido sobre a longa faixa do Rio Nilo, que exibia um tom verde-azulado escuro de dia e argentado à noite. Durante esses cinco dias, a lua cheia despontou e desapareceu, sem, pela primeira vez em centenas de anos, provocar nenhuma alteração no conde. Com isso, para a satisfação de sua esposa, ele pôde brincar à vontade e cuidar da filha a qualquer hora do dia ou da noite, sem quaisquer repercussões. Mas acabou ficando com uma barba grande e peluda, o que não agradou Alexia.

— A virilidade do homem está na barba — insistiu Lorde Maccon.

E Lady Maccon observou:

— E a feminilidade da mulher está no decote. Ainda assim, você não me vê deixando que o meu saia de controle, vê?

— Se os desejos se tornassem realidade… — Foi sua única resposta.

Voar era, pensou a preternatural, um passeio agradabilíssimo. Sem sombra de dúvida as acomodações a bordo deixavam a desejar e eram apertadas, mas havia momentos maravilhosos a serem desfrutados naquele tipo de viagem. Durante dois dias o grupo se interconectou com, ao que tudo indicava, a maioria dos parentes de Zayed. Eles também usavam balões vívidos, a maioria de tom roxo, que se

aproximavam do Nômade, depois se afastavam um pouco e pegavam carona na mesma corrente de éter. Zayed lançava uma rede redonda enorme, e cada novo balão que chegava pegava um pedaço, até ficarem todos interligados, formando uma espécie de rede gigantesca pendurada sob e entre eles. Essa era a passarela em que certos negócios eram conduzidos e uma área de recreação para as crianças. Lorde Maccon, que continuava a se sentir pouco à vontade nas alturas, recusou-se terminantemente a testá-la, mas Lady Maccon não costumava recusar uma nova experiência, ainda mais parecendo tão interessante. Ela pulou, mesmo sabendo que alguém na terra poderia ver entre suas saias, se usasse binóculos. Dali a pouco, já estava saltando e caindo na rede ampla. Não era tão fácil percorrê-la quanto parecia. Não conseguiu, de forma alguma, imitar a caminhada saltitante e suave da esposa do Nômade, que era capaz de ir de balão a balão, em um estranho reflexo da dona de casa britânica indo fazer uma visita, com trouxas de comida equilibradas na cabeça.

Prudence, claro, adaptou-se ao novo transporte no céu tão depressa como um vampiro recém-criado sugando sangue, saltando como a pequena Anitra, que era sua nova pessoa favorita no mundo. Lady Maccon sabia que a filha do Nômade, que crescera com tais trivialidades como redes no éter, conhecia mais do que a criança típica sobre quedas. Como ela própria também percebeu que havia sempre crianças mais velhas ou mães por perto observando com atenção as extremidades da rede, relaxou a própria vigilância. Mas não Lorde Maccon, que não desgrudava os olhos horrorizados da filha e da esposa, alternando gritos de "Prudence, não pule tão alto!", "Alexia, se você cair, vou matá-la!" e "Esposa, cuide da sua filha!". Prudence, completamente indiferente à preocupação do pai, continuava a saltar. Lady Maccon ignorava os gritos dele, considerando-os normais para um sujeito que sentia a necessidade de sempre estar com os dois pés ou as quatro patas em terra firme.

Ao longo daqueles cinco dias de viagem, eles pousaram apenas uma vez, na noite em que se conectaram com os outros balões. Zayed insistiu que precisavam descansar e reabastecer o gás e a água. Foram descendo aos poucos após o crepúsculo, puxando a rede conforme prosseguiam, até aterrissar num pequeno oásis. O formigamento provocado pela Peste Antidivindade era muito mais forte no deserto. Foi quase incômodo para a preternatural, o que não ocorrera durante o voo. Ela começou a sentir indícios daquela pressão, daquela repulsa física que sentira pela primeira vez na presença de uma pequena múmia, decorada com o ankh quebrado. Prudence tampouco ficou satisfeita ali. "Alto", não parava de repetir, "mamã, alto!" Somente o conde ficou feliz, refestelando-se na areia como um filhote, antes de tirar a roupa para se banhar no oásis. A esposa supôs que nem mesmo a Peste Antidivindade poderia anular o lado lupino de Lorde Conall Maccon.

Dois dias depois, eles chegaram à curvatura no Nilo.

Lady Maccon ficou hipnotizada com o lugar, à medida que sobrevoavam a região. Como já era noitinha, desceram de forma lenta e cadenciada. Do céu, aquele ponto parecia estranhamente familiar, a curva ampla do rio adquiria uma forma específica no deserto que a preternatural teve certeza de reconhecer. Mas era como tentar ver figuras nas nuvens. Então, conforme foram se aproximando, ela percebeu o que era.

Acenou autoritariamente para o marido grandalhão.

— Conall, venha aqui. Está vendo aquilo?

Ele lhe lançou um olhar grave.

— Alexia, eu estou tentando *não* olhar para baixo. — Mas foi até ela.

— Sim, mas, por favor, olhe lá. Zayed, pode me conceder um minuto do seu tempo? O que *é* aquilo?

O anfitrião caminhou até eles. Lady Maccon já estava inclinada sobre a extremidade do cesto, olhando atentamente para baixo.

O Nômade anuiu.

— Ah, sim, claro. A Criatura do Areal.

A preternatural apontou para ajudar o marido, embora ele não estivesse interessado.

— Está vendo lá, na curva do rio? É a cabeça e, naquela outra parte, estendendo-se em faixas até o deserto, as pernas. Aquelas são trilhas, Zayed?

O conde, incapaz de continuar a examinar a terra, que descreveria como algo que se *movia* rapidamente em sua direção, foi se deitar numa pilha de mantas coloridas e fechou os olhos.

O Nômade confirmou a avaliação de Lady Maccon.

— Trilhas fantasmagóricas no deserto.

— Feitas mesmo por fantasmas? Antes da praga, eu suponho.

— É o que dizem. Não por quaisquer fantasmas, senhora. Fantasmas de reis e rainhas e de seus criados. Devem ser deles. Que homem vivo caminharia voluntariamente pelas areias do deserto?

— Oito trilhas, oito pernas — ponderou a preternatural. *É um polvo. Mas de cabeça para baixo? Claro, porque o Nilo corre para dentro!* Ela continuou a interrogar o anfitrião: — E aquele lugar ali? O que representa o olho?

— Ah, senhora, aquele é, como vocês diriam, um templo.

— Para qual dos diversos deuses do Antigo Egito?

— Oh, não para um deus, mas para uma rainha. Uma rainha que se tornaria faraó.

Ela conhecia a história do Egito o bastante para saber que só podia ser uma pessoa.

— Hatshepsut? Isso mesmo. *Muito* interessante.

Zayed a olhou com estranheza.

— Sim, senhora. O que ela diria ao vê-la visitando esta região?

— Ora, e que diferença faz a opinião dela? Aquele templo já foi adequadamente escavado?

Antes que Zayed pudesse responder, várias coisas aconteceram ao mesmo tempo. O balão foi perdendo altitude, conforme o ar começou a esfriar com a proximidade do rio, e passou a baixar na direção do ponto em discussão — o Olho do Polvo. Lady Maccon teve uma sensação de total repulsa, que só sentira até aquele momento perto da múmia preternatural. Acontece que, daquela vez, estava dez vezes pior. Era como se estivesse sendo empurrada, literalmente empurrada, por centenas de mãos invisíveis. Todas tentavam pressionar sua pele, para que ela se dissolvesse na carne e nos ossos. Era uma sensação terrível, e ela quis, acima de tudo, implorar a Zayed que levasse o balão de volta ao éter. Mas Lady Maccon também sabia que as respostas para várias de suas perguntas estavam lá embaixo.

Ao mesmo tempo, Lorde Maccon comentou:

— Ah, estou me sentindo bem melhor. — E, então, sentou-se reto.

Prudence gritou:

— Mamã, mamã, mamã. Não!

A preternatural, zonza por causa da repulsa, curvou-se para frente, inclinando-se ligeiramente sobre a extremidade do cesto, e viu uma dahabiya grande e moderna ancorada perto do fatídico olho do polvo.

Alheio ao caos interno da passageira, Zayed respondeu à sua pergunta:

— Nunca se deve desprezar a opinião de uma rainha. Mas *essa* mudou os caminhos do mundo.

Lady Maccon teve a sensação de que estava deixando passar alguma coisa. Como se a terra rodopiasse e se afastasse dela, tão delicada, prateada e célere quanto o Nilo em época de cheia. A pressão foi se tornando cada vez mais forte, até ela ter a impressão de estar sendo sufocada num barril de melado.

O balão pousou com um solavanco a apenas dez passos do Templo de Hatshepsut, mas a preternatural nem se deu conta disso. Pela segunda vez na sua vida adulta, perdeu os sentidos.

Lady Maccon acordou com o choque da água gelada batendo no seu rosto e escorrendo pelo seu corpo.

Alguém a jogara no Rio Nilo — totalmente vestida.

Ela falou, cuspindo água:

— Ah, minha nossa, mas o quê…?

— Ideia minha. — A voz melíflua, com ligeiro sotaque, de Madame Lefoux surgiu detrás da cabeça da preternatural. A francesa parecia estar segurando-a pelos ombros, para que flutuasse com a corrente.

O rosto preocupado de Lorde Maccon apareceu, bloqueando as estrelas no céu noturno.

— Como está se sentindo?

A esposa avaliou a situação. A pressão continuava lá, a sensação de repulsa, mas agora predominava na cabeça e no rosto. Nas partes do corpo submersas, não sentia nada.

— Melhor.

— Bom, ótimo. Não me assuste assim, mulher!

— Conall, eu não tive culpa!

Ele estava truculento.

— Ainda assim, nada típico da sua parte!

— Às vezes, até mesmo eu me comporto de forma inesperada.

Lorde Maccon não quis conversa.

— Não faça isso de novo.

A esposa desistiu; de forma alguma ele seria razoável. Ela inclinou a cabeça para poder observar Madame Lefoux, de cabeça para baixo.

— Foi uma boa ideia, Genevieve. Mas não posso ficar aqui no Nilo indefinidamente. Preciso investigar um polvo. — Em seguida, ela se lembrou de algo. — Primrose! Você a raptou e a trouxe junto?

— Não, Alexia. Nem sabia que a menina tinha desaparecido, até o seu marido me fazer a mesma pergunta há dez minutos.

— Mas nós pensamos...

— Não, sinto muito. Eu saí apressada do hotel porque descobri uma informação muito importante e queria vir para cá o quanto antes. Nem sabia que houve um sequestro. Espero que a garotinha esteja bem.

— Não é o que todos nós esperamos? Maldição! Torcíamos que você tivesse visto algo e estivesse no encalço dos sequestradores. Mas, afinal, o que foi tão interessante? — Ela não era sutil.

A francesa suspirou.

— Bom, como vocês estão aqui agora, podemos juntar forças. Talvez você tenha algumas peças perdidas do meu quebra-cabeça.

— E como sabe que não é o contrário? — perguntou o conde.

Madame Lefoux prosseguiu como se ele não a tivesse interrompido.

— Eu estava na companhia de Edouard Naville, um arqueólogo promissor.

— E integrante da OPC? Sabia que você tinha outro motivo para visitar o Egito.

A inventora não confirmou qualquer ligação com a Ordem do Polvo de Cobre. O que, em si, já era uma admissão.

— Ele recebeu há pouco a concessão de Deir el-Bahri.

— Ah, sim — encorajou a preternatural, sem entender nada daquilo. Ela bateu as pernas freneticamente para se endireitar, plantando os pés no que, a seu ver, devia ser um leito imundo, mas, como ainda estava de botas, era impossível dizer. Continuou agachada para manter a maior parte possível do corpo submersa.

Lorde Maccon ofereceu assistência com a manobra. Alexia notou que, embora eles não tivessem se dado ao trabalho de tirar *seu* vestido, o marido estava nu, e Madame Lefoux usava uma espécie de traje de banho masculino. Atrás dela, à margem, a preternatural viu o balão de Zayed, praticamente desinflado, e um grupo de pessoas que deveria incluir a família do Nômade e a tripulação da dahabiya da francesa. Eles estavam fazendo algum tipo de negociação, comendo algo, ou ambos. Lady Maccon podia ouvir a filha, com sua costumeira falta de interesse na água, dando risadinhas. Prudence não estava nem um pouco preocupada com a situação da mãe e seu consequente estado ensopado.

A francesa fez um gesto, indicando a margem do Nilo às suas costas.

— *Estamos* em Deir el-Bahri. Você pode ver algumas das ruínas do templo atrás de nosso grupo. Mais adiante fica o Vale dos Reis. Mas este... este é o Olho do Polvo.

Lady Maccon assentiu.

— Sim, eu já havia me dado conta disso.

— Naville ainda é jovem, mas espera poder fazer escavações aqui. Fui enviada para investigar *a fonte*, entende?

A preternatural estava um passo à frente.

— A fonte da Peste Antidivindade. Você também?

O conde interrompeu-as:

— De quem mesmo você disse que era esse templo?

— Eu não, Monsieur Naville é quem acha que se trata do templo mortuário da Rainha Hatshepsut.

Momento em que, sem mais nem menos, ele soltou uma sonora gargalhada, que ressoou pelo rio.

— Bom, tenho certeza de que ela não vai gostar da nossa visita.

Lady Maccon franziu o cenho.

— O sr. Zayed disse a mesma coisa.

O marido prosseguiu:

— E não pode ser um templo mortuário. De metamorfose, talvez, mas não fúnebre.

A esposa começou a entender aonde ele queria chegar e quase caiu para trás no Nilo, de surpresa.

— Está me dizendo que...?

— Matakara é o outro nome de Hatshepsut. Bom, um dos vários. Você não sabia?

— Claro que não! Por que haveria de saber? E por que você não me *contou*? Minha nossa, ela é mesmo *muito* velha!

Ele inclinou a cabeça charmosa daquele jeito irritante, simulando afetada modéstia.

— Não achei que seria especialmente importante.

— Ah, *não achou*? Maravilha. E, *agora*, acha que seria importante? — Lady Maccon tentou se concentrar, o que era difícil com aquela sensação repulsiva pressionando seu cérebro. Ela mergulhou a cabeça, sentindo-se melhor na mesma hora. Quando voltou à tona, já imaginando o péssimo estado de seus cabelos, ao menos ficou satisfeita por alguém ter tido o bom senso de tirar seu chapéu e sua sombrinha antes de atirá-la na água. — Mas, Conall, você não me disse certa vez que o Egito Antigo era governado por lobisomens?

— E a Roma Antiga era governada por vampiros. Mas ainda havia alguns hematófagos no Egito, mesmo naquela época. Hatshepsut foi um resultado inesperado. Enfureceu diversas pessoas. Tutmés, claro, pôs tudo nos eixos depois. Era um dos *nossos*.

— Não faz sentido. Por que o templo de Matakara seria o epicentro da Peste Antidivindade? Por que um vampiro se meteria nisso? Os de sua estirpe também seriam exterminados.

Madame Lefoux interveio:

— Posso sugerir que observemos primeiro as provas científicas e os fatos e deixemos para especular depois?

— Suponho que ainda não explorou o templo? — A preternatural ficou surpresa.

— Faz pouco tempo que eu cheguei. Nós estávamos atracando quando o seu balão aterrissou. Por sinal, como conseguiu convencer um Nômade a trazê-los?

— Supostamente tenho que corrigir o erro do meu pai — respondeu de forma enigmática, fazendo uma careta de desdém.

— Mas qual dos inúmeros? Em todo caso, como o templo ainda não foi escavado, está cheio de areia. Seriam necessários anos para tirá-la. Nem sei por onde começar.

Lady Maccon espirrou água na sua direção.

— Minha cara Genevieve, não creio que nossas respostas estejam dentro do templo.

— Não?

— Não. Lembra-se do que descobrimos, que o toque preternatural requer ar, de preferência seco, para ter efeito? Não acha que o mesmo deve ocorrer com os preternaturais mortos?

— Preternaturais mortos? É essa a nossa fonte?

Lady Maccon franziu os lábios.

— Há quanto tempo sabe que poderia ser uma possibilidade?

— Desde a Escócia.

— O mecanismo da humanização foi uma múmia?

— Uma preternatural.

— Mas por que não *me* contou?

Lady Maccon lançou um olhar bastante singular à antiga amiga.

Madame Lefoux compreendeu perfeitamente. A preternatural não poderia revelar um fato científico tão perigoso a uma integrante da OPC.

— Você acha que devemos procurar o epicentro fora do templo?

— Acho.

— Crê que consegue?

Ela franziu o cenho.

— Eu posso conseguir fazer o que for necessário, se obtivermos respostas no final.

Considerando o fato de que a esposa desmaiara havia pouco, Lorde Maccon sugeriu:

— Vamos levar água e manter o seu vestido o mais úmido possível. Talvez ajude.

— Oh. — Lady Maccon se sentiu culpada por criticar mentalmente as ações do marido. — Foi por isso que você me jogou no Nilo de roupa?

A expressão dele foi divertida.

— Claro, querida.

Eles nadaram até a margem e saíram da ribeira lamacenta. Assim que se retirou do rio, a preternatural começou a sentir a terrível sensação de repulsa na pele.

— Eu acho que vou ter de dormir dentro do rio esta noite — comentou ela, para ninguém em especial.

— Você já fez coisas mais estranhas, suponho — foi a resposta de Lorde Maccon.

No dia seguinte, de manhã cedo, antes do calor do sol, o casal Maccon e Madame Lefoux subiram a colina no alto do templo de Hatshepsut — ou, no caso específico de Lady Maccon, subiu chapinhando. Ela estava toda enrugada por causa da noite passada no rio, numa espécie de rede montada para apoiá-la enquanto dormia. Como não foi nada relaxante, mostrava-se irritada e aborrecida. Uma fileira de egípcios seguia em seu encalço, cada qual carregando um cantil ou cântaro grande com água do rio. Quando Lady Maccon dava o sinal, um deles avançava e lhe jogava o líquido, com excessivo entusiasmo, para a diversão de Prudence.

— Mamã, molhou!

— Sim, querida. — Ela podia quase ouvir o comentário maduro da filha por trás da frase infantil: *Antes você do que eu, mamãe.*

A colina coberta de areia que subiam ficava na parte posterior do telhado do templo, na área em que fora esculpido na lateral de um penhasco. A preternatural assumiu a liderança, embora o vestido úmido estorvasse sua caminhada, com a sombrinha a postos para se proteger do sol escaldante. Em seguida, vinha a francesa, depois o conde e a filhinha. Eles deixaram Zayed e a família no campo.

Foi lá, em cima da colina, que começaram a ver os corpos. Ou, mais precisamente, as múmias. Ou, ainda mais precisamente, foi lá que o conde pisou sem querer em um preternatural que falecera havia séculos.

A pisada produziu um estalo triste e seco, como o de uma rachadura, e levantou uma nuvenzinha de terra marrom.

— Conall, tome cuidado! Se inalar uma dessas, pode se tornar mortal para sempre! Ou algo igualmente abominável.

— Está bem, querida. — Ele torceu o nariz e sacudiu as botas.

Madame Lefoux ergueu a mão e eles pararam de andar, para observar. Podiam ver, lá embaixo, na parte em declive da colina, as oito longas trilhas até o deserto.

— As trilhas de fantasmas — comentou Lady Maccon, repetindo Zayed.

— Eu não acho. É o contrário. — A francesa estava agachada, examinando um dos corpos.

Todos eram múmias ou, ao menos, pareciam ser. Conforme o grupo foi percorrendo uma das trilhas colina abaixo, acabou deparando com corpos desenfaixados, torrados e queimados, transformados em múmias pelo sol seco do deserto. Uma camada fina de areia recobria quase todos, mas, quando retirada, ficava claro que eram aqueles cadáveres que formavam os tentáculos do polvo. Centenas de múmias, estendidas no deserto, dispostas cada vez mais afastadas umas das outras. Aumentando o potencial de propagação, talvez? Todas estavam marcadas com lápides, algumas de pedra esculpida, outras de madeira entalhada. Não havia inscrições nem os nomes das múmias. Mas traziam o mesmo desenho — ou, mais precisamente, dois desenhos: um ankh quebrado.

Lady Maccon observou as fileiras de corpos na areia, a sumir de vista.

— O meu povo.

Madame Lefoux se levantou de onde estivera agachada, examinando outra múmia.

— Preternaturais, todos eles?

— O bastante para surtir efeito.

— Qual? — A francesa estimulou-a a falar em alto e bom som.

— Causar a peste. O ar seco do deserto junto com as centenas de preternaturais mumificados, hã, não sei como descrever da forma adequada, *soltando gases*.

— É uma grande quantidade de preternaturais mortos — comentou Lorde Maccon.

— Reunidos de todas as partes do mundo ao longo de centenas e centenas de anos, suponho. Não há muitos de nós, para início de conversa. Pode ser que, no início, estivessem todos empilhados e, há quarenta anos, *alguém* resolveu começar a espalhá-los.

O conde olhou de soslaio para a francesa.

— Seria uma operação e tanto.

A esposa acrescentou:

— Duas operações: a que a iniciou originalmente e a que tornou a deflagrá-la há quarenta anos.

Madame Lefoux olhou para os dois, os olhos verdes sérios e a cabeça morena indo de um ao outro.

— Não fui eu! Juro que é a primeira vez que estou ouvindo falar nisso!

— Certo — concordou Lady Maccon —, mas é o tipo de coisa que pode requerer uma sociedade secreta. Uma enorme sociedade clandestina, de cientistas, talvez, que não teriam escrúpulos como outros pesquisadores ao lidar com mortos e coletá-los no mundo inteiro.

— Você acha que é a OPC que está fazendo isso! — A francesa ficou pasma e genuinamente surpresa ante a ideia.

— Isso é um *polvo*. — A preternatural não aceitaria aquela tolice.

— Não, está enganada. A Ordem do Polvo de Cobre criou o Clube Hypocras. Eu leio os relatórios. Sei que somos capazes de fazer coisas monstruosas, mas não acredito que tenhamos atuado aqui. Ter tal conhecimento, saber o que o corpo de um preternatural morto pode fazer e não contar para os demais integrantes? É válido ter uma sociedade secreta de gênios, contudo, guardar esse segredo dos outros membros iria de encontro ao objetivo. É ridículo. Imagine as armas que eu poderia ter construído contra vampiros e lobisomens, se soubesse disso. Não, não se

trata da OPC. Deve ser algum outro tipo de operação. Os Templários, talvez. Eles certamente teriam a infraestrutura e a disposição.

Lady Maccon franziu o cenho.

— Não acha que os Templários teriam feito mais com tal conhecimento? Poderiam até ter desenvolvido armas, como você diz, com essa tecnologia. Ou até juntado os corpos na Itália, para proteger o país. Transferir a Peste Antidivindade, em vez de propagá-la.

Lorde Maccon resolveu se meter na discussão:

— Querem saber o que eu acho?

Ambas as mulheres se viraram para ele, surpresas por ainda estar ali. Ele levava Prudence apoiada no quadril. Estava desgrenhado e encalorado. A menina se mostrava excessivamente quieta e séria, diante daqueles corpos. Deveria ter gritado e chorado de medo, como qualquer criança comum, mas, em vez disso, simplesmente observou-os e sussurrou "mamã" com muita humildade, em seguida escondeu o rosto no pescoço do pai.

— O que é que você acha, hein, lobisomem? — perguntou a esposa.

Era difícil discernir a expressão dele, por trás daquela barba.

— Eu acho que Matakara deu início a tudo isso há milhares de anos. E agiu assim para se livrar dos lobisomens, só que acabou perdendo o controle da praga. Pode até ter agido a pedido de Alexandre. Afinal de contas, quando os gregos chegaram e dominaram o Egito, eram bem antissobrenaturais. Talvez tenha feito algum acordo. Um acordo que a deixou como a única vampira na Alexandria, e todos os demais fora.

— É uma teoria plausível — concordou a esposa.

— Mas, e depois, o que foi que aconteceu? — quis saber Madame Lefoux.

— Alguém descobriu o que ela fez. Alguém que queria propagar a peste.

Lady Maccon adivinhou quem.

— O meu pai.

A francesa deu prosseguimento à história:

— Claro. Alessandro Tarabotti tinha os contatos. A OPC tentou recrutá-lo depois que ele rompeu com os Templários. Havia várias pessoas na Europa, inclusive o meu pai, que poderiam ter sido convencidas a participar de uma causa como essa. Já imaginou? A promessa do extermínio em massa de sobrenaturais? Dar início a um esquema de coleta de corpos preternaturais no mundo inteiro.

— Que macabro. — Lady Maccon não aprovava aquela mancha no nome de sua família. — Por que meu pai tem que ser sempre tão difícil? Está morto, no fim das contas. Não poderia ter parado por aí?

— Bom, você deve ter herdado de alguém essa tendência a se meter em confusão — salientou o marido.

— Ah, obrigada, querido. Muito amável de sua parte! — Ela sentiu a repulsa aumentar e pressionar sua pele. O sol nascera, e fazia de tudo para tostá-la e torturá-la. A preternatural se virou para um dos egípcios. — Pode me molhar, por favor.

Ele fez um gesto em direção a uma múmia ali perto.

— Ah, sim, suponho que a água a danificaria. — Ela se afastou dos cadáveres, e o homem a encharcou.

— Senhora, a nossa água está acabando.

— Ó céus. Bom, suponho que isso signifique que, eu, pelo menos, já deva voltar. — Lady Maccon lançou um olhar enfático ao marido e à francesa. — Vocês vêm também? Eu não acho que haja mais nada a ser descoberto aqui. — Ela teve uma ideia. — Deveríamos impedi-la?

Os dois olharam para ela, sem entender.

— Eu quis dizer: acabar com a peste. Poderíamos tentar. Não sei bem como. O ácido da minha sombrinha funcionou bem com a múmia na Escócia, mas não tenho quantidade suficiente para todas essas. Talvez água funcione, dissolvendo algumas. É o ar seco que as conserva. Imaginem, poderíamos destruir a Peste Antidivindade aqui e agora.

Madame Lefoux se mostrou relutante.

— Mas a perda de todas essas múmias. A ciência, eu não… — Ela não terminou a frase.

A preternatural inclinou a cabeça e observou:

— Eu preciso lhe lembrar do seu acordo com a Colmeia de Woolsey? Tem que considerar o que é melhor para a sua rainha.

A inventora fez uma careta.

Lorde Maccon se intrometeu:

— Eu acho que deveríamos esperar, Alexia. Já basta saber.

A esposa desconfiou.

— Por quê?

— A peste tem sua utilidade.

— Mas permitir que se propague?

— Eu não disse que *isso* era uma boa ideia. Pode ser um ponto crítico. É provável que seu pai não soubesse do efeito negativo da água. Será que a Peste Antidivindade conseguirá atravessar o Mediterrâneo?

— Mas, se nós pudemos vir até aqui e descobrir a verdade, outros também poderão.

Lorde Maccon não cedeu.

— É importante ter uma parte do mundo livre de sobrenaturais.

— E por quê? — A esposa desconfiou ainda mais. Não era típico do marido não defender um comportamento destrutivo. Ela sentiu a repulsa pressionar ainda mais sua pele e concluiu que poderiam discutir no acampamento, de preferência dentro do Nilo. — Nós podemos falar sobre isso mais tarde. Vamos?

Madame Lefoux relutou.

— É melhor eu levar algumas amostras, para ver o que... — Ela parou de falar, os olhos fixos em algo atrás deles, no alto da colina sobre o templo.

Havia um homem parado ali, acenando desesperadamente.

— Senhooooora — gritou o sujeito —, *eles* estão vindo!

— É Zayed? O que ele está...? Ah, minha nossa! — Lady Maccon se virou para olhar na direção apontada pelo Nômade e, no outro lado do deserto, rastejando rápido, *algo* se movia até eles. Era uma geringonça saída direto de um dos esboços da inventora. A princípio, parecia um caracol gigante, possuindo tentáculos oculares que lançavam chamas no ar. Não podia funcionar com um motor a vapor, pois onde conseguiria água, no deserto? Devia ter diversas rodas, como as dos equipamentos de agricultura, sob a concha. Era feita de cobre e reluzia ao sol.

O caracol prosseguia com uma rapidez que, devido à sua forma, Lady Maccon achou insultante. Havia uma série de homens montados na

cabeça e no pescoço e também pendurados nas laterais da parte posterior. Usavam túnicas brancas e turbantes.

O casal Maccon e Madame Lefoux ficaram ali parados por alguns instantes, espantados com aquele caracol rastejando no deserto.

— Um molusco de areia de ar comprimido e alta pressão, movendo-se com vapores de metano, a menos que eu esteja enganada.

— O que é agora, Genevieve?

— Um transporte gastrópode. Nós já havíamos teorizado sobre eles, claro. Mas eu não imaginei que alguém já o tivesse construído.

— Bom, pelo visto, alguém se deu ao trabalho. — A preternatural protegeu os olhos dos raios solares ofuscantes.

Quando a geringonça foi se aproximando, soltando e deixando um rastro de areia nas laterais, prosseguiu por entre os tentáculos do polvo, para não perturbar as múmias que ali jaziam.

— Isso não é bom — comentou Lady Maccon.

— Eles sabem o que está acontecendo aqui — acrescentou Madame Lefoux.

— Corram! — exclamou Lorde Maccon.

E Lady Maccon obedeceu ao comando, deixando o recato de lado. Fechou a sombrinha e a prendeu na corrente. Em seguida, levantou as saias bem alto, pela primeira vez sem se importar em mostrar os tornozelos, e subiu a colina.

— Alexia, espere! Tome, leve Prudence! — chamou o marido.

Ela parou e estendeu o braço livre.

— Não! — gritou a menina, mas se agarrou como um molusco à mãe depois de ser passada, envolvendo o corpete dela com os bracinhos e perninhas gorduchos.

Lady Maccon observou a expressão do marido: estava firme e determinada.

— Conall, não tome nenhuma atitude precipitada. Lembre-se de que está mortal.

Ele lhe lançou um olhar duro.

— Leve a nossa filha para um lugar seguro e se proteja, Alexia. Eu não acho que... — O conde fez uma pausa, procurando as palavras corretas. — Ainda estou bravo, mas amo você e não suportaria se... — Ele não terminou a frase, deu-lhe um beijo tão cálido e intenso quanto o sol egípcio e se virou para atacar o caracol, que se aproximava.

A geringonça lançou fogo na direção de Lorde Maccon, que se desviou com facilidade.

— Conall, seu tolo! — gritou a esposa.

Ela ignorou as instruções dele, evidentemente, e fez menção de pegar a sombrinha.

Madame Lefoux foi até ela, pressionou com firmeza sua região lombar, quase a empurrando colina acima.

— Não, tome, leve Prudence. — Lady Maccon lhe passou a filha.

— Não, mamã! — protestou a menina.

— Eu estou com os meus emissores de pulso e alfinetes — informou a francesa, dando a impressão de que também poderia desobedecer às ordens.

— Não, *leve* Prudence a um lugar seguro e peça que Zayed infle o balão. Alguém tem que acompanhar o meu marido cabeça-dura. — Ela estava pálida de apreensão. — Eu acho que ele se esqueceu de que pode morrer *de verdade*.

— Tem certeza?

— Vá!

E Madame Lefoux foi, com Prudence gritando e se debatendo em seus braços.

— Não, mamã. Não, Fu!

Mas não podia se soltar, de forma alguma. A inventora podia ser alta e magra, mas era musculosa e forte, depois de anos levantando máquinas pesadas.

Lady Maccon soltou e girou a sombrinha, virando-se para enfrentar o gastrópode.

Capítulo 17

Um Gastrópode entre Nós

Quem quer que fossem aqueles sujeitos, estavam mais interessados em lutar corpo a corpo com o grandalhão sozinho à sua frente do que em armas e lançamento de chamas. Haviam estacionado a geringonça diante de Lorde Maccon e saltavam para atacá-lo. Ele ficou ali esperando, as mãos apoiadas no quadril.

Eu me casei com um tolo, pensou a adorável esposa, descendo rápido a colina.

O tolo olhou furioso para o inimigo gastrópode. Os cabelos desgrenhados, o rosto coberto pela barba crescida, a expressão feroz. Parecia um montanhês disposto a criar caso com nômades.

O primeiro homem de branco arremeteu contra ele.

Lorde Maccon atacou-o. Podia estar em estado mortal, mas ainda sabia lutar. O que preocupava a esposa era ele não se lembrar de que não era tão forte nem tão resistente no estado humano.

Ela chegou a toda a velocidade na hora em que ele enfrentava mais dois sujeitos de túnicas. Girou a sombrinha, apontou e disparou um dardo entorpecente num deles.

Com isso, os agressores pararam e retrocederam, para se reagruparem atrás do caracol, conversando agitadamente em árabe.

— Eu acho que não estavam esperando projéteis — disse a preternatural, satisfeita.

— Eu mandei você ir embora! — O marido ficou enfurecido ao vê-la.

— Seja razoável, meu amor. Quando é que eu já obedeci a ordens? Ele bufou.

— Onde está Prudence?

— Com Madame Lefoux, preparando o balão para subir, espero. — Lady Maccon se posicionou ao lado do conde e, metendo a mão em um dos bolsinhos secretos da sombrinha, pegou Ethel e entregou a arma a ele. — Por via das dúvidas. — Assim que ela falou, eles escutaram um disparo, e a areia ricocheteou perto do pé do conde, lançando grãos de chumbo em ambos.

Os dois se jogaram para frente. Tinham a vantagem de estar em um lugar mais alto, embora não contassem com abrigo.

Lady Maccon abriu a sombrinha de forma defensiva na frente dos dois, tentando lembrar se aquele novo modelo era blindado.

Lorde Maccon mirou com cuidado e atirou.

Um *ping* ressoou alto, indicando que o projétil atingira o metal da concha do gastrópode inofensivamente.

— Com certeza, não é nada bom — comentou a preternatural.

Outra saraivada de tiros veio em sua direção, daquela vez quase atingindo o conde na cabeça. Os dois se encurvaram e começaram a recuar, subindo a colina. O corpete dela se movia de um lado para outro, sugestivamente, conforme ela se arrastava. As saias subiram, chegando a uma altura escandalosa, mas Lady Maccon tinha outras coisas com que se preocupar.

Ela não estava nem um pouco satisfeita com aquela situação. Nem um pouco. Vinha secando, com os raios do sol atingindo-a implacavelmente, e já desde o primeiro sinal do gastrópode os carregadores não tinham mais água. A pressão das múmias ao seu redor começava a penetrar e distraí-la. Todo o seu ser tinha a sensação de estar sendo pressionado. Ela só pensava que não deveria estar ali. Os mortos não a queriam ali. Nem os vivos, a julgar pelos sujeitos vestidos de branco no caracol.

Outra saraivada de tiros em sua direção. Lorde Maccon gritou quando um dos tiros aleatórios atingiu a parte superior de seu braço.

— Está vendo por que eu o avisei? — Lady Maccon se preocupou. No caso dela, nove entre dez vezes a preocupação saía da boca em tom de exaspero.

— Agora não, esposa! — Lorde Maccon arrancou o plastrom, e a esposa o amarrou depressa no braço, enquanto ele passava Ethel para a outra mão, ainda ativa.

— É melhor que fique comigo? — perguntou a esposa, oferecendo-se para pegar a arma de volta.

— Até mesmo com a mão errada atiro melhor do que você.

— Ah, muito obrigada. — A preternatural olhou de esguelha para o alto da colina e viu a ponta roxa do balão de Zayed despontando atrás. — Ele não vai vir nos pegar. Não com esses disparos de balas. Poderia colocar o balão em risco.

— Então, eu acho melhor irmos até lá.

Lady Maccon estava irritada o bastante para questionar:

— Ah, sim. Você não poderia ter feito isso antes?

— Eu estava tentando ganhar tempo para que vocês escapassem. Praticamente não fez diferença.

— Ah, *muito* nobre de sua parte. Como se eu fosse deixá-lo lutar sozinho com um gastrópode, desarmado!

— Nós temos que discutir agora? — Outra rodada de tiros levantou areia ao seu lado.

Eles continuaram a correr encurvados até o alto e a atirar no caracol. Ou, ao menos, Lorde Maccon, pois a esposa já não contava com dardos entorpecentes.

A preternatural fechou a sombrinha, para poder mirar. Pôs a mão no primeiro apetrecho do cabo e girou-o, ativando o emissor de interferência magnética. Alguns dos componentes do gastrópode deviam ser de ferro, pois o motor parou, para perplexidade do motorista, que gritava.

Aproveitando o caos, o casal Maccon se levantou depressa e correu colina acima na direção do balão, o conde empurrando a esposa à sua frente.

Estavam quase chegando ao topo. O balão subira mais, àquela altura, e Lady Maccon viu a longa escada de corda pendurada arrastando-se pela areia em sua direção. Correu até ela, mais rápido do que julgava possível. A pressão da repulsa se tornava insuportável, já que havia muito mais múmias no alto da colina. Ela sentia a escuridão começando a ocultar a sua visão — demasiados preternaturais mortos pressionavam seu cérebro.

Eu não posso desmaiar de novo. Esse não é um bom momento, mesmo se eu fosse do tipo que fizesse isso, advertiu a si mesma.

Conall parou, virou-se e atirou. O caracol começara a se mover de novo, já tendo passado o efeito do emissor, mas alguns homens tinham desistido de esperar por ele e começado a subir a colina a pé. Quando Lorde Maccon parou para atirar, eles também dispararam as armas.

Lady Maccon ouviu o marido gritar e, então, cair para trás, em cima dela. Seu mundo desmoronou quando ela se virou freneticamente, apoiando de forma parcial o corpo pesadíssimo, buscando com desespero a nova ferida. Uma mancha vermelha apareceu na altura das costelas, sujando a camisa. Ele não estava de colete.

— Conall Maccon — gritou a esposa, livrando-se da vontade de desmaiar e ver tudo escuro. — Eu o proíbo de morrer.

— Não seja ridícula, mulher. Eu estou perfeitamente bem — avisou ele, ofegante e muito pálido sob a barba, soltando Ethel para agarrar a lateral do corpo.

A esposa se inclinou para pegar a arma.

— Deixe-a aí. Nós já estamos sem munição, de qualquer forma.

— Mas...!

Lorde Maccon começou a subir a colina, curvando-se acentuadamente, por causa da dor.

Lady Maccon se virou para segui-lo, mas foi agarrada pela cintura por um dos inimigos de túnica branca. Deu um berro, furiosa, ergueu a sombrinha e desferiu um golpe para trás, atingindo em cheio a cabeça do sujeito.

Ele a soltou.

Ela já não tinha mais dardos, porém contava com mais do que isso no arsenal da sombrinha. Girou o apetrecho perto da tela, esperando tê-lo feito do lado correto para obter a substância adequada. Tanto o ácido para vampiros quanto o nitrato de prata para lobisomens surtiriam efeito em

seres humanos, mas o ácido era mais eficaz. Como não se lembrava qual era qual, simplesmente esperou ter escolhido o certo.

Ela fitou o homem sobre a sombrinha, e seus olhos lampejaram ao reconhecê-lo. Ela o vira antes, no trem que ia para Woolsey, na Inglaterra.

— Hein? — exclamou Lady Maccon, interrompendo a ação. Então, ao se recordar das feridas do marido, borrifou o atacante.

O sujeito, tão chocado quanto ela, deu um salto para trás, na tentativa de se proteger do esguicho, mas tropeçou na túnica longa e despencou pela colina antes de conseguir se levantar. Porém, em vez de continuar a persegui-la, deu a volta e correu na direção do gastrópode, agitando de forma frenética os braços no alto.

A preternatural não entendeu nada do que ele dissera, exceto uma palavra. Ele não parava de repeti-la e parecia ser italiana, não árabe: "Panattone."

A paz ocasionada por aquela surpreendente reviravolta não durou muito, pois, apesar dos gestos dele, os demais agressores de branco continuaram a atirar. Alguns passaram correndo pelo velho companheiro e perseguiram Lady Maccon.

Lorde Maccon, que chegara à escada e a segurava, tinha se virado ao ouvir o grito da esposa. Parecia ainda mais pálido, e havia muito mais sangue escorrendo pela lateral de seu corpo do que a preternatural já vira em alguém.

O mundo dela escurecia. Era como estar dentro de um túnel negro, a repulsa pressionando os cantos dos olhos. Subir pesadamente a curta distância até o marido exigiu um esforço hercúleo. Mas, então, alcançou-o, e ele meteu a escada nas mãos dela.

— Suba! — gritou ele, empurrando-a pelas anquinhas como se tentasse arremessá-la ao ar. Mas estava longe de ter forças para fazê-lo, naquele estado.

Lady Maccon meteu o tecido da sombrinha na boca, cravando-lhe os dentes, e começou a subir. Parou na metade do caminho a fim de olhar para trás e se certificar de que o marido a seguia.

Era o que ele estava fazendo, mas não parecia nada bem. Devia estar se segurando com pouca força, sobretudo do lado do braço ferido.

Assim que eles seguraram a escada, Zayed, bendito fosse, lançou um jato de calor no balão, e ele subiu.

Ouviram-se mais disparos abaixo. A preternatural sentiu uma bala passar de raspão por sua orelha e ouviu o baque do projétil se instalando no vime do cesto.

As cabeças de Madame Lefoux e Prudence apareceram por sobre a extremidade. Ambas pareciam aterrorizadas. Não podiam fazer nada para ajudar!

— Genevieve, leve Prudence a um lugar seguro! — vociferou o conde.

A cabeça de ambas desapareceu por um instante e, então, só a da inventora ressurgiu.

Madame Lefoux apontava um de seus dardos mais letais, do relógio de pulso, para baixo. Assustada, Lady Maccon pensou que o fazia na direção dela ou do marido. Naquele momento, perguntou-se de novo se julgara mal a lealdade da francesa.

A inventora fez o lançamento. O dardo passou ruidosamente pela orelha da preternatural. Um grito ressoou, e a arma atingiu um homem que Lady Maccon nem vira antes. Um sujeito de túnica branca, pendurado na ponta da corda, soltou-a e caiu, berrando.

O balão subiu de novo, e a preternatural sentiu um alívio na terrível sensação de repulsa, o túnel negro retrocedendo nos contornos de sua visão. Ela desejou que o balão fosse mais rápido, mas eles estavam à mercê do céu, naquele momento.

Por fim, depois do que pareceu um século, com projéteis zunindo ao redor o tempo todo, Lady Maccon chegou à beirada do cesto e entrou. Cuspiu a sombrinha e, na mesma hora, virou-se para ver o marido.

Ele ainda estava afastado dela, subindo com mais lentidão por causa dos ferimentos. Abaixo, ela viu o gastrópode, seguindo-os pelas dunas, ainda perto o bastante para ser perigoso. A preternatural pegou a sombrinha e se preparou para usar o arpéu.

Os agressores continuaram a atirar, mas o balão já estava fora de alcance.

Então, um deles pegou uma arma diferente, um rifle pesado e enorme, pelo visto projetado para uma grande caçada. Ele atirou.

Fosse seu objetivo derrubar o balão ou não, o fato é que atingiu Lorde Maccon.

Lady Maccon não viu exatamente onde ele fora atingido, mas observou o rosto do marido, já lívido sob a barba, virado na sua direção. Uma expressão assustadora de profunda surpresa espalhou-se pela face charmosa e, então, ele soltou a corda e caiu. Desesperada, a esposa lançou o arpéu da sombrinha nele, mas não acertou. Lorde Maccon despencou pelo que pareceram léguas, calado, sem gritar nem emitir som algum, até se estatelar numa colina irregular, no deserto, bem abaixo.

Biffy estava preocupado. Não era do tipo que ignorava o treinamento — inúmeros anos passados como discípulo de Lorde Akeldama e alguns sob a tutela do professor Lyall. O treino o ensinara a ser prático, a procurar provas, a estudar e observar, nunca pressupor, e sempre manter o estilo. Mas continuava consternado, pois havia algo errado. Fazia três ocasos que não recebia mensagens de Lady Maccon. Toda tarde, sem exceção, fora até a câmara etereográfica do sótão e esperara, no início somente por quinze minutos, mas, com o passar dos dias, muito mais.

Ele mencionou sua preocupação para o professor Lyall, que soltou murmúrios compassivos, mas o que podiam fazer? Tinham recebido ordens de ficar em Londres e manter tudo sob controle. O que já era bastante difícil, com Lady Kingair convencida de que deveriam mandar alguém atrás de Floote e o major Channing convencido de que estavam mentindo sobre a nova condição de Biffy.

— Prove! — exigiu ele, assim que o Beta fez o anúncio para a alcateia. — Vamos. Mostre a Forma de Anúbis para mim.

— Não é tão simples assim. Eu ainda não consigo controlá-la — informou o dândi, com tranquilidade.

O Gama não se deixou convencer.

— Não é possível que você seja Alfa. É um maldito janota!

— Ora, Channing. Eu vi. E Lady Kingair também. — A voz do professor Lyall estava relaxada e calma.

— Eu não sei o que vi — acrescentou a escocesa, sem ajudar.

— Estão vendo? Estão vendo só? — O Gama se virou para Biffy, o lábio bem-feito curvado pelo desgosto. O rosto, embora charmoso, trazia uma expressão hostil, os olhos azuis gelados. — Vamos, então. Não pode me mostrar a cabeça de lobo? Lute comigo pelo comando. — Ele de fato parecia querer se despir bem ali, na sala de jantar, e se transformar em lobisomem, só para provar que o dândi mentia.

— Por acaso acha que eu queria essa Forma? — Biffy estava indignado por ser acusado de inventar tudo. — E eu lá tenho cara de quem *quer* ser Alfa?

— Você não tem mesmo nada de Alfa, a começar pela cara!

— Exato. Veja Lady Kingair e Lorde Maccon: é evidente que ser Alfa é um desastre para o guarda-roupa da pessoa!

O Beta se intrometeu:

— Parem com isso, vocês dois. Major Channing, vai ter que confiar na minha palavra. Você sabe muito bem que se leva muito tempo para controlar a forma de lobisomem e mais ainda a da segunda transmutação. Deixe o filhote em paz.

— E por que deveria? — O lobo branco era petulante.

— Porque eu mandei. E porque ele pode ser seu Alfa um dia. Não vai querer começar com a pata esquerda, vai?

— Como se Lorde Maccon fosse deixar.

— Ele está no Egito. Você recebe minhas ordens agora.

Biffy nunca ouvira o Beta falar em tom tão autoritário antes. Gostou muito. E a atitude dele surtiu efeito, pois o Gama recuou. Queria lutar com Biffy, mas não com o professor Lyall: isso era óbvio.

— Um sujeito tão desagradável e tão atraente, o que piora tudo — comentou o dândi com o amante, mais tarde, naquela noite.

— Não se preocupe com o major Channing. Vai acabar conseguindo lidar com ele. Acha que ele é atraente?

— Não tanto quanto você, claro!

— Resposta certa, meu caro, resposta certa.

★ ★ ★

Alguém gritava.

Lady Maccon levou algum tempo para se dar conta de que era ela mesma. Somente então parou, virou-se e percorreu o balão correndo, até Zayed.

— Desça! Temos que voltar para pegá-lo!

— Senhora, o sol está alto. Não podemos descer à luz do dia.

Ela agarrou seu braço desesperadamente.

— Mas precisa fazer isso! Por favor, desça!

Ele a afastou.

— Sinto muito, senhora, mas agora só podemos subir. Ele está morto, de qualquer forma.

A preternatural recuou cambaleante, como se tivesse sido atingida fisicamente.

— Por favor, não diga isso! Eu imploro!

Zayed olhou para ela com tranquilidade.

— Senhora, ninguém poderia sobreviver àquela queda. Procure um novo homem. Ainda é jovem. A senhora procria bem.

— Ele não é um homem qualquer! Por favor, volte! — Ela tentou agarrar as mãos dele. Não fazia ideia de como o balão funcionava, mas estava disposta a tentar.

Madame Lefoux aproximou-se e afastou-a do Nômade com toda delicadeza.

— Venha, Alexia, por favor.

Lady Maccon se desvencilhou dela, caminhou trôpega até a lateral do cesto e esticou o pescoço para ver, mas estavam subindo rápido demais. Dali a pouco atingiriam as correntes do éter e, então, não haveria mesmo uma forma de voltar.

Ela observou o marido deitado na areia. E viu o gastrópode desistir de perseguir o balão e parar ao lado de Lorde Maccon. Os homens de branco desceram e cercaram seu corpo fraturado.

A preternatural abriu a sombrinha. Talvez ajudasse se ela pulasse, e o para-sol aproveitasse a corrente de ar e amortecesse sua queda.

Lady Maccon subiu na lateral do cesto, com a sombrinha aberta.

Madame Lefoux agarrou-a e puxou-a de volta para dentro.

— Não seja tola, Alexia!

— Alguém tem que ir atrás dele! — Ela lutou com a amiga.

Zayed deixou de lado a condução do balão e foi se sentar nas pernas da preternatural, imobilizando-a.

— Senhora, não morra. Varinha Dourada não gostaria disso.

A francesa segurou o rosto de Lady Maccon com ambas as mãos, obrigando-a a olhar no fundo de seus olhos.

— Ele morreu. Mesmo que a queda não o tenha eliminado, estava gravemente ferido, e houve aquele tiro da espingarda sem raias, de caçar elefantes. Nenhum mortal sobreviveria a ambos. Seria difícil até para um lobisomem sobreviver a isso, e ele nem era mais um.

— Mas eu não cheguei a dizer que o amava. Só gritei com ele! — A preternatural teve a sensação de que nada a prendia à realidade, exceto os olhos verdes da francesa.

Madame Lefoux abraçou-a.

— No caso de vocês dois, isso *foi* amor.

Lady Maccon se recusou a acreditar que ele morrera. Não seu marido grandalhão. Não o seu Conall. O calor do deserto a cercava. Os raios do sol reluziam alegremente. A sensação de repulsa passou, por fim. Mas ela estava gelada. O rosto parecia afundado nas cavidades das maçãs do rosto, e a mente, vazia.

Uma mãozinha pequena e macia pressionou a sua face gelada.

— Mamã? — chamou Prudence.

A preternatural parou de considerar que a sombrinha lhe permitiria saltar de um balão de ar quente. Parou de se sentir partida em duas e de achar que a alma, se tivesse uma, estava sendo puxada violentamente para baixo através de seus pés, por uma gavinha, por uma corrente ligada ao homem lá embaixo.

Ela já não sentia mais nada.

O balão deu um solavanco ao entrar na primeira corrente austral que os levara até Luxor e, então, após algumas manobras habilidosas de Zayed, subiu até uma corrente oeste que, conforme Lady Maccon o ouvira contar a Madame Lefoux, iria levá-los até a corrente setentrional.

Embora eles conversassem diretamente sobre a cabeça dela, a francesa ainda a abraçando, Prudence ainda aconchegada a ela, os olhos imensos escuros e preocupados, observando a face da mãe, tudo aparentava estar ocorrendo muito longe dali.

Então, Lady Maccon deixou que acontecesse. Deixou que o torpor tomasse conta de si, imergindo-a numa total ausência de sentimentos.

Cinco dias depois, na calada da noite, horas antes do nascer do sol, eles aterrissaram em Alexandria.

Capítulo 18

A Verdade por trás do Polvo

A situação continuava caótica ao seu redor, mas Lady Maccon navegou por ela num mar de profundo entorpecimento. Deixou que Madame Lefoux assumisse o controle. A francesa informou o falecimento de Lorde Maccon aos integrantes da companhia teatral. Explicou o que acontecera usando um jargão científico específico. Também lhes contou que elas não tinham conseguido encontrar Primrose.

Durante dez dias, o casal Tunstell esperara, sem contato por parte dos sequestradores, as esperanças concentradas no casal Maccon para descobrir o paradeiro da filha. Então, a preternatural voltara com o marido morto e sem Primrose.

E Lady Maccon? Também tinha se esvaído. Ninguém parecia alcançá-la. Respondia às perguntas diretas, mas com suavidade, em voz baixa e fazendo longas pausas. Tampouco estava se alimentando. Até a sra. Tunstell deixou a própria preocupação de lado, consternada com aquela atitude.

Mas a preternatural lidou com tudo aquilo, sim. Ela sempre lidava. Fazia o que tinha de ser feito, bastava alguém indicar o caminho.

A sra. Tunstell conseguiu, aos prantos, explicar a Lady Maccon que não conseguira convencer o etereógrafo a lhe passar as suas mensagens. Então a preternatural foi dormir e o fez quase o dia inteiro, sonhando

com o rosto do marido, conforme ele caía, e, quando acordou, vestiu-se automaticamente e foi receber as mensagens. Havia nove de Biffy, uma para cada ocaso em que ela não dera notícias. A mais recente consistia em comentários preocupados do tipo "Onde a senhora está?", mas as transmissões iniciais lhe revelaram uma verdade tão deprimente, que ela quase ficou feliz por estar entorpecida demais para que a afetassem.

Não Floote.

Não o *seu* Floote.

Não o homem que sempre a apoiara. Sempre lhe dera a imprescindível xícara de chá e um reconfortante "Sim, madame". Que trocara suas fraldas quando ela era pequena e a ajudara a sair furtivamente da casa dos Loontwill quando era jovem. Não Floote. Contudo, fazia sentido, por mais terrível que fosse. Quem além dele teria todos os contatos necessários? Quem além dele teria o treinamento para saber como matar um lobisomem? Lady Maccon o vira confrontar vampiros diretamente; sabia que ele podia fazê-lo.

A preternatural voltou ao hotel, segurando as mensagens com uma das mãos, movendo-se como um autômato pelas ruas movimentadas da cidade, que, havia apenas uma semana e meia, lhe parecera mais simpática e charmosa do que qualquer outra. No hotel, viu Madame Lefoux e a sra. Tunstell numa das saletas privadas da área de recepção. Ia passando por elas sem nem se dar conta de que deveria ao menos cumprimentá-las. Não lhe restava nada, nem mesmo a vontade de confraternizar socialmente. Sentia-se, na verdade, ausente e distante de si. À deriva, como se nada pudesse trazê-la de volta. Nem mesmo chá.

Mas, diante do gesto da francesa, que a chamou, entrou na saleta privada e, em resposta à pergunta educada da amiga quanto à sua saúde, disse:

— As investigações indicaram que foi Floote.

Madame Lefoux se mostrou confusa.

A sra. Tunstell soltou uma exclamação.

— Mas ele esteve *aqui*. Floote esteve aqui, procurando por você. Nós o mandamos até o Nilo, para que a procurasse. Eu achei... Que tolice a minha, ele não está com você? Achei que os tinha alcançado. Ah, nem sei o que achei.

Nem aquilo trouxe a preternatural de volta ao momento presente.

— Floote esteve me procurando? Na certa, ele queria se explicar. Madame Lefoux tentou obter mais detalhes.

— Explicar o que, exatamente, Alexia?

— Ah, você sabe, a Peste Antidivindade. O assassinato de Dubh. Essas coisinhas. — Lady Maccon jogou a pequena pilha de papiros da estação etereográfica sobre a mesa. — Segundo Biffy... — Ela se interrompeu e ficou em silêncio, enquanto a francesa lia as mensagens.

A sra. Tunstell pediu:

— Alexia, sente-se!

— Oh, eu deveria? — E se sentou.

Prudence chegou correndo.

— Mamã!

A preternatural não ergueu os olhos.

— Mamã, homens maus! Voltou!

— Ah, é? Você se escondeu debaixo da cama de novo?

— Escondeu.

A babá entrou, carregando Percy ao peito trêmulo.

— Eles voltaram, sra. Tunstell! Eles voltaram!

A amiga de Lady Maccon se levantou, com o rosto lívido, agarrando o próprio pescoço com ambas as mãos.

— Ah, minha nossa! Percy está bem?

— Está, madame. Está. — A criada lhe passou o garotinho ruivo, e a mãe abraçou-o. Percy, tranquilo, soltou um arroto satisfeito.

— Olha — disse Prudence, ainda tentando chamar a atenção da mãe.

— Sim, querida, muito inteligente. Esconder-se debaixo da cama, boa menina. — Ela estava ocupada, olhando para o nada.

— Mamã, olha! — A filha agitava algo na frente do rosto da mãe.

Madame Lefoux pegou-o com delicadeza. Era um rolo de papiro pesado, amarrado com corda. Ela desamarrou-o e leu a mensagem em voz alta.

— "Enviem Lady Maccon em troca da criança, sozinha. Hoje à noite, após o pôr do sol." — E a inventora acrescentou: — E eles forneceram um endereço.

— Oh, Primrose! — A sra. Tunstell começou a se debulhar em lágrimas.

Lady Maccon disse:

— Acho que estavam esperando que eu voltasse.

— Crê que estavam atrás de você desde o início? — Madame Lefoux parecia chocada.

Lady Maccon pestanejou. Tinha a sensação de que o cérebro se movia como um caracol — um caracol de verdade, lento e viscoso.

— É possível, mas, nesse caso, sequestraram a criança errada, não é mesmo?

A francesa franziu o cenho, pensativa.

— Sim, acho que sim. Mas e se fosse isso? Se estivessem atrás de Prudence? E agora fossem atrás de você no lugar dela? E se estiverem achando que estão com Prudence e não Primrose?

A preternatural já se levantava e se dirigia até a porta, os passos lentos e cadenciados.

— Aonde você vai?

— O sol já se pôs — respondeu Lady Maccon, como se fosse óbvio.

— Mas, Alexia, seja sensata. Não vai obedecer às ordens deles!

— Por que não? E se conseguirmos trazer Primrose de volta?

A sra. Tunstell, trêmula, não conseguia falar. Seu olhar ia da amiga à francesa. O chapéu, um turbante estufado como um cogumelo, com um leque ao estilo de uma cauda de pavão na parte posterior, estremecia ante a emoção excessiva.

— Pode ser perigoso! — protestou Madame Lefoux.

— Sempre é perigoso — limitou-se a observar a preternatural.

— Alexia, não seja tola! Você não pode *querer* morrer. Não é do tipo melodramático. Conall se *foi*. Precisa seguir em frente sem ele.

— E estou seguindo. Vou simplesmente encontrar os sequestradores e recuperar Primrose.

— Não foi isso que eu quis dizer! E Prudence? Ela precisa da mãe.

— Tem Lorde Akeldama.

— Não é a mesma coisa.

— Não, é melhor: mãe e pai reunidos num pacote atraente, e ele nem deve morrer cedo.

— Ah, pela madrugada, Alexia, por favor, espere. Nós precisamos conversar sobre isso, arquitetar um plano.

A preternatural fez uma pausa, sem parar para pensar na próxima manobra.

O recepcionista do hotel entrou na saleta naquele momento. Aproximou-se da francesa.

— Sr. Lefoux? Há um cavalheiro procurando-o. Um sr. Naville. Alega que tem uma informação importante a lhe dar.

A inventora se levantou e esbarrou em Lady Maccon.

— Alexia, pode esperar alguns minutos, por favor?

A preternatural ficou ali parada, sem responder. Viu a francesa dar passadas largas até a sala de recepção rumo a um grupo de senhores. Um deles era bem jovem. Outro levava uma pasta de couro com a imagem de um polvo. Lady Maccon observou Madame Lefoux inclinar a cabeça, levantar os cabelos curtos, puxar para baixo o colarinho e o plastrom, a fim de expor a parte posterior do pescoço. Mostrava-lhes a tatuagem de polvo. A mente da preternatural concluiu: *São os integrantes da Ordem do Polvo de Cobre.* Seu lado prático disse: *Eu espero que ela não lhes conte nada sobre as múmias preternaturais. Todos iriam correndo até os cadáveres, para usá-los como munição e mudar a situação com os imortais.* Seu lado ainda mais prático lembrou que havia homens de túnicas brancas dispostos a defender até a morte aquelas múmias. A morte do marido.

O restante do corpo de Lady Maccon começou a andar, a despeito do pedido da inventora. Estava com a sombrinha presa na corrente à cintura. Levava o endereço do local num pedaço de papel. Passou pela recepção e foi até a rua, sem que Madame Lefoux se desse conta de seus movimentos.

Lá, chamou um garoto-guia e lhe deu o endereço. O menino anuiu com entusiasmo. Quase sem esforço, Lady Maccon montou escarranchada, o rapaz gritou algo para o jumento em árabe, e eles começaram a se mover.

O animal levou-a até um setor desconhecido da cidade, uma estrutura sombria e de aspecto abandonado atrás da alfândega. A preternatural desceu do jumento e deu uma quantia generosa ao menino, mandando-o embora, apesar de ele poder ficar esperando. Subiu o degrau e passou pelos capachos de junco da entrada para acessar o que parecia ser uma espécie de armazém, talvez de bananas, a julgar pelo aroma adocicado.

— Entre, Lady Maccon — disse alguém com voz polida e leve sotaque, do interior escuro e ressoante.

Com a rapidez típica da estirpe, o vampiro apareceu ao seu lado, quase perto demais, mostrando as presas.

— Boa noite, Chanceler Neshi.

— Está sozinha.

— Como pode ver.

— Ótimo. Vai me explicar por que a criança não está dando certo?

— Primeiro, mostre-me que Primrose está em segurança.

— Achou que eu a traria aqui? Oh, não, não veio, mas está em segurança. Mas eu pensei que o nome da abominação fosse Prudence. Vocês ingleses e seus incontáveis nomes.

— E é Prudence. Queria a minha filha? Pegou a criança errada!

O Chanceler Neshi cambaleou e pestanejou para ela.

— Peguei?

— Pegou. Levou a filha da minha amiga. Que está arrasada com isso.

— Não a abominação?

— Não a abominação.

Fez-se uma longa pausa.

— Então, será que pode nos devolver a menina? — perguntou a preternatural.

O vampiro passou de confuso a bravo, e, por fim, determinado.

— Não. Se eu não posso usar a abominação, vou usar você. Ela não pode ficar mais sofrendo.

— Isso tem a ver com a Rainha Matakara?

— Claro.

— Ou eu deveria dizer Rainha Hatshepsut?

— Para usar esse nome, teria que falar *Rei* Hatshepsut.

— O que a *sua* rainha quer com a *minha* filha?

— Uma solução. Uma solução fácil. Que pudesse ser trazida e levada depois sem que ninguém notasse. Mas, não, tinha que ser complicado. Tinha que haver duas criancinhas inglesas de cabelos escuros, e tínhamos que pegar justamente a errada. Agora, preciso me contentar com você.

— Eu não vou passar despercebida.

— Não vai mesmo, Lady Maccon.

— Está bem, mas por que tudo isso?

— Venha comigo e ficará sabendo.

— E Primrose?

— Nós vamos lhe devolver a garotinha inútil.

Eles saíram do armazém e caminharam juntos até a colmeia.

Foi uma caminhada longa e tranquila pela cidade. A preternatural se deixou ir à deriva, naquele mar de distanciamento.

Apesar disso, acabou pensando na Rainha Matakara. Presa naquele trono, os olhos mais tristes do que tudo que Lady Maccon já vira e sentira até aquele momento. Eram os olhos de alguém que queria morrer. A preternatural se solidarizava com ela.

— Foi a Matakara — afirmou ela em meio à noite silenciosa, parando. O Chanceler Neshi também parou.

— Foi ela quem deflagrou a Peste Antidivindade originalmente *e* a reiniciou. Ela e meu pai — disse Lady Maccon em voz alta o que desvendara. — Os dois fizeram um acordo.

O vampiro prosseguiu por ela:

— Ele rompeu com a OPC sem lhes revelar o que descobrira. E concordou em não contar para os Templários. Em troca, pôde dar continuidade à propagação da peste com a certeza de que ela acabaria afetando minha rainha também.

— E por que não levar uma múmia preternatural até o mesmo ambiente que ela? Não daria certo? — Lady Maccon recomeçou a andar.

O Chanceler Neshi perguntou, exasperado:

— E não acha que tentamos? Mas seu pai deixou ordens estritas. Ninguém de meu povo parece conseguir chegar a um corpo

preternatural rápido o bastante. É como se eles formassem uma rede. É como se houvesse alguém no comando, de olho em todos os preternaturais do mundo. E ele não me deixa romper o acordo inicial, nem mesmo do túmulo.

Lady Maccon se perguntou se Floote tinha feito o que dissera e cremara o corpo de seu pai, ou se Alessandro Tarabotti era um daqueles corpos expostos sobre o Templo de Hatshepsut.

— Por que não me pediu para fazê-lo? Eu estava bem ali. E a teria tocado de boa vontade.

— Não na frente dos outros. Eles não podem saber que sua rainha quer morrer. Não podem saber, em hipótese alguma. Se isso for feito na hora errada, podem enxamear, e sem uma rainha. Isso não é nada bom. Eu poderia levar uma criança com discrição e tirá-la de lá facilmente, mas você *não* passa despercebida. Além do mais, se Lady Maccon, uma inglesa, matar a Rainha Matakara, isso pode provocar um incidente internacional.

— Por que não manter o plano e aguardar a propagação da Peste Antidivindade? Ela já chegou às cercanias de Alexandria.

— A OPC descobriu. Uma permissão para fazerem escavações no templo já foi concedida. Não temos mais tempo. Quando ouvi falar na sua filha, pensei que seria uma solução fácil. Eu poderia levá-la às escondidas, e minha rainha se libertaria, por fim. Teria feito isso com tranquilidade, antes da alvorada, e o meu zangão a levaria de volta, sem que ninguém percebesse.

— Mas por que você, Chanceler?

— A rainha confia em mim. Eu sou quase tão velho quanto ela. Também estou pronto para morrer. Mas os outros ainda são jovens.

A preternatural parou de andar de novo.

— É isso o que aconteceria? Eu não sabia. Quando uma rainha morre, toda a colmeia parte com ela?

— E tranquilamente, se for planejado da forma correta.

— Estava disposto a fazer isso com a sua colmeia?

— É o costume dos faraós. Viajar com os criados até a vida após a morte. Por que não haveríamos de morrer todos juntos?

Lady Maccon já imaginava o que aconteceria a seguir. O Chanceler Neshi a levaria até a rainha, deixaria que a preternatural tocasse nela e Matakara morreria. Então, o mesmo ocorreria com Lady Maccon, já que os outros vampiros, em meio à dor e à perda, iriam matá-la na mesma hora, juntamente com Primrose.

— Já refletiu bem sobre isso?

— Já.

— Está me condenando a morrer com essa última tática desesperada.

— Estou.

— Sabia que ainda pode usar Prudence? Ela é pequena o bastante para entrar e sair sem que ninguém note.

— Tarde demais, Lady Maccon.

— Eu pensei que nunca fosse tarde demais para um imortal. Como é possível? O que vocês mais têm à disposição é tempo.

O vampiro liderou o caminho até a casa da colmeia.

A preternatural o seguiu. Não conseguiu pensar em nada melhor a fazer.

Foi praticamente igual à outra vez. Uma multidão de criados se dirigiu a eles para tirar seus sapatos, e o vampiro foi anunciar a chegada de Lady Maccon à rainha.

No entanto, a preternatural não foi tão bem acolhida sem a companhia teatral. Não conseguiu entender o que os outros vampiros e zangões disseram ao Chanceler Neshi quando ela apareceu à entrada da sala do trono, mas falaram alto e furiosamente.

Acima deles, estava a Rainha Matakara, sentada sobre e dentro do trono de sangue, observando tudo com olhos torturados.

Lady Maccon começou a se aproximar em passos lentos.

O chanceler foi buscar Primrose em algum aposento privado. A menininha parecia totalmente incólume. Agitou os bracinhos gorduchos para a preternatural, segurando um colar enorme, de ouro e turquesa.

Um dos zangões notou que Lady Maccon ia em direção à sua rainha e arremeteu contra ela. Era um sujeito esguio, porém atlético e musculoso, forte o bastante para segurá-la.

A preternatural pensou em pegar a sombrinha. Pensou em pular em cima da rainha e tocar com a mão exposta a fronte à mostra do vampiro. Pensou em agarrar Primrose e sair dali correndo. Pensou em lutar com o captor. Na certa conseguiria se livrar, pois, àquela altura, tinha bastante experiência com *aquilo*. Embora fosse uma inglesa respeitável, era adepta do uso de cotovelos e pés nas partes delicadas da anatomia. Pensou em fazer diversas coisas, mas não fez nenhuma. Voltou ao estado de torpor e deixou que ele a dominasse, pela primeira vez na vida sem querer fazer nada, apenas esperar para ver.

A discussão continuou.

Então, houve um tumulto no corredor, e dois zangões trouxeram Madame Lefoux, que se debatia.

— Alexia! Eu supus que estaria aqui.

— Supôs? Oh.

— É a única explicação lógica. Assim que eu descartei a ideia de que um vampiro sempre quer viver eternamente, a solução me ocorreu. Matakara iniciou a Peste Antidivindade, em ambas as ocasiões. Primeiro, contra os lobisomens e, depois, contra os vampiros e ela mesma. E, se ela estava querendo tanto assim morrer, tentaria fazer com que Prudence ou você tocasse nela.

— E como é que a sua vinda irrefletida até aqui poderia ajudar? — Lady Maccon estava confusa, não brava. Não lhe restava emoção suficiente para se aborrecer.

— Eu trouxe reforços.

Momento em que uma joaninha mecânica entrou lenta e pesadamente, montada por Prudence.

— Mamã!

Diante daquilo, Lady Maccon acabou se enfurecendo.

— Genevieve, no que estava pensando! Trazer a minha filha até uma colmeia de vampiros, sendo um deles o sequestrador que estava atrás dela? Uma colmeia cuja rainha quer morrer. Uma colmeia que vai enlouquecer se isso acontecer.

A francesa sorriu.

— Ah, mas não trouxe *só* ela.

A companhia teatral entrou alvoroçada, atrás da menininha. Os atores estavam com as mesmas expressões graves e traziam as espadas e armas cenográficas. O casal Tunstell os liderava. Ela usava um pequeno quepe de almirante com uma pluma de avestruz enorme no alto, e a calça do marido, embora apertada, era feita de couro, para a batalha.

O lado prático de Lady Maccon pensou que uma companhia teatral não poderia ser considerada reforço contra uma colmeia de vampiros.

A chegada de um grupo de invasores teatrais provocou rebuliço. Havia tecidos coloridos e pessoas saltitando no ar por toda parte, já que empregavam técnicas de lutas cênicas, pulando e, no caso de uma jovem, até dançando balé, para se esquivar dos oponentes. Houve muita gritaria e inclusive um grito de guerra operístico do sr. Tumtrinkle.

O sr. Tunstell começou a recitar Shakespeare. A sra. Tunstell foi correndo atrás da filha, a sombrinha empunhada de uma forma que deixou Lady Maccon orgulhosa. O zangão que carregava Primrose ficou boquiaberto por tempo suficiente para permitir que ela o golpeasse com força na cabeça e lhe arrancasse a filha. A preternatural esperou, de certa forma, que a querida amiga desmaiasse, diante da própria audácia, mas ela se manteve firme, a filha ao quadril, a sombrinha a postos. O diminuto recôndito não entorpecido de Lady Maccon ficou satisfeitíssimo.

Com o tumulto ainda se desenrolando e os vampiros e zangões distraídos, a preternatural voltou a se aproximar aos poucos da rainha da colmeia. Matakara queria morrer. Ela iniciara tudo. Era a responsável pela *morte de seu marido*. Bom, então Lady Maccon se certificaria de que morresse. E com a maior satisfação!

A preternatural chegou à base da plataforma na qual se situava o trono medonho. Olhou para o Chanceler Neshi, que anuiu, incentivando-a, antes de continuar a discutir com um dos outros vampiros. Lady Maccon ficou imaginando se alguém mais compreendia o que estava acontecendo.

Quando ia subir, um vampiro a agarrou pela cintura. Perdeu a força ao entrar em contato com ela, mas continuou a agarrá-la. Então, puxou-a e jogou-a no chão. À medida que caía, ela notou que a pseudoinvasão de Madame Lefoux não ia bem.

A sra. Tunstell, carregando Primrose, defendia-se de dois zangões com a sombrinha, mas, em breve, eles não ficariam mais atônitos com a sua vestimenta, e ela sucumbiria. A presença de espírito só levava uma mulher até certo ponto. O sr. Tunstell ergueu a joaninha de Prudence e passou a distribuir golpes com ela. O sr. Tumtrinkle confrontava um vampiro e não se saía muito bem, como seria de esperar. Nem mesmo seus truques sofisticados de esgrima, de *Hamlet e a Torta de Porco Assada Demais — uma Tragédia*, não eram rápidos, fortes e, para falar a verdade, letais o bastante para um imortal.

Um grito chamou a atenção de Lady Maccon. Um vampiro investira contra a sra. Tunstell e buscava seu pescoço. O zangão que a atacava recuou.

A preternatural tirou a sombrinha da corrente, mirou e, então, deu-se conta de que já não tinha mais dardos. Virou o ornato central para a direita e a estaca de madeira surgiu na ponta. A amiga da sra. Tunstell começou a golpear com ela. Não ousou usar o lapis solaris — o ácido poderia atingir igualmente um de seus atores defensores.

Prudence, que evitara a confusão escondendo-se sob uma mesinha, saiu de lá ao ouvir o grito horrorizado da sra. Tunstell. Ela arremeteu contra o vampiro que atacava a amiga de sua mãe e bateu com as mãozinhas fechadas no tornozelo dele. Houve contato o bastante para que a garotinha se transformasse em vampiro, e ele, retornasse à condição de humano. O sujeito ficou mordiscando inutilmente o pescoço ensanguentado da sra. Tunstell, e Prudence, entusiasmada com as habilidades sobrenaturais, passou a saltitar tão rápido, que parecia uma mancha se movendo. Pouco ajudava ao ficar ricocheteando para lá e para cá, sem ter noção da própria força, empurrando todos para o lado, fosse vampiro, zangão ou ator. Atrás dela, a sra. Tunstell caiu no chão, ainda carregando Primrose, mas desfalecendo por estar em estado de choque, ou ter perdido muito sangue, ou ambos.

E, então, uma criatura enorme saltou na varanda, vindo da rua, e arremeteu pela janela aberta. E, sobre ela, com a expressão tão digna e típica de um mordomo quanto possível para um homem montado num lobisomem, estava Floote.

Lady Maccon parou de tentar tocar a Rainha Matakara e se virou lenta e pesadamente. Teve a sensação de estar observando e vivenciando tudo debaixo d'água.

— Conall Maccon, eu achei que você tinha morrido!

Lorde Maccon olhou para a esposa, do ponto em que estava, mordendo a perna de um vampiro, soltou-o e latiu para ela.

— Sabe o quanto sofri na última semana? Como pôde? Onde é que esteve?

Ele latiu de novo.

A esposa teve vontade de se atirar nele e envolvê-lo tanto com os braços quanto com as pernas. Também teve vontade de usar a sombrinha para golpeá-lo na cabeça. Mas Lorde Maccon estava lá, vivo, e, de repente, tudo voltou a funcionar normalmente. O torpor desapareceu, e a preternatural analisou o mundo ao seu redor. A mente, um tanto ausente por boa parte da semana, voltou a trabalhar a todo vapor.

Ela olhou para o mordomo.

— Floote, o que você fez?

Ele se limitou a pegar uma arma e começar a atirar nos vampiros.

— Prudence — chamou energicamente —, venha aqui com a mamãe!

A garotinha, que até aquele momento estivera ocupada tentando sugar sangue do braço de um zangão surpresíssimo, parou e olhou para a mãe.

— Não!

A mãe recorreu *àquele* tom de voz. Ao que Prudence raramente ouvia, mas que significava que se meteria em apuros.

— Agora mesmo, mocinha!

Para a filha, naquele estado de vampiro, *agora mesmo* era, de fato, rapidíssimo. Em um piscar de olhos estava ao lado de Lady Maccon, que a pegou, transformando-a em humana de novo e, em seguida, sem o menor escrúpulo, levantou-a e colocou-a no colo da Rainha Matakara de Alexandria.

Prudence disse:

— Oh, Dama. — Seu tom de voz era grave, e ela fitou os olhos atormentados do vampiro ancestral. Seu rostinho se mostrava tão sério

e amável quanto o de uma enfermeira atendendo aos feridos num campo de batalha. Ela se levantou no colo frágil da mulher e tocou seu rosto.

Madame Lefoux, que, de algum modo, percebera o que estava acontecendo, mesmo em meio ao caos, surgiu do outro lado da velha rainha. Avaliou a situação. Com alguns movimentos ágeis, desligou diversos botões e desconectou encaixes na parte inferior da máscara da Rainha Matakara. O objeto medonho caiu, expondo por completo a face do vampiro ao toque metanatural de Prudence.

Sob a máscara, embora a pele da rainha se mostrasse afundada nos ossos do queixo, era evidente que fora bonita, um dia. Seu rosto tinha formato de coração, com nariz aquilino, olhos afastados e boca pequena.

Prudence, atraída pela carne recém-exposta, pôs a mãozinha gorducha no queixo do vampiro. Foi um gesto compassivo e íntimo, e a mãe acabou supondo que a filha, de algum modo, sabia exatamente o que fazia.

Um total pandemônio resultou da ação.

Todos os vampiros ali presentes se voltaram unidos, deixando de lado os indivíduos com os quais lutavam ou dos quais vinham se alimentando. E atacaram. O que acabou assustando Prudence, que, transformada em vampiro de novo, saltou agilmente para fora dali e correu pelo ambiente caótico.

A Rainha Matakara, mortal e ainda conectada à cadeira, estrebuchou em meio às faixas e aos tubos, soltando um grito silencioso de agonia.

Um dos vampiros se virou para Lady Maccon.

— Você, Sem Alma! Dê um basta nisso!

Lorde Maccon, ainda na forma de lobisomem, com sangue escuro e antigo de vampiro respingando da boca, saltou em defesa da esposa. Os pelos de seu pescoço e de suas costas estavam eriçados, os dentes, arreganhados.

— Ela não pode morrer — vociferou outro vampiro. Era óbvio que falavam inglês bem melhor do que a preternatural supusera. — *Não temos uma nova rainha!*

— Então, vocês também vão morrer — comentou Lady Maccon, desapiedada.

— Mais do que isso, nós vamos enlouquecer. E levaremos Alexandria conosco. Imagine só o estrago que até mesmo seis vampiros podem causar numa cidade.

A preternatural se virou. Madame Lefoux perdera a cartola, mas, afora isso, estava bem. Lutava com um belo zangão fêmea no outro lado do trono. O sr. Tumtrinkle se encontrava caído num canto. Lady Maccon não sabia se ainda respirava. Vários atores pareciam feridos. Uma das atrizes mais jovens e bonitas sangrava abundantemente, por causa das inúmeras mordidas no pescoço. Floote estava parado no meio da confusão, segurando uma faca de madeira, com uma expressão de ferocidade nada condizente com sua condição de mordomo. Quando seus olhos encontraram os da preternatural, sua costumeira impassibilidade voltou. Então, Lady Maccon ouviu um choro abafado, vindo do outro lado do ambiente, e viu o sr. Tunstell aos prantos, a cabeça ruiva inclinada sobre o corpo desfalecido da esposa.

A sra. Tunstell estava ferida e ensanguentada, a região do pescoço estraçalhada. Primrose, ilesa, chorava na curva do braço inerte da mãe. O sr. Tunstell pegou a menina e carregou-a ao peito, ainda chorando.

Um grito distraiu Lady Maccon da cena trágica — um dos outros vampiros conseguira pegar Prudence. Ele correu na direção da preternatural, com o braço estendido, como se estivesse numa corrida do ovo na colher, mas levando a garotinha, que se debatia. Ela se esquivou. Não que não amasse a filha, mas, naquele momento, com certeza não queria tocá-la.

Lorde Maccon rosnou e interceptou o ataque, entendendo perfeitamente o dilema da esposa.

— Espere! — gritou Lady Maccon. — Eu tenho uma ideia. Chanceler Neshi, e se nós conseguíssemos uma nova rainha para vocês?

O vampiro deu um passo à frente.

— É uma proposta aceitável, se a Rainha Matakara ainda tiver forças para avaliá-la e tivermos uma voluntária. Quem sugere?

A preternatural olhou pensativamente para Madame Lefoux.

Mesmo em meio à luta intensa com o belo zangão fêmea, a francesa balançou a cabeça de forma enérgica. Jamais quisera a imortalidade.

— Não se preocupe, Genevieve, eu tinha outra pessoa em mente.

Ao seu redor, todos pararam conforme ela percorria o ambiente até a sra. Tunstell. Sua alma gêmea respirava apenas superficialmente, e seu rosto adquirira uma palidez fora do normal. Não parecia que lhe restava muito tempo no mundo mortal. Lady Maccon tinha familiaridade o bastante com a morte para saber que ela se aproximava de forma sorrateira da amiga. Engoliu em seco a própria tristeza e olhou para o marido adorado da sra. Tunstell.

— Então, você gostaria de ser casado com uma rainha?

Os olhos dele estavam vermelhos, mas ele não demorou nada para tomar uma decisão. Já fora zelador e passara a vida à margem da sociedade imortal. Sacrificara a própria vontade de se metamorfosear um dia para se casar com a srta. Ivy Hisselpenny. Não mostrou qualquer relutância nem ressalva. Se era para escolher entre a morte da esposa ou sua transformação em vampiro, preferia a segunda opção. Era o homem mais progressista que a preternatural já conhecera.

— Tente, Lady Maccon, eu lhe imploro.

Então, ela fez um gesto do jeito altamente autoritário que lhe era peculiar e chamou um dos vampiros. Ele atendeu ao chamado, quando apenas alguns minutos antes poderia tê-la matado ali mesmo. Carregou a sra. Tunstell para colocá-la sobre Matakara, acomodando a atriz no colo da soberana, como uma boneca de ventríloquo, e deitando-a de maneira a deixar seu pescoço perto da boca da rainha. A cabeça de Ivy pendeu para trás.

O Chanceler Neshi puxou uma série de correias de couro conectadas a correntes e amarrou-as em torno da sra. Tunstell, prendendo-a com firmeza a Matakara. Em seguida, virou-se e anuiu para Lady Maccon.

A preternatural pegou Prudence.

A Rainha Matakara se transformou de novo em vampiro.

Começou a declamar uma sequência de palavras, aparentemente ancestrais, de algum outro idioma, não árabe. Sua voz era autoritária, melódica e bastante direta. O Chanceler Neshi deu um salto para se posicionar ao seu lado e se inclinar ao seu ouvido, sussurrando freneticamente. Os outros vampiros ficaram imóveis, esperando.

Lady Maccon não sabia ao certo o que achavam que estava acontecendo. Saberiam que a rainha continuava destinada a morrer? Teriam ciência do acordo que estava sendo estabelecido pelo chanceler? Entenderiam a língua ancestral ou ainda achavam que havia uma chance?

O Chanceler Neshi saltou para baixo e tentou se aproximar da preternatural. Quando Lorde Maccon rosnou e não permitiu que o fizesse, ela observou:

— Está tudo bem, marido. Eu acho que sei o que ele quer.

O vampiro moveu-se lateralmente, passando pelo lobo de pelos ainda eriçados.

— Ela pede que prometa, Sem Alma, que levará adiante o acordo, independentemente de a metamorfose dar certo.

— Tem a minha palavra — disse Lady Maccon. Ela pensava na Condessa Nadasdy, uma rainha muito mais jovem e forte, que *não* conseguira metamorfosear uma nova soberana. E ali estava a preternatural apostando suas vidas em que a sra. Tunstell teria excesso de alma e a Rainha Matakara, força o bastante para extraí-la dela.

Capítulo 19

Como se Aposentar no Campo

O Chanceler Neshi acenou com a cabeça uma única vez para a rainha ancestral. Ao seu sinal, Matakara se inclinou para frente, abrindo bem a boca. Ao contrário da Condessa Nadasdy, aparentava não precisar de nenhum tipo de cálice de bebericar para se preparar. Suas presas, notou Lady Maccon, eram especialmente longas — as Criadoras bem mais compridas do que as Alimentadoras. Talvez tivesse a ver com a sua idade. Talvez, quando envelhecessem demais, só lhes restasse a opção de tentar criar uma rainha substituta. Talvez fosse esse o problema: Matakara precisava procriar mais do que comer. Sua vida vinha sendo prolongada muito além do normal. *Sua colmeia deveria ter se concentrado apenas em lhe oferecer moças para que ela tentasse metamorfoseá-las*, pensou Lady Maccon. Mas, se fosse assim, seria necessário uma grande quantidade de jovens. As autoridades locais não iam gostar muito.

Matakara cravou até o fundo as duas Criadoras na carne já dilacerada do pescoço da sra. Tunstell. Não podia mover os braços para segurá-la. Mantinha-se conectada à atriz pela força da mandíbula e o auxílio das correias que a prendiam. Os olhos escuros da rainha, visíveis sobre as mechas do cabelo negro da sra. Tunstell, tinham perdido um pouco de sua eterna tristeza e se mostravam quase contemplativos. Ela não moveu um músculo sequer ao sugar, mas, tal como a Condessa

Nadasdy, exibia um estranho tremor, para cima e para baixo, no pescoço emaciado.

A sra. Tunstell se manteve inerte por um longo tempo. Todos os presentes prenderam a respiração, aguardando. Exceto Lorde Maccon, claro, que andava de um lado para outro, rosnando para as pessoas. O conde tinha pouquíssima noção de gravidade, em qualquer situação.

Então, o corpo inteiro da atriz se sacudiu e seus olhos se abriram de repente, arregalados e surpresos, fitando diretamente Lady Maccon. Ela começou a gritar. O sr. Tunstell fez menção de ir até a esposa, mas um dos vampiros o agarrou e o manteve onde estava. As pupilas da sra. Tunstell se dilataram, escurecendo-se e ampliando-se, até ambos os globos oculares ficarem vermelho-sangue.

A preternatural sabia o que aconteceria em seguida. Os olhos da amiga começariam a sangrar, e ela gritaria até que os berros fossem abafados pelos borbotões de sangue jorrando da boca. *Claro que Ivy não tem excesso de alma! Foi uma tolice de minha parte achar isso.*

Mas dos olhos da sra. Tunstell não pingou sangue. Em vez disso, a parte avermelhada começou a recuar, até chegar ao seu tom natural castanho-aveludado. Ela parou de gritar, fechou os olhos e começou a ter fortes convulsões, de um lado ao outro, como se estivesse tendo algum tipo de ataque. Seus inúmeros cachos balançavam na frente do rosto, e o diminuto quepe de almirante acabou se soltando do cabelo — após resistir tão bravamente durante a luta — e caiu no chão, a pluma branca pendendo tristemente.

A sra. Tunstell tornou a abrir a boca, mas dessa vez não para bradar. Havia sangue gotejando sim, mas de suas presas, quatro delas, que despontavam da gengiva e cresciam, reluzentes à luz de velas. Sua face, já do tom pálido em voga, adquiriu um tom branco-acinzentado. Seus cabelos passaram a balançar e brilhar ainda mais, e ela reabriu os olhos. Com um leve gesto de indiferença, tirou as correias grossas de couro e metal, arrebentando-as com facilidade, como se não passassem de seda diáfana. Em seguida, saltou do trono e, com leveza e facilidade, aterrissou no chão.

Ceceou por causa das novas presas:

— Maf que fituafão eftranha. Tunny, querido, eu defmaei? Oh, meu fapéu! — Ela se inclinou, pegou o quepe de almirante e o recolocou com firmeza na cabeça.

Atrás dela, a Rainha Matakara exibia a face ainda mais encovada e exangue do que antes. Descaiu o corpo para frente, apenas o artifício da cadeira mantendo-a ereta.

O Chanceler Neshi disse a Lady Maccon:

— Sua promessa, Sem Alma?

Ela assentiu e adiantou-se, daquela vez sem ser impedida pelos vampiros. Subiu na plataforma e pôs a mão no braço da rainha ancestral, na pequena área em que a pele estava livre de correias e tubos.

A Rainha Matakara, o Rei Hatshepsut, último dos Grandes Faraós, a Vampira mais Velha, morreu ali mesmo, ao toque da preternatural. Não houve alarde nem gritos de dor. A rainha deixou escapar um diminuto suspiro e, por fim, escapou de sua jaula imortal. Era a um só tempo a pior coisa que a condição preternatural de Lady Maccon a obrigara a fazer e a melhor, já que a expressão naqueles olhos escuros foi, pela primeira vez, de absoluta paz.

Em meio à quietude que se seguiu, enquanto zangões e vampiros ajustavam a si mesmos e suas correntes à nova rainha, o Chanceler Neshi pegou Prudence. Esta se transformou, de novo, em vampiro, e, antes que alguém pudesse impedi-lo, ele arremeteu pela janela até a varanda e saltou da beirada, vindo a morrer na rua, lá embaixo.

No instante em que ele morreu, Prudence voltou a ser uma criancinha normal. Ou, melhor dizendo, a mais normal possível. Lady Maccon guardou aquele detalhe: pelo visto, algo mais anulava os poderes da filha, além da mãe, dos raios de sol e da distância — a morte.

Havia uma grande faxina a ser feita, bem como uma série de acordos e debates, além de muitas explicações a serem dadas. Sem falar nas inúmeras apresentações formais e nos ossos fraturados e pescoços ensanguentados a medicar. Os cinco vampiros restantes se entreolharam e, como um todo, apressaram-se em circundar a nova rainha, conversando com ela em árabe e gesticulando animadamente.

A sra. Tunstell, confusa — a cabeça balançando de um lado para outro, a pluma branca esvoaçando —, por fim gritou de um jeito totalmente atípico para ela, ordenando silêncio. Olhou para o marido — que estava parado, chorando, abraçado a Primrose — e, em seguida, voltou-se para Lady Maccon, em busca de ajuda.

— Alexfia, pode efplicar, por favor, o que é que eftá acontefendo?

E a amiga explicou, da melhor forma possível. O belo zangão fêmea, que falava inglês, traduziu a explicação em benefício dos vampiros. Logo ficou claro para todos que a sra. Tunstell tinha marido e filhos, o que causou imensa consternação, já que tal fato era tabu entre os que buscavam a metamorfose. Então, a nova rainha protestou, afirmando que, como não a buscara, não poderia ser culpada. Lady Maccon deixou bem claro que o que mudara mudara e, tal como sangue derramado, não havia por que ficar remoendo a respeito. A sra. Tunstell era agora uma rainha vampiro, e eles teriam que tirar o máximo proveito do marido e dos gêmeos, incluídos no pacote.

A nova rainha comentou que se sentia incrivelmente inquieta e queria saber se teria que ficar em Alexandria pelo resto da vida.

A preternatural se lembrou de que Lorde Akeldama mencionara certa vez algo sobre novas rainhas contarem com alguns meses para se reacomodar. *De que outra forma os vampiros teriam se espalhado no mundo?* A sra. Tunstell então comentou que achava bom, pois, naquele caso, queria voltar para Londres imediatamente.

Os vampiros egípcios protestaram. Alexandria era a sua casa, e vinha sendo havia centenas de anos! A nova rainha, porém, não quis saber. Londres era a *sua* casa e, se ela teria que passar a eternidade em algum lugar, pretendia fazê-lo onde pudesse conseguir um chapéu decente! Pestanejou com força e ceceou apelos infantis, a personalidade não tão transformada quanto a alma. Não obstante, sua tática funcionou, apesar de ela não ter qualquer tendência ao autoritarismo. Dali a pouquíssimo tempo, todos estavam se dispersando. Os zangões que queriam continuar com a nova rainha e se mudar deveriam fazer as malas e ir até a plataforma de embarque do navio a vapor na manhã seguinte. Os vampiros, parecendo um tanto apavorados, foram correndo pegar seus pertences e, então,

mantendo-se perto da sra. Tunstell, acompanharam-na, juntamente com o marido, a filha e a companhia teatral, de volta ao hotel.

Lady Maccon ficou na casa da colmeia com o cadáver de Matakara, Madame Lefoux, Prudence e Lorde Maccon. A filha, mais exausta do que infantilmente possível, estava encolhida, chorando. O pai continuava na forma de lobisomem. Durante a metamorfose da sra. Tunstell, Floote desaparecera.

A francesa olhou longamente para a preternatural e, em seguida, subiu na plataforma para examinar o corpo e o trono da rainha com estudado interesse, deixando, de propósito, que Lady Maccon lidasse sozinha com seus assuntos familiares.

A preternatural foi pegar Prudence, que ainda chorava, e abraçou-a. Ficou parada daquele jeito, fuzilando com os olhos o marido, batendo o pé.

Por fim, Lorde Maccon se metamorfoseou.

— Explique-se — pediu a esposa em um tom de voz firme.

— Floote me encontrou gravemente ferido e, então, me manteve preso com os seus homens e tomou conta de mim até poder me tirar da região da praga.

Ela pensou no ex-mordomo.

— Seus homens? Ah. Embora eu seja muito grata a ele por cuidar de você, marido teimoso, não me parece que foram os sujeitos contratados por ele que causaram toda a confusão.

O conde disse:

— De acordo com Floote, eles não sabiam quem você era. Ele tinha lhes dado novas instruções.

— Espero que sim. — Lady Maccon fez uma pausa, considerando o próximo passo. — Você acha que vamos conseguir encontrá-lo?

Lorde Maccon balançou a cabeça.

— Não, se ele não quiser ser encontrado. Tem inúmeras conexões aqui, conhece o lugar e os lobisomens não poderão farejá-lo na Zona da Peste Antidivindade.

— Suponho que isso nos poupará de decidir o que fazer com um mordomo que sai por aí matando gente. Com certeza não é um bom exemplo para os nossos criados. Em todo caso, vou sentir falta dele. Era um homem que sabia preparar um bom chá. — Ela lamentava perder um companheiro antigo e querido, mas também sabia que era para melhor. Teria odiado obrigá-lo a passar por um julgamento ou entregá-lo a Lady Kingair.

— Floote lhe contou que tudo se baseou num acordo que o meu pai fez com a Rainha Matakara?

— Contou.

— E o que deveríamos fazer a esse respeito?

Lorde Maccon se aproximou com hesitação, sem saber se ela o perdoara por ter supostamente morrido e se ele a perdoara por ter mentido para ele.

A preternatural sentiu sua insegurança. Mas não aceitaria tal tolice de novo. Aproximou-se dele e se aconchegou ao corpo nu, apoiando a filha no peito amplo para que ela ficasse perto de ambos os pais.

Prudence soltou um murmúrio de aprovação.

O conde suspirou, deixando de lado o ressentimento, e deu um abraço apertado na família, com os braços musculosos. Deu beijinhos na têmpora da esposa e na cabeça da filha.

Então, pigarreou, ainda cingindo Lady Maccon. As palavras ribombavam no tórax enorme, tão perto do ouvido dela.

— Eu andei pensando na possibilidade de me aposentar.

— De fato, algo muito incomum para você. Do DAS, da alcateia?

— De ambos. Comprei uma propriedade, no Cairo, logo depois que chegamos.

Ela inclinou a cabeça e olhou confusa para o marido.

— Conall, o que é isso?

— Uma retirada estratégica, meu amor. Eu pensei que, quando Prudence crescesse, poderíamos voltar para cá, juntos. Fazer longas caminhadas, comer tortinhas, jogar, hã, gamão e outras coisas.

— Na Zona da Peste Antidivindade… mas você vai envelhecer e morrer!

— Como você. — Lorde Maccon começou a acariciar suas costas de um jeito reconfortante.

— Sim, mas eu *sempre* soube que iria envelhecer e morrer!

— Agora, vamos poder fazer isso juntos.

— Meu amor, é uma ideia muito nobre, mas não precisa ser incoerente nos assuntos do coração.

Ele parou de afagá-la e se afastou um pouquinho, para observar o rosto voltado para o seu. Os olhos castanho-amarelados estavam sérios.

— Minha querida, eu estou ficando velho. Mais velho do que você pensa. Eu não quero me tornar um *daqueles* Alfas. Como dois Betas já me traíram, devo estar perdendo um pouco o controle. Daqui a uma década mais ou menos, chegará a hora de partir dignamente. Você consegue pensar numa forma melhor do que a mudança para cá?

A esposa, prática até o último momento, considerou, de fato, a ideia.

— Bom, não. Mas, querido, tem certeza?

— Você gosta daqui, não gosta, meu amor?

Ela inclinou a cabeça.

— É quente, e a comida, gostosa.

— Está decidido, então.

Lady Maccon não era do tipo que cedia tão facilmente.

— Vamos ter que trazer uma quantidade enorme de chá, quando viermos. — E, *nesse* aspecto, ela se manteria firme.

— Poderíamos abrir uma empresa de importação de chá — sugeriu ele. — Algo que a mantenha entretida, na velhice.

— Comércio! Francamente, não sei... — Ela não concluiu a frase, pensativa.

Madame Lefoux, totalmente esquecida até aquele momento, saltou da plataforma do trono para se unir a eles.

— É muito romântico, ele querer morrer com você.

— *Você* tinha que dizer isso.

— Eu posso vir ficar com vocês também? — A francesa se aproximou discretamente da preternatural e piscou para ela.

— Genevieve, você não sabe quando desistir, sabe?

Lorde Maccon exibia uma expressão divertida.

— Já pensaram no que eu poderia construir sem a interferência do governo nem dos sobrenaturais?

— Minha nossa, que pensamento mais terrível. Você pode vir nos visitar, Genevieve, mas só isso.

— Desmancha-prazeres.

— Vamos? — sugeriu o Alfa, fazendo um gesto para a saída.

Os quatro saíram em fila da casa da colmeia, agora abandonada. Lady Maccon fez uma pausa para se virar e fitá-la, pensativa. Talvez pudessem utilizá-la também. Afinal de contas, Alexandria era uma cidade portuária. Se iam importar chá...

— Ó céus, Prudence, já estou pensando como uma comerciante.

— Não — disse a filha.

Lorde Maccon saiu para a rua. A esposa pensou em lembrar-lhe de que estava nu, mas, então, desistiu. Em Alexandria, estavam fadados a se tornar um espetáculo, fosse lá o que fizessem.

Lady Maccon passou a filha para o outro quadril. Os olhos da menininha estavam parcialmente fechados, e ela caía no sono, vítima de uma noite agitada.

— Venha, então, Prudence, minha querida.

— Não — sussurrou suavemente a filha.

Madame Lefoux perguntou:

— Por acaso já pensou que ela pode estar dizendo "não" porque não gosta do seu nome? A menina nunca diz isso quando você usa expressões carinhosas.

A preternatural parou, desconcertada com a possibilidade.

— Acha mesmo? É verdade, minha *mestiça*? — Ela usou o apelido favorito de Lorde Akeldama.

— Sim — respondeu a menininha.

— Prudence?

— Não! — disse a filha.

— Ora, Genevieve, acho que você descobriu um detalhe importante. Como deveríamos chamá-la, então?

— Bom, ela tem uma quantidade excessiva de nomes. Por que não esperar até que esteja um pouco mais velha? Pode escolher por si mesma. Não pode, querida?

— Pode! — respondeu Prudence, em tom categórico.

— Aí está, viu só? Já puxando à mãe.

— O que você quer dizer com isso? — quis saber a preternatural, ironicamente.

— Gosta das coisas do jeito dela, não é mesmo? — sugeriu a francesa, dando um sorriso que mostrava as covinhas.

— Eu não sei do que você está falando — disse Lady Maccon, com muita dignidade. E, então, começou a andar rapidamente, de olho no traseiro deveras distinto do marido, enquanto ele percorria a rua sob a lua minguante do Egito.

Capítulo 20

Em que Chegam Novos Tempos

Depois de uma viagem marítima somente um pouquinho menos agitada que a primeira, o casal Maccon, a filha, o casal Tunstell e os gêmeos, a companhia teatral, a babá, cinco vampiros e sete zangões chegaram ao porto de Southampton em um dia tempestuoso, no final de abril de 1876. Tal grupo praticamente se apoderara do navio e depois, em incrível boa forma após a longa jornada, fizera o mesmo no trem rumo a Londres.

A cidade estava mal preparada para tal invasão. Não era exatamente a mesma de quando partiram.

Lorde Maccon, por exemplo, descobrira, ao voltar para a alcateia, que o ex-Beta emigrara para a Escócia a fim de cumprir um acordo não especificado, e que um jovem dândi e Alfa o aguardava em seu lugar.

Biffy lhe entregou uma carta do professor Lyall, com os olhos marejados. Lady Maccon, imperturbável, leu-a por sobre o braço do marido.

— *Meu caro senhor. Não tenho como reparar o que fiz. Sei muito bem que até mesmo um pedido de desculpas seria um insulto. Treinei o jovem Biffy da melhor forma possível. Ele será um bom Beta, embora, como talvez tenha farejado, ele já tenha manifestado a Forma de Anúbis. Pensei que, talvez, o senhor possa assumir a responsabilidade de treiná-lo para seu futuro papel — sua substituição*

—, *a ocorrer quando finalmente nos deixar para ir ao Egito e desfrutar da merecida aposentadoria.*

Depois de ler, Lady Maccon perguntou:

— Como é que ele sabia dos seus planos? Você não os contou para ele antes, contou?

— Não, mas o Randolph é assim.

Eles deram prosseguimento à leitura.

— *O nosso Biffy é fruto desta era moderna. Os novos tempos requerem um dândi londrino para uma alcateia londrina. Tente, meu caro lorde, não vê-lo à luz de suas próprias habilidades como Alfa. Ele nunca será esse tipo de lobo. Mas acredito que possui as qualidades de que nossa alcateia precisará no futuro, de qualquer forma.*

A preternatural fitou o janota. O filhote parecia estar sofrendo mais por causa do abandono do professor Lyall do que ela previra. O que acontecera enquanto estavam no Egito?

— Biffy — começou a dizer, sem a menor sutileza —, ocorreu algo significativo entre você e o Beta enquanto estávamos fora?

O dândi abaixou a cabeça.

— Ele prometeu voltar para mim, um dia. Quando todos nós estivermos prontos. Daqui a dez, vinte anos. Não muito para um imortal. Novos tempos, disse.

Lady Maccon assentiu, sentindo-se velha.

— Mas parece que é um tempo longo demais? — Ah, *o amor na juventude.*

Biffy anuiu com tristeza.

Lorde Maccon, sensível aos sentimentos dos integrantes de sua alcateia, pediu que a esposa prestasse atenção na carta, antes de questionar o dândi.

— *Não contem a Biffy ainda. O filhote não está pronto para conhecer seu futuro. Não o que prevejo para ele. Mas está pronto para aprender a liderar uma alcateia, e o senhor, milorde, será um ótimo professor. Apesar de tudo, continuo respeitosamente a ser seu amigo, professor Randolph Lyall.*

— Ah, então — começou a dizer a preternatural, olhando para ambos os cavalheiros, que fitavam o chão —, é uma solução elegante.

— Ele sempre foi muito bom nesse aspecto — observou o marido, com suavidade. Então, animou-se: — Bom, jovem Biffy, acho que, com você como Beta, nunca mais vou poder sair sem plastrom.

O filhote ficou horrorizado.

— Claro que não, milorde!

— Bom saber desde o início em que pata estou. — Lorde Maccon sorriu simpaticamente para ele.

Rumpet meteu o rosto à porta. Tinham-no tirado da aposentaria para substituir Floote como mordomo da alcateia. Ele encontrara uma posição como taberneiro em Pickering, depois que os vampiros haviam assumido Woolsey, mas aceitara de imediato a oportunidade de voltar ao antigo cargo. Pickering e a vida de taberneiro não tinham correspondido às suas expectativas.

— Lady Maccon, um cavalheiro deseja vê-la. — Seu lábio estava curvado de tal forma que a preternatural compreendeu que só podia ser uma pessoa.

— Ah, leve-o até a sala da frente. Com licença, marido, Biffy, eu tenho certeza de que vocês dois têm muito a tratar. Precisam levar o major Channing em consideração, também.

— Maldição! Channing — sussurrou Lorde Maccon.

Lady Maccon saiu.

Lorde Akeldama estava sentado na sala da frente, aguardando-a com as pernas da calça de seda cruzadas, os olhos azuis brilhantes e expressão ligeiramente acusadora. Usava tons de salmão e verde-ervilha naquela noite, um agradável redemoinho de cores primaveris para contrabalançar o tempo nublado dos últimos dias.

— Alexia, meu *caro botão alternador*!

— Milorde, como vai?

— Eu vim aqui para pegar minha filhinha querida.

— Claro, claro. Rumpet, pode trazer Prudence para Sua Senhoria, por favor? Ela está dormindo na sala dos fundos. Sentiu saudades dela?

— Como um chapéu sente falta da pluma, querida! Vou lhe contar, meus zangõezinhos e eu ficamos arrasados!

— Bom, ela foi muito útil, à sua maneira.

— Claro que foi. E Matakara: os boatos são verdadeiros?

— Onde acha que Ivy conseguiu a nova colmeia?

— Por sinal, Alexia, *pombinha*, gostaria de tratar desse incidentezinho com você. Tinha que trazer *todos eles*?

— Uma nova rainha, cinco vampiros egípcios e vários zangões? Todo mundo traz lembrancinhas das viagens ao exterior, milorde. É *fato consumado*.

— Bom, *gota de orvalho*, não me queixo *nesse aspecto*, mas...

A preternatural deu um sorriso astuto.

— Ivy escolheu assentar a sua colmeia num recanto em Wimbledon. Um pouco perto demais para você?

O vampiro arqueou uma sobrancelha loura, com ar atrevido.

— A Condessa Nadasdy *não* gostou.

— E nem deveria. Alguém está tomando seu antigo papel na sociedade.

— Ninguém menos do que *Ivy Tunstell*. — Ele franziu o cenho, uma ruga marcando a perfeição pálida da fronte. — Ela adora moda, não adora?

— Ó céus. — Lady Maccon ocultou um sorriso. — Esse também é o seu território. Entendo.

— Uma *atriz*, meu *pequeno mirtilo*. Francamente. Você já *viu* os chapéus dela?

— Foi visitá-la?

— Claro que eu fui! Afinal de contas, é a nova rainha. A etiqueta *deve* ser observada. Mas, minha nossa — ele estremeceu de leve —, aqueles chapéus.

Lady Maccon se lembrou da carta do professor Lyall.

— É a era moderna, meu caro Lorde Akeldama. Acho que temos de aprender a aceitar tais coisas como fruto dos novos tempos.

— *Novos tempos*, mesmo! Que jeito mais lupino de se expressar.

Rumpet abriu a porta, e Prudence entrou na sala com passinhos incertos, sonolenta.

— Ah, *minha preciosa mestiça*, como está, querida?

A preternatural agarrou o bracinho da filha antes que ela fosse abraçar o vampiro.

— Dama!

Lady Maccon balançou a cabeça e, então, ele se inclinou para cingi-la, sem que a mãe a soltasse.

— Bem-vinda à casa, *bonequinha*!

— Dama, Dama!

Lady Maccon observou-os com afeto.

— Nós descobrimos algumas coisas sobre a nossa menininha aqui, não é mesmo, Prudence, querida?

— Não — respondeu a menina.

— Uma delas é que não gosta do nome.

— Não? — Lorde Akeldama fez uma expressão esperançosa. — Bom, aí está. Concordo plenamente, *mestiça*. Eu *não aprovo* a maior parte dos nomes das pessoas.

A preternatural riu.

Prudence se interessou de súbito pela sombrinha da mãe, sentada ao seu lado, no canapé.

— Minha? — quis saber a menininha.

— Talvez, um dia — respondeu Lady Maccon.

Olhando para a filha adotiva, pensativo, o vampiro indagou:

— Novos tempos, minha cara *Sombrinha Fru-fru*?

A preternatural nem se deu ao trabalho de perguntar como ele descobrira seu nome secreto. Limitou-se a olhar para ele diretamente, sem rodeios, como sempre:

— Novos tempos, *Varinha Dourada*.

Papel: Pólen soft 70g
Tipo: Bembo
www.editoravalentina.com.br